캐스터브리지 시장 2

나남
nanam

한국연구재단 학술명저번역총서
서양편 419

캐스터브리지 시장 2

2020년 12월 30일 발행
2020년 12월 30일 1쇄

지은이   토머스 하디
옮긴이   사공철
발행자   趙相浩
발행처   (주) 나남
주소   10881 경기도 파주시 회동길 193
전화   (031) 955-4601 (代)
FAX   (031) 955-4555
등록   제 1-71호 (1979. 5. 12)
홈페이지   http://www.nanam.net
전자우편   post@nanam.net
인쇄인   유성근 (삼화인쇄주식회사)

ISBN 978-89-300-4075-4
ISBN 978-89-300-8215-0 (세트)

책값은 뒤표지에 있습니다.

‘한국연구재단 학술명저번역총서’는 우리 시대 기초학문의 부흥을 위해
한국연구재단과 (주)나남이 공동으로 펼치는 서양명저 번역간행사업입니다.

한국연구재단
학술명저번역총서
419

캐스터브리지 시장 2

토머스 하디 장편소설

사공철 옮김

The Mayor of Casterbridge

by

Thomas Hardy

차 례

— 2 권 —

1권 차례

옮긴이 머리말
머리말

일러두기

• 장별 소제목은 원서에는 없지만, 옮긴이가 각 장의 핵심어를 선정하여 붙인 것이다.

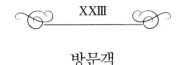

방문객

그녀를 방문한 남성이 다른 사람일지도 모른다는 추측이 정말 번개처럼 루세타의 머릿속을 스쳐 지나갔다. 그러나 그 순간을 되돌리기에는 이미 늦었다.

그는 캐스터브리지 시장보다 나이가 아주 젊었다. 순수하고, 말쑥하며, 날씬하게 잘생긴 사람이었다. 그는 흰 단추들이 달린 우아한 천의 정강이받이와 끈 구멍이 무수히 많은 반짝거리는 장화를 신고, 밝은 색의 코듀로이 반바지에 검은 벨벳 상의와 조끼를 받쳐 입고 있었다. 그리고 그의 손에는 은도금 처리된 채찍이 들려 있었다.

루세타는 얼굴을 붉혔다. 그녀는 뾰로통하기도 하고 웃기도 하는 뒤섞인 이상한 얼굴 표정을 지으며, "오, 제가 실수를 했습니다!"라고 말했다.

방문객은, 그녀와는 딴판으로, 표정 하나 흐트러지지 않았다.

"하지만 오히려 제가 정말 죄송합니다!" 하고 그는 양해를 구하는 투로 말했다.

"저는 헨처드 양을 만나려고 왔습니다. 여기에 있다고 안내해 주더군요. 제가 좀더 잘 알았더라면 이처럼 예의 없이 당신1에게 무례를 범하지는 않았을 겁니다."

"무례한 사람은 저였습니다." 그녀가 말했다.

"그런데 혹시 제가 집을 잘못 찾아온 게 아닙니까, 부인?" 하고 파프레이는 약간 당황한 듯 눈을 깜빡거리면서 말채찍으로 정강이받이를 툭툭 치면서 말했다.

"오, 아닙니다. 선생님 — 앉으시지요. 이왕 오셨으니 잠깐 앉았다 가십시오" 하고 루세타는 그가 당황해하는 걸 덜어 주기 위해 친절하게 대답했다.

"헨처드 양은 곧 올 겁니다."

그런데 지금 한 말은 엄밀히 말해서 사실이 아니었다. 하지만 루세타는 이 젊은이에게서 나오는 그 무엇이 — 일찍이 헨처드와, 엘리자베스-제인과, 쓰리 마리너즈에 있던 유쾌한 사람들의 흥미를 일깨워 놓은 극북인2의 상쾌함, 엄격함, 그리고 잘 조율된 악기와 같은 매력 때문에 예기치 않게 나타난 이 사람에게 마음이 끌렸다.

그는 주저하며 의자를 바라보다가 별 위험이 없겠다고 생각해 (실제로는 위험이 있었지만) 의자에 앉았다.

파프레이가 갑작스럽게 등장한 것은 헨처드가 그에게 편지로 엘리자베스에게 구혼할 의사가 있으면 그녀를 만나도 좋다고 허락했기 때문이었다. 처음에 그는 헨처드의 퉁명스러운 편지에 별 관심을 두지 않았다. 그러나 아주 운이 좋게 거래 하나가 성사되어 이제 그는 어느 누구와도 사이좋게 지낼 수 있었으며, 만약 그가 원하기만 하면 어떤 상대와도 분명히 결혼할 수 있게 되었다. 그렇다면 어느 면으로 보나 엘리자베스-제인 말고는 누가 그렇게 붙임성 있고 검소하며 만족스런 상대일 수 있겠는가? 그녀와 결합하게 되면 자연스럽게 전날의 동료인 헨처드와 화해할 수 있을 것이다.

그래서 그는 시장의 퉁명스러움을 용서하고, 오늘 아침 장터로 나가던 길에 엘리자베스의 집을 찾아갔던 것이다. 그곳에서 그는 그녀가 템플먼 양의 집에서 살고 있다는 사실을 알게 되었다. 엘리자베스가 헨처드의 집에서 젊은이를 기다리고 있지 않은 것이 서운하여 성급하게 — 남자들은 사랑하는 여성을 만날 때에는 마음이 들뜨는 법이어서 — 하이-플레이스 홀을 방문하게 되었고, 우연하게도 엘리자베스가 아니라 그 집의 여주인과 마주쳤던 것이다.

"오늘 여는 장은 클 것 같군요" 하고 그들의 시선이 밖의 시끌벅적한 시장터로 향하고 있을 때 그녀는 자연스럽게 말머리를 돌렸다.

"이곳 사람들의 정기적인 시장과 상점들이 저에게 아주 흥미로워요. 여기서 지켜보고 있노라면 저는 온갖 일들이 떠오르거든요!"

파프레이는 어떻게 대답해야 할지 몰라 어정쩡한 표정을 지었다. 그동안 바깥의 소리들이 방 안에 앉아 있는 그들의 귓전에까지 생생하게 들려왔다 — 물결치는 바다의 잔잔한 파도 소리처럼 때때로 다른 소리들보다 위로 솟아오르는 목소리들이 들려오고 있었다.

"바깥을 자주 내다보시나 봐요?" 그가 물었다.

"네, 아주 자주요."

"아는 사람을 찾으시는가 보죠?"

그녀가 사실대로 그렇다고 대답할 이유가 있는 것인가?

"저는 그저 하나의 그림을 바라보듯 지켜보아요. 하지만," 하고 그녀는 유쾌한 표정으로 그에게 시선을 돌리면서 말을 이었다.

"그런데 이제는 어떤 사람을 찾게 될 것 같군요. 지금부터는 앞에 계신 젊은이를 찾아볼지도 모르겠군요. 당신은 언제나 저 장터에 나오나요? 아, 그냥 농담으로 하는 말이에요! 하지만 사람이란 자기가 아는 어떤 사람을 군중 속에서 찾는 것을 즐거워해요. 그 사람이 꼭 필요하지 않더라도 말이에요. 왜냐하면 그 군중 속의 단 한 사람과도 연관이 없다는 무거운 외로움을 덜어 주거든요."

"아, 어쩌면 아주 외로우신가 봅니다, 부인?"

"얼마나 외로운지 아무도 몰라요."

"하지만 부인께서는 굉장히 부자라고 들었는데요?"

"그렇더라도 내 재산을 가지고 인생을 어떻게 즐겨야 할지 모르겠어요. 나는 여기에서 살까 하고 캐스터브리지에 왔어요. 하지만, 그렇게 될지 모르겠군요."

"어디서 오셨지요, 부인께서는?"

"배스라는 지역에서 왔어요."

"저는 에든버러에서 왔습니다" 하고 그는 낮은 목소리로 말했다.

"고향에서 사는 것이 더 나아요. 사실입니다. 하지만 남자란 돈을 버는 곳에서 살게 마련이지요. 정말 유감스러운 일이지만 언제나 그렇게 되지요! … 저는 금년에 이미 재미를 톡톡히 보았습니다. 오, 정말입니다" 하면서 그는 거침없이 열정적으로 말을 이었다.

"저기 황갈색의 캐시미어 저고리를 입은 사람이 보이지요? 저는 저 사람한테서 가을에 밀값이 떨어졌을 때 많이 사들였어요. 그 후 값이 조금 올랐을 때 저는 갖고 있던 것을 모두 팔아 치웠지요. 이익은 조금밖에 얻지 못했습니다. 그런데 농장주들은 값이 오르기만 기대하고 자기의 것들을 움켜쥐고만 있는 거예요. 쥐들이 건초 더미가 움푹 들어갈 정도로 갉아먹고 있었지만요. 내가 막 팔아 치우고 나니 값이 조금씩 떨어졌어요. 그래서 저는 움켜쥐고 있던 사람들에게 제가 처음 샀을 때보다 더 싼값에 막 사들였지요. 그런 다음," 하고 파프레이는 얼굴이 벌겋게 달아올라 신나게 떠들어 댔다.

"몇 주일 후 제가 그것들을 팔려 하자 값은 우연히도 다시 올라가더군요. 이런 식으로 저는 자주 반복되는 적은 이윤에 스스로 만족하면서 곧 5백 파운드를 벌어들였지요. 신나는 일이었어요!"(그는 탁자 위에 자기 손을 내려놓고서, 지금 자신이 어디 있는지 까맣게 잊은 듯 계속했다)"손에 움켜쥐고만 있던 사람들은 한 푼도 못 버는 동안에 말입니다!"

루세타는 대단한 호기심으로 그를 지켜보고 있었다. 그는 그녀에게 전혀 새로운 유형의 사람이었다. 마침내 그의 눈길은 그녀의 눈에 옮겨 가면서 그들의 시선이 마주쳤다.

"아, 이런, 제가 부인을 피곤하게 하고 있군요!" 하고 그는 얼굴을 붉히면서, 큰 소리로 말했다.

"아니에요, 정말로 재미있어요." 그녀가 얼굴을 약간 붉히며 말했다. "당신은 아주 재미있는 분이세요."

이번에는 파프레이의 얼굴이 약간 붉어졌다.

"제가 하는 말은 젊은이 같은 스코틀랜드 남자들은 모두 그렇단 말이에요" 하고 그녀는 서둘러 말을 돌렸다. "남부의 극단적인 사람들보다는 너무도 자유롭다는 뜻이에요. 우리 같은 평범한 사람들은 모두 이쪽 아니면 저쪽이거든요. 따뜻하든지 아니면 냉정하든지, 정열적이거나 아니면 무덤덤하거나이지요. 그런데 당신은 내면에 두 가지 기질을 동시에 지니고 있어요."

"하지만, 그게 무슨 뜻인가요? 좀더 쉬운 말로 해 주시면 좋겠습니다. 부인."

"당신은 활기가 넘쳐요. 그러면서도 성공에 대해 생각하지요. 다음 순간에 가서는 슬픔을 띠어요. 그리고 스코틀랜드와 고향 친구들을 생각하지요."

"맞습니다, 저는 이따금 고향을 생각한답니다!" 하고 그는 간결하게 대꾸했다.

"저도 그렇지요. 할 수 있는 한 말이에요. 하지만 제가 태어난 곳은 촌스러운 집이에요. 다시 짓는다고 사람들이 허물어 버렸어요. 그래서 저는 이제 생각할 고향집도 없어요."

루세타는 그 집이 배스에 있는 것이 아니라 세인트 헬리어3에 있다고 덧붙일 수도 있었지만 그렇게 말하지 않았다.

"그래도 그 고향에는 산, 안개, 그리고 바위들은 그대로 남아 있잖아요? 그것들 때문에 고향이 더 그리워지지 않나요?"

그녀는 고개를 저었다.

"저는 그런 주변의 경관들 때문에 고향이 생각나요. 저는 그래요." 그는 중얼거렸다.

그의 마음이 북쪽으로 향해 날아가고 있음을 알 수 있었다. 이런 마음의 바탕이 민족에 관한 것이건 개인에 관한 것이건 루세타가 지금까지 한 말은 사실이었다. 파프레이의 인생에서 독특한 두 가지의 흐름이 — 즉, 상업적인 면과 낭만적인 면이 때로는 분명히 구별되었던 것이다. 얼룩덜룩한 줄에 보이는 색깔처럼 대조되는 두 가지 속성이 서로 얽혀 있기는 했지만 아직 어우러지지 않았다.

"선생님은 다시 고향으로 되돌아가고 싶으신가 봐요."

"아, 아닙니다, 부인." 파프레이는 갑자기 제정신으로 돌아오면서 말했다.

창밖의 장터는 이제 사람들로 붐비면서 시끄러워지고 있었다. 오늘은 올해의 가장 중요한 고용박람회4가 열리는 날로, 며칠 전의 시장과는 딴판이다. 대체로, 장터는 흰 반점이 박힌 희끄무레한 갈색의 군중이었다. 흰 반점들은 일자리를 기다리고 있는 노동자들의 집단이었다. 마차의 차양처럼 여인들의 긴 모자들, 그들의 무명 치마와 줄무늬 목도리가 마차 몰이꾼들의 작업복과 섞여 있었다 — 그들도역시 일자리를 기다리고 있었다.

보도의 모퉁이에는 여러 사람 틈에 늙은 목동 한 사람이 서 있었다. 아무 말 없이 서 있는 이 사람이 루세타와 파프레이의 시선을 끌었다. 이 사람은 표정을 보아 고생을 많이 겪은 사람임이 분명했다. 우선 그는 체구가 왜소했는데 생존하기 위한 삶의 투쟁이 그에게는 가혹했던 모양이었다. 그는 과도한 노동과 나이 탓으로 이제는 몸이 너무도 굽어, 뒤따라가면서 바라보면 그 사람의 머리가 보이지 않을 지경이었다. 그는 지팡이를 도랑에 꽂고 그 손잡이에 의지하고 서 있었다. 지팡이의 손잡이는 그의 손에서 오랜 마찰로 인해 닳고 닳아 마치 은빛으로 보였다. 그는 지금 자신이 어디 있는지, 무엇을 하러 왔는지 까맣게 잊고 두 눈은 땅바닥으로 향해 있었다. 조금 떨어진 곳에서 그에 관한 협상이 진행되고 있었다. 그러나 그는 그곳에 신경을 쓰지 않았다. 그의 마음속에서는 그의 한창 시절에 척척 팔렸던 즐거운 광경이 오가고 있는 듯해 보였다. 그의 한창 때에는 그의 기술 덕택에 말이 떨어지기가 무섭게 어느 농장으로든 고용되었던 것이다.

그 협상은 먼 곳에서 온 한 농장주와 이 노인의 아들 사이에 진행되고 있었다. 협상은 오래 끌고 있었다. 그 농장주는 이 계약에서 속이 없는 빵의 껍질만을 가지려 하지 않았다. 다시 말해서 농장주는 아들과 함께 노인을 데려가길 원했다. 그런데 그 아들에게는 현재 농장에서 일하는 애인이 있었다. 그의 애인은 옆에 서서 창백한 입술로 협상의 결과를 애타게 기다리고 있었다.

"너를 두고 떠나게 돼서 미안해, 넬리" 하고 그 젊은이가 복받치는 감정으로 말했다.

"하지만, 이봐, 아버지를 굶길 수는 없잖아. 아버지는 레이디 데이5에 일자리를 잃으셨어. 내가 가서 일할 농장은 불과 35마일6 떨어진 곳이야."

그 소녀의 두 입술이 파르르 떨렸다.

"35마일이나!" 하면서 그녀는 놀라면서 중얼거렸다. "아! 너무해! 다시는 못 만나게 될 거야!"

댄 큐피드의 자석7으로 화살을 쏘아 당기기에는 절망적으로 먼 거리였다. 다른 어느 곳에서나 마찬가지로 캐스터브리지에서도 젊은 사내는 젊은 사내였기 때문이다.

"오! 안 돼, 안 돼. 절대로 안 된단 말이야" 하고 그녀는 사내가 자기의 손을 꽉 잡자 고집을 부리며 버텼다. 그러고는 자신의 우는 모습을 감추려고 루세타의 집 담벼락 쪽으로 얼굴을 돌려 버렸다.

농장주는 그 젊은이에게 대답을 위해 30분의 여유를 주겠다고 말하고 두 남녀가 슬퍼하게 내버려 둔 채 그 자리를 떠나 버렸다.

눈물이 가득 고인 루세타의 두 눈이 파프레이의 눈과 마주쳤다. 놀랍게도 그 광경에 그의 눈도 젖어 있었다.

"정말 가혹하군요." 그녀는 애석한 감정을 표시하면서 말했다. "사랑하는 사람들은 저렇게 헤어지지 말아야 해요! 오, 나한테 한 가지 소망이 있다면, 사람들로 하여금 제 좋을 대로 살고 사랑하게 내버려 두는 것이랍니다!"

이때 파프레이가 끼어들면서 말했다.

"어쩌면 저들이 헤어지지 않도록 제가 주선할 수 있을지 모르겠습니다. 저에게는 짐마차꾼이 한 사람 필요하거든요. 그러면 아마 저 노인도 함께 있을 수 있어요. 그래요. 저 노인은 임금이 그다지 비싸지는 않을 겁니다. 내가 제의하면 틀림없이 뭐라 대답하겠지요."

"오, 당신은 인정도 많으셔요!" 그녀는 기뻐 소리쳤다. "어서 가서 저 사람들에게 말해 보세요. 그리고 어떻게 되었는지 저에게도 알려 주세요!"

파프레이는 밖으로 나갔다. 그가 그 사람들에게 말을 걸고 있는 모습이 보였다. 주변의 모든 사람들 눈빛이 밝아졌다. 계약은 곧바로 성사되었다. 계약이 끝나자 그는 곧 루세타에게로 돌아왔다.

"당신은 참 친절하셔요, 저는 우리 집 하인들이 원하기만 한다면 애인을 갖도록 허락할 결심이에요! 당신도 같은 결심을 하도록 하세요!"

파프레이는 고개를 180도나 갸우뚱하면서 좀 심각한 표정을 지었다. "저는 그보다는 약간 더 엄격하게 해야 합니다."

"그건 왜요?"

"부인께서는 부유한 사람이지만, 저는 온몸으로 몸부림치고 있는 건초와 곡물 장수가 아닙니까."

"저는 야심이 전혀 없는 여자예요."

"아, 그런데, 어떻게 설명해야 할지 모르겠군요! 야심이 있건 없건 저는 여자들에게 말하는 법을 몰라요. 이건 사실입니다" 하고 도널드는 심히 유감을 표하며 말했다.

"저는 모든 사람에게 친절하려고 노력합니다. 그 이상은 아무것도 아닙니다!"

"당신이 말하는 대로 행동하는 사람이라는 건, 저도 알아요."

그녀는 이러한 순간을 놓치지 않고 재치 있게 한 술 더 뜨면서 말하는 것이었다. 이처럼 자기 안목을 드러낸 상태에서, 파프레이는 다시 창문 밖으로 시선을 돌려 붐비기 시작하는 장터를 내다보았다.

거기에는 농장주 두 사람이 서로 악수하고 있었다. 창가에서 아주 가까웠기 때문에 그들의 이야기가 똑똑히 들렸다.

"자네 오늘 아침에 파프레이 씨를 보았나!" 하고 한 사람이 물었다.

"그 사람과 12시에 만나기로 약속했다네. 그런데 이 장바닥을 대여섯 번이나 쏘다녔는데도 그 사람의 그림자도 보이지 않는구먼. 그 사람은 자신의 약속을 철저히 지키는 사람인데."

"아, 내가 약속을 깜빡 잊고 있었군" 하고 파프레이는 정신을 번쩍

차리는 표정을 하고 중얼거렸다.

"그러면 어서 가 보세요." 그녀가 말했다. "안 가면 안 되나요?"

"가야 합니다." 그렇게 말하면서도 그는 여전히 머뭇거렸다.

"그럼 어서 가 보세요." 그녀는 재촉했다.

"선생님은 고객 한 사람이 떨어져 나갈지도 몰라요."

"그런데, 템플먼 양, 당신은 저를 보내고 싶어 안달이시군요" 하면서 파프레이는 소리 높여 말했다.

"그렇다면 가지 마세요. 좀더 있을 건가요?"

파프레이는 자기를 찾고 있는 그 농장주를 염려스럽게 바라보았다. 바로 그때 그 농장주가 막 가로질러 건너가는 곳에 불길하게도 헨처드가 서 있었다. 파프레이는 다시 돌아서서 그녀를 바라보았다.

"더 머물고 싶지만 이제는 가 봐야겠습니다. 사업이란 잠시라도 소홀해서는 안 되는 것 아니겠습니까?"

"단 1분도 안 되지요."

"맞습니다. 또 오겠습니다. 그래도 괜찮다면, 부인?"

"괜찮고말고요. 오늘 우리 두 사람에게 있었던 일은 정말 재미있었어요."

"우리 둘만 있을 때 생각해 볼 만한 일이지요, 그런 것 같습니다."

"오, 거기까지는 모르겠어요. 여하튼 그런 일은 아주 흔한 일이에요. 결국에는."

"아닙니다, 저는 그렇게 생각하지 않아요. 아니고말고요!"

"여하튼, 무슨 일이었건 이제는 끝났어요. 장터가 당신을 부르고 있어요."

"그래요, 그래. 장터가 — 사업이! 세상에 사업이란 것이 없었으면 좋겠습니다!"

루세타는 웃음이 터져 나올 뻔했다 — 그녀는 웃으려면 아주 터놓고 웃었을 테지만, 그러나 그때 그녀의 마음속에 조그마한 투정하고 싶은 감성이 스쳤다.

"당신도 이처럼 변하는군요!" 그녀가 말했다. "이렇게 가 버리면 안 되지요."

"저도 가고 싶지는 않습니다" 하면서 스코틀랜드인은 자신의 우유 부단함을 솔직하게 부끄러워하며 사과하는 표정을 지었다.

"이건 제가 괜히 여기 와서 — 당신을 만났기 때문입니다!"

"일이 그렇게 된 거라면, 저와 더 이상 마주하지 않는 것이 좋겠어요. 참, 제가 당신의 마음을 혼란하게 만든 것 같군요!"

"어쨌든 마주하거나 않거나, 저는 당신을 제 마음 속에서 보게 되지 않겠습니까? … 그러면 가 보겠습니다. 제 방문을 기뻐해 주셔서 감사합니다."

"와 주셔서 감사합니다."

"이 집 밖을 나가 몇 분만 지나면 저는 아마 장터에 정신이 팔려 있을 겁니다" 하고 그는 혼잣말처럼 중얼거렸다. "그런데 모르겠어요. 모르겠어요!"

그가 나가려 하자 그녀는 진지한 태도로 말했다.

"시간이 지나면 당신은 캐스터브리지 사람들이 저에 관해 말하는 것을 듣게 될 거예요. 혹시 사람들이 저를 바람둥이 여자라고 말할지도 모르겠어요. 지난날 제 인생의 그런 사건들 때문에 그렇게 말하는 사람들도 더러 있겠지만, 그런 말은 믿지 마세요. 저는 그런 여자가 아니니까요."

"전 맹세코 그따위 말은 믿지 않겠습니다!" 하고 그는 열정적으로 말했다.

두 사람의 만남은 이렇게 시작되었다. 그녀는 젊은이의 정열에 불을 지폈고 감상적인 파프레이는 루세타에게 새로운 형태의 여유로움을 제공함으로써 그녀의 진정한 외로움을 계속 깨우고 있었다. 그 이유가 무엇이었을까? 그들은 말할 수 없었을 것이다.

젊은 여인 루세타가 소매상인을 만난 적은 거의 없었을 것이다. 그러나 그녀와 헨처드의 지각없는 행동으로 인한 그녀의 순탄치 못한 인생이 그녀로 하여금 신분 따위에는 별로 신경 쓰지 않게 만들었던 것이다. 가난했을 때 그녀는 자신이 속한 사회에서 거절당한 바가 있어 이제 그 사회에서는 어떤 시도도 다시 시작하려는 열의가 별로 없었다. 그녀의 마음은 날아 들어가 휴식을 취할 노아의 방주8 같은 곳을 갈망했다. 거칠건 부드럽건 따뜻한 마음만 느껴지면 그녀는 개의치 않았다.

파프레이는 엘리자베스를 만나기 위해 방문했었다는 생각을 완전히 잊은 채 문 앞까지 배웅받았다. 루세타는 창가에 서서 그가 농장주들과 그들의 일꾼들의 혼란스러운 틈으로 꾸불꾸불 빠져나가는 것을 지켜봤다. 그녀는 그의 걸음걸이에서 그가 그녀의 시선을 의식하고 있다는 사실을 알 수 있었다. 이렇게 그녀의 마음은 겸손한 파프레이에게로 달려 나갔다 ― 그가 다시 찾아올지도 모른다는 기대감이 넘쳤다. 그는 시장 건물 안으로 들어갔다. 그녀에게는 그의 모습이 더 이상 보이지 않았다.

3분 후 그녀가 창가에서 물러나자 노크 소리가, 여러 차례 들리진 않았지만 힘찬 소리가 집 안에 울려 퍼져, 하녀가 경쾌한 걸음으로 걸어 나갔다.

"시장님이셔요" 하녀가 전해 주었다.

루세타는 비스듬히 누워 꿈꾸듯 손가락 사이로 바라보고 있었다.

그녀는 즉시 대답하지는 않았다. 하녀는 말을 덧붙였다. "그런데 시장님께서는 유감스럽지만 시간이 별로 없다고 말씀하셔요."

"오, 그렇다면 두통이 나서 오늘은 그분을 만나고 싶지 않다고 말씀드려라."

그 말이 아래로 전해지고 곧 문이 닫히는 소리가 들렸다.

루세타는 자기에 대한 헨처드의 감정을 되살리기 위해 캐스터브리지에 왔던 것이다. 그녀는 그의 감정을 되살리는 데에는 성공했으나 이제 그 성공에 냉담하기만 했다.

루세타는 엘리자베스-제인이 방해되는 존재라 여겨졌던 아침까지의 생각도 바뀌었다. 그래서 그녀는 어느새 그 처녀의 의붓아버지를 붙잡기 위해 그 처녀를 제거해야겠다는 생각을 강하게 느끼지 않게 되었다.

엘리자베스가 사태의 변화를 모르는 채 명랑한 얼굴로 들어서자, 루세타는 그녀에게 다가가 아주 진지한 말씨로 물었다. "아가씨가 돌아와 대단히 기뻐요. 나하고 함께 오래 살아요. 그럴 거지요?"

그녀의 아버지를 쫓아내기 위한 경비견으로서의 엘리자베스 — 얼마나 새롭고 멋진 생각인가. 그러나 그것이 싫지 않았다. 돌이켜 보면 헨처드는 지난날 말로는 다할 수 없는 상처를 입혀 놓고서도 이 며칠 동안 내내 그녀를 무시했던 것이다. 자신이 자유로운 몸이 되었음을, 그리고 그녀가 이제는 재산가가 됐다는 것을 안 그가 할 수 있었을 최소한의 행동은 그녀의 초청에 기쁜 마음으로, 그리고 신속하게 응하는 일이었을 것이다.

루세타는 잡다한 감정이 일어났다가 사라지고, 사라져 가다가도 굽이쳤다. 갑작스러운 감정의 기복은 그녀를 터무니없는 억측에 빠지게 했다. 루세타는 그날 그렇게 이런저런 생각을 하다가 시간을 보냈다.

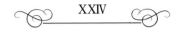

XXIV

제 3의 여인

가련한 엘리자베스-제인은 자신이 도널드 파프레이에게 은밀히 키워 온 애정을 그녀의 불길한 별점[1]이 시들게 한 사실을 알지 못한 채, 이 곳에 머물러 함께 오래 살자는 루세타의 말이 마냥 기쁘기만 했다.

루세타의 집이 그녀가 몸담을 가정이 되었다는 이유 말고도 그곳에서 장터를 훤히 내려다 볼 수 있는 그 저택이 루세타 못지않게 그녀에게 큰 매력을 주고 있기 때문이다. 장터의 **교차로**[2]는 장엄한 연극에서나 등장하기 마련인 광장 같았는데, 이곳에서 일어나는 모든 일들은 언제나 우연히도 이웃 주민들의 일상생활과 관련이 있었다. 농부, 상인, 목축업자, 협잡꾼, 행상인 들이 매주 이곳에 왔다가 오후가 저물어 감에 따라 서서히 사라져 버렸다. 이곳은 주민들이 살아가는 모든 생활의 중심지였다.

토요일에서 다음 토요일까지의 한 주간은 이제 두 젊은 여인들에게는 하루하루의 시간같이 빠르게 지나갔다. 정서적으로 본다면 그들은 이 기간 동안 전혀 사는 게 사는 것이 아니었다. 이들 두 여인은 평

24

일에는 곳곳으로 산책을 나갔지만 장날에는 반드시 집에 있었다. 그들은 둘 다 파프레이의 어깨와 머리를 창밖으로 슬그머니 내다보았다. 그러나 파프레이는 사업상의 일로 분주하게 돌아다녀야 하기 때문에 그들에게 그의 얼굴이 보이는 일은 거의 없었다. 그가 수줍어하기 때문인지, 혹은 장사 분위기를 흩뜨리고 싶지 않은 사업상의 이유인지 그가 그들이 사는 쪽으로 고개를 돌리지 않았기 때문이었다.

이렇게 일과가 이렇게 계속 지나가던 어느 장날 아침에 새로운 사건이 터졌다. 엘리자베스와 루세타가 아침 식사를 하고 있을 때 루세타에게 옷 두 가지가 포장된 소포가 런던으로부터 날아들었다. 루세타는 식사 중인 엘리자베스를 불렀다. 루세타의 방으로 들어서자 침대 위에 펼쳐 놓은 옷들이 보였다. 하나는 짙은 분홍색이고 다른 하나는 조금 엷은 색이었다. 소매 끝마다 장갑이 한 짝씩 놓여 있고, 목위에는 모자가 하나씩 놓여 있으며, 장갑과 장갑 위에는 양산이 하나씩 가지런히 놓여 있었다. 루세타는 사람 모습으로 펼쳐진 그 형상 옆에서 깊은 생각에 잠긴 채 서 있었다.

"나 같으면 그렇게 어렵게 생각하지 않겠어요."

엘리자베스는 루세타가 이 옷이 잘 어울릴까, 저 옷이 잘 어울릴까 하는 문제로 대단히 고민하고 있는 것을 보고 말했다.

"그렇지만 새 옷을 골라 입기란 매우 힘든 일이에요" 하고 루세타가 말했다. "다가오는 봄철 내내 당신이 저 사람이 될 수도 있고 (펼쳐놓은 것들 중의 한쪽 옷가지를 가리키며), 아니면 전적으로 다른 **저** 사람이 될 수도 있거든요 (다른 쪽의 옷가지를 가리키며). 그런데 말이에요, 어느 쪽일지는 모르지만, 저 두 가지 중 어느 한쪽은 매우 어울리지 않는 차림이 될지도 몰라요."

결국 루세타는 자신은 어떤 일이 있더라도 짙은 분홍색 옷차림이 어울릴 것이라 판단하고 그 옷을 택하겠다고 말했다. 루세타는 그 옷을 들고 앞방으로 들어갔고 엘리자베스는 그녀를 뒤따랐다.

이튿날 아침은 여느 때와는 달리 화창한 날씨였다. 태양이 루세타의 저택 맞은편의 집들과 보도 위를 너무도 밝게 비춰서, 그곳에서 반사된 빛이 방 안으로 쏟아지고 있었다. 이때 덜그럭거리는 차 소리가 들리고 빙빙 도는 일련의 환상적인 광채가 천장에 그려졌다. 두 여인은 창가로 몸을 돌렸다. 바로 맞은편에 이상한 종류의 차 한 대가 마치 전시하기 위해 가져다 놓은 것처럼 서 있었다.

그것은 고랑에 씨를 뿌리기 위한 신식 농기구였다. 이 시골 지방에서는 아직도 씨를 뿌릴 때 7왕국3 시대처럼 유서 깊은 종자 그릇을 사용했다. 이 신식 말 파종기4의 등장은 비행기기가 채링크로스5에서 선보였을 때처럼 곡물시장에 커다란 관심을 불러일으켰다. 농부들이 사방에서 그 주위로 모여들고 있었고, 여인들은 가까이서 구경하려고 했으며, 아이들은 호기심에 애써 그 농기구 안으로 기어 들어가려 하고 있었다. 그 기계는 밝은 색으로 파랗게, 노랗게, 그리고 빨갛게 칠해져 있어 전체적으로는 커다랗게 확대한 말벌, 메뚜기, 그리고 새우의 복합체 같은 모습이기도 했고, 앞부분이 떨어지고 없는 반듯한 악기에 비유할 수도 있을 것 같았다. 이러한 형태에 큰 충격을 받은 루세타가 말했다.

"아니, 저건 일종의 농업용 피아노 같은 거군요."

"저건 곡식과 관련이 있는 무슨 기계 같아요" 하고 엘리자베스가 말했다.

"저걸 이곳에 도입할 생각을 누가 했을까?"

도널드 파프레이가 두 여인의 마음에 그 주인공으로 떠올랐다. 그가 농부는 아니지만 농사일과 밀접한 관계를 맺고 있었기 때문이다. 그런데 마치 그들의 생각에 응답이라도 하듯, 그가 그 순간 다가와 그 기계를 한 번 바라보고 그 주위를 한 바퀴 돌더니 그 기계의 구조에 관해 무엇을 알기라도 하는 듯이 다루어 보았다.

그 기계를 지켜보고 있던 두 여인은 그의 그런 모습을 보고 내심 놀랐다. 엘리자베스는 창가를 떠나 방 뒤 구석으로 가서 마치 벽의 널빤지에 빨려 들기라도 한 듯 서 있었다. 그녀가 자신의 그런 행동을 깨닫지 못하고 있을 때 루세타는 자신이 새 옷을 입은 걸 파프레이에게 보여 주고 싶은 생각이 넘쳤다.

"저게 무엇이든, 우리 나가서 저 기계를 구경하는 게 어때요" 하고 루세타가 말했다.

루세타가 엘리자베스-제인의 모자와 목도리를 낚아채듯 하면서 밖으로 나갔다. 주위에 운집해 있는 모든 사람들 틈에서 이 새로운 기계의 적절한 소유자는 루세타 같아 보였다. 그녀 혼자만이 그 기계와 겨룰 만한 색을 띠고 있었기 때문이다.

그들은 호기심 어린 눈으로 기계를 살펴봤다. 트럼펫 모양의 튜브들이 겹쳐 열을 지었고, 회전하는 소금 숟가락처럼 생긴 작은 스쿠프6들을 살펴보았다. 이 국자들은 땅으로 연결돼 있는 튜브들의 위 주둥이 속으로 씨앗들을 퍼 넣는 것이었다.

그때 누군가가 "그간 잘 있었니. 엘리자베스-제인" 하고 말했다.

엘리자베스는 고개를 들어 보니 거기에는 그녀의 의붓아버지가 서 있었다. 그의 인사말은 약간 냉담하면서도 크게 울렸다. 엘리자베스-제인은 조용한 기분에서 깨어나 당황하여 아무렇게나 더듬거리며 말했다.

"아버지, 이분이 저와 함께 살고 있는 여자분이에요 — 템플먼이라고 해요."

헨처드는 손을 모자에 얹었다가 크게 곡선을 그리며 그의 무릎에 대면서 인사했다. 템플먼도 허리를 굽혀 인사했다.

"만나서 반가워요, 헨처드 씨. 이거 참 신기한 기계네요?"

"예" 하고 헨처드는 대답하고 그 기계에 대해 설명하기 시작했다. 그러나 그 설명을 들어도 무슨 말인지 감이 오지 않았다.

"이 기계를 누가 이곳에 가져왔어요?" 하고 루세타가 말했다.

"오, 나한테 묻지 마세요, 부인!" 헨처드가 말했다. "이 기계는 뭐, 제구실을 하기는 불가능합니다. 저건 어떤 건방진 날라리 녀석[7]이 추천해서 우리 기계공의 한 사람이 가져오기는 했습니다만."

그의 눈에는 엘리자베스의 애원하는 얼굴이 보였다. 그는 아마 구혼이 진행되고 있을지도 모른다고 생각하고 말을 멈추었다.

그가 발길을 돌려 그 자리를 뜨려고 하는 참이었다. 그때 그의 의붓딸이 자신의 환각임에 틀림없다고 믿고 싶은 일이 벌어졌다. 마치 루세타를 나무라듯 '네가 나를 만나길 거절했겠다'라고 중얼거리는 소리가 분명히 헨처드의 입에서 튀어나왔던 것이다. 실로 그 말이 그들에게서 가까운 곳에 있던 노란 각반을 한 농부들 중의 한 사람에게서 나오지 않은 한, 그녀의 의붓아버지한테서 튀어나온 것이라고는 믿을 수 없었다. 그러나 루세타는 아무 말이 없었다.

그때 이 사건에 대한 모든 생각은 흥얼대는 어떤 콧노래 소리에 의해 흩어져 버렸다. 그 소리는 마치 그 기계 안쪽으로부터 흘러나오는 듯했다. 헨처드는 이때쯤 이미 시장 건물 안으로 사라져 버리고 보이지 않았다. 그래서 두 여인 모두는 이 신기한 기계 쪽으로 시선을 돌렸다. 그녀들의 눈에는 그 기계 뒤에 한 남자의 구부러진 등이 보였는데, 그 사람은 기계의 내부로 자기의 머리를 들이밀고 내부구조의 비밀을 살피고 있었다. 그 남자가 흥얼대는 콧노래는 이렇게 계속됐다.

어ㅡ느 무ㅡ더운 여ㅡ름날 오후
해ㅡ떨어지기 전에 나ㅡ혼자 갔ㅡ더ㅡ랬ㅡ지
그ㅡ때 키티가 갈ㅡ색 가ㅡ운을 입고
산ㅡ너ㅡ머 가우리 언ㅡ덕에서 날 반ㅡ겨 주ㅡ었ㅡ지.

엘리자베스-제인은 그 노래하는 사람을 곧 알아차렸다. 그러고는 일찍 알아내지 못한 것을 죄스럽게 생각하는 표정을 지었다. 루세타도 뒤이어 곧 그를 알아보고 한층 더 발랄한 표정으로 말했다.

"이런 신식 농기구 안에서 〈가우리 아가씨〉8 노래를 하다니, 이거 어떻게 된 거지요?"

마침내 기계 내부를 모두 살펴보고 그 젊은이는 똑바로 일어섰다. 그의 시선이 기계 꼭대기 너머로 여자들의 시선과 마주쳤다.

"우린 이 신기한 농기구를 구경하고 있는 중이에요. 하지만 사실은 이거 멍청한 기계라면서요?" 하고 템플먼 부인은 헨처드한테서 들은 말이 있어 덧붙였다.

"멍청한 기계라니요? 오, 절대 그렇지 않아요!" 파프레이는 정색하며 말했다. "이 농기계는 이 지역에서 봄철에 씨앗을 파종하는 데 커다란 변화를 가져올 겁니다! 이 기계를 사용하면 씨앗을 뿌리는 사람들이 내던지듯 일부는 길가에, 또 일부는 가시덤불 속에 씨앗들이 떨어지는 일은 더 이상 없을 겁니다. 낟알 하나하나가 똑바로 제자리에 떨어질 뿐 다른 곳으로는 절대로 떨어지는 일이 없을 겁니다!"

"그렇다면 옛날식으로 씨앗 뿌리는 사람들의 낭만은 영영 사라져 버리게 되겠군요." 엘리자베스-제인이 끼어들었다. 그녀는 적어도 성경을 읽는 데는 파프레이와 통하는 점이 있었다.

"'바람을 의식하는 사람은 씨를 뿌리지 못할 것이다'9 ─ 전도사가 그렇게 말했지요. 그러나 그 말은 이제 적절치 않게 될 거예요. 세상일이란 변하기 마련이죠!"

"아, ─ 네 … 틀림없이 그렇게 될 겁니다!" 하고 도널드는 말했다. 그는 자신의 시선을 멀리 허공에 고정시켰다. "그러나 이 농기계들은 영국의 동부와 북부 지방에서는 이미 널리 쓰이고 있습니다" 하고 그는 아쉬운 표정을 지으며 덧붙여 말했다.

루세타는 자기의 성경 지식이 다소 모자란다고 생각했기 때문인지 이러한 일련의 대화에는 끼어들지 않는 듯해 보였다.

"이 기계는 젊은이 거예요?" 루세타는 파프레이한테 물었다.

"오, 아닙니다. 부인." 그는 엘리자베스-제인 앞에서는 마음이 아주 편안하면서도 루세타의 목소리에는 당황하고 공손해졌다.

"아니요, 전혀 아닙니다 ─ 저는 다만 저걸 사 와야 한다고 추천했을 따름입니다."

잠시 침묵이 흐르며 파프레이는 루세타만을 의식하는 것 같았다. 그의 인식 대상이 엘리자베스에서 벗어나 그녀가 속해 있는 곳보다 좀더 밝은 존재의 영역으로 옮겨 가는 듯했다. 루세타는 파프레이의 그런 모습을 보면서 — 그가 사업가적 기질과 낭만적 성향을 모두 지녀 어디에 장단을 맞추어야 할지 마음이 매우 혼란스러운 상태를 분간하고 그에게 유쾌하게 말을 건넸다.

"이곳에 사는 우리를 위해 저 기계를 버리지 마세요" 하고 말한 후 그녀는 엘리자베스와 함께 집으로 들어가 버렸다.

엘리자베스는 그 이유야 알 수 없지만 자신이 이들에게 방해가 되었다는 느낌을 받았다. 루세타가 거실로 들어와 엘리자베스-제인에게 다음과 같이 말했을 때야 그 이유를 어느 정도 알 것 같았다.

"난 어저께 파프레이 씨와 이야기를 나눌 기회가 있었어요. 그래서 오늘 아침 그를 곧 알아볼 수 있었어요" 하고 루세타는 두 사람의 관계를 대충 설명했다.

루세타는 그날 엘리자베스한테 매우 친절했다. 그들은 함께 장터가 사람들로 메워지는 것을 지켜보았다. 저녁이 되자 태양이 이 도시의 위쪽 끝으로 서서히 기울면서 사람들이 빠져나가고 햇빛이 그 기다란 거리를 끝에서 끝까지 비추면서 장터가 텅 비어져 가는 것도 지켜보았다. 마차와 짐수레들은 하나둘씩 사라지더니 이제 길 위에는 어떠한 수레도 보이지 않았다.

타고 다니는 세상의 시간은 끝나고 도보 여행자의 세상이 펼쳐졌다. 들판에서 일하는 노동자들과 그들의 아내들과 자녀들이 일주일에 한 번 열리는 장을 보기 위해 인근의 촌락들로부터 몰려들었다. 조금 전의 덜컥거리던 바퀴소리와 말발굽 소리 대신 부산한 발소리만이 들려왔다. 기구들, 농부들, 돈 많은 사람들은 모두 사라졌다. 시내에서 이뤄지는 상거래의 특징도 규모에서 다양성으로 바뀌었으며, 그날 아침과 낮에 파운드였던 거래 단위가 지금은 펜스10가 되었다.

루세타와 엘리자베스는 밤이 되어 가로등들이 밝혀졌으나 덧문을 닫지 않았기 때문에 이러한 광경을 내다볼 수 있었다. 벽난로에서 나오는 불이 희미하게 깜박거리는 가운데 두 사람은 좀더 친밀한 기분으로 이야기를 나누고 있었다.

"아가씨 아버지는 아가씨와는 거리를 두던데요." 루세타가 말했다.

"예." 그녀는 루세타를 향해 헨처드의 입에서 나온 듯한 그 순간적인 알쏭달쏭한 말을 까마득하게 잊고 말을 계속했다.

"아버지는 제가 품행이 바르지 못하다고 생각하고 계시기 때문이에요. 저는 지금까지 당신이 상상할 수 있는 이상으로 품위 있는 사람이 되려고 노력했어요. 하지만 소용이 없었어요! 제 엄마와 아버지가 헤어지게 된 것이 저에겐 큰 불행이었어요. 당신은 자신의 인생에 그런 어두운 그림자들을 가졌다는 것이 무엇인지 모르겠지요?"

루세타는 약간 찔끔하는 눈치였다.

"나는 몰라요. 그런 일들은 정확하게는 몰라요." 그녀가 말했다. "그러나 사람은 느낄 수 있어요. 불명예스러운 감정, 수치스러움 — 이런 것들은 다른 방식으로라도요."

"그런 느낌을 경험해 본 일이 있으세요?" 하고 나이 어린 여인이 천진난만하게 물었다.

"오, 아니요" 하고 루세타는 서둘러 말했다.

"나는 생각하고 있었어요. 여자들은 이따금 자신은 아무 잘못이 없는데도 세상 사람들의 시선 때문에 난처한 입장에 빠지게 되는 일들을 말이에요."

"그런 일들은 결국 틀림없이 그들을 불행하게 만들 거예요."

"참으로 불안하게 만드는 일임에는 틀림없지요. 왜냐하면 다른 여자들이 그들을 멸시할지도 모르니까 말이에요."

"전적으로 멸시하는 것만은 아니겠지요. 그렇다고 좋아하거나 존경하거나 하지는 않을 거예요."

루세타는 또 한 번 움찔했다. 그녀의 과거도 조사해 보면 드러날 수밖에 없을 테고, 캐스터브리지에 있어서도 마찬가지였다. 왜냐하면 그녀가 처음 흥분 상태에서 써 보낸 그 숱한 편지들을 헨처드가 아직까지 그녀에게 돌려주지 않고 있다는 것이 첫 번째 이유였다. 그 편지들을 없애 버렸는지도 모를 일이었다. 그러나 그녀는 그 편지들을 아예 쓴 일조차 없었더라면 더 좋았을 거라고 생각했다.

파프레이를 만나거나 루세타를 대하는 헨처드의 태도를 본 엘리자베스는, 총명하고 쾌활한 친구를 더 유심히 관찰하게 되었다. 며칠 뒤 엘리자베스의 시선이 외출하는 루세타의 눈과 마주치자 그녀는 루세타가 그 매력적인 스코틀랜드 젊은이를 만나고 싶다는 희망을 키워 가고 있음을 직감적으로 알아차렸다. 그러한 사실은 아무리 엘리자베스-제인처럼 남의 표정을 겨우 읽을 수 있을 정도의 순진한 사람이라도 루세타의 뺨과 눈망울에서 쉽게 읽을 수 있었다. 루세타는 그녀 앞을 지나쳤고 길로 나서는 대문을 닫았다.

천리안을 가진 사람의 영혼이 엘리자베스를 사로잡았으며, 그녀를 압박했다. 사리판단이 예리한 엘리자베스는 난롯가에 앉아서 그녀가 이미 보여 주고 있는 언행을 통해 과거에 있었던 일들을 너무도 확고한 기분으로 상상하고 있기 때문에 마치 직접 보고 있는 듯한 착각에 빠질 정도였다. 그녀는 이렇게 마음속으로 루세타를 미행하고 있었다. 루세타는 어딘가에서 마치 우연인 것처럼 도널드를 만날 것이다. 여인들을 만날 때면 특별한 옷차림을 하던 그가, 이번에는 루세타를 만나서 더 강렬한 의상을 입은 모습이 보였다. 그녀는 그의 정열적인 태도가 그려졌다. 헤어지기 싫은 감정과 남의 눈에 띄지 않길 바라는 욕망 사이에서 두 사람 모두 망설이는 게 보였다. 그들이 악수하는 장면을 그려 보았다. 십중팔구 그들 두 사람 이외에는 아무에게도 들키지 않게 더 작은 표정으로 정열의 불꽃을 드러내면서 일반적인 행동과 모습 속에서 그들이 근엄한 표정으로 헤어지는 것을 그려 보았다.

영민한 이 여자 마법사가 침묵 속의 상상을 끝내기 전에 루세타가 그녀의 뒤로 소리 없이 다가와 그녀를 깜짝 놀라게 했다. 모든 것이 그녀가 그려 보았던 대로 사실이었다. 그녀는 맹세라도 할 수 있었다. 루세타의 눈은 그녀의 두 볼의 짙은 색깔11보다 더 밝은 빛을 띠고 있었다.

"파프레이 씨를 만나셨군요?" 엘리자베스는 시치미를 떼고 말했다.

"그래요, 어떻게 알았어요?" 루세타가 말했다.

루세타는 난로 옆에 무릎을 꿇고 엘리자베스의 두 손을 흥분한 듯 자기의 손 안에 움켜쥐었다. 그러나 그녀는 자신이 언제 어떻게 그를 만났으며, 무슨 말을 했는지 끝내 말하지 않았다.

그날 밤 루세타는 잠을 이루지 못했다. 아침이 되자 그녀는 열이 났다. 아침 식사 때 그녀는 엘리자베스에게 자기에게는 마음에 걸리는 일이 있다고, — 그녀가 대단히 관심을 갖고 있는 한 여인에 관한 일이 있다고 말했다. 엘리자베스는 진지하게 그 이야기를 귀담아 들으려고 했다.

"이 사람은, — 이 숙녀는 — 한때 한 남자를 몹시 — 대단히 좋아했어요" 하고 그녀는 말을 꺼냈다.

"아!" 하고 엘리자베스-제인은 대답했다.

"그들은 깊은 사이였어요 — 무척. 그 남자는 그 여자를 무척 사랑했고, 그 여자는 그 남자가 여자를 사랑했던 만큼 깊이 사랑하지는 않았던 사이였어요. 그런데 남자는 어느 순간 충동을 일으켜 순전히 보상 심리에서 그 여자에게 자기의 아내가 되어 줄 것을 제의했고 그 여자는 이를 받아들였어요. 그렇게 진행되던 결혼에 뜻하지 않은 걸림돌이 생겼어요. 하지만 그녀는 그 남자를 너무도 깊이 사랑했기 때문에 도저히 다른 남자에게로는 시집갈 수 없다고 생각했지요. 설사 그녀가 그렇게 하려고 노력했더라도 말이에요. 그 후부터 그들은 사이가 많이 벌어지고, 오랫동안 서로의 소식을 듣지 못했어요. 그래서 그녀는 자기 인생이 완전히 꽉 막혀 버렸다는 생각을 갖게 되었어요."

"아, 가엾은 아가씨!"

"그 여자는 그 남자 때문에 정신적 고통을 많이 받았어요. 그들 간에 있었던 일이 전적으로 그 남자에게만 잘못이 있었던 것은 아니지만 말이에요. 마침내 그들 사이를 갈라놓았던 장애물이 전혀 예상치 않게 없어지게 되었어요. 그래서 다시 그는 그 여자에게로 돌아왔어요. 결혼하려고 말이지요."

"아주 기쁜 일이네요!"

"그러나 그 사이에 그 여자는—내 가련한 친구는—그 사람보다 더 좋아하는 한 남자를 만났던 거예요. 자 문제는 여기에 있어요. 그 여자는 서슴없이 옛날의 첫 남자를 버릴 수 있을까요?"

"어떤 새로운 남자를 그 여자가 더 좋아한단 말이지요? 그러면 안 되는 일인데요!"

"그렇지요" 하고 루세타는 양수장의 펌프 손잡이에 매달려 노는 한 소년을 바라보며 고통스런 표정으로 말했다.

"새로운 남자를 만나는 것이 나쁜 일이긴 해요! 하지만 그 여자가 우연히도 그 첫 남자와 모호한 관계에 빠져들었다는 점을 염두에 두어야 해요. 첫 번째 남자는 두 번째 남자만큼 교육도 받지 못했고 세련되지도 않았을 뿐 아니라, 시간이 흐를수록 그녀가 처음 생각했던 것보다 남편으로서 바람직하지 못한 여러 가지 단점을 발견했단 말이에요."

"저는 뭐라 대답할 수 없어요." 엘리자베스-제인이 생각에 잠겨 말했다. "그건 대단히 어려운 일이에요. 그 문제를 해결하자면 교황님한테 찾아가야겠어요."

"아가씨는 대답하고 싶지 않은 모양이지요, 아마도?"

루세타의 호소하는 목소리는 그녀가 엘리자베스의 판단에 얼마나 의지하고 있는지를 역력히 드러내고 있었다.

"그래요, 템플먼." 엘리자베스는 시인했다. "난 차라리 말하지 않겠어요."

그러나 루세타는 자신의 비밀을 다소 털어 놓았다는 그 단순한 사실만으로도 마음이 홀가분해진 것 같았으며, 두통도 서서히 누그러지고 있었다.

"거울 좀 가져와 보세요. 사람들 눈에 내 모습이 어떻게 보일까요?" 하는 그녀의 말에는 힘이 빠져 있었다.

"뭐, 약간 피로한 기색이에요" 하고 엘리자베스는 비평자의 눈으로 그녀를 미심쩍게 바라보았다. 그녀는 거울을 가져와 루세타가 볼 수 있도록 들었다. 루세타는 근심스럽게 거울을 비춰보았다.

"시간이 좀 지나면 괜찮을지 모르겠군요" 하고 그녀는 잠시 후 말했다.

"예, ─ 아주요."

"나의 가장 큰 약점이 뭘까요?"

"두 눈 밑이요, ─ 거기가 약간 푸르스름해요."

"그래요, 거기가 나의 가장 큰 약점이란 걸 알고 있어요. 몇 년쯤 후면 내가 형편없이 밉게 늙어 버릴까요?"

엘리자베스가 그녀보다 나이는 어렸지만 이런 이야기를 나눌 때에는 경험이 풍부한 현자의 역할을 해온 데는 충분한 이유가 있었다.

"글쎄요, 5년쯤 지나면요?" 하고 그녀는 마치 선고하듯이 말했다. "아니면, 조용히 편안한 생활을 한다면 10년까지도 갈 수 있어요. 애정문제로 신경만 덜 쓴다면 10년쯤은 생각할 수 있어요."

루세타는 엘리자베스의 이런 평가를 올바른 판단으로 생각하는 듯했다. 그녀는 제3자의 경험처럼 아무렇게나 어렴풋이 그려 낸 자신의 과거사를 엘리자베스-제인에게 더 이상 들려주지 않았다. 침착하면서도 매우 다정다감한 엘리자베스는 예쁘고 돈 많은 루세타가 자신의 고백을 완전히 털어 놓긴 하지만 자기를 신뢰하지 않아 이름과 날짜에 관해서는 언급하지 않았다는 생각이 들어 그날 밤 잠자리에서 깊은 한숨을 지었다. 왜냐하면 루세타가 이야기하는 "제 3의 여인"이 바로 루세타 자신이라는 생각을 엘리자베스는 떨쳐 버릴 수가 없었기 때문이다.

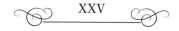

두 연인 사이

루세타의 마음속에 헨처드를 대신해서 들어선 존재가 파프레이라는 확증을 잡은 것은 파프레이가 루세타를 방문하면서 어색할 정도로 당황한 표정을 지었을 때부터였다. 형식적으로 말한다면 그는 템플먼과 엘리자베스와도 대화를 나누었지만, 사실은 같이 방 안에 앉아 있으면서도 도널드는 엘리자베스가 그의 눈에 띄지 않는 듯 그녀에게 전혀 시선을 주지 않았다. 그리고 그는 그녀의 재치 있는 간단한 말들에 퉁명스럽고 냉담한 외마디로 대답했다. 그의 표정과 능력은 겉모습뿐만 아니라 기분과 의견, 또한 신념에서조차 엘리자베스보다 더 프로테우스1 신 같은 다양성을 뽐낼 수 있는 여인에게 매여 있었다. 루세타는 엘리자베스를 대화의 테두리 속으로 끌어들이려 무던히 애썼다. 그러나 엘리자베스는 세 사람이 함께하는 자리에 그 테두리가 닿을 것 같지 않은, 어색한 제3의 지점처럼 고립되어 남아 있었다.

수전 헨처드의 딸은 그녀가 일찍이 보다 어려운 환경에도 잘 버텨 냈듯이 지금 냉랭하고 싸늘한 아픔과 상처를 용케도 잘 버텨 내고 있다. 그러나 어색하기 짝이 없는 그 방에서 남에게 아쉬움을 남기지 않고 가능한 한 빨리 빠져나오고 싶었다. 그 스코틀랜드 남자는 사랑과 우정 사이의 미묘한 균형을 유지하며 엘리자베스와 함께 춤추고 거닐었던 그때의 파프레이가 아닌 것처럼 보였다. 그때가 그녀에게는 사랑의 역사에서 혼자 지내면서도 고통스럽지 않았다고 말할 수 있는 기간이었다.

엘리자베스는 그녀의 침실 창문에서 태연하게 밖을 내다보며 그녀의 운명에 대해, 마치 그 운명이 가까이 있는 교회의 탑 꼭대기에 매달려 있는 종탑처럼 위태롭다는 생각이 들었다.

"이제 알겠어" 하고 그녀는 마침내 손바닥으로 창틀을 가볍게 탁 치면서 입을 열었다. "**그가** 그녀가 일전에 나한테 들려준 이야기의 두 번째 남자야!"

이 기간 동안 내내 루세타에 대한 헨처드의 들끓는 감정은 그 일의 전후 사정에 의해 부채질되어 점점 더 높은 분노의 불길로 타올랐다. 그는 자신이 지금은 식어 버렸지만 한때 따뜻한 동정을 보냈던 그 젊은 여인이 이제는 만나기도 쉽지 않은 데다, 보다 성숙한 아름다움으로 자신의 인생을 만족시켜 줄 자격이 있는 장본인이라고 생각하던 중이었다. 하지만 하루하루가 지나며 그녀 쪽에서 아무 반응이 없자, 그는 거리를 둔 채 그녀를 품 안으로 데려오겠다고 생각하는 것은 아무 소용없다는 사실을 깨닫게 되었다. 그래서 그는 그 방법을 버리고 그녀를 재차 방문했다. 마침 엘리자베스-제인은 집에 없을 때였다.

그는 약간 어색하고 무거운 발걸음으로, ―파프레이의 온화한 눈빛과 비교하면― 마치 달과 이웃한 태양처럼 강렬하고 포근한 시선으로 바라보면서, 그리고 실로 오래 된 자연스러운 다정한 친구의 태도로 방을 가로질러 다가갔다.

그러나 그녀의 태도가 옛날 같지 않았다. 그리고 그녀가 악수하려 내민 손길이 너무도 차갑고 냉랭했기 때문에 그는 맥이 빠진 사람처럼 의자에 앉았다. 그는 옷의 유행에 관해서는 별로 관심이 없었지만 그가 지금까지 거의 자신의 사람으로 꿈꾸어 오던 그녀 옆에서 자신의 차림새가 적당치 못하다는 것을 충분히 느꼈다. 그녀는 그가 방문해 준 친절에 대해 매우 정중하게 말했다. 그 말이 그에게 마음의 안정을 찾도록 해 주었다. 그는 불안한 심정을 억누르면서 그녀의 얼굴을 유심히 바라보며 말했다.

"아니, 난 당연히 올 데를 왔어, 루세타." 그가 말했다. "그런데 무슨 그런 뚱딴지같은 말을 하지? 그동안 내가 여길 오고 싶어도 상황이 어쩔 수 없었다는 것을 당신도 잘 알지 않소. 나한테 조금이라도 애정이 있었더라도 말이오. 나는 당신 자신한테는 소홀하면서도 나에게 너무 신경을 많이 써 주었던, 그로 인해 당신이 잃은 것들을 보상해 주기 위해 관습이 허락하는 대로 당신과 결혼할 준비가 되어 있다고 말하려고 이렇게 찾아왔소. 결혼 날짜는 당신 생각에 좋을 듯하면 날이건 달이건 아무 때라도 잡아보도록 하시오. 나는 전적으로 당신이 하자는 대로 할 테니까. 이런 일에 관해선 당신이 나보다 낫지 않소."

"아직 너무 일러요" 하고 그녀는 말을 회피했다.

"그럼, 그럼. 나도 그렇게 생각하오. 하지만 루세타, 내 불쌍하고 가련한 수전이 세상을 떠난 뒤 내가 느낀 건, 그때는 재혼에 대해 생각할 상황이 아니었지만, 지금은 우리 둘 사이에 결혼을 미룰 아무런 장애가 없다는 생각이 들었소. 그렇다고 내가 결혼을 억지로 서둘러 하고 싶은 마음은 아니오. 왜냐하면 당신이 가진 재산을 내가 탐내서 결혼을 서두르는 인상을 주고 싶지 않기 때문이오."

헨처드의 목소리는 조금씩 낮아졌다. 그는 지금 자신의 말투와 태도가 집밖에서와는 비교도 안 될 정도로 거칠다는 것을 의식했다. 그는 벽에 걸려 있는 고상한 물건들과 우아한 가구들이 있는 방 안을 빙 둘러보았다.

"놀라운데, 이런 가구들을 캐스터브리지에서 살 수 있다고는 전혀 생각 못했는걸" 하고 그가 말했다.

"이곳에서는 살 수 없지요." 그녀가 말했다. "앞으로도 이 도시에 문명의 역사가 50년이 더 흘러간 후라도 살 수 없을 거예요. 이것들을 여기로 운반해 오는 데 마차 한 대와 말 네 필이 필요했어요."

"음, 당신은 마치 돈 더미 위에서 사는 것 같구먼."

"오, 아니에요, 그렇지 않아요."

"돈이야 많을수록 좋지, 하지만 사실은, 당신이 이렇게 변한 모습이 당신에 대한 내 태도를 다소 어색하게 만들어."

"그건 왜요?"

대답이 꼭 필요한 것도 아니어서 그는 대답하지 않았다.

"글쎄" 하고 그는 말을 이었다. "루세타, 아마 당신이 재산가가 되는 것을 보고 싶었던 사람은 나 말고는 이 세상에 아무도 없었을 것이오. 없고말고. 단언컨대, 당신에겐 이런 모습이 더 어울리는구려."

그는 그녀에게 너무도 뜨거운 시선을 보냈지만 그녀는 그의 시선을 의식하고 약간 몸을 움츠렸다.

"당신이 그렇게 말씀해 주시니 저는 대단히 감사해야겠군요" 하고 그녀는 다소 의례적인 어투로 말했다. 서로 교감하기를 꺼려하는 그녀의 태도를 의식하자 헨처드는 곧바로 서운함을 드러냈다. 헨처드보다 그런 감정을 더 빨리 드러내는 사람은 없었다.

"당신이 내가 한 말에 감사해도 좋고 안 해도 상관없지만. 내가 말하는 일들이, 최근에 와서 당신이 기대해 온 바대로 빛을 보지 못한다 할지라도 내가 한 말은 진심이오, 루세타 마님."

"저에게 그런 식으로 말씀하시다니, 기분이 썩 좋지 않군요."

루세타는 두 눈을 부릅뜨며 입을 삐죽 내밀었다.

"천만에!" 헨처드 역시 언짢은 표정으로 대꾸했다. "하지만 이봐, 내 말 좀 들어 보구려. 나는 당신과 다투려고 여기 온 것이 아니잖소. 나는 저지섬에서 당신의 마음을 상하게 했던 못된 적들을 잠재울 진지한 제안을 갖고 찾아온 것이오. 그러니까 당신은 나에게 감사해야 하오."

"어쩌면 그렇게 말할 수 있어요!" 그녀는 발끈하면서 되받았다. "여자로서 나에게 잘못이 있다면, 그것은 내가 지나치게 순수한 소녀의 감정으로 당신을 만났던 것이고, 사태를 바로잡는 일은 너무 등한시했다는 것뿐이며, 남들이 내가 잘못했다고 말해도 난 잘못이 없으니 당신에게 그렇게 빈정거림을 받을 이유가 없어요. 내가 그 시절에 받은 정신적 고통이란 말로 표현할 수 없을 정도로 너무나 컸어요. 그때 당신은 부인이 돌아왔다고, 그래서 나와는 헤어져야겠다는 편지를 보냈지요. 그러니 이제 제가 당신의 어떤 제안에 대해 무관심하더라도 그런 결정이 저한테는 정당한 것임에 틀림없어요."

"그건, 그렇긴 하지." 그가 말했다. "하지만 내가 말하는 것은 당신이 현재 있는 그대로가 아니라 다른 사람의 눈에 그렇게 보이고 있기 때문이오. 그러니까 내 생각으론 당신은 나를 받아들여 가정을 이루는 것이 합당한 일이오. 당신의 명예를 위해서도 말이오. 당신의 고향 저지에 알려져 있는 일들을 생각해서라도 그렇지 않겠소?"

"당신은 어쩜 저지 이야기만 해요! 나는 영국 사람이란 말이에요."

"그래, 그래. 어쨌건, 내 제의에 어떻게 할 참이오?"

그들이 알게 된 이후 처음으로 루세타는 조목조목 따지고 들었다. 그러면서도 그녀는 여전히 주저하는 모습이 역력했다.

"당분간 날 이대로 내버려 두세요" 하고 그녀는 약간 당황하면서 말했다. "저를 그저 안면 있는 사람으로만 대하세요. 저도 그렇게 할 테니까. 세월이 지나면⋯."

여기서 그녀는 말을 중단했다. 그도 앉아 있을 뿐 그 공백을 메울 말을 하지 않았다. 서로에게 이러한 침묵보다 더 긴급한 일은 없었기 때문이다.

"그게 우리가 가야 할 길이구먼, 그렇지?" 하고 그는 자신의 생각이 옳다는 듯 고개를 끄덕이며 단호하게 말했다.

반사되어 비추는 노란 햇살이 잠시 동안 방 안을 가득 채웠다. 시골에서 갓 묶여진 건초 더미가 파프레이의 이름이 새겨진 마차에 실려 루세타의 저택 앞을 지나치면서 반사된 빛이었다. 그 옆에는 파프레이가 말 등에 올라타서 따라가고 있었다. 이때 루세타의 얼굴은 사랑하는 남자가 유령처럼 눈앞에 나타났을 때 짓는 여인의 얼굴처럼 갑자기 환하게 밝아졌다.

헨처드가 그 장면을 보기 위해 창밖을 한 번이라도 내다봤으면, 자신이 그녀에게 접근하기 어려운 이유를 금방 알아냈을 것이다. 그러나 헨처드는 그녀의 알 수 없는 차가운 말투를 평가하느라고 방바닥만 쳐다보고 있었기 때문에 루세타의 얼굴에 드러난 따뜻한 표정을 알아보지 못했다.

"여자들이란 믿을 수 없는 존재야. 절대 정을 주지 말아야 한다고" 하고 그는 점점 힘주어 말하면서 몸을 흔들어 움직이며 일어났다.

그동안 루세타는 자신의 그러한 감정을 그가 조금이라도 눈치채지 못하도록 하기 위해 그에게 왜 벌써 가느냐고 하면서 사과를 몇 개를 가지고 나와 깎아 줄 테니 먹고 가라고 권했다.

그러나 그는 그것을 먹으려 하지 않았다. "아냐, 아냐. 이런 건 내 식성에 맞지 않아" 하고 덤덤하게 말하고, 그는 문 쪽으로 발길을 옮겼다. 밖으로 나가면서 그는 그녀에게로 시선을 돌렸다.

"당신은 순전히 나 때문에 캐스터브리지에 살러 온 거요." 그가 말했다. "그런데도 이제 와서 나의 제의에 아무런 대답조차 하지 않으려 하다니!"

그가 계단을 내려가자마자 그녀는 소파 위에 털썩 주저앉았다가 기를 쓰고 다시 벌떡 일어섰다.

"나는 그이를 사랑할 **거야!**" 하고 그녀는 힘주어 소리쳤다. "**그 사람은**─성미 급하고 냉혹해. 그런 것을 알면서도 나 자신을 그 사람한테 얽어맨다는 것은 미친 짓이야. 나는 과거의 노예가 되지 않겠어. 나는 내가 좋아하는 사람을 사랑할 테야!"

이제 사람들은 그녀가 헨처드와의 인연을 끊기로 작정했기 때문에 파프레이보다도 더 나은 사람을 선택할 능력이 다분히 있다고들 생각했다. 그러나 루세타는 사리를 따지는 사람이 전혀 아니었다. 그녀는 자기가 옛날에 알고 지내던 사람들에게서 험담을 듣는 게 두려웠다. 그녀에게는 살아 있는 친척이 없었다. 그래서 선천적으로 경솔한 마음을 가지고 운명이 제시하는 것을 기꺼이 받아들였다.

엘리자베스-제인은 수정같이 맑고 순수한 마음으로 두 연인 사이에 낀 루세타의 처지를 살피면서, 그녀가 아버지라 부르는 사람과 도널드 파프레이가 루세타를 차지하기 위해 매일 더욱 필사적으로 달려드는 것을 놓치지 않고 지켜보았다. 파프레이 입장에서는 미혼의 젊은 이로서 어색하지 않은 자연스러운 젊음의 정열이었으며, 헨처드 편에서는 완숙한 나이에 부자연스럽게 자극된 충동이었다.

루세타는 두 남자를 두고 무척 고통스러워했으나 헨처드와 파프레이는 그녀의 고민이 무엇인지를 전혀 눈치채지 못했다. 루세타의 손가락이 가시 하나에 찔리기만 해도 두 남자는 서로 그녀가 죽어가고 있기라도 한 듯 깊은 염려를 나타냈다. 반면에 엘리자베스가 몸이 불편하다거나 병으로 몹시 앓고 있다는 소식에는 의례적인 동정의 말만 한마디 하고는 곧 잊어버렸던 것이다. 파프레이는 그렇더라도 헨처드마저 자신을 그렇게 대한다는 자각은 그녀에게 자식으로서의 슬픔을 다소 일깨웠다. 그가 배려해 주겠다고 공언한 뒤 자신이 과연 어떤 행동을 했기에 그렇게 무시당하는 것인지 그녀는 자문하지 않을 수 없었다. 그녀는 파프레이의 무시에 대해서도 솔직하게 생각해 보니 그의 행동이 지극히 당연하다고 생각했다.

루세타 옆에서 이런 고민을 해야 하는 엘리자베스, 그녀는 도대체 누구인가? — 그녀는 캄캄한 밤 저 높은 하늘에 반짝이는2 아무도 관심을 가져 주는 이 없는 "밤의 보잘것없는 별 하나"3에 불과했다.

그녀는 일상생활에서 포기라는 교훈을 이미 배웠으며, 하루로 설정된 태양에 익숙하듯 매일 소망이 허물어지는 데 익숙해져 있었다. 그녀가 살아온 속세의 생애가 그녀에게 삶의 철학을 일깨워 주기에는 부족했을지언정 적어도 그녀를 이러한 환경 속에서 잘 단련시켜 주었다. 그녀의 경험은 연속적인 순수한 실망보다는 일련의 대안과 같은 것이었다. 그녀가 소망해 왔던 바는 그녀에게 계속 주어지지 않았으며, 그녀에게 주어져 온 바는 그녀가 바랐던 바가 아니었기 때문이었다. 따라서 도널드가 엘리자베스의 확실한 연인이 아니었던 것처럼 그녀는 지난날 간직하고픈 추억을 애써 잊으려 하며 파프레이를 대신할 사람을 하늘이 그녀에게 내려 보내 줄지도 모른다고 생각했던 것이다.

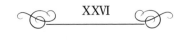

XXVI

경쟁자

어느 맑은 봄날 아침 헨처드와 파프레이는 이 도시의 남쪽 성벽을 따라 뻗어 있는, 밤나무가 늘어선 산책길에서 우연히 만났다. 그들은 각각 이른 아침 식사를 마치고 산책을 나왔으며, 그들 말고 다른 사람은 없었다. 헨처드는 자신의 편지에 회답으로 보내 온 루세타의 편지를 읽고 있었는데, 그 편지에서 그녀는 그가 바라던 두 번째 면담을 그에게 즉시 허락하지 못하는 변명을 늘어놓았다.

도널드는 현재의 부자연스러운 상황에 대해 예전의 친구, 헨처드와 대화를 나누고 싶지 않았다. 그렇다고 얼굴을 찡그린 채 말 없이 그의 앞을 지나치는 것도 민망했다. 그가 고개를 끄덕이자 헨처드도 같이 인사했다.

그들이 서로 지나쳐 몇 걸음 걸어가고 있을 때, "파프레이!" 하고 부르는 소리가 들려왔다. 헨처드의 목소리였다. 그는 파프레이를 바라보고 있었다.

"자네 기억하나?" 하고 헨처드는 마치 파프레이에게 말을 건 것은 사람이 아니라 어떤 상념이라는 듯이 말했다. "그 두 번째 여인에 관한 나의 이야기가 기억나나? 생각머리 없이 나와 친밀하게 지냈다는 이유로 괴로워했다는 그 여자 말이야."

"생각납니다." 파프레이가 대답했다.

"그것이 어떻게 시작되어 어떻게 끝났는지를 자네한테 들려준 것도 기억하나?"

"네."

"글쎄, 내가 얼마 전에 홀가분해진 마음으로 지금 그녀에게 결혼하자고 했더니 그녀는 나와 결혼하지 않으려 한다네. 그런데 자네는 그녀를 어떤 여자라고 생각하나? 자네의 생각을 듣고 싶네."

"저, 시장님은 이제 더 이상 그 여자분한테 진 빚이라고는 없다고 생각합니다" 하고 파프레이는 진심에서 우러나오듯 대답했다.

"그건 사실이야" 하고 말하더니 헨처드는 가던 길을 계속 걸었다.

그가 편지를 읽다가 고개를 들어 파프레이에게 그러한 질문을 했다는 것은 루세타에 대한 파프레이의 감정이 변하는 전환점이 될 수도 있었으나, 실제로 그녀의 현재 위치는 헨처드의 이야기에서 나온 젊은 여인과 너무 달라서 그것만으로는 파프레이가 그녀의 정체를 판단하기에는 너무 부족했다. 헨처드 역시 그의 머릿속을 스친 파프레이에 대한 의심이 파프레이의 말과 태도로 사라져 버린 셈이었다. 그들 두 사람은 의식적으로 적대감을 품고 있는 그런 사이는 아니었다.

그러나 헨처드는 제3자로 인한 적대심만은 확실히 존재한다고 생각했다. 그는 루세타 주변의 분위기에서 그것을 느낄 수 있었으며, 그녀의 필치에서 그것을 볼 수 있었다. 따라서 어떤 적대적인 힘이 작용해서 그가 그녀에게 접근하려 하면 자신이 마치 역류하는 물결 속에 서 있는 듯했다. 그것이 그녀의 타고난 변덕 때문이 아니라는 것을 그는 점점 확신했다. 그녀의 창문들은 마치 그를 원하지 않는 것처럼 깜박거리고 있었고, 커튼은 마치 그를 몰아내는 존재를 가리고 있기라도 하듯이 음흉한 모습으로 걸려 있었다. 그 존재가 누구인지를 — 결국 실제로 파프레이인지 혹은 다른 사람인지를 알아보기 위해 그는 루세타를 한 번 더 만나려고 무던히 애썼다. 그리하여 마침내 그녀를 만나는 데 성공했던 것이다.

이야기 중에 그녀가 차를 권할 때 그는 그녀에게 혹시 파프레이 씨를 알고 있느냐고 조심스럽게 물었다. 아, 틀림없었다. 그녀는 그를 안다고 분명히 대답했다. 이 도시의 중심지와 투기장이 내려다보이는 전망대와 같은 곳에서 살고 있기 때문에 그녀는 캐스터브리지의 거의 모든 사람을 알게 되지 않을 수 없다는 것이었다.

"생기발랄한 젊은 친구지" 하고 헨처드는 말했다.

"그래요" 하고 루세타가 대꾸했다.

"우리는 둘 다 그를 알고 있어요" 하고 다정한 엘리자베스-제인은 자기 동거인의 눈에 띄는 어색한 분위기를 덜어 주기 위해 끼어들며 말했다.

갑자기 출입문을 두드리는 노크소리가 들려왔다. 세 번 크게 들리더니 마지막으로 짧게 한 번 들려왔다.

"저런 종류의 노크 소리를 들어 보니 반반이야. 상류층인 것 같기도 하고, 신분이 낮은 사람 같기도 하군." 이렇게 그 곡물 도매상인은 혼잣말했다.

"그러니까 그자라 할지라도 놀라워할 것 없지."

아니나 다를까 곧바로 도널드가 걸어 들어왔다.

루세타는 마음이 불안해 안절부절못하고 허둥댔는데, 그녀의 이러한 태도는 헨처드의 의구심을 더욱 키웠지만, 그 의심이 맞다는 특별한 증거가 드러난 것은 아니었다. 헨처드는 자신이 이 여인에 대해 괴상망측한 입장에 처해 있다는 생각이 들자 여간 고약한 상태가 아니었다. 루세타는 모두에게 손가락질 받을 때 자신을 버리고 떠났다고 그를 책망했던 여자였다. 그래서 그에게 자신의 요구를 들어줄 것을 강력하게 주장했었다. 그를 기다리면서 살아왔던 처음 얼마 동안은 점잖게 그를 찾아와 그를 위해 자신이 처했던 거짓된 처지를 바로잡아 달라면서 자신을 방문해 주길 줄기차게 요구하기까지 한 여인이 아니었던가. 이것이 그때까지의 그녀였다. 그런데 지금 그는 그녀의 주의를 끌려고 애쓰는 동시에, 마치 사랑에 빠진 어떤 바보 같은 젊은 이처럼 성적 분노감 때문에 함께 그 자리에 앉아 있는 다른 남자를 악당이라고 느끼면서 그녀의 탁자에 앉아 있는 것이다.

그들이 어둠이 깔린 탁자에 나란히 뻣뻣하게 앉아 있는 모습은 마치 엠마오에서 저녁 식사를 하는 두 제자의 모습을 담은 토스칸1의 그림 같았다. 루세타는 제3의 후광으로 둘러싸인 인물2로서 그들을 마주하고 앉아 있다. 엘리자베스-제인은 이 자리에서 벗어나, 그들과 아예 어울리지 않고 떨어져 있었으므로 마치 그것을 기록해야 하는 복음서의 저자처럼 거리를 두고 이 장면을 관찰하고 있었다.

오랫동안 아무도 말이 없었다. 이런 침묵은 바깥의 정황, 즉 숟가락과 사기그릇이 부딪치는 소리, 손수레나 짐마차 지나가는 소리, 창문 밑 보도 위의 구둣발소리, 마차몰이꾼의 휘파람소리, 맞은편 공동 양수장에서 물 쏟아지는 소리, 이웃사람들끼리 인사 나누는 소리, 저녁먹이를 운반해 가는 말들의 멍에가 덜그럭거리는 소리에 모두 빨려들어가 버렸다.

"버터 바른 빵을 좀더 드시겠어요?" 하고 루세타는 헨처드와 파프레이에게 똑같이 말하면서 길쭉한 조각들이 가득 담긴 쟁반을 그들 사이로 내밀었다. 헨처드는 길쭉한 빵 조각의 한쪽 끝을 잡고 파프레이는 반대쪽의 끝을 잡았다. 두 사람은 각자 자신이 먼저 잡았다고 생각했다. 서로 놓지 않고 잡아당겨서 그 빵 조각은 두 동강이 났다.

"오, 정말 죄송해요!" 하고 루세타는 킬킬거리면서 소리쳤다. 파프레이도 웃으려 했지만 그는 루세타를 사랑하는 마음이 너무도 가득 차 있었기 때문에 그 일을 비극적으로 생각하지 못했다.

"저 세 사람이 하는 짓들이 참으로 우습기 짝이 없어!" 하고 엘리자베스는 혼잣말로 중얼거렸다.

헨처드는 루세타와 파프레이에 대한 확실한 증거를 잡지도 못했지만 **경쟁자**가 파프레이일 것이라는 심증으로 그 집을 떠났다. 그렇지만 그는 단정하고 싶지 않았다. 그러나 엘리자베스-제인은 도널드와 루세타가 이제 막 사랑하게 된 연인 사이임을 이 도시의 공동 양수장을 바라보는 것만큼이나 명백하게 알고 있었다. 루세타는 주변을 조심하면서도 마치 새가 자기 둥지를 흘깃흘깃 바라보듯 파프레이에게로 그녀의 시선이 향하고 있는 것을 억제할 수 없었던 때가 한두 번이 아니었다. 그러나 이런 루세타의 모습을 보고도 예민한 관찰력이 없는 헨처드는 불빛 아래의 이와 같은 사소한 동작을 알아차리기에는 지나치게 통이 큰 사람이어서 그것이 그에게는 사람의 귀가 들을 수 있는 범위를 넘어선 벌레 소리와 다름없었다.

그러나 그는 불안하기만 했다. 루세타에 대한 구혼이 잘 성사되지 않으면서 적대감이 늘어 가고 사업도 신통치 않았다. 사업을 둘러싼 경쟁의 조잡한 물질성에 불타는 영혼이 보태져서 그를 더욱 불안하게 했다

이런 식으로 고조된 적대감은 헨처드로 하여금 당초 파프레이 때문에 자리를 빼앗겼던 지배인 조프를 불러들이게 만들었다. 헨처드는 오가는 길에 이 사내를 자주 보았고 그의 옷차림에서 궁핍한 처지라는 것을 알았으며 그가 캐스터브리지에서 살 수 있는 최후의 수단3으로 이 도시의 빈민가 믹센 레인4에 살고 있다는 말을 들었다. 그것들만으로도 사내가 하찮은 조건에 집착할 수 없는 상황이라는 증거는 충분했다.

조프는 어두워지자 헨처드 집의 앞마당 문을 통해 들어왔다. 그는 손으로 건초 더미와 밀짚이 쌓인 속으로 길을 헤치고 들어와 헨처드가 혼자 그를 기다리는 사무실로 들어섰다.

"나는 다시 지배인이 없네. 자네 지금 일자리 있나?" 하고 그 곡물 도매상이 말했다.

"저는 거지나 다름없습니다, 시장님."

"보수는 얼마나 바라나?"

조프는 매우 낮은 보수를 말했다.

"언제부터 일할 수 있겠나?"

"지금 당장이라도 할 수 있습니다요, 시장님."

그런데 조프는 두 손을 호주머니에 꽂고 윗도리의 두 어깨 부분이 햇볕에 바랄 때까지 길모퉁이에 서서 장터를 오가는 헨처드를 규칙적으로 지켜보며 그의 됨됨이를 헤아려 보았다. 또한 한 곳에 조용히 머물러 있는 사람이지만 헨처드가 분주하게 움직이는 데 대해 잘 알고 있었다. 조프는 평소 말이 없지만 헨처드와 입이 무거운 엘리자베스를 빼 놓고는 캐스터브리지에서 루세타가 저지 출신이라는 것을, 그러나 배스 출신이나 다름없다는 것을 알고 있는 유일한 사람이었다.

"저도 저지를 알고 있습니다, 시장님" 하고 그는 말했다. "시장님께서 이런저런 사업을 하고 계실 때 저도 그곳에 살았었지요. 오 참, 그곳에서 시장님을 가끔 뵙기도 했지요."

"그래!… 아주 좋네. 그러면 이 문제는 결정됐어. 자네가 나한테 먼젓번에 보여 주었던 추천서들로 충분하네."

헨처드는 사람의 특유한 성품은 어려움에 처하게 되면 본성이 드러나고 더 나빠질 수도 있다는 사실을 아마 깨닫지 못한 것 같았다. 조프는 고맙다고 말하고, 그는 마침내 정식으로 그 자리를 차지했다고 생각하면서 한층 더 굳게 버티고 섰다.

"이제" 하면서 헨처드는 강렬한 눈빛으로 조프의 얼굴을 꼼꼼히 살피며 말했다. "한 가지 일이 나한테 필요해. 이 지방 최대의 곡물 및 건초 장사꾼으로서 말일세. 그 스코틀랜드 친구 말이야, 이 도시의 상권을 뱃심 좋게도 잡아 흔들고 있는데 말이야. 그자를 잘라 내야겠어. 자네 듣고 있나? 나와 그자는 함께 공존할 수 없단 말일세. 그것만큼은 명백한 사실이야."

"저도 모두 보아 알고 있습니다." 조프가 말했다.

"물론, 내 말은 공명정대하게 하자는 말이야." 헨처드는 말을 계속했다. "하지만 공명정대한 것만큼이나 가혹하고, 매섭게, 그리고 단호하게 말일세. 오히려 그보다 더 해야지. 그렇게 죽기 아니면 살기로 그가 지쳐 자빠지도록 필사적으로 값을 낮춰 제시한다면 농장주들의 관례로 보아 그를 가루로 만들 수 있을 거야. 그를 굶겨 내쫓게 될거야. 나한테는 그렇게 할 자본이 충분히 있어, 알겠나? 따라서 나는그렇게 할 수 있는 힘이 있단 말일세."

"저도 전적으로 그렇게 생각합니다" 하고 새 지배인이 말했다.

조프는 파프레이가 한때 자신의 자리를 빼앗았던 사람이라는 적대감을 갖고 있었다. 이러한 감정이 그를 자발적 하수인으로 만들었으며 동시에 사업상으로는 헨처드가 생각했던 것 이상으로 위험 부담을지닌 인물이 되게 했다. "파프레이 그 사람은 일 년 앞을 내다보는 어떤 안경을 갖고 있음에 틀림없다고 저는 가끔 생각했습니다" 하고 조프는 덧붙였다.

"그자는 무엇이든 손만 대면 행운을 가져오는 그런 비결이 있어요."

"그는 속이 깊어, 정직한 사람은 누구도 그 속을 헤아릴 수 없단 말일세. 하지만 우리는 그 속을 얕게 만들어 놓아야 해. 그리고 많이 사들여 그를 압도해야 해. 그러면 그를 파멸시킬 수 있을 거야."

그들은 곧 이 일을 달성시킬 방법에 대한 세밀한 토의에 들어갔다. 그리하여 늦게 헤어졌다.

엘리자베스-제인은 그녀의 의붓아버지가 조프를 채용했다는 것을 우연히 들었다. 그녀는 그 사람이 그 자리의 적임자가 아니라는 것을 너무도 잘 알고 있었기 때문에 아버지를 만나자 헨처드의 노여움을 살 위험을 무릅쓰고 자기의 우려를 표시했다. 그러나 소용없는 일이었다. 헨처드는 그녀의 이의를 신랄한 꾸중으로 봉쇄해 버렸다.

계절의 날씨가 그들의 계획을 도와주는 듯했다. 때는 외국의 경쟁이 곡물거래에 혁명을 일으켜 놓기 직전이었다. 이때는 아직도 먼 옛날처럼 매달마다 밀 시세가 전적으로 국내의 수확에 달려 있었기 때문이었다. 밀 수확이 좋지 않았거나 좋지 않을 전망이 보이면 곡물가격을 몇 주일 내로 두 배로 인상시켰으며, 반면 수확이 좋을 조짐이 보이면 그 값을 급속도로 하락시켰다. 곡물가격은 토목기술도, 측량술도, 혹은 표준도 없는 그 지방의 형편을 여러모로 말해 주는, 그 시기의 험한 도로들과 같았다.

농사짓는 사람의 수입은 그 사람의 능력한도에 따른 밀 수확에 좌우되었고, 그 밀 수확은 날씨와 밀접한 관계를 맺고 있었다. 따라서 농사꾼은 모든 촉각을 항상 하늘과 자기 주위의 바람에 집중시키고 있는 일종의 인간 기압계였다. 그들에게는 자기가 사는 지방의 기후가 무엇보다도 중요했다. 다른 지역들의 기후는 관심 밖의 문제였다. 농사꾼이 아닌 시골사람들도 기후에 대한 신의 역할을 오늘날의 시골사람들보다 더 중요시했다. 실로 이 문제에서 농민의 감정이란 너무도 민감해서, 평온한 오늘날에는 거의 납득이 가지 않을 정도였다. 그들의 감정은 때 아닌 비와 폭풍우 앞에 굴복하다시피 하여 비탄에 잠겼다. 그런데 이러한 비와 폭풍우는 가난이 죄인 사람들의 가정에 찾아오는 알라스토르5였다.

한여름이 지나고 나면 그들은 사랑방에 앉아 있는 사람들이 마당에서 서성거리는 비굴한 아첨꾼을 지켜보듯 바람개비들을 지켜보았다.

태양이 그들에게 생기를 불어넣어 주었다. 조용히 내리는 비가 그들의 마음을 안정시키기도 하고, 여러 주일간의 폭풍우는 그들을 멍하게 만들기도 했다. 그들이 지금 못마땅하게 생각하는 하늘의 그러한 변화를 그 당시에는 하늘의 심술궂은 행위로 생각했다.

때는 6월이었다. 날씨는 매우 좋지 않았다. 캐스터브리지는 말하자면 그 인근 촌락과 마을들이 그들의 형편을 알리는 벨 판6이기 때문에 따분하기만 했다. 상점의 진열장에는 새로운 상품 대신 지난여름에 외면당했던 물건들이 다시 모습을 나타내고 있었다. 중고 수확용 낫들, 모양이 뒤틀린 갈퀴들, 진열장에서 닳고 퇴색한 각반들, 낡아 빳빳해진 방수 장화들이 다시 나타났으며, 가능한 한 새것에 가깝게 잘 닦여져 있었다.

조프의 도움을 받는 헨처드는, 저장된 곡식은 손해가 막심하리라고 생각했다. 이러한 예견을 바탕으로 파프레이에게 대항할 전략을 짤 결심이었다. 그러나 행동으로 옮기기 전에 — 이런 소망을 가졌던 사람이 지금까지 얼마나 많았던가 — 당장 가능성이 제일 큰 것이 무엇인지를 알고자 했다. 그는 — 고집 센 사람들이 가끔 그러하듯이 — 미신을 믿고 있었다. 그래서 그는 이 일을 위해 한 가지 생각을 마음속에 키우고 있었다. 그것은 조프에게도 말하기 싫은 생각이었다.

이 도시에서 수 마일 떨어진 어느 외딴 촌락에 — 너무 외따로 떨어져 소위 쓸쓸한 마을들이 비교적 많았다 — 일기를 알아맞힌다는, 아니 날씨를 점친다는 기이한 평판을 지닌 한 사람이 살고 있었다. 그 사람의 집까지 가는 길은 몹시 꾸불꾸불했으며 진흙수렁이어서 지금처럼 날씨가 좋지 않으면 험난했다. 비가 몹시 퍼부어 담쟁이덩굴과

월계수 잎 사이에서 멀리서 듣는 총소리 비슷한 소리가 났다. 집을 나서는 사람이 그의 머리와 눈언저리까지 감쌀 구실을 찾을 수 있었던 어느 날 밤, 그 점쟁이의 오두막 위로 드리워져 있는 개암나무 덤불숲 쪽으로 그렇게 감싸고 걸어가는 한 사람이 있었다. 그 길은 넓은 도로가 좁은 도로로, 좁은 도로가 우마차가 다니는 길로, 우마차가 다니는 길이 말이나 다닐 수 있는 길로, 말이나 다닐 수 있는 길이 사람만 걸을 수 있는 길로 변해 있었으며, 사람만 걸을 수 있는 길은 잡초로 덮여 있었다. 이 외로운 보행자는 여기저기에서 미끄러지고 덤불 옆에 저절로 만들어진 천연의 덫7에 엎어져 가면서 마침내 그 점쟁이의 집에 다다랐다. 그 집은 정원과 함께 높고 짙은 울타리로 둘러싸여 있었다. 비교적 큰 그 오두막은 주인이 진흙으로 지었으며, 짚 지붕도 손수 이었다. 그는 언제나 이곳에서 살았고, 그는 여기서 일생을 마칠 거라고 생각되었다.

그는 점치고 받은 사례비로 하루하루 살아갔다.

"그 사람의 예언은 믿을 것이 못 돼"라면서 이 사람의 예언을 비웃지 않는 사람이 이웃에 별로 없는 반면, 그것들을 믿지 않는 척하면서도 마음속으로는 믿지 않는 사람이 드물다는 모순된 상황이었다. 사람들은 그에게 자문을 구할 때는 언제나 "일시적인 장난기에서" 그렇게 했다.

그들이 그에게 대가로 사례할 때는 경우에 따라 달랐다. "'성탄절의 아주 가벼운 선물' 혹은 '성촉절 선물'을 위해 얼마 되지 않는 돈이나마 가져왔습니다"라고 말하는 것이었다.

그 점쟁이는 자기 고객들이 좀더 정직하기를, 거짓으로 우롱하는 말을 덜 하기를 바랐을 것이다. 그러나 고객들의 근본적인 믿음이 피상적인 가식으로 표현된다는 점이 그를 위로했다. 앞서도 말했듯이 그와 같은 사람도 살아가기 마련이었다. 사람들은 자기의 집을 나서기만 하면 그를 후원해 주었기 때문이다. 그는 사람들이 교회에서는 고백을 많이 하면서도 믿고 의지하려는 것은 별로 없는 반면에, 자기 집에서는 고백은 적게 하면서도 많은 것을 믿고 의지하려 했기 때문에 때로는 놀라움을 금치 못했다.

사람들은 그의 평판 때문에 그의 등 뒤에서는 "사기꾼"8으로 불렸고, 면전에서는 "돌팔이" 폴9이라고 불렀다.

그의 집 정원의 울타리는 입구 위로 하나의 아치를 형성하고 있고, 사립문이 마치 담벼락처럼 끼워져 있었다. 이 문밖에서 그 키 큰 보행자는 걸음을 멈추고 마치 이를 앓고 있는 것처럼 손수건으로 얼굴을 감싼 후 통로를 따라 들어갔다. 창의 덧문들이 닫혀 있지 않아 안에 있는 그 점쟁이가 보였다. 그는 저녁밥을 짓고 있었다.

노크 소리에 폴이 손에 촛불을 들고 문간으로 나왔다. 방문객은 불빛 밖으로 살짝 물러나더니 의미심장한 어조로 물었다.

"이야기 좀 할 수 있겠습니까?"

주인의 들어오라는 말에 시골사람의 인사법으로 대꾸했다.

"고맙습니다만, 여기가 좋습니다."

방문객의 그러한 대꾸에 집주인은 밖으로 나올 수밖에 별 도리가 없었다. 그는 옷장 위 한쪽 구석에 촛대를 세워 놓고, 못에 걸려 있던 모자를 쓴 뒤 문을 닫고 나와 현관에서 손님과 어울렸다.

"나는 지금까지 오랫동안 당신이 할 수 있는 — 어떤 중요한 일들을 할 수 있다는 소문을 들었습니다" 하고 그는 가급적 자신의 개성을 억누르면서 침착하게 말을 시작했다.

"그렇다고 할 수 있지요, 헨처드 씨" 하고 일기 예언가가 말했다.

"아, 왜 나를 그렇게 부르시지요?" 하고 그는 놀라 묻는다. "그것이 선생의 이름이기 때문이지요. 선생이 찾아오시리라 믿고 나는 기다리고 있었습니다. 그리고 오시느라고 시장하실 듯하여 저녁밥을 두 그릇 지었지요. 여기 보세요."

그는 문을 밀어 열고 저녁 식탁을 보여 줬다. 식탁 앞에는 그 사람의 말대로 의자 하나가 더 놓여 있고, 식탁 위에는 칼과 포크, 접시와 물컵이 놓여 있었다.

헨처드는 사무엘10의 대접을 받는 사울11 같은 느낌이 들었다. 그는 몇 분 동안 말없이 있다가 지금까지 유지했던 냉담한 가면을 벗어던지고 말했다.

"그렇다면 내가 온 것이 헛되지 않았군요. … 그런데, 예를 들어 피부의 사마귀를 주문으로 물리칠 수 있습니까?" 하고 물었다.

"어렵잖게 하지요."

"연주창12 치료도 합니까?"

"그것도 한 일이 있습니다. 환자들이 낮과 마찬가지로 밤에도 두꺼비 가방13을 지니고만 있다면 할 수 있고말고요."

"날씨도 알아맞히세요?"

"노력과 시간이 필요하지요."

"그렇다면 이걸 받아요. 그건 크라운 은화14 한 닢입니다. 자, 앞으로 두 주 후의 수확은 어떻겠습니까? 언제쯤이면 내가 알 수 있나

60

요?"

"나는 이미 그걸 알아 놓았습니다. 따라서 선생께서는 당장 알 수 있습니다. (실은 이 나라의 여러 지방으로부터 다섯 명의 농장주들이 같은 용무로 이곳을 이미 다녀간 일이 있었다.) 태양, 달, 별들과 구름, 바람, 나무, 풀, 촛불 꽃, 제비, 풀 냄새와 또 고양이 눈, 까마귀, 거머리, 거미 그리고 똥 더미15에 따르면, 8월의 마지막 두 주일간은 비와 폭풍우의 연속입니다."

"물론, 확신할 수는 없겠지요?"

"모든 것이 확실치 않은 세상에서 사람이 사는 것처럼, 이번 가을에는 영국에서보다 〈요한계시록〉16 안에서 사는 것과 더 비슷할 거요. 내가 당신을 위해 대충 방안17을 적어드리리까?"

"오, 아닙니다, 아닙니다" 하고 헨처드가 말했다. "나는 이런 예언은 전적으로 믿지 않지만. 그런 문제는 두 번 세 번 생각하게 됩니다. 하지만 나는….."

"믿지 않으신다, 믿지 않으신다 ─ 아주 이해는 갑니다" 하고 사기꾼은 전혀 멸시하는 빛 없이 말했다.

"선생은 돈이 너무 많아 나한테 크라운 한 닢을 주셨습니다. 자, 식사가 준비되어 있으니 함께 식사나 좀 하지 않겠습니까?"

헨처드는 순간적으로 그 제의에 응할 뻔했다. 집 안으로부터 현관으로 흘러나오는 스튜의 냄새는 그의 코에 익숙한 고기, 양파, 후추, 야채 등으로 식욕을 돋웠기 때문이다. 그러나 그곳에 친숙하게 앉아 있노라면 그 일기 예언자의 신봉자로 너무도 명백하게 낙인찍힐 우려가 있었기 때문에 그는 거절하고 발길을 돌렸다.

다음 토요일 헨처드는 너무도 방대한 양의 곡물을 사들였기 때문에 변호사, 술 가게 주인, 의사 등 그의 이웃 간에서는 그의 구매에 관한 이야기가 자자했다. 그 다음 토요일에도, 그리고 가능한 날이면 매일같이 사들였다. 그의 창고들이 숨 막힐 정도로 가득 차게 되자 캐스터브리지의 풍향계들이 모두 삐걱삐걱하면서 마치 남서쪽은 싫증난 듯 그 방향을 정반대 쪽으로 돌렸다. 날씨가 변했다. 몇 주일 동안 빛을 잃었던 햇빛이 황옥색으로 변했다. 대기의 온도는 사람을 무기력하게 만들던 것에서 생동감이 넘치게 하는 온도로 바뀌었다. 훌륭한 수확이 거의 확실했으므로 곡물가격은 내리막길이었다.

　이러한 변화가 다른 사람들에게는 기분을 상쾌하게 해 주었지만 그 고집 센 곡물 상인에게는 두려움을 안겨 주었다. 그는 자신이 그때까지 잘 알아왔던바, 즉 사람이란 푸른 들판 위에서도 도박장의 파란 테이블 위에서처럼 쉽게 도박할 수 있다는 말이 생각났다.

　헨처드는 날씨가 나빠지기를 바라다가 분명히 손해를 입었다. 그는 밀물로 바뀌는 것을 썰물로 바뀌는 것으로 잘못 판단했던 것이다. 그가 사들인 양이 너무 방대하여 처분을 늦출 수 없었다. 처분하자니 그는 불과 몇 주일 전에 쿼터당 수 실링씩 비싼 값에 사들인 곡물을 싸게 팔아치울 수밖에 없었다. 그 곡물 중에는 그가 보지 못한 것도 많았다. 그 곡물은 수 마일 밖에 무더기로 쌓아 놓은 채 낟가리에서 채 운반돼 오지도 않았다. 이렇게 그는 막심한 손해를 봤다.

　이른 8월의 어느 날 따가운 장터에서 그는 파프레이와 마주쳤다. 파프레이는 그의 거래 사건을 알고 있었다(그 거래가 자기를 겨냥했던 것이란 점은 추측도 하지 못했지만). 그래서 그는 헨처드를 동정했다.

사우스워크에서 몇 마디의 말을 주고받은 이후 그들 두 사람은 계속 딱딱하게나마 말을 건네는 처지였기 때문이었다.

헨처드는 그 순간 그 동정을 분하게 여기는 듯했다. 그러나 그는 곧 아무렇게나 말을 꺼낸다.

"오, 아니야, 아니야! 심각한 것은 절대로 아니야, 이봐!" 하고 그는 애써 담담한 표정으로 소리쳤다.

"이런 일들은 언제나 있기 마련이잖아? 최근 내가 당한 손해가 막대하다고들 말하는 모양인데, 어디 그것이 나한테만 있는 일인가? 실은 사람들이 추측하는 것만큼 심각하지는 않아. 제기랄, 사내자식이 사업상에 흔히 있는 손해를 걱정한다면 바보지!"

그러나 그날 그는 일찍이 겪어 보지 못한 이유로 캐스터브리지 은행에 들어갈 수밖에 없었다. 은행장의 방에서 위축된 기분으로 장시간 앉아 있지 않을 수 없었다. 방대한 양의 농산물은 물론, 그때까지 이 도시와 그 인근에 헨처드의 이름으로 등록되어 있었던 많은 부동산이 사실상 은행가들의 소유로 넘어갔다는 소문이 곧 나돌았다.

은행의 계단을 내려오다가 그는 조프와 마주쳤다. 그날 아침 파프레이가 보인 동정은 헨처드가 느끼고 있던 찌르는 듯한 아픔에 흥분을 더해 주었다. 그 동정을 헨처드는 위장된 조롱일지도 모른다고 생각했다. 그래서 조프는 주인의 무슨 언동이건 정중하게 받아들였다. 조프는 모자를 벗고 이마의 땀을 씻으면서 아는 사람에게, "날씨 한번 좋군요" 하고 말했다.

"자네는 이마의 땀이나 씻으면서 '날씨 한번 좋군요' 할 수 있단 말인가!" 하고, 헨처드는 조프를 은행의 벽에 몰아붙이면서 격분한 목소리로 소리쳤다.

"자네의 그 빌어먹을 조언만 없었더라면 정말로 날씨 한번 좋을 뻔했네. 자네는 왜 나를 그대로 내버려 뒀나, 응? 자네, 혹은 어떤 사람한테서 의문시하는 말 한마디만 나왔더라도 나는 한 번 더 생각했을 것 아닌가! 자네 따위는 막상 이렇게 되기 전에는 날씨를 확신할 수 없으니까 말이야."

"제가 드리는 조언은 나리께서 제일 좋다고 생각하시는 바를 실천에 옮기라는 것이었습니다."

"쓸모 있는 친구군! 그렇다면 좀더 일찍 그런 식으로 어떤 누구를 도와주었더라면 더 나을 뻔했네!"

헨처드는 이런 투로 조프에게 화풀이를 하다가 그 자리에서 그를 해고시키고는 발길을 돌려 황급히 가 버렸다.

"이 일을 후회하실 겁니다, 시장님. 사람이 할 수 있는 가장 뼈저린 후회를 하실 겁니다!" 하고 조프는 창백한 얼굴로 서서 그 곡물 도매상인이 가까운 장터의 사람들 틈으로 사라지는 뒷모습을 지켜봤다.

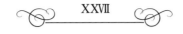

XXVII

추수하기 전날 밤

바로 **추수하기 전날 밤**이었다. 곡물가격이 떨어져 파프레이는 계속 사들이고 있었다. 언제나 마찬가지로 지방 농장주들은 날씨 때문에 흉작으로 끝날 것을 예상한 나머지 반대편의 극단적인 행동으로 (파프레이의 생각으로는) 너무 무모하게 팔아치우고 있었다 — 그들은 풍작에 대한 기대감을 확신하였다. 그래서 파프레이는 해묵은 곡식을 비교적 싼값에 계속 사들이고 있었다. 지난해 생산된 곡물이 양은 많지 않으나 질은 아주 우수했기 때문이다.

헨처드가 자신의 일을 말도 안 되는 방식으로 청산하고 곡물을 엄청나게 손해 보며 사들였던 부담스러운 물량을 헐값에 처분하고 나자 수확이 시작됐다. 쾌청한 날이 사흘이나 계속됐다. 그래서 헨처드는 중얼거렸다.

"그 빌어먹을 점쟁이 녀석이 제대로 맞히기만 했다면 얼마나 좋았을까!"

추수가 시작되자마자 대기는 마치 물에서 자라는 미나리가 다른 자양분이 없이도 잘 자랄 것처럼 눅눅하게 느껴지기 시작했다. 사람들이 밖으로 나다닐 때 축축한 플란넬 셔츠처럼 습기가 그들의 뺨을 스칠 정도였다. 거세고 높은 기온의 후덥지근한 바람이 불었다. 이따금 굵은 빗방울이 멀리 떨어진 유리창들 위에 별 모양의 무늬를 수놓았다. 햇빛이 갑자기 펼쳐진 부채처럼 나타나 창문의 무늬를 뚫고 방바닥을 비췄다가 나타날 때처럼 나타났다가 갑자기 사라졌다.

그날 그 시각부터 곡물 수확이 결국 풍작일 수 없다는 것이 분명해졌다. 만약 헨처드가 지긋이 기다렸더라면 그는 이유은 얻지 못했더라도 손해만은 피할 수 있었을 것이다. 그러나 그는 참을 줄 모르고 타성에 젖어 일하는 성격을 가진 사람이었다. 운명의 저울이 이렇게 기울게 되자 그는 할 말을 잃어 갔다. 그의 생각은 그를 해치려는 어떤 힘이 작용하고 있다는 쪽으로 기울어지는 듯했다.

"혹시" 하고 그는 등골이 오싹한 불안을 느끼며 스스로에게 물었다. "누가 밀랍으로 내 허수아비를 만들어 태우고 있는 것은 아닐까. 혹은 나를 난처하게 만들려고 사악한 술을 휘젓고 있는 것은 아닐까! 나는 그따위 짓들을 믿지는 않지만, 만약 그런 사람이 정말 있다면 어떡하나."

그는 그런 짓을 하는 사람이 있다면 만일 있더라도 파프레이가 그 범인일 거라고는 생각하지 않았다. 헨처드가 침울한 기분에 젖을 때면 미신으로 고립된 시간들이 그를 찾아들었다. 이럴 때 그의 현실적이고 폭넓은 생각은 그에게서 모두 새어 나가 버렸다.

한편 도널드 파프레이는 하는 일마다 번창했다. 그는 곡물을 너무도 싼 가격으로 사들였기 때문에 현재의 다소 비싼 가격은 그에게 작은 더미가 있던 곳에 큰 금덩이를 충분히 쌓게 해 주었다.

"아니, 그 녀석이 곧 시장이 되겠는걸!" 하고 헨처드가 말했다. 그가 시장이 되어 의기양양하게 승리의 꽃마차를 타고 시청사로 향하는 그 녀석을 다른 누구도 아닌 자신이 따라 간다는 것은 실로 생각도 하기 싫은 고역이었다.

주인들의 경쟁은 하인들에 의해 한층 더 가열되었다.

9월의 어느 날 밤, 어둠이 캐스터브리지에 내리고, 벽시계는 8시 반을 알렸다. 하늘에는 달까지 높다랗게 떠올라 있었다. 시내의 거리는 비교적 이른 시간임에도 이상하게 조용하기만 했다. 짤랑거리는 말방울소리와 육중한 바퀴소리가 거리를 지나갔다. 이것들에 뒤이어 거친 목소리들이 루세타의 집 밖에서 들려왔다. 너무도 소리가 요란해 루세타와 엘리자베스-제인은 창가로 달려가 덧문을 들어 올렸다.

이웃해 있는 곡물거래실과 시청사가 아래층을 제외하고는 바로 그 이웃 건물인 교회당과 각각 서로 맞대고 있었다. 아래층에 있는 아치형의 큰길은 불-스테이크라는 커다랗고 네모난 광장으로 통해 있다. 그 광장의 한복판에 돌기둥이 하나 서 있었다. 옛날에 도축장에서 황소들을 도살하기 전 개들에게 소를 충동질해 고기를 연하게 만들기 위해서 소들을 매어 두었던 말뚝이다. 한쪽 구석에는 가축들이 매어져 있었다.

이곳으로 통하는 큰길은 사륜마차 두 대와 마차를 끄는 말들이 가로막았는데 그중 하나는 건초 다발들이 잔뜩 실려 있었다. 각 마차의 선두 말들은 이미 서로 엇갈려 머리와 꼬리들이 뒤엉켜 있었다. 빈 마차들이었다면 서로 비켜 지나갈 수 있었을 테지만, 한 대가 창문 높이

만큼 건초 더미를 싣고 있어서 그냥 지나가기가 힘들었다.

"네가 일부로 이런 게 분명하단 말이야!" 하고 파프레이의 마차꾼이 말했다. "오늘 같은 밤에는 반마일 밖에서도 내 말의 방울소리가 들릴 테니까 말이야!"

"네가 멍청이2처럼 입을 짝 벌리고 이쪽저쪽 흐느적거릴3 것이 아니라 정말 네 일에나 신경을 썼더라면 나를 보았을 거야!" 하고 헨처드의 마부가 화가 난 듯한 말투로 응수했다.

그러나 엄격한 도로 규칙에 따른다면 헨처드의 마부에게 잘못이 있었다. 따라서 그는 하이스트리트 안으로 뒷걸음질 치려 했다. 이러는 동안 헨처드의 마차 뒷바퀴가 교회의 벽에 부딪쳐 들리고 산더미 같은 짐이 송두리째 넘어갔다. 이렇게 되고 보니 네 바퀴 중 두 바퀴와 끌채 말4의 다리들이 허공으로 들려 버렸다.

쏟아진 짐을 바로 세울 생각은 않고 두 사람은 맞붙어 주먹다짐을 시작했다. 주먹다짐이 한판 끝나기도 전에 헨처드가 현장에 당도했다. 누군가가 그를 데리러 달려갔던 것이다.

헨처드는 엉켜 싸우던 두 사람을 한 손에 하나씩 멱살을 잡고 떼어 놓고 넘어진 말 쪽으로 몸을 돌려 그 말을 가까스로 끄집어냈다. 그는 곧 경위를 따졌다. 자기의 마차와 짐 더미가 넘어져 있는 것을 보고 그는 파프레이의 일꾼을 크게 꾸짖기 시작했다.

루세타와 엘리자베스-제인은 이때쯤 그 길모퉁이까지 달려 내려와 있었다. 이곳에서 그들은 새 건초 더미가 달빛 속에 환히 놓여 있는 것을 지켜보고 헨처드와 마차몰이꾼들 앞을 오락가락했다. 이 두 여인은 자기들 이외에는 아무도 보지 못했던 ─ 이 불상사의 원인을 직접 목격한 장본인들이었다. 그래서 루세타는 입을 열었다.

"저는 그걸 다 봤어요, 헨처드 씨" 하고 그녀는 소리쳤다. "그런데 대부분 당신의 일꾼이 잘못한 거예요."

헨처드는 흥분하여 서슬 퍼런 말을 멈추고 고개를 돌렸다.

"오, 이런 미처 당신이 있는 줄 몰랐소, 템플먼 양" 하고 그가 말했다. "내 일꾼이 잘못했다고? 아, 그랬었군. 그랬겠지? 하지만 내 말을 들어 보시오. 저쪽은 짐도 없는데, 저 사람이 얌체처럼 끼어들은 것이 잘못이오."

"아니에요. 저도 그 장면을 본 걸요." 엘리자베스-제인이 끼어들었다. "저쪽 마차는 어쩔 수 없이 들어온 거예요. 단언할 수 있어요."

"**저들의** 말을 믿어서는 안 돼요, 주인님" 하고 헨처드의 일꾼이 중얼거렸다.

"왜 안 된다는 말이냐?" 하는 헨처드의 목소리는 날카로웠다.

"왜냐하면요, 주인님. 저 여자들이 모두 파프레이 편이에요 — 젊고 멋진 사람이니까 그렇지요 — 그는 그런 사람이에요. 양의 머릿속에 파고들어 현기증이 나게 하는 벌레5처럼 처녀들의 가슴속으로 기어 들어가는 사람이에요. 굽은 것도 그들의 눈에는 곧게 보이도록 하는 사람이란 말입니다!"

"그러나 자네가 지금 그렇게 말하고 있는 저 여자가 누구인지를 알고 있는가? 저 여자분들이 얼마나 귀한 몸이란 사실을 자네는 아는가? 조심하게!"

"아뇨, 저는 아무것도 몰라요, 나리. 1주에 8실링밖에는요."

"그리고 파프레이 씨도 그런 걸 잘 알고 있나? 그 사람은 사업에는 예리하지만 자네가 생각하는 것과 같은 그런 비열한 짓은 하지 않을 사람이야."

이런 나직한 대화를 들어서인지 혹은 아닌지 루세타의 모습은 문간 안으로 사라졌다. 그리고 헨처드가 그녀와 이야기를 더 나누려고 문간에 당도하기 전에 문은 닫혀 버렸다. 이것이 그를 실망시켰다. 그는 이 일꾼이 한 말에 너무도 마음이 어지럽혀져 그녀와 좀더 가까이서 이야기를 나누고 싶었기 때문이었다. 이렇게 머뭇거리고 있노라니 나이 먹은 경찰관 한 사람이 다가왔다.

"누구든지 오늘 밤 이 건초와 마차 위로 마차를 몰지 못하도록 감시하게, 스터버드" 하고 곡물 도매상인은 말했다.

"내일 날이 밝을 때까지 이대로 둘 수밖에 없네. 모든 일꾼들이 아직 들판에 있으니까 말이야. 그리고 혹시 어떤 마차나 역마차가 이 길로 들어서려 하면 뒷길로 돌아가라고 하게. 내가 한 말을 명심하게…. 내일 아침 시청에서 다룰 사건이라도 있는가?"

"예, 나으리 하나 있습니다."

"오, 그게 무엇인가?"

"어떤 극악무도한 노파가 교회의 벽에 대고 몹시 불경스런 태도로 욕지거리를 하면서 소변을 보았습니다, 나리. 마치 선술집에서 하듯 말입니다! 그뿐입니다, 나리."

"오. 시장께서는 지금 시내에 계시지 않지, 안 그런가?"

"그렇습니다, 나리."

"좋아, 그렇다면 내가 직접 가 보겠네. 저 건초 더미 지키는 일을 잊지 말게. 잘 있게."

그러는 동안 루세타는 헨처드를 교묘하게 피하고 있었지만, 헨처드는 그녀를 뒤따를 작정을 하고 있었다. 그래서 그는 그녀의 문을 노크 했다. 그가 들은 대답은, 템플먼 양이 외출할 약속이 있기 때문에 그날 밤 또 만날 수 없게 되어 애석하다는 것이었다.

헨처드는 문간에서 물러나 길 맞은편으로 향했다. 그는 자신의 건초 더미 옆에 서서 쓸쓸히 몽상에 잠겼다. 그 경찰관은 다른 곳으로 가 버리고 없고, 말들도 가 버렸다. 달빛이 희미하고 가로등도 아직 불이 들어오지 않고 있었다. 그래서 그는 불-스테이크로 이르는 큰길에 있는 돌출한 기둥들 중 하나의 그림자 속으로 숨어 들어갔다. 거기서 그는 루세타의 출입문을 감시했다.

촛불이 그녀의 침실에서 들락날락 돌아다녔다. 이 늦은 시간에 그 성격이야 무엇이든 간에 그녀는 어떤 약속을 위해 옷을 차려입고 있음이 분명했다. 불빛이 사라지고 벽시계는 아홉 번을 쳤다. 거의 같은 순간에 파프레이가 맞은편의 모퉁이를 돌아 나와 루세타의 문을 노크했다. 루세타는 문 바로 뒤에서 그를 기다리고 있었음이 분명했다. 노크 소리가 들리는 순간 그녀가 친히 문을 열었기 때문이었다. 두 사람은 집 정면의 큰길을 피해서 뒷골목 길을 따라 함께 서쪽으로 걸어갔다. 그들이 어디로 가는지를 생각하며 그는 그들을 미행하기로 결심했다.

수확이 변덕스러운 기후로 너무 지연되었기 때문에 단 하루라도 맑은 날이 들면 힘깨나 쓰는 사람들은 모두 들판으로 나가 손상된 농작물 중 건질 수 있는 것을 추려 내느라 애쓰고 있었다. 해가 급히 짧아지고 있었기 때문에 수확하는 사람들은 달빛 아래서 일했다. 그래서 오늘 밤에도 캐스터브리지시에서 조성한 광장 양쪽의 밀밭에는 수확하는 사람들로 활기를 띠고 있었다. 그들의 고함소리와 웃음소리가 시장 건물 앞에 있던 헨처드의 귀에도 들려왔다. 파프레이와 루세타가 접어드는 길로 보아 그들이 그 들판으로 향하고 있다는 것을 그는 의심치 않았다.

도시의 거의 모든 주민이 들판에 나가 있었다. 캐스터브리지 주민들은 어려울 때 상부상조하는 옛 풍속을 아직도 간직하고 있었다. 그래서 지금 거둬들이는 곡물은 이 조그마한 지역사회의 농민들 — 더노버 지역 주민들의 것이지만, — 그 곡물들을 그들의 집으로 거두어들이는 작업에는 다른 지역의 주민들도 똑같이 힘을 모으고 있었다.

그 골목길의 꼭대기에 이르자 헨처드는 성벽 위의 어둠에 묻힌 가로수 길을 가로질러 풀로 덮인 성벽을 미끄러져 내려가 그루터기들 사이로 다가가 섰다. 그곳은 광활한 황색 벌판에 곡물 더미들이 마치 천막들처럼 위는 서로 기대고 아래는 벌어지게 세워져 솟았는데 멀리서 보니 희뿌연 달빛 속에 보이지 않았다. 헨처드는 현재 작업이 진행 중인 곳에서 멀리 떨어진 어떤 지점에 들어섰다. 그러나 그들 두 사람은 작업현장으로 들어갔다. 그들이 밀 낟가리들 사이로 꾸불꾸불 돌아가는 모습을 볼 수 있었다. 그들은 자신들의 발길이 향하는 곳에 별 신경을 쓰지 않는 듯 보였는데 그들의 막연한 발길이 곧 헨처드가 있는 쪽으로 향하기 시작했다. 그들과 마주친다면 어색할 것 같았다. 그래서 그는 제일 가까운 곡물 더미 속 빈 공간으로 들어가 앉았다.

"내가 허락할 테니" 하고 루세타가 즐겁게 말했다. "무엇이든 하고 싶은 말 다 해 보세요."

"좋아요. 그렇다면…" 하고 파프레이는 순전히 사랑하는 사람의 틀림없는 억양으로 대답했다. 그의 입술 위에서 그처럼 또렷하게 울리는 그런 억양을 헨처드는 일찍이 들어 본 일이 없었다.

"당신은 지위, 재산, 재능, 그리고 아름다운 용모 때문에 틀림없이 사람들이 선망하는 대상입니다. 하지만 당신은 멋쟁이들이 많이 따라다니는 숙녀가 되고 싶은 유혹을 뿌리치겠습니까? — 그렇지요 — 평범한 남자에 지나지 않은 사람을 택하는 데에 기꺼이 만족하겠습니까?"

"그런데 그 평범한 남자란 지금 말하고 있는 분이시겠지요?" 하고 그녀는 웃으면서 말했다. "참 마음에 들어요, 선생님. 다음은 무엇이지요?"

"아 … 현재의 느낌 때문에 예의에 어긋날까 두려울 것 같군요!"

"그런 이유만으로 예의가 없다고 한다면 나는 당신에게 아예 예의가 없길 바라겠어요. … "

헨처드가 미처 듣지 못한 몇 마디의 단편적인 말을 하고 나서 그녀는 덧붙였다.

"당신은 자신이 질투하지 않을 거라고 장담하세요?"

파프레이가 그녀의 손을 잡는 것으로 보아 그러지 않겠다고 그녀에게 다짐하는 듯했다.

"도널드, 당신은 내가 당신 이외에는 사랑하는 사람이 없다는 걸 확신하셨지요?" 하고 그녀는 곧바로 말을 잇는다. "하지만 저는 몇 가지의 일은 내 마음대로 하고 싶어요."

"하나에서 열까지 모두 말해 보세요! 특별히 마음에 두고 있는 것이 있어요?"

"가령, 제가 캐스터브리지는 행복해질 수 없는 곳이기 때문에 이곳에서 살지 않으려 한다면 어떻게 하겠어요?"

헨처드의 귀에는 그 대답이 들리지 않았다. 그는 그 대답을 더 들을 수 있었지만 더 이상 남의 말을 엿듣는 짓은 하고 싶지 않았다. 그 남녀는 추수하고 있는 작업 현장으로 향해 걸어갔다. 그곳에서는 곡물 다발들이 그것들을 운반할 손수레와 마차 위에 1분에 십여 개씩 실리고 있었다.

루세타는 들판에서 일하는 사람들과 가까워지자 그만 헤어지자고 했다. 파프레이는 그 사람들에게 용무가 있었다. 그러나 그가 그녀에게 잠시 동안만 기다리라고 부탁했지만 그녀는 매정하게 혼자 집을 향해 서둘러 가 버렸다.

헨처드는 그 광경을 보고 들밭에서 나와 그녀를 뒤따랐다. 그의 마음 상태가 다급했기 때문에 루세타의 집 앞에 이르자 노크 없이 문을 열고 그녀의 거실로 곧장 걸어 들어갔다. 그는 그곳에 그녀가 있으리라 생각했다. 그러나 방도 비어 있었다. 그는 급한 나머지 여기까지 달려오는 동안 어디에선가 그녀를 앞질렀다는 것을 알았다. 그러나 그가 오래 기다리지 않아 살며시 문 닫는 소리가 들리더니 뒤이어 현관에서 그녀의 바스락거리는 옷자락 소리가 들려왔다. 곧바로 그녀가 나타났다.

불빛이 너무 희미해 처음에 그녀는 헨처드를 알아보지 못했다. 그러나 곧 그를 보게 되자 그녀는 나지막한 소리로 거의 공포에 질린 소리를 내뱉었다.

"어쩌면 사람을 이렇게 놀라게 한단 말이에요?" 하고 그녀는 얼굴이 화끈 달아 소리쳤다. "10시가 지났어요, 당신은 이런 시간에 여기서 나를 놀라게 해서는 안 돼요!"

"내가 이렇게 해도 되는지 안 되는지는 모르겠소. 여하튼 나한테는 그럴 만한 이유쯤은 있어. 내가 꼭 예의와 관습을 생각해야만 하는 게 그렇게 중요하나?"

"너무 늦어 예의에 어긋나는 일이에요. 뿐만 아니라 내 명예를 해치는 일이 될 거란 말이에요."

"난 한 시간 전에 이곳에 찾아왔었소. 그러나 당신은 나를 만나 주려 하지 않았어. 그래서 내가 지금 들어왔을 때는 당신이 있는 줄로만 알았던 거요. 루세타, 잘못을 범하고 있는 사람은 바로 당신이야. 당신이 나를 이렇게 따돌리는 것은 온당치 못하오. 나는 당신한테 기억을 되살릴 조그마한 일이 하나 있어, 당신은 그걸 잊고 있는 듯하지만 말이오."

그녀는 의자에 털썩 주저앉아 얼굴이 새파랗게 질렸다. "듣고 싶지 않단 말이에요, 듣고 싶지 않아요!"

그가 그녀 옆에 바싹 붙어 서서 저지에서 보냈던 날들을 들추기 시작하자 그녀는 얼굴을 가린 손 사이로 소리쳤다.

"하지만 당신은 듣기 싫어도 들어야 해." 그가 말했다.

"그건 이미 끝난 일이에요, 당신으로 인해서. 그런데도 내가 그러한 슬픔을 견뎌 내며 이제야 얻은 내 자유를 왜 그대로 내버려 두지 못한단 말이에요! 당신의 구혼이 순수한 사랑에서 나온 것이라 생각했다면 나는 지금쯤 그 약속을 지켰을 거예요. 그러나 나는 당신이 그

걸 다만 자비심에서 — 기분 나쁘기까지 한 의무감에서 — 내가 당신
을 간호했다고 생각한다는 것을 알게 되었어요. 나는 내 체면을 위태
롭게까지 했던 것이고, 당신은 나에게 보상해야겠다고 생각했던 거
예요. 그런 것을 안 이후부터 나는 당신을 전처럼 깊이는 생각하지 않
게 되었던 거예요."

　"그렇다면 날 찾기 위해 여기까지 왜 왔소?"

　"저는 양심상 당신과 결혼해야겠다고 생각했기 때문이었어요. 당
신이 홀몸이 됐으니까요. 비록 내가 당신을 그다지 좋아하지는 않았
지만 말이에요."

　"그런데 지금은 왜 그렇게 생각하지 않는 거지?"

　그녀는 말이 없었다. 새로운 사랑이 개입하기 전까지는 그 양심이
잘 지켜지고 있었음이 분명했다. 이런 생각이 들자 그녀는 순간 자신
의 입장을 부분적으로 정당화시킬 수 있는 구실을 잊어버렸다. 그것
은 헨처드의 성격적 결함을 알게 된 이상 자기가 일단 빠져나온 그의
손아귀에 자신의 행복을 다시 맡길 수 없다는 것이었다. 그녀가 할 수
있었던 유일한 말은 "그 당시의 나는 가련한 소녀였어요. 그러나 지
금은 내 처지가 달라요. 나는 옛날의 내가 결코 아니에요"라는 것이
었다.

　"그건 사실이야. 그것이 지금 내 입장을 어색하게 만든단 말이오.
하지만 난 당신의 돈에는 손가락 하나 까딱하고 싶지 않아. 나는 당신
의 재물일랑 동전 한 닢이라도 당신의 개인적 용도에 쓰도록 아주 기
꺼이 내버려 두겠소. 뿐만 아니라 당신의 그런 구실은 말도 안 되오.
당신이 지금 생각하는 파프레이는 나보다 나을 게 없어."

"만약 당신이 그 사람만큼만 착하다면 당신은 나를 놓아주실 거예요!" 하고 그녀는 격렬하게 소리쳤다.

이 말이 불행하게도 헨처드의 화가 치밀어 오르게 했다.

"당신은 신의를 지키기 위해서라도 나를 거절하지 못할 거야." 그가 말했다. "뿐만 아니라 당신이 내 아내가 될 것을 바로 오늘 밤 증인 앞에서 약속하지 않는 한 나는 우리들의 친밀했던 관계를 털어놓을 것이오. 여러 사람 앞에서 사실 그대로!"

체념의 빛이 그녀의 얼굴에 나타났다. 헨처드는 그 비통한 표정을 보았다. 만약 루세타의 마음이 파프레이가 아닌 이 세상의 다른 남자에게 주어졌더라면 그는 그 순간 확실히 그녀에게 동정을 보였을 것이다. 그러나 자기 대신 들어선 사람은 자신의 두 어깨를 발판으로 유명해진 오만불손한 건방진 녀석(헨처드는 파프레이를 그렇게 불렀다)이었다. 따라서 그는 자신의 자비로움을 베풀 수가 없었다.

더 이상 말없이 그녀는 초인종을 울려 엘리자베스-제인을 그녀의 방으로 데려오도록 했다. 그녀는 열심히 공부하고 있다가 놀라며 나타났다. 헨처드를 보자마자 그녀는 자식 된 도리에서 방을 가로질러 그에게로 다가갔다.

"엘리자베스-제인아" 하면서 헨처드는 그녀의 손을 잡았다. "지금 하는 이야기를 네가 잘 들어 두기 바란다."

그리고 루세타에게로 시선을 돌리면서, "당신은 나하고 결혼을 하겠소, 하지 않겠소?"

"만약 당신이 그걸 바라신다면 나는 동의할 수밖에 없어요!"

"그럼 동의한단 말이지?"

"그래요." 약속하자마자 그녀는 뒤로 넘어지며 기절해 버렸다.

"아버지, 어떤 끔찍한 일이 있었기에 그녀에게 이렇게까지 말씀하시는 거예요? 그렇게 그녀가 고통스럽게 말이에요" 하고 엘리자베스는 루세타 곁에 무릎을 꿇고 앉으면서 말했다.

"그녀의 뜻을 거스르는 어떤 것도 강요하지 마세요! 저는 그녀와 함께 살아왔기 때문에 그녀는 잘 견디지 못하는 성격인 걸 잘 알고 있어요."

"북쪽에서 온 얼간이 같은 놈은 되지 마라!" 하고 헨처드는 담담히 말했다. "이 약속으로 그 남자는 자유로워지는 거야. 너를 위해서. 네가 그를 원한다면 말이다, 그렇잖니?"

이 말을 듣고 루세타는 깜짝 놀라 깨어나는 듯했다.

"그 사람? 누구를 말씀하시는 거지요" 하고 그녀는 미친 듯이 소리쳤다.

"아무도 아니에요, 나하고 상관없는 일이에요" 하고 엘리자베스는 단호하게 말했다.

"오, 그래. 그렇다면 내 생각이 잘못되었구나" 하고 헨처드가 말했다. "그러나 오늘 밤 일은 나와 템플먼 양 사이의 일이야. 그녀는 나의 아내가 되기로 약속했다."

"하지만 지금은 그걸 자꾸 다짐하지 마세요" 하고 말하면서 엘리자베스는 루세타의 손을 붙들고 애원하듯 말했다.

"그녀가 나한테 약속만 한다면 그러라고 해도 그러고 싶지 않아" 하고 헨처드가 말했다.

"이미 했어요, 했어요" 하고 신음소리를 내고 있는 루세타는 괴롭고 혼미한 정신으로 사지가 도리깨처럼 흐느적거렸다.

"마이클, 제발 그것일랑 더 이상 따지지 마세요!"

"그러지" 하고 그는 모자를 집어 들고 나가 버렸다.

엘리자베스-제인은 루세타 옆에 계속 무릎을 꿇고 있었다. "이게 어찌된 일이에요?" 그녀가 말했다.

"저의 아버지를 마치 잘 알고 있기라도 한 듯, 마이클이라고 부른 거예요? 그리고 저의 아버지가 어떻게 당신에게 이런 강요를 하고, 당신은 또 마음에도 없는 결혼 약속을 하다니, 어찌 된 영문이지요? 아, 당신은 나한테 숨기고 있는 비밀이 너무너무 많아요."

"아마 아가씨도 나한테 감추고 있는 것이 좀 있을 거야" 하고 말하며 루세타는 눈을 지그시 감고 중얼거렸다. 그러나 그녀는 별로 수상쩍게 여기지 않았다. 엘리자베스의 마음속에 간직한 비밀이 그녀에게 이런 피해를 초래한 원인이 된 그 젊은이와 관련이 있다는 것은 미처 생각하지 못했다.

"나는 하지 않았어요. 루세타 당신을 거스를 만한 짓을 하려 든 것은 전혀 없어요!" 하고 엘리자베스는 더듬거렸다. 그녀는 감정을 모두 마음속에만 가두어 놓고 있어 금방이라도 폭발할 기세였다.

"저는 저의 아버지가 어떻게 그렇게 당신에게 명령할 수 있는지 납득이 가지 않아요. 저는 아버지의 그런 행동이 전혀 공감이 가지 않아요. 제가 아버지를 찾아가서 당신을 놓아달라고 청하겠어요."

"아냐, 아니라니까" 하고 루세타가 말했다. "그대로 내버려 둬요."

하급 치안재판

이튿날 아침 헨처드는 **하급 치안재판**을 주재하기 위해 루세타의 집 아래쪽에 위치한 시청으로 나갔다. 그는 최근까지 시장으로 있었기 때문에 아직도 그해 동안 치안판사 신분이었다. 그 집 앞을 지나가면서 그는 루세타의 방 창문을 올려다보았으나 그녀의 그림자조차도 보이지 않았다.

헨처드는 치안판사로서 처음에는 섈로우와 사일런스1보다 더 어울리지 않는 모습이었다. 그러나 그의 순간적인 판단력은 이 법정에서 그의 손에 맡겨지는 간단한 사건을 처리하는 데 법률 지식을 많이 알고 있고 경험이 풍부한 판사보다 더 뛰어났다. 오늘은 올해의 시장인 의사 초크필드가 부재중이어서 곡물 도매상인 헨처드가 시장의 주심 자리를 차지하고 앉아 있었다. 그의 시선은 아무 생각 없이 창밖으로 뻗어나가 마름돌2로 만든 하이-플레이스 홀의 정면을 향했다.

범죄 사건은 단 한 건이었다. 그 범죄자가 그의 앞에 서 있다. 그녀는 얼굴에 얼룩얼룩한 반점이 있는 할머니였다. 그녀는 저절로 생긴 이름 모를 제3의 색 — 황갈색도, 적갈색도, 담갈색도 혹은 회색도 아닌 묘한 색깔의 여성용 목도리를 걸치고 있었다. 끈적거리는 검은 모자는 구름에서 기름방울이 떨어지는3 다윗 왕의 나라에서 쓰였던 것 같아 보였다. 하얀 앞치마는 비교적 최근까지도 때가 덜 묻은 것으로, 그녀의 다른 옷들과 뚜렷한 대조를 이루고 있었다. 대체로 그녀의 술에 찌든 얼굴은 그녀가 이 지방 어느 시골의, 혹은 어느 농촌 도시의 출신이 아니라는 것을 보여 주고 있었다.

그 할머니는 헨처드와 차석 치안판사를 호기심 있는 눈초리로 쳐다보았다. 헨처드도 마치 그에게 그의 마음속을 급히 스쳐가는 어떤 사람 혹은 그 무엇을 상기시켜 주는 사람처럼 잠시 시선을 멈추고 그녀를 바라보았다.

"자, 그런데 저 할머니의 범죄 혐의사실이 무엇인가요?" 헨처드는 범죄 진술서를 내려다보면서 말했다.

"그 할머니는, 판사님, 여성 풍기문란과 소란 혐의로 기소되었습니다" 하고 스터버드는 나지막한 소리로 말했다.

"어디서 그런 짓을 했습니까?" 하고 다른 치안판사가 물었다.

"교회 옆에서요, 판사님, 가장 경건해야 할 장소에서 말입니다. 그래서 저는 저 노파를 현행범으로 체포했습니다."

"그렇다면 잠시 뒤로 물러서 있으시오." 헨처드가 말했다. "진술을 들어 보기로 하겠습니다."

스터버드에게 선서를 시켰다. 헨처드는 사건을 직접 기록하는 사람이 아니므로 치안판사의 서기는 자신의 펜에 잉크를 찍었다.

스터버드 경찰관은 진술을 시작했다.

"욕지거리 소리를 듣고 저는 그리스도의 해, 4 이번 달 5일 밤 11시 25분에 본능적으로 그 길을 따라 내려갔습니다. 그때 제가 ….."

"너무 빨리 말하지 마시오, 스터버드 씨." 서기가 말했다.

경찰관은 서기의 펜 끝을 지켜보면서 마침내, 서기가 받아 적고 나서 '자 …'라고 말하기를 기다렸다. 스터버드는 계속 진술했다.

"제가 현장에 당도하자 피고인은 좀 떨어진 곳에, 그러니까 도랑 옆에 있었습니다." 그는 다시 서기가 받아 적을 수 있도록 펜 끝을 응시하면서 주춤했다.

"도랑 …, 계속하세요. 스터버드 씨."

"약 12피트 9인치 정도 떨어진 지점이었는데. 어디서부터냐 하면 제가 …" 하고 서기의 속도를 앞지르지 않으려고 여전히 신경을 쓰면서 스터버드는 다시 멈췄다. 그는 증언을 외워서 했기 때문에 어디서 멈추건 간에 상관없었다.

"그 증언에 이의가 있습니다." 노파는 큰 목소리로 반론을 제기했다. "'약 12피트 9인치 정도 떨어진 지점이었는데. 어디서부터냐 하면 제가'라는 말은 제대로 된 증언이라 할 수 없습니다."

치안판사들은 의견을 모았다. 재판부는 선서 증인이 말하는 12피트 9인치라는 증언을 인정하기로 합의했다고 차석 치안판사가 선언했다.

스터버드는 자신의 증언이 인정받았다는 의기양양한 눈초리로 노파를 위압적으로 바라보면서 증언을 계속했다.

"그런데 제가 서 있는 곳에서 말입니다. 저 할머니가 아주 위험한 걸음으로 비틀거리면서 큰길로 들어오고 있었습니다. 그래서 제가 가까이 다가가자 그때 할머니는 소란을 피우고, 저를 모욕했습니다."

"'저를 모욕했습니다…'라고 하였는데 그렇다면, 할머니가 뭐라고 모욕했습니까?"

"저 할머니는 말했습니다. '빌어먹을 손전등 치워', 할머니의 말입니다."

"그래서요."

"할머니의 말입니다. '내 말 안 들려, 이 늙은 순무머리야? 그 빌어먹을 손전등을 치우란 말이야. 나는 너 같은 멍텅구리보다 훨씬 잘 생긴 사내 녀석들도 때려눕혔단 말이야. 개새끼, 내 말이 거짓말이라면 내 목을 쳐 봐' 하고 다시 소리 질렀습니다."

"그 증언에 이의가 있습니다!" 하고 노파가 진술하는 가운데 끼어들었습니다. "나는 내가 뭐라고 했는지 나 자신도 들을 수 없었습니다. 따라서 들리지 않는 곳에서 한 말은 증거의 효력이 없습니다."

재판부는 합의를 위해 진행을 한 번 더 잠시 중단했다. 법전을 뒤적거리더니 마침내 스터버드에게 증언을 계속하도록 허락했다. 사실상 그 할머니는 치안 판사들보다 이 법정 출입이 더 잦았으므로 판사들은 본건의 재판 진행과정에 있어 엄중하지 않을 수 없었다. 그러나 스터버드가 하찮은 이야기를 장황하게 늘어놓자 헨처드는 참지 못하고 불쑥 내뱉었다.

"자, 우리는 더 이상 그런 횡설수설하는 진술을 들으려는 게 아닙니다. 간단하게 요점만 말하시오. 너무 조심스럽게 발언하지 마십시오. 스터버드. 그렇지 않으면 진술을 그만하시오!" 하고, 그는 또 할머니에게로 눈을 돌리면서 물었다.

"자 그러면, 피고인은 증인한테 질문할 것이나 혹은 진술할 말이 있습니까?"

"있습니다" 하고 그녀는 눈을 깜박이면서 대답했다. 그러자 서기는 펜촉을 잉크에 살짝 담갔다.

"20여 년 전에 저는 웨이던 장바닥에 천막을 치고 잡탕죽을 팔고 있었어요."

"'20년 전'이라 ─ 아니, 태곳적 이야기군요 ─ 천지창조 시대로 되돌아가려는 것이오?" 하고 서기는 비꼬는 투로 말했다.

그러나 헨처드는 두 눈을 크게 뜨지 않을 수 없었다. 무엇이 증거였고 무엇이 아니었는지를 까맣게 잊어버렸다.

"어떤 남자와 여자가 한 어린아이를 데리고 내 천막 가게로 들어왔지요" 하고 할머니는 말을 계속했다.

"그들은 자리를 잡고 각자 잡탕죽을 한 그릇씩 사 먹었어요. 아! 주께서 저를 보살펴 주소서! 그 당시 나는 지금보다 처지가 훨씬 나았었지요. 밀주 장사를 크게 하고 있었거든요. 나는 잡탕죽에 럼을 조금씩 섞어 팔았어요, 물론 그걸 찾는 사람한테만 말입니다. 나는 그 남자에게도 그렇게 만들어 팔았어요. 그랬더니 그 사람은 자꾸자꾸 달라고 했어요. 그래서 그 남자는 자기의 아내와 다투었어요. 그러고는 가장 가격을 높이 부르는 사람에게 자기 아내를 팔겠다고 제안했어요. 그때 선원 한 사람이 들어와 5기니를 걸더니 값을 치르고 그녀를 데려가 버렸지요. 그런데 자기 아내를 그렇게 팔아먹은 그 남자가 저기 훌륭한 큰 의자에 앉아 있는 저 사람입니다."

노파는 헨처드 쪽으로 고개를 끄덕거리고, 팔짱을 끼면서 말을 끝냈다.

모든 시선이 헨처드에게 쏠렸다. 그의 얼굴빛이 이상해 보였다. 마치 재를 뒤집어 쓴 듯한 얼굴빛이었다.

"우리는 당신의 인생담이나 모험담을 듣자는 것이 아닙니다" 하고 차석 치안판사는 그동안의 침묵을 깨고 날카롭게 소리쳤다. "피고인은 본 고발사건과 관련 있는 것이 있으면 진술하라는 것일 뿐이오."

"그것은 본 사건과 관련이 있고말고요. 그것은 그가 나보다 나을 것이 없다는 것을, 그리고 저기 재판관 자리에 앉아 나를 심판할 권리가 없다는 것을 입증해 주는 것이에요."

"그건 날조한 허무맹랑한 이야기요!" 서기가 소리쳤다. "그러니 닥치시오!"

"아니요, 그건 사실입니다."

이 말은 헨처드의 입에서 나온 것이었다.

"그건 하나도 어김없는 사실입니다"5 하고 천천히 말을 잇기 시작했다. "그리고 틀림없이 그건 내가 저 할머니보다 나을 것이 없다는 것을 증명해 주고 있습니다! 저 할머니에 대한 보복으로 피고인을 가혹하게 다룰 어떤 유혹에서 벗어나기 위해 본 사건의 재판은 본인을 제외하고 여러분들에게 일임하는 바요."

법정 안의 충격은 표현할 수 없을 만큼 컸다. 헨처드는 주심 자리에서 일어나 밖으로 나왔다. 그가 지나오는 계단과 밖에는 보통 때보다 더 많은 군중이 모여 있었다. 왜냐하면 그 죽 장수 할머니는 여기온 이래 줄곧 묵고 있던 골목길 안의 주민들에게 자기는 이 지방의 거물 헨처드 씨에 관한 한두 가지의 기이한 비밀을 알고 있으며, 그녀는 그걸 법정에서 털어 놓을지도 모르겠다고 그들에게 넌지시 암시했기 때문이었다. 그래서 그 많은 사람들이 이곳에 몰려들었던 것이다.

"아니, 오늘은 시청 주위에 웬 놈팡이들이 저렇게 많이 모여 있지?" 하고 루세타는 하녀에게 물었다.

그때는 이미 그 사건의 재판이 끝났을 때였다. 그녀는 잠자리에서 늦게 일어나 창문 밖을 막 내다보고 있던 참이었다.

"오, 마님, 그건 헨처드 씨에 관한 추문 때문이에요. 어떤 여인이 증언했는데 그분은 신사가 되기 전 어느 장터의 대폿집에서 자신의 아내를 5기니에 팔았다는 사실을 폭로했대요."

헨처드가 그녀에게 자기의 아내 수전과 헤어진 지 여러 해가 되었고, 자신의 아내는 죽었다고 믿는다던 모든 이야기 중에서도 그는 그 이별의 직접적인 동기에 관해서는 그때까지 단 한 번도 명확하게 설명하지 않았다. 루세타는 그 이야기가 금시초문이었다.

헨처드가 자기에게 지난밤 억지로 강요한 그 약속이 생각나자 루세타의 얼굴 위에는 서서히 번민의 빛이 번졌다. 그렇다. 헨처드의 밑바닥은 바로 이것이었구나. 한 여자가 자신의 운명을 그 남자에게 맡겨야 한다는 것은 얼마나 몸서리쳐지는 우연이란 말인가.

낮 동안 그녀는 원형 경기장과 또 다른 곳을 배회하다가 거의 황혼 무렵이 다 되어서야 돌아왔다. 집으로 돌아온 후 엘리자베스-제인을 보자마자 그녀는 며칠 동안 해변 — 포트-브레디에서 지낼 작정이라고 말했다. 캐스터브리지는 기분을 너무 우울하게 한다는 것이었다.

엘리자베스는 지치고 번민에 쌓인 그녀의 표정을 보자 바람이라도 쐬면 기분이 전환될 거라 생각하고 그녀의 생각에 동의했다. 엘리자베스는 루세타의 눈에 캐스터브리지를 뒤덮고 있는 듯한 우울한 분위기가 부분적으로는 파프레이가 멀리 집을 떠나 있다는 사실 때문일지도 모른다고 생각하지 않을 수 없었다.

엘리자베스는 루세타를 포트-브레디로 떠나보내고 그녀가 돌아올 때까지 하이-플레이스 홀을 보살피기로 했다. 끊임없이 비가 내린 쓸쓸한 2, 3일이 지나자 헨처드가 찾아왔다. 그는 루세타가 집에 없다는 말을 듣고 실망하는 눈치였다. 그는 비록 겉으로는 무관심한 채 고개를 끄덕거렸지만 초조한 태도로 턱수염을 만지작거리면서 발길을 돌렸다.

이튿날 그는 다시 찾아왔다.

"이제 루세타가 돌아왔니?" 하고 그는 물었다.

"예. 오늘 아침 돌아왔어요." 그의 의붓딸이 대답했다. "그렇지만 지금 집에는 없어요. 큰길을 따라 포트-브레디 쪽으로 산책을 나갔어요. 저녁 무렵에는 돌아올 거예요."

헨처드는 안절부절못하며 몇 마디의 말을 던지고 나서 다시 그 집을 떠났다.

XXIX

결혼의 증인

이 시간에 루세타는 엘리자베스가 말한 꼭 그대로 포트-브레디 방향
으로 뻗은 길을 따라 걷고 있었다. 루세타가 3시간 전 마차에 몸을 싣
고 캐스터브리지로 돌아왔던 바로 그 길을 자기의 오후 산책길로 택
했다는 것은 이상한 일이다. 모든 일에는 그 나름의 이유가 있기 마련
이지만 이상한 현상이 연속적으로 일어나는 것만은 틀림없었다. 그
날은 큰 시장이 서는 날인데 — 바로 토요일이다 — 이런 날로는 처음
으로 파프레이가 경매장 안에 있는 자신의 곡물 판매대에 나타나지
않았다. 그렇지만 그가 그날 밤에는 — 캐스터브리지에서 쓰는 표현
대로 하자면 '일요일을 위해' 집으로 돌아올 것이라고 알려져 있었다.

루세타는 계속 걸어서 마침내 이 도시에서 여러 방향으로 뻗어 나
오는 도로와 경계를 이루며 줄지어 선 나무들이 끝나는 지점에 도착
했다. 이 지점에는 1마일의 표지가 서 있었다. 거기서 그녀는 발걸음
을 멈췄다.

그 지점은 양쪽에 경사가 완만한 언덕이 있는 골짜기였다. 아직도

로마시대에 건설되었던 기초를 그대로 사용하는 도로는 마치 측량기사가 줄자를 곧게 뻗어 아주 멀리 산마루 너머까지 잰 것처럼 보였다. 지금 눈앞의 길에는 울타리도 없고, 나무도 보이지 않았다. 도로는 마치 주름치마 위의 줄무늬처럼 그루터기가 많은 광활한 곡물 들판에 달라붙어 있었다. 그녀 근처에는 헛간 하나가 있었다 ─ 그녀의 시야에 들어오는 유일한 건물이었다.

그녀는 두 눈을 크게 뜨고 가늘어지는 길을 바라보았다. 그러나 길 위에는 아무것도 ─ 하나의 점 같은 것도 보이지 않았다. 그녀는 외마디 소리를 한숨 쉬듯 "도널드!" 하고 내뱉었다. 그러고는 되돌아오려고 시내 쪽으로 얼굴을 돌렸다.

그런데 이쪽에서는 사정이 달랐다. 어떤 사람이 그녀에게 다가오고 있었다. 엘리자베스-제인이었다. 루세타는 혼자 쓸쓸했음에도 불구하고 마음이 약간 곤혹스러운 듯한 눈치였다. 엘리자베스는 그녀를 알아보자마자 말을 건네기에 아직 가까운 거리가 아닌데도 얼굴에 온화한 표정을 지어 보였다.

"저는 여기로 오면 당신을 만날 수 있을 것이라 생각하고 왔어요" 하고 그녀는 미소 지으면서 말했다.

루세타가 무슨 대답을 하려는데 뜻하지 않은 사태로 그녀는 말을 할 수 없었다. 그녀가 서 있는 곳에서 오른쪽으로 트인 샛길을 따라 걷고 있었는데, 황소 한 마리가 그녀와 엘리자베스를 향해 그 길을 따라 불안스럽게 어슬렁거리며 내려오고 있었다. 그런데 엘리자베스는 반대쪽으로 걷고 있었기 때문에 그 황소를 보지 못했다.

매년 마지막 분기쯤이면 아브라함의 성공1처럼 소는 캐스터브리지와 그 인근 주민들의 중요한 생계수단이 되었지만, 동시에 두려운 존재이기도 했다. 이 계절이면 지방의 경매꾼들이 매매하기 위해 이 도시로 몰려드는 소떼가 대단히 많았다. 그런데 이 뿔난 짐승들은 이리저리 다니면서 여자와 아이들을 아무것도 할 수 없게 집 안으로 몰아 넣었던 것이다. 다른 곳이라면 대부분 이 짐승들은 길을 고분고분 걸을 수 있었지만, 캐스터브리지에서는 가축을 몰 때 반드시 야후2의 익살스러운 행동과 몸짓을 보이며 섬뜩한 고함 소리를 질러 대고, 커다란 막대기를 휘둘러 대며, 주인 없는 개들을 불러대는 소몰이꾼들의 전통이 있었다. 그러한 행동은 성미 고약한 소는 격분시키고, 온순한 소는 겁에 질리게 만들고도 남았다.

그러다 보니 집주인이 방문을 나서는 날에는 집의 현관이나 복도에 어린아이들, 어린아이 돌보는 여자, 나이든 여자, 젊은 여자들과 마주치는 일이 다반사였다. 그들은 아무 집이든 마구 뛰어 들어와, "황소 한 마리가 경매장에서 빠져나와 길을 활보하고 있어요"라며 그곳에 대피한 것을 사과하곤 했다.

루세타와 엘리자베스는 그 황소를 의아스럽게 바라보았는데, 소는 그러는 동안에도 무턱대고 그들을 향해 다가오고 있었다. 그 소는 덩치가 크고 짙은 암갈색을 띤 녀석이었는데 등줄기 주위에 진흙 반점이 있어 보기가 흉했다. 두 뿔은 두텁고 그 끝은 놋쇠로 씌워져 있었다. 두 콧구멍은 옛날 원근 장난감3을 통해 본 템스터널4 같았다. 두 콧구멍 사이에는 코의 연골을 통과한 견고한 구리 코뚜레가 끼워져 있었는데 그 끝이 용접되어 있어 거스의 놋쇠 목걸이5처럼 마음대로 뺄 수 없게 되어 있었다. 그 코뚜레에는 1야드 정도 크기의 물푸레나무 막대기가 달려 있었다. 황소는 머리를 움직일 때마다 이 막대기를 도리깨질하듯 이리 내던지고 저리 내던졌다.

두 젊은 여인이 정작 놀란 것은 이 대롱거리는 막대기를 보고나서 부터였다. 그 황소는 도망쳐 나온 늙은 소로, 너무 난폭하여 다루기 힘들어 보였으며, 그 막대기는 가축 상인이 그 소를 뿔에서 팔 하나 정도의 거리에 두고 통제하려는 수단으로 쓰였을 것이다.

여인들은 피신할 곳이나, 혹은 어떤 숨을 곳을 찾아 두리번거리다 가 가까이 있는 헛간이 알맞겠다고 생각했다. 그녀들이 그 황소에서 눈을 떼지 않고 있는 동안은 황소도 약간 주저하는 태도였다. 그러나 그들이 그 헛간 쪽으로 몸을 돌리자마자 황소는 머리를 번쩍 쳐들고 그들을 단단히 겁주려는 자세를 취하였다. 이 동작에 놀란 속수무책 의 두 여인은 미친 듯이 뛰었다. 이렇게 되자 그 모습을 본 황소는 맹 렬한 기세로 돌진해 왔다.

헛간은 진흙바닥의 파란 연못 뒤편에 있었고, 그들 눈에 보이는 문 짝 중 하나가 사립짝 막대기6에 받쳐 열려 있을 뿐 나머지는 모두 닫 혀 있었다. 두 여인은 그 열린 문을 향해 질주했다. 마른 클로버 더미 가 쌓여 있는 한쪽 끝을 제외하고 내부는 최근의 타작으로 깨끗이 치 워져 있었다. 엘리자베스-제인은 상황을 바로 파악했다.

"우리 저 클로버 더미 위로 올라가야겠어요."

그러나 그들이 그 클로버 더미에 채 도달하기도 전에 밖에서는 황 소가 연못을 철벅철벅 건너오는 소리가 들리더니 곧 사립짝 막대기를 들이받아 쓰러뜨리고 헛간 안으로 질주해 들어왔다. 육중한 문이 쾅 닫혔다. 이제 헛간 안에 셋이 모두 갇히게 되었다. 길을 잘못 든 그

짐승은 그들을 보더니 그 여인들이 달아난 헛간의 한쪽 끝으로 성큼 성큼 걸어왔다. 그 여자들은 너무도 교묘히 몸을 피해 돌아섰기 때문에 황소가 벽 앞에 다다랐을 때 그들은 이미 반쯤 되돌아와 있었다. 황소가 그 긴 몸뚱이를 틀어 그들을 추적하려 할 때 그녀들은 이미 벽 아래까지 와 있었다. 황소의 콧구멍에서 내뿜어지는 뜨거운 김이 시로코7처럼 그들에게 덮어 씌워지고 있었고 이렇게 쫓고 쫓기는 일이 계속되었다. 엘리자베스나 루세타가 문을 열 틈도 없었다.

그들의 이러한 위급함이 오래 계속되었다면 무슨 일이 일어났을지도 모른다. 그러나 잠시 후 덜컥하는 문소리가 황소의 주의를 돌려놓았다. 한 남자가 나타났다. 그는 소의 코에 매달린 코뚜레 앞으로 곧장 달려가더니 마치 황소의 목을 툭 잘라 놓을 것처럼 머리를 비틀었다. 사실 너무도 우악스럽게 비틀어 소의 그 굵은 목이 버티지 못하고 반쯤 맥이 빠진 듯했으며, 코에서는 피가 뚝뚝 떨어졌다. 코뚜레라는 인간의 발명품은 충동적인 짐승의 힘을 제어하기에 매우 적합했고 그래서 그 황소는 움찔했다.

그 남자는 다소 어두웠음에도 몸집이 크고 겁낼 줄 모르는 사람 같아 보였다. 그는 황소를 문 앞으로 끌고 갔다. 햇빛에 드러난 남자는 다름 아닌 헨처드였다. 그는 재빨리 황소를 문밖에 끌어내어 단단히 매어 두고 루세타를 구하기 위해 다시 들어왔다. 그는 클로버 더미 위에 올라간 엘리자베스는 보지 못했다. 루세타는 흥분해 있었다. 헨처드는 그녀를 두 팔로 번쩍 안고 문가로 나갔다.

"당신이 저를 구해 주셨군요." 그녀는 정신을 차리자마자 큰 소리로 말했다.

"나는 당신의 친절에 보답한 것뿐이야." 그는 부드러운 말씨로 대꾸했다. "언젠가 당신도 내 목숨을 구해 주었지."

"어째서 — 당신이 저를 구해 주다니 — 당신이 어떻게?" 하고 그녀는 그의 대답에는 신경을 쓰지 않은 채 물었다.

"여기까지 당신을 찾으러 오게 된 거지. 지난 2, 3일 동안 당신한테 하고 싶은 말이 있었는데, 당신은 출타 중이었기 때문에 이야기할 수 없었소. 아마 당신 지금도 이야기를 나누기가 어렵겠지?"

"오, 아니에요! 엘리자베스는 어디 있지요?"

"나 여기 있어요!" 하고 보이지 않던 엘리자베스가 명랑하게 소리쳤다. 사다리를 놓기도 전에 그녀는 클로버 더미 위에서 미끄러져 바닥으로 내려왔다.

헨처드가 한쪽으로는 루세타를, 다른 쪽으로는 엘리자베스를 부축하여 오르막길을 따라 서서히 걸었다. 그들이 언덕길의 꼭대기에 도달하여 막 내리막길을 내려가고 있을 때 루세타는 이제 정신이 들어 머프를 헛간에 떨어뜨리고 온 것을 생각해 냈다.

"제가 되돌아갔다 올게요." 엘리자베스-제인이 말했다. "내게는 아무 일도 아니에요. 난 당신만큼은 지치지 않았으니 괜찮아요."

엘리자베스는 말을 마치자 헛간 쪽으로 되돌아 달려 내려가고 남은 두 사람은 걸음을 계속했다.

엘리자베스는 머프8가 그렇게 작지 않아서 그것을 금방 찾아냈다. 그녀는 헛간을 나오면서 잠깐 발걸음을 멈추고 그 황소를 바라보았다. 자기들을 죽이려던 게 아니라 그저 장난치려고 덤볐을지도 모르는 녀석이 계속 코에서 피를 흘리고 있어 약간 동정이 갔다. 헨처드가 소의 코뚜레를 헛간 문짝에 끼워 넣고 말뚝으로 쐐기를 박아 놓아 그 녀석을 꼼짝달싹 못하게 해놓았다. 이런저런 생각에 잠겨 있던 그녀는 마침내 몸을 돌려 서둘러 그들의 뒤를 따르려 했다.

그때 반대쪽으로부터 파랗고 까만 단두마차 한 대가 다가오는 것이 보였다. 마차는 파프레이가 몰고 있었다.

그가 이곳에 나타난 것은 루세타가 그쪽으로 산책하고 있었음을 설명해 주는 듯했다. 도널드는 엘리자베스를 보고 다가와 마차를 세우더니 무슨 일이 있었는지 급히 알고 싶어 했다. 루세타가 대단히 위험했었다는 엘리자베스의 말에 그는 흥분을 감추지 못했다. 그녀가 그에게서 일찍이 보았던 흥분과는 다르고 격렬함은 결코 덜하지 않았다. 그는 루세타가 위험에 처했던 경위에만 너무나 몰두해 있었기 때문에 그녀를 거들어 자기 옆자리에 오르도록 도와주겠다고 생각하면서도 자기가 무엇을 하고 있는지 제대로 모를 정도였다.

"그녀는 지금 헨처드 씨와 이미 떠났다는 말씀이지요?" 하고 마침내 그는 물었다.

"예, 저의 아버지가 그녀를 집까지 데려가고 있는 중이에요. 지금쯤 그 두 분은 집에 거의 도착했을 거예요."

"그럼 당신은 그녀가 확실히 집까지 갈 수 있을 거란 말이지요?"

엘리자베스-제인은 아주 확신하고 있었다.

"당신의 의붓아버지가 그녀를 구했단 말이지요?"

"예, 그렇다니까요."

파프레이는 별안간 마차의 속도를 늦췄다. 엘리자베스는 그 이유를 생각해 보았다. 그는 현재로서는 그 두 사람 사이에 끼어들지 않는 것이 상책이라고 생각했다. 헨처드가 루세타를 구해 냈는데 루세타가 헨처드보다 자신에 대해 더 깊은 애정을 보일지도 모르는 상황을 유발하기라도 한다면 그것은 현명치 못할 뿐 아니라 비열한 처사라고 생각했다.

그들 간의 대화거리가 마땅치 않았기 때문에 엘리자베스는 자신의 옛 연인 곁에 이렇게 앉아 있는 것이 더욱 어색했다. 그러나 앞서간 두 사람의 모습이 곧 시내 어귀에서 보였다. 루세타가 자주 뒤를 돌아보았다. 그러나 파프레이는 말에 채찍을 가하지 않았다. 이 두 사람이 시내의 성곽 앞에 다다랐을 때 헨처드 일행은 길 아래로 사라지고 없었다. 파프레이는 엘리자베스-제인이 그곳에서 내리고 싶다고 말해 그녀를 내려 주고 마차를 몰아 자기 숙소의 뒤편에 있는 마구간으로 돌아갔다.

그래서 그는 뒤쪽 정원을 통해 집 안으로 들어갔다. 그는 자기가 쓰던 방으로 올라가 보니 실내가 매우 어질러져 있는 것을 알았다. 상자들은 계단 앞으로 들어내어져 있고, 책꽂이는 세 부분으로 분리돼 있었다. 그러나 이러한 상황이 그의 마음을 조금도 언짢게 하지는 않는 듯했다.

"언제쯤이면 이 물건들을 모두 옮겨주시겠습니까?" 하고 그는 이삿짐을 감독하고 있는 여주인에게 물었다.

"8시 전에는 안 될 것 같군요, 선생님." 그녀가 말했다. "선생님이 이사하신다는 것을 우리는 오늘 아침에야 겨우 알았어요. 그렇지만 않았다면 일이 보다 신속했을 텐데요."

"아, 이런. 걱정 마세요, 걱정 말아요!" 하고 파프레이는 쾌활하게 말했다. "더 늦지만 않는다면 8시라도 괜찮아요. 자, 여기서 이야기만 하고 서 있지 말고 일하세요. 곧 12시가 되겠어요."

이렇게 말하면서 그는 앞문으로 나가 거리로 나섰다.

그동안 헨처드와 루세타는 색다른 종류의 경험을 했다. 엘리자베스가 머프를 찾으러 떠난 후 그 곡물 상인은 그녀의 손을 자기의 팔로 꼭 끼우고 자신의 속마음을 솔직히 털어 놓았다. 그러나 그녀는 자신의 손을 빼고만 싶었다.

"여보, 루세타. 나는 최근 2, 3일 동안 당신이 대단히 보고 싶었어" 하고 그는 말했다.

"당신을 마지막으로 본 이후 줄곧 말이야! 나는 그날 밤 당신에게 약속을 받아 낸 그 방법을 몇 번이고 생각해 보았어. 당신은 '제가 남자라면 저는 고집하지 않겠어요'라고 말했지. 그 말이 내 비위를 거슬렸던 거요. 당신의 그 말에도 일리는 있다고 느꼈던 거야. 나는 당신을 불행하게 만들고 싶지 않아. 그래서 지금 당장 나와 결혼하면 당신이 정말 불행해질 것 같아. 그건 너무도 명백한 사실이야. 그래서 나는 기한을 정하지 않은 약혼을 했으면 해. 결혼에 대한 모든 생각을 한 1, 2년 뒤로 미루자는 것이오."

"하지만, 하지만. 제가 당신을 위해 다른 어떤 일을 해드릴 수는 없는 건가요." 루세타가 말했다. "저는 당신이 더 이상 고마울 수가 없어요. 당신은 제 생명을 구해 주셨어요. 게다가 당신이 나를 보호해 주는 것은 나의 머리 위에 불타고 있는 석탄과도 같은 것을 알았어요.9 저는 이제 돈 있는 여자예요. 확실히 저는 당신의 친절에 대한 보답으로 무엇을 — 실질적인 무엇이든 해드릴 수 있어요"

헨처드는 잠시 생각에 잠겨 있었다. 그는 이런 말을 기대하지 않았음이 분명했다.

"당신이 할 수 있는 일이 하나 있어, 루세타." 그가 말했다. "하지만 엄밀히 말해서 그런 것은 아니야."

"그렇다면 어떤 일이에요?" 하고 그녀는 다시 불안감이 살아난 듯 물었다.

"나는 당신한테 한 가지 비밀을 지켜달라고 해야겠어…. 당신은 금년의 내 운수가 좋지 못하다는 이야기를 들었을 거야. 나는 지금까지 안 하던 짓을 저질렀어. 무모하게 투자를 했거든. 그래서 손해를 보았지. 그것이 바로 나를 구렁텅이 속으로 밀어 넣었던 거야."

"그럼 제가 당신에게 돈을 좀 융통해드리기를 바라는 건가요?"

"아니야, 아니야!" 하고 헨처드는 거의 화를 내듯 부인했다.

"나는 여자를 등쳐먹는 사람이 아니야. 비록 그 여자가 당신같이 내 여자와 거의 다름없는 사람이라 할지라도. 아니야, 루세타. 당신이 할 수 있는 일은 이거야. 그렇게만 하면 나를 구할 수 있을 거야. 내게 돈을 제일 많이 빌려준 채권자가 그로어 씨야. 내가 만일 누군가의 손에 고통을 받는다면 그건 바로 그 사람 때문일 거야. 그가 2주일만 참아 주면 나는 이 어려움을 충분히 헤치고 나갈 수 있어. 한 가지 방법으로 그에게서 이 동의를 얻어 낼 수 있을 거야. 즉, 당신이 그에게 우리 두 사람은 2주일 후에 조용히 결혼할 거라고 알려만 준다면 말이야…. 자, 그쯤 해두고, 다 듣지 않았지만! 그 사람한테 이 이야기를 하도록 하잔 말이야. 우리 두 사람의 결혼은 사실상 시일이 오래 걸린다는 사실은 물론 추호도 낌새를 채지 않게 말이야. 그 사람 이외에는 아무도 알 필요 없어. 당신은 나와 함께 그로어 씨한테 가서 마치 우리들이 그러한 사이인 것처럼 말만 해 주면 되는 거야. 나는 그 사람한테 그걸 비밀로 해 달라고 청할 거고. 그러면 그때까지 기꺼이 기다려 줄 거야. 2주일 후 내가 그 사람 앞에 나섰을 때 우리들 사이의 모든 일이 한 1, 2년 뒤로 미루어졌다고 그에게 시치미를 딱 떼고 말할 생각이야. 그렇게 되면 당신이 나를 어떻게 구해 주었는지를 시내에서는 단 한 사람도 알 리가 없어. 당신이 도움이 되고자 하고 있으니 그것이 바로 나를 도울 수 있는 방법이오."

지금은 소위 하루 중 "붉게 물들어 가는" 때라고 불리는, 즉 땅거미가 지기 바로 15분 전이었기 때문에 그는 처음에는 자신의 말에 대한 그녀의 반응을 알지 못했다.

"그 이외의 다른 일이라면 좋겠어요" 하고 그녀는 입을 열기 시작했다. 타들어가고 있는 그녀의 입술이 목소리에서 묻어나왔다.

"하지만 그것은 사소한 일에 지나지 않잖아!" 하고 그는 몹시 비난하는 투로 말했다. "당신이 제의한 것보다 작은 일이야 — 당신이 최근에 약속했던 일의 시작에 불과해! 그에게 내가 직접 말할 수도 있지만 그가 나를 믿지 않을 거야."

"제가 하고 싶지 않기 때문이 아니라, 제가 도저히 그럴 수 없기 때문이에요" 하고 그녀는 점점 괴로운 고통을 느끼며 말했다.

"정말 짜증나게 만드는구면!"

그는 버럭 소리를 지르면서 말했다.

"그것만으로도 내가 당신한테, 이미 약속한 걸 당장 이행하라고 할 수도 있어!" 하고 루세타를 협박했다.

"그럴 수 없어요!" 그녀는 필사적으로 거절했다.

"왜? 당장 이행해야 할 당신의 약속에서 내가 당신을 풀어 준 지가 불과 몇 분밖에 되지도 않았는데?"

"왜냐하면, 그분은 증인이기 때문이에요!"

"증인? 무슨 일의?"

"제가 사실대로 말씀드리더라도, 저를 비난하지는 마세요."

"글쎄…. 무슨 말인지 들어 보기나 하자고!"

"내 **결혼의 증인**이에요, 그로어 씨는!"

"결혼?"

"예, 파프레이 씨와의. 오 마이클! 저는 이미 그분의 아내예요. 우리는 이번 주에 포트-브레디에서 결혼했어요. 저희들이 이곳에서 결혼할 수 없는 이유가 있었으니까요. 그로어 씨는 그때 우연히 포트-브레디에 왔다가 증인이 되어 주셨어요."

헨처드는 마치 백치가 된 것처럼 서 있었다. 그녀는 그의 침묵에 몹시 겁을 먹고, 그에게 2주일간의 위기를 극복하기에 충분한 돈을 빌려주겠다는 말을 중얼거렸다.

"그 사람과 결혼을 해?" 헨처드는 마침내 입을 열었다. "이런 일이 다 있어! 뭐, 그자와 결혼했어? 나하고 약혼 중에?"

"사실은 이러해요" 하고 그녀는 두 눈에 눈물을 글썽거리고 목소리는 떨면서 해명했다.

"그러지 마세요. 제발 이성을 잃지 마세요! 저는 그분을 대단히 사랑했어요. 그리고 저는 당신이 그분한테 저의 과거 이야기를 하리라고 생각했어요. 그래서 그것이 저를 괴롭혔어요! 그런데 제가 당신한테 약속한 후 저는 당신이 어느 장터에서 당신의 첫 아내를 말이나 소처럼 팔았다는 소문을 들었던 거예요! 그런 이야기를 듣고서야 어떻게 약속을 지킬 수 있었겠어요? 저는 제 자신을 당신에게 맡길 수 없었어요. 그런 사건을 듣고서도 제 이름에 당신의 성을 붙인다면 그건 제 자신을 파멸시키는 일이 될 거예요. 하지만 저는 도널드를 즉시 잡지 않으면 그를 잃게 되리라는 것을 알았어요. 왜냐하면 당신이 저를 잡아 두기 위해 그분에게 우리들의 과거 관계를 말하리라는 것을 알고 있었기 때문이에요. 그러나 이제는 그렇게 하지 않을 거지요? 마이클? 저희 두 사람을 갈라놓기에는 너무 늦었으니 말이에요."

그녀가 말하는 동안 멀리서 성 베드로 교회의 종소리가 그들에게 웅장하게 들려왔다. 그리고 이제 도시 취주악대의 쿵작거리는 소리가 장단을 맞춰 길거리를 누비며 내려갔다.

"그렇다면 사람들이 지금 일으키고 있는 저 왁자지껄한 소리도 그 때문인 게로구먼?"

"그래요. 그이가 그들에게 말했을 거예요. 그렇지 않다면 그로어 씨가 말했거나…. 이제 저는 가도 되나요? 저의 — 그이는 오늘 포트 -브레디에서 머물고 있을 거예요. 그래서 저를 자신보다 몇 시간 먼저 보낸 거예요."

"그렇다면 내가 오늘 오후 구한 것은 **그자의 아내의** 목숨이었구먼."

"예, 그래서 그이는 당신한테 평생 고마워할 거예요."

"내가 그에게 정말 고마워해야겠군…. 오, 당신은 단정하지 못한 여인이야!" 하는 말이 헨처드의 입에서 튀어나왔다. "당신은 나한테 약속까지 해 놓고서도!"

"그래요, 그래요! 그러나 그건 강압에 못 이겨 한 것이었어요. 뿐만 아니라 그때는 제가 당신의 과거를 속속들이 알지 못했던 거예요."

"이제 나는 당신이 받아 마땅한 벌을 당신에게 내릴 작정이야! 내가 그 새신랑한테 당신이 나에게 구애했던 경위에 대해 한마디만 하더라도 당신의 알량한 행복은 산산조각으로 박살나 버릴 거야!"

"마이클, 제발 저한테 이러지 마세요. 한 번만 동정을 베풀어 주세요!"

"당신은 동정을 받을 자격이 없어! 옛날에는 몰라도. 하지만 지금은 그렇지가 않아!"

"당신이 빚을 갚도록 도와드리겠어요."

"내가 파프레이 아내의 연금 수령자가 되는 거야?10 나는 아니야! 내 옆에 일분일초도 있지 말고 떠나 버려! 나는 이보다 더 심한 소리를 할지도 모르니까, 꺼져!"

그녀가 남쪽 산책길의 가로수 아래로 사라질 때 악대가 그녀의 행복을 축하하며 풀 한포기, 돌멩이 하나까지 일깨워 놓으면서 길모퉁이를 돌아 나오고 있었다. 루세타는 거들떠보지도 않고 뒷길을 달려 올라가 남의 눈에 띄지 않고 그녀의 집에 도착했다.

옛 연인과 새 연인

파프레이가 자기 집주인 여자에게 한 말은 자신이 쓰던 상자와 다른 소지품들을 머물던 숙소에서 루세타의 집으로 옮기는 일에 관한 것이 었다. 그 일은 그리 힘들지는 않았으나, 그가 루세타의 집으로 옮겨 간다는 말에 사람들이 너무 놀라 이삿짐 나르는 일이 중단되면서 많이 지연되고 있었다. 그런데 이사한다는 사실을 마음씨 착한 주인 여자는 불과 몇 시간 전에 편지로 간단히 통보받아 알고 있었다.

파프레이는 결혼식을 마치고 포트-브레디를 떠나려는 마지막 순간에 존 길핀1의 경우처럼 주요 고객들에 의해 붙잡히게 되었다. 아무리 예외적인 상황일지라도 그는 고객들을 소홀히 대할 사람이 아니었다. 게다가 다행스러운 것은 루세타를 그녀의 집에 먼저 보내는 게 편안한 점도 있었다. 루세타와 파프레이 두 사람이 비밀리에 결혼했었던 사실을 그녀의 집에서는 아는 사람이 아직 아무도 없었다. 그래서 그녀가 결혼 소식을 집안사람들에게 전하고 남편과 함께 살 장소를 위한 준비를 지시하는 것이 우선이었다. 따라서 파프레이는 이제 겨

102

우 이틀 된 신부를 말 한 필이 끄는 사륜마차에 태워 보내면서 같은 날 밤 자기가 도착할 시간을 그녀에게 일러 놓고 밀과 보리 낟가리들이 쌓여 있는 수 마일 밖의 어느 시골로 갔던 것이다. 이것이 네 시간 동안 서로 떨어져 있은 후 그녀가 그를 마중하기 위해 종종걸음으로 외출하게 된 이유였다.

루세타는 헨처드와 헤어진 후 애써 안정을 되찾고, 도널드가 하숙집을 떠나 하이-플레이스 홀에 도착할 즈음에는 그를 맞을 채비를 했다. 그녀에게 이 일을 해낼 힘을 부여했던 하나의 가장 중요한 사실은 그녀가 모든 어려움을 극복하고 마침내 그를 차지했다는 것이었다. 그녀가 집에 온 지 30분이 지나 파프레이가 도착해 집 안으로 들어왔다. 그녀는 구원받은 듯한 기쁨으로 그를 반갑게 맞이했다. 설령 한 달간이나 위험하게 떨어져 있었더라도 그 기쁨이 이보다 더 강렬할 수는 없었을 것이다.

"제가 아직 끝내지 못한 일이 하나 있어요. 게다가 그건 아주 중요한 일이거든요" 하고 그녀는 자신이 겪은 황소와의 아슬아슬한 사건에 대해 이야기하고 나서 진지하게 말했다.

"그건 우리들의 결혼 소식을 제 귀여운 엘리자베스-제인한테 알리는 일이에요."

"아, 당신은 아직까지 말하지 않았군요?" 그는 염려하듯 말했다.

"나도 그녀를 헛간에서 집으로 돌아올 때 마차에 태워다 주었지만 그 이야기는 하지 않았는데. 나는 그 아가씨가 그 소식을 시내에서 듣고서도 수줍어서 미처 축하 인사를 못하고 있다고 생각했었지요."

"그녀는 거의 그 소식을 들었을 리가 없을 거예요. 하지만 지금 그녀한테 가서 제가 알아보겠어요. 그런데 도널드, 그녀가 전과 다름없이 이곳에서 저와 함께 살아도 괜찮겠어요? 그녀는 정말 말이 없고 겸손하거든요."

"오, 그럼요. 정말 나는 괜찮아요" 하고 파프레이는 대답했다. 그러나 약간 어색해하는 눈치였다.

"하지만 그녀가 그렇게 하려 할까요?"

"오, 물론이에요!" 하고 루세타는 진지하게 말했다. "그녀가 그렇게 할 거라고 저는 확신해요. 뿐만 아니라, 가엾게도 그녀는 집이 따로 없잖아요."

파프레이는 아내를 바라보았다. 아내가 자기보다 더 내성적인 헨처드의 비밀을 눈치채지 못하고 있음을 알았다. 그는 그것을 아내가 전혀 모르고 있는 편이 더 낫다고 생각했다.

"엘리자베스 일은 당신 좋을 대로 해요" 하고 그는 말했다. "당신의 집에 내가 들어왔지, 내 집에 당신이 들어온 것은 아니잖아요."

"얼른 가서 그 아가씨한테 말해 보겠어요." 루세타가 말했다.

그녀가 위층 엘리자베스-제인의 방으로 갔을 때에는 엘리자베스는 외출복을 벗고 편하게 책을 읽으며 휴식하고 있었다. 순간적으로 루세타는 그녀가 자신의 소식을 아직 모르고 있다는 것을 알 수 있었다.

"템플먼 아가씨, 저는 아직 내려가 보지 못했어요" 하고 그녀는 꾸밈없이 말했다. "황소의 공격으로 그렇게 놀란 후 완전히 진정되셨는지 알아보려 내려가려던 참이었어요. 하지만 방문객이 있더군요. 밖에서는 무슨 일로 종들이 울리고 있는지 모르겠군요. 그리고 악대까지 연주하고 있잖아요. 누군가가 결혼한 것이 틀림없어요. 그렇지 않다면 크리스마스를 대비해서 연습하고 있겠지요."

루세타는 애매하게 "그러게요" 하고 대답했다. 루세타는 엘리자베스 옆에 앉으며 생각에 잠긴 듯 그녀를 유심히 쳐다보았다.

"아가씨는 어쩌면 이다지도 외로운 사람일까?" 하고 그녀는 곧 입을 열었다. "주변에 무슨 일이 일어나고 있는지, 사람들이 비상한 관심을 갖고 곳곳에서 무슨 이야기를 하고들 있는지 전혀 모르고 있으니 말이에요. 아가씨도 뭇 여인들처럼 남들의 이야기를 좀 들어 봐요. 그러면 그런 순진한 질문을 나한테 하지 않아도 될 테니까요. 헌데, 아가씨한테 들려줄 이야기가 있어요."

엘리자베스-제인은 대단히 고맙다고 말하고 귀담아들을 자세를 취했다.

"내가 한참 거슬러 올라가면서 이야기해야 되겠네요" 하고 루세타는 이야기를 시작했다. 자기 옆에 묵묵히 생각에 잠겨 있는 이 여인에게 자신을 만족스럽게 이해시키려는 어려움이 루세타의 말끝마다 점점 더 뚜렷하게 묻어났다.

"언젠가 내가 아가씨한테 들려주었던 그 양심적으로 괴로워하던 여자의 사연을 기억하고 있겠지요. 옛 애인과 새 애인에 관한 이야기요" 하고 그녀는 떨리는 목소리로 그 이야기의 서두를 한두 마디 어색하게 끄집어냈다.

"오, 그럼요. 생각나요. **아가씨의 친구** 이야기 말이군요" 하고 엘리자베스는 루세타의 두 눈 속의 홍채가 정확히 무슨 색인지를 파악하려는 듯 상대를 빤히 바라보면서 담담히 대답했다.

"그 두 연인 ─ **옛 연인과 새 연인.** 그녀는 새 연인과의 결혼을 대단히 바랐지만 결혼해야 할 의무감은 옛 연인에게 느끼고 그래서 더 나은 길을 놔두고 옛 연인과 결혼하지 않을 수 없다는 이야기였지요. 내가 요즈음 번역하고 있는 시인 오비디우스2의 '나는 더 좋은 일을 보며 그것이 좋다고 인정하지만, 따라가는 것은 더 나쁜 것'3이라는 구절처럼 말이에요."

"오, 아니에요. 정확하게 말하면 그녀는 꼭 옛 연인 쪽을 택했다는 것은 아니에요" 하고 루세타는 허둥대며 대답했다.

"그렇지만 당신은 그녀가, 아니 내 생각으로는 **당신이**" ─ 대담하게 털어놓고 대답했다. "체면상 그리고 양심상 첫 연인과 결혼하기로 했다고 했잖아요?"

루세타는 자기의 본색을 간파당한 부끄러움으로 얼굴을 붉히다가 가라앉고 걱정스럽게 대답했다. "이거 절대로 발설하지 않겠지요, 엘리자베스-제인?"

"절대로 않겠어요, 하지 말라면."

"그렇다면 이야기해 줄게요. 그 일은 상황이 더 복잡해요. 아니 사실은 더욱 어려워요. 내가 한 이야기보다는 말이에요. 실은 나와 그 첫 남자는 다 같이 이상한 운명 속에 함께 던져졌어요. 그런데 주변 사람들이 우리들의 관계를 알고 나서 결합해야만 한다고 생각했지요. 그 사람은 홀아비라고 생각했어요. 그리고 그 사람은 수년 동안 자기 아내의 소식을 듣지 못했던 것이지요. 그런데 그 아내가 돌아왔어요. 그래서 우리는 헤어졌지요. 그 여자는 이제 죽고 없어요. 그리고 그 남편은 나한테로 다시 와서 '이제 우리 하나가 됩시다'라며 구혼하는 거예요. 하지만 엘리자베스-제인, 지금 이 모든 일은 그가 나에게 새롭게 구애하는 것이나 다름없어요 — 나는 모든 맹세에서 풀려 났어요 — 나는 다른 여인이 되어 돌아왔으니까요."

"당신은 먼저 했던 약속을 최근 들어 새로이 하진 않았나요?" 하고 몇 살 아래인 엘리자베스는 짚이는 데가 있어 조용히 물었다. 그녀는 그 첫 남자를 바로 알아차렸던 것이다.

"그건 나를 협박해서 억지로 짜낸 거예요."

"예, 그건 그래요. 그러나 여자란 지난날에 한 남자와의 교제가 당신처럼 불행하게 얽혔다면 비록 그 여자 편에서는 잘못이 없더라도 가능하다면, 그 남자의 부인이 되어야 한다고 나는 생각해요."

루세타의 얼굴에서는 생기가 사라졌다.

"그 남자는 내가 결혼하기에 두려운 사람으로 드러났는데도 그렇게 살아야 한다고요?" 하고 그녀는 따져 물었다. "정말 두려워요! 그런데 나는 약속을 다시 하고 나서야 그걸 알았어요."

"그렇다면 정직하기 살기 위해선 단 한 가지 방법만 남았군요. 독신녀로 살아가야만 해요."

"그래도 그렇지. 다시 생각해 봐요! 내 입장이 되어 보라고요."

"하지만 제 생각에는 변함이 없어요" 하고 엘리자베스는 대담하게 말을 가로챘다. "저는 그 남자가 누구인지를 잘 알아요. 저의 아버지 예요. 분명히 말하는데 당신이 결혼할 상대는 저의 아버지가 아니라면 다른 사람은 없어요."

황소 앞에서 붉은 천을 흔들 듯이, 온당치 못한 일에 대한 의구심이 엘리자베스-제인을 흥분시켰다. 사태를 올바르게 수습하라는 그녀의 요구는 실로 거의 심술을 부리는 것처럼 느껴질 정도였다. 그녀는 자기 어머니와 관련해 겪은 예전의 곤경 때문에 변칙과 유사한 것은 그녀에게 두려움을 안겨 주었는데, 남들에게 누구인지 의심받아 본 적이 없는 사람은 그 두려움을 이해할 수 없었다.

"당신은 헨처드 씨와 결혼해야 해요. 아무도 다른 사람과는 안 돼요, 절대로!" 하고 그녀는 입술을 바르르 떨면서 말을 계속했다. 그 떨리는 동작 속에는 두 가지의 열망이 나뉘어졌다.

"그것만은 동의할 수 없어요" 하고 루세타는 격렬하게 대꾸했다.

"동의하건 말건, 그건 사실이에요."

루세타는 더 이상은 항변할 말이 없다는 듯이 오른손으로 두 눈을 가리고, 왼손은 엘리자베스-제인 쪽으로 내밀었다.

"아니, 아가씨는 우리 아버지와 이미 결혼했군요!" 그녀는 루세타의 손가락을 힐끗 보고는 기뻐 벌떡 일어서며 소리쳤다.

"언제 했어요? 왜 진작 말해 주지 않았어요? 이렇게 놀리기만 하고요. 당신은 정말 자랑스러워요! 저의 아버지는 술에 곯아 떨어져 한때 어머니를 학대한 듯했어요. 때로는 용서할 줄 모르시는 것도 사실이에요. 하지만 당신은 아름다운 용모와 재산과 교양으로 그분을 완전히 지배하시리라고 저는 확신해요. 당신은 그분이 정말 좋아할 여자예요. 그래서 이제 우리는 셋이서 지금부터 다 같이 행복하게 살면 될 거예요!"

"오, 나의 사랑하는 엘리자베스-제인" 하고 루세타는 괴로운 표정으로 소리쳤다. "내가 결혼한 남자는 다른 사람이에요. 나는 너무도 절망적이었기 때문에, 강압에 못 이겨 달리 어떻게 되는 것이 너무도 두려웠기 때문에, 나에 대한 그의 사랑이 식을까 너무도 두려웠기 때문에, 나는 무슨 일이 있더라도 즉시 그렇게 결혼하고, 그래서 어떤 희생이라도 치르면서 행복한 1주일을 지내자고 결심한 거예요!"

"당신은 — 했군요 — 파프레이 씨와 결혼했다는 거군요!" 하고 엘리자베스-제인은 나단의 어조4로 말했다.

루세타는 고개를 숙였다. 그녀는 이미 완전히 제정신으로 돌아와 있었던 것이다. "저 종소리들은 그 때문에 울린 거예요. 내 남편은 지금 아래층에 있어요. 그분은 좀더 적당한 집이 우리를 위해 마련될 때까지 여기서 살 거예요. 그런데 나는 당신이 전과 다름없이 나와 함께 살았으면 한다고 그이한테 말했어요."

"그 문제에 관해서는 조용히 생각해 보겠어요. 혼자서요" 하고 그녀는 자신의 소용돌이치는 감정을 애써 억누르며 재빨리 대답했다.

"그렇게 해요. 우리는 다 같이 행복하리라고 확신해요."

루세타는 아래층 도널드에게로 내려갔다. 그곳에서 아주 편안히 있는 남편을 보자 그녀의 즐거움 위에 막연한 불안감이 떠돌았다. 그녀가 그런 감정을 갖게 된 것은 엘리자베스-제인 때문은 아니다. 그녀의 억누르는 감정의 의미를 그녀는 추호도 의심치 않았기 때문이다. 그것은 다만 헨처드 한 사람 때문이었다.

그런데 수전 헨처드의 딸이 순간적으로 내린 결정은 이 집에서 더 이상 살지 않겠다는 것이었다. 루세타가 취한 처신의 온당성에 대한 그녀의 평가는 그만두고서라도, 파프레이가 그녀의 연인이었음을 모든 사람이 알고 있는 것이나 다름없었기 때문에 그녀는 그곳에서 더 있을 수 없었다.

그녀가 서둘러 외출복을 걸쳐 입고 밖으로 나간 것은 아직 이른 저녁 시간이었다. 그녀는 시내 지리를 잘 알고 있었기 때문에 몇 분 내에 적당한 숙소를 구할 수 있었다. 그날 밤에 그 집에 이사하기로 했다. 집에 돌아와 아무 소리 없이 방에 들어온 그녀는 자기의 예쁜 옷을 벗어 놓고 평상복으로 갈아입었다. 그녀는 지금부터 근검절약하게 살아야 했으므로 벗어 놓은 옷들은 자신의 가장 좋은 옷으로 보관해 두어야 했다. 그녀는 루세타에게 쪽지를 하나 남겼다. 루세타는 문을 꼭 닫고 파프레이와 더불어 응접실에 있었다. 잠시 후 엘리자베스-제인은 손수레꾼을 한 사람 불렀다. 자신의 짐이 실리는 것을 보고 그녀는 총총걸음으로 새로 얻은 숙소로 향했다. 그 집은 헨처드가 살고 있는 거리에 있는데 거의 그의 집과 마주보고 있었다.

새 거처에 앉아 그녀는 앞으로 살아갈 방법을 곰곰이 생각해 보았다. 그녀의 의붓아버지가 매년 그에게 보내 주는 얼마만큼의 금액으로 간신히 살아갈 수는 있을 것이다. 각종 그물을 기막히게 뜨는 솜씨가 — 어린 시절에 뉴슨의 집에서 그물망을 뜨면서 익힌 그 솜씨가 — 그녀에게 크게 도움이 될 것이다. 그리고 끈기 있게 해 온 그녀의 공부가 한층 더 도움이 될지도 모른다.

이때쯤 루세타와 파프레이의 결혼 소식은 캐스터브리지 전역으로 퍼져 나갔다. 그 소식은 길가의 돌바닥 위에서는 떠들썩하게, 가게의 계산대 뒤에서는 은밀하게, 그리고 쓰리 마리너즈에서는 유쾌하게 퍼져 나가고 있었다. 사람들은 파프레이가 자신의 사업을 접고 아내의 돈으로 신사행세를 하고 지낼 것인지, 아니면 자신의 빛나는 부인의 도움과 상관없이 충분히 독립심을 발휘하여 자신의 사업을 그대로 밀고 나갈 것인지에 대해 대단한 관심을 나타냈다.

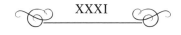

XXXI

빚 청산

그 죽 장수 할머니가 치안판사들 앞에서 말대답했다는 소문이 사방으로 퍼져 나갔다. 만 하루도 안 되어 캐스터브리지 주민이라면 헨처드가 아주 오래전에 웨이던-프라이어즈 장터에서 저지른 미친 기행 이야기를 모르는 사람이 없을 정도였다. 그리고 헨처드가 자기 인생의 후반에 이르러 잘못을 보상하려고 기울인 노력은 그가 과거에 저지른 엄청난 죄악의 불꽃 속에 파묻혀 더 이상 사람들의 눈에 들어오지 않았다. 그 사건이 오래전부터, 그리고 그 후로도 꾸준히 알려져 왔다면 지금쯤은 젊은 기분에 방탕했던 한 젊은이의 외도쯤으로 가볍게 보아 넘겼을지도 모른다. 그리고 이곳 주민들과 공통점이라고는 거의 찾아볼 수 없는 한 젊은이가 (다소 고집이 세기는 하지만) 모든 면에서 착실한 헨처드의 모습을 볼 때 과거 행위를 상상하기란 어려웠다. 이제까지 파묻힌 그의 과거 행위는 그 후 많은 시간이 지났음에도 불구하고 드러나지 않았다. 그가 젊은 시절 남긴 암울한 오점은 오늘날 저지른 범죄 행위와 다름없이 받아들여졌다.

치안법정 사건 자체는 사소한 일인 것처럼 보일 수도 있었지만, 헨처드에게는 운명을 바꾸어 놓는 전환점이 되었다. 그날—거의 그 시각에 그는 번영과 명예의 분수령을 넘어 반대방향을 향해 빠른 속도로 곤두박질치기 시작했다. 그가 그렇게도 빨리 모든 사람으로부터 신망을 잃었다는 것은 참으로 이상한 일이었다. 그는 아주 놀랍게도 이미 손가락질을 받을 정도로 사회적 지위가 바닥으로 전락했고, 무모한 거래로 이미 사업상의 회복력도 상실했기 때문에 양쪽 모두 그의 추락은 시간이 흐를수록 더욱 빨라졌다.

그는 이제 길을 걸을 때 시선을 땅바닥에 두는 경우가 많아졌고, 집을 바라보는 일이 적어졌다. 사람들을 바라볼 때에도 시선을 사람들의 두 발과 정강이받이에 두었고, 이글거리는 눈빛으로 사람들의 눈동자를 꿰뚫어 보아 상대편의 눈을 깜빡거리게 만드는 일은 줄어들었다.

이제 새로운 사건들이 계속 터지면서 그는 급속히 허물어져 갔다. 그해는 헨처드 자신뿐만 아니라 다른 사람들에게도 운이 나쁜 해였다. 그가 남달리 신뢰했던 한 채권자의 엄청난 실패가 그의 신용을 완전히 무너뜨렸다. 게다가 곡물 장사의 생명인 상품과 견본 간의 엄격한 원칙을 지키는 데에 실패했다. 이것은 그의 일꾼 중 한 사람에게 많은 책임이 있는 실수였다. 그 일꾼은 헨처드가 소유한 많은 양의 2등급 곡물의 견본을 골라 놓고는 쪼그라들고 상하고 검은 싹이 난 낟알을 대량으로 제거한 뒤 보내는 어리석음을 범했던 것이다. 만약 곡물을 정직하게 보냈다면 아무런 말썽도 일어나지 않았을 것이다. 그러나 때가 때인 만큼 속여서 보낸 그 실수는 헨처드의 이름을 시궁창으로 끌어내렸다.

그가 실패한 세세한 일은 평범한 것들이었다. 어느 날 엘리자베스-제인은 킹스암즈 앞을 지나가고 있었다. 그때 그녀는 장날도 아닌데 여느 때보다 사람들이 부산하게 들락거리는 것을 보았다. 그녀가 그 이유를 묻자 한 구경꾼이 그녀가 모르고 있다는 사실에 약간 놀라면서 헨처드 씨의 파산을 정리하는 지방 행정관들의 모임이 열리고 있다고 귀띔해 주었다. 그녀는 눈물이 와락 쏟아져 나올 것 같았다. 그래서 그녀는 헨처드가 호텔에 있다는 이야기를 듣고 안으로 들어가 그를 만나고 싶어 했다. 그러나 그날 중으로는 끼어들지 말라는 충고를 받았다.

채무자와 채권자들이 회의를 열고 있는 방은 호텔의 길가 쪽 방이었다. 헨처드는 창밖을 바라보고 있다가 덧문의 쇠줄 틈으로 엘리자베스-제인의 모습을 볼 수 있었다. 그때 그에 대한 조사가 끝나 채권자들은 자리를 뜨고 있었다. 그는 엘리자베스가 나타나자 명상에 잠겼다. 마침내 창가에서 얼굴을 돌려 모든 빚쟁이들 앞에 우뚝 서면서 그들의 주의를 잠시 환기시켰다. 그의 얼굴은 번창했을 때의 불그스레한 빛과는 약간 달라 보였으며, 검은 머리카락과 구레나룻은 종전과 변함없었으나 얼굴의 나머지 부분은 핏기가 가서 잿빛의 얇은 막으로 변해 있었다.

"여러분!" 하고 그는 입을 열었다. "우리가 지금까지 토의한 재산, 그리고 대차대조표에 나타나 있는 것 이외에도 이것들이 있습니다. 모두 나의 다른 재산과 마찬가지로 여러분의 소유물입니다. 나는 이것들을 여러분들한테 감추고 싶지 않습니다. 절대로 나는 그런 사람이 아닙니다."

이 말을 마치자마자 그는 호주머니에서 금시계를 끄집어내어 탁자 위에 올려놓았다. 그리고 지갑 ― 농장주들이나 장사꾼이면 누구나 휴대하고 다니는 노란색의 캔버스 천으로 만든 돈주머니 ― 을 끄집 어내고 흔들어 대더니 그 속에 있는 돈을 탁자 위의 시계 옆에 쏟아 놓았다. 그는 그 돈주머니를 잽싸게 끌어당겨 가져갔다. 루세타가 그 를 위해 만들어 준 머리카락 가리개를 없애 버리기 위해서였다.

"자, 이제 내가 이 세상에서 가졌던 모든 것을 여러분에게 내려놓 았습니다." 그가 말했다, "그런데 여러분을 위해서 좀더 많았으면 좋 겠습니다만."

채권자들, 농장주들은 거의 예외 없이 그 시계를, 그 돈을 바라보 고 창밖의 길 위로 시선을 던졌다. 그때 웨더베리에서 온 농부 제임스 에버딘이 입을 열었다.

"아니, 아니요, 헨처드 씨." 그는 따뜻하게 말을 건넸다. "우리는 그것까지 바라지는 않습니다. 당신의 그 행동은 정말 존중할 만합니 다. 그것은 그대로 가지도록 하십시오. 어떻습니까, 여러분, 내 말에 동의하십니까?"

"예, 물론입니다. 우리는 그것까지는 전혀 바라지 않습니다" 하고 역시 채권자 중 한 사람인 그로어 씨가 대답했다.

"그것은 저분이 그대로 갖게 합시다. 당연하지요" 하고 구석에서 누군가가 중얼거렸다. 볼드우드라는 조용하고 침착한 젊은이였다. 나머지 사람들도 이구동성으로 따라했다.

"그러면" 하고 선임 집행관이 헨처드를 향해 입을 열었다.

"본 사건이 절망적이기는 하지만 당신보다 더 양심적인 행동을 한 사람을 본 일이 없다는 것을 나는 인정하지 않을 수 없습니다. 나는 이 대차대조표가 이보다 더 정직하게 작성될 수 없다는 것을 알게 되었습니다. 우리는 지금까지 별 어려움이 없었습니다. 재산을 빼돌렸거나 숨긴 것이라고는 찾을 수 없었습니다. 불행한 상황이 초래된 건 분명합니다만, 내가 알 수 있는 한 그는 누구한테도 부당하지 않게 대우하려는 모든 노력을 다 기울였습니다."

헨처드는 이 말을 듣고 지방 행정관들이 자기를 알아주고 있다는 것에 마음이 약간 움직였다. 그는 창 쪽으로 다시 시선을 돌렸다. 그 선임 행정관의 말에 뒤이어 모두 동의하는 뜻의 중얼거림이 들렸다. 곧 회의가 끝나고 사람들은 뿔뿔이 흩어졌다. 모두 나가고 나자 헨처드는 그들이 자신에게 돌려준 시계를 바라보았다.

"이건 당연히 내 물건이 아니야" 하고 그는 혼자 중얼거렸다. "도대체, 사람들이 왜 이건 가져가지 않지? 난 내 것이 아닌 것은 갖고 싶지 않아!"

어떤 기억에 마음이 움직여 그는 그 시계를 길 건너 시계 상점에 가서 부르는 값에 당장 팔아 버렸다. 그 돈을 가지고는 채권자들 중 빚이 비교적 적은 채권자, 더노버의 궁색한 환경에 처해 있는 어느 오두막집 주인에게로 갔다. 헨처드는 그에게 그 돈을 주었다.

헨처드의 소유였던 재산에 낱낱이 딱지가 붙고 경매가 진행될 때 시민들 간에는 아주 동정어린 반응이 나타났다. 그때까지만 해도 얼마 동안 그를 멸시하기만 하던 사람들이었다. 이제 헨처드의 모든 이력이 이웃들의 뇌리에 뚜렷하게 새겨져, 시민들은 그가 활동력이라는 단 하나의 재능을 이용하여 완전한 무에서 부유한 위치까지 오를 수 있었던 사실에 감탄하고 있는 듯했다. 그가 송곳과 낫을 넣은 바구니를 등에 짊어지고 뜨내기 건초 일꾼으로 이 고장에 첫발을 들여 놓았을 때, 그가 보여 줄 수 있었던 것은 그의 왕성한 활동력이 전부였음을 시민들은 되새겨 보고 그의 몰락을 아쉽게 여겼다.

엘리자베스는 나름대로 그를 만나려고 노력했지만 도저히 만날 수 없었다. 어느 한 사람 믿지 않아도 그녀만은 그의 사람됨을 여전히 믿고 있었다. 그래서 그녀는 자신에 대한 그의 불친절을 용서해 줄 수 있기를, 곤경에 처해 있는 그를 도울 수 있기를 바랐다.

그녀는 그에게 편지를 띄웠다. 그로부터는 회답이 없었다. 그녀는 그의 집으로 — 잠시나마 그녀가 행복하게 살았던 여기저기에 윤이 나는 암갈색 벽돌과 육중한 철제 창들로 전면이 꾸며진 그 커다란 집으로 — 찾아갔다. 그러나 헨처드는 더 이상 그곳에서는 찾을 수 없었다. 전직 시장은 자신의 번영을 누렸던 그 집을 떠나 수도원 물방앗간 옆 조프의 집으로 이사했다는 것이다. 엘리자베스가 자신의 친딸이 아니라는 것을 알게 된 그날 밤에 그가 거닐었던, 침침한 변두리 지역이었다. 그녀는 그쪽으로 발길을 옮겼다.

엘리자베스는 그가 물러나 살 장소로 그곳을 택한 것이 이상하다고 여겼다. 그러나 형편이 궁색해서 달리 선택의 여지가 없었을 것이라고 생각했다. 고목이 된 것으로 보아 탁발 수도사들이 심은 것 같아 보이는 나무들이 아직도 여기저기 서 있고, 물방앗간의 뒤쪽 해치에서 수 세기 동안 멋지게 우렛소리를 일으켰던 폭포는 여전히 그대로 있었다. 그 오두막 자체는 수도원에서 오래전에 떨어져 나온 낡은 돌들과 장식골조의 파편들, 이겨서 만든 창문의 곁 기둥들, 그리고 벽에서 떨어져 나온 돌 부스러기들과 뒤섞인 낙숫물받이들로 지어져 있었다.

이 오두막에서 그는 방 두서너 개를 차지했는데 이 집의 주인은 헨처드에게 고용되고, 푸대접받고, 농락당하고, 그리고 해고당하기를 번갈아 맛보았던 조프였다. 그러나 이곳에서조차 그녀는 의붓아버지를 만날 수 없었다.

"그분의 딸인데도 만날 수 없나요?" 하고 엘리자베스는 애원했다.

"지금은 아무도 안 됩니다. 그것이 그분의 명령입니다"라는 대답만을 그녀는 들었을 뿐이다.

잠시 후 그녀는 아버지의 사업장이었던 곡물창고와 건초광 옆을 지나가고 있었다. 그녀는 그가 이미 이곳의 주인이 아니라는 것을 알고 있었다. 그러나 그 낯익은 문간을 바라 본 순간 놀라움을 금치 못했다. 안개 속의 선박들처럼 글씨들이 희미하게 비치고 있기는 했지만, 짙은 남색 페인트로 헨처드의 이름이 지워져 있었으며, 그 위에 파프레이의 이름이 흰색 페인트로 선명하게 씌어 있었다.

에이벌 휘틀이 창구로 그의 비쩍 마른 머리를 삐쭉 내밀고 있었다.

그녀는, "파프레이 씨가 이곳 주인이에요?" 하고 물었다.

"예, 헨처드 아가씨. 파프레이 씨가 이 사업장과 이곳에 딸린 우리 일꾼들을 모두 샀습니다. 그래서 우리는 지난날보다 한결 나아졌어요. 그분의 따님인 아가씨한테 제가 할 말은 아니지만요. 우리는 전보다 더 열심히 일하긴 하지만, 지금은 겁먹지 않고 일하고 있어요. 예전에는 하도 겁을 주니까 얼마 남지 않은 내 머리카락이 아주 가늘어졌지요! 이제는 주먹으로 얻어맞는 일도, 문을 쾅 닫는 일도, 끊임없는 간섭으로 온몸이 일그러지는 일도 없답니다. 마음이 언제나 괴로움으로 가득하면 이 세상을 다 준다 한들 무슨 소용이 있겠어요, 헨처드 아가씨?"

틀린 말은 아니었다. 헨처드의 창고들이 그의 **빚 청산** 기간 동안 마비 상태로 있다가 새로운 주인이 들어오면서 다시 활기로 가득 찼다. 가득한 자루들이 반짝거리는 쇠사슬에 고리로 묶여 닻걸이1 아래서 분주히 오르내리고, 털이 숭숭 난 팔들이 여기저기 문간에서 곡물들을 끌어올리고 있었다. 건초 다발들이 다시 헛간에서 들려 나와 내려지고 있었으며, 송곳들이 삐걱거렸다. 예전에는 눈대중으로 거래하는 게 관행이던 곳에서 이제는 저울과 대저울2들이 바쁘게 움직이기 시작했다.

XXXII

벽돌다리와 돌다리

캐스터브리지 시내 아래 지역 근처에는 다리가 두 개 놓여 있다.

첫 번째 다리는 비바람에 얼룩진 벽돌로 만들어졌으며 하이스트리트 바로 끝에 위치하고 있다. 이곳에서는 도심의 큰길에서 갈라져 나와 나지막이 자리 잡은 한 가닥의 도로가 더노버의 작은 길들과 둥그렇게 연결되어 있다. 그래서 이 다리 주변은 고결함과 가난함이 함께 만나는 지점이 되었다. 둘째 다리는 돌로 만들어졌는데 간선도로에서 멀리 떨어져 있다. 아직 이 도시의 경계선 안쪽이긴 하지만 사실 꽤 먼 초원 가운데에 위치하고 있다.

이 다리들은 서로 말을 주고받는 듯한 모습을 하고 있었다. 다리마다 튀어나온 부분은 서로 닳았고 뭉툭했다. 일부는 비바람 때문이었지만 여러 세대에 걸쳐 어슬렁거리며 놀고 지내는 사람들의 발자국으로 더 많이 닳아 지금의 모습이 되었다. 매년 그 건달들이 제 나름대로 이런저런 생각을 하며 다리 위에 서 있는 동안 그들의 발가락과 발꿈치는 이 다리의 난간과 끊임없이 부딪쳤으며, 그것은 해가 거듭할

수록 더해졌다. 좀더 부서지기 쉬운 벽돌과 돌일 경우에는 심지어 다리의 표면까지도 그와 같은 반복되는 마찰로 닳아 움푹하게 꺼져 있었다. 꼭대기에 있던 석조 조각상들은 접합점마다 철로 죄어 고정되어 있었는데 그것은 실의에 빠진 사람들이 치안관들의 경고를 무시하고 갓돌1을 비틀고 떼어 내어 강물에 던지는 일이 빈번했기 때문이다.

이 한 쌍의 다리 위로 이 도시에서 실패한 모든 것을 끌어당기고 있다. 사업에 실패한 사람, 사랑에 실패한 사람, 금주에 실패한 사람, 죄를 지은 사람들이 다리로 밀려왔다. 왜 이 주변의 불행한 사람들이 울타리 둘레나, 목장의 문간 또는 디딤대2보다는 이런 두 다리를 묵상하기 위한 장소로 선택하는지는 그리 분명하지 않다.

그런데 가까운 **벽돌다리**를 자주 가는 사람과 멀리 떨어진 **돌다리**를 찾는 사람들 간에는 질적으로 현격한 차이가 있었다. 성품이 저속한 하층 계급 사람들은 시내에 인접한 벽돌다리를 더 좋아했다. 그들은 예리한 타인의 이목은 신경 쓰지 않았던 것이다. 그들은 성공했을 때에도 상대적으로 별 대수로운 사람들이 아니었고, 또 몰락해도 풀이 죽어 맥없이 보일지는 모르지만 자신들은 별로 수치스럽게 여기지 않았다. 그들은 대개 두 손을 호주머니에 꽂아 넣고 있었으며, 바지의 엉덩이와 두 무릎부분에는 가죽조각이 대어져 있고, 여러 끈이 있어야 하지만 끈 하나 달려 있는 것 같지 않은 장화를 신고 있었다. 그들은 자신들의 시련에 대해 한숨을 쉬는 대신 침을 뱉었으며, 그들은 학대를 받아 심한 고통을 겪었다3고 말하지 않고 단지 운이 나빴다고 말했다. 조프는 괴로울 때 종종 이곳에 와 서 있었다. 쿡섬 아주머니도, 크리스토퍼 코니도 그러했으며, 가련한 에이벌 휘틀도 또한 그랬다.

멀리 있는 다리 위에 발걸음을 멈춰 서는 불행한 사람들4은 그나마 점잖은 부류였다. 이들 가운데는 파산한 사람들, 우울증 환자, 실수나 아니면 운이 나빠 소위 "실직 상태의" 사람들, 전문직 계급의 무능하고 허세부리는 사람들이 섞여 있었다. 아침과 저녁 식사 사이의 따분한 시간을, 저녁 식사 때와 캄캄하게 어두워질 때 사이의 무료한 시간을 어찌 보내야 할지 모르는 볼품없는 부류의 신사들이 포함되었다. 이들의 시선은 대개 다리 난간 너머로 흐르는 강물을 향하고 있었다. 이곳에서 그렇게 강물을 뚫어지게 내려다보고 있는 사람들은 이러저러한 이유로 세상에서 따뜻한 대접을 받지 못하고 있는 사람임에 거의 틀림없었다. 시내와 가까운 다리 위의 궁핍한 사람들은 행인의 눈길을 의식하지 않고 등을 다리 난간에 붙이고 지나가는 사람들을 바라보는 반면에, 이 다리 위에서 자신의 처지를 한탄하는 사람들은 결코 길을 마주하고 서지는 않았으며, 다가오는 발자국소리에 고개조차 돌리는 일이 없었다. 그들은 오히려 자신들의 처지에 너무 민감한 반응을 보였으며 낯선 사람들이 다가올 때마다 언제나 마치 이상하게 생긴 물고기가 그들의 관심을 끌고 있기라도 하듯 흐르는 물줄기를 바라보고 있었다. 그러나 사실 지느러미 달린 물고기는 모두 몰래 잡아가서 수년 전에 이미 자취를 감추었다.

이곳에서 그들은 그렇게 생각에 잠겼다. 만약 그들의 비애가 억압당해 생긴 슬픔이라면 그들은 자신들이 왕이 되길 바랐다. 또한 가난으로 인한 슬픔이라면 백만장자가 되었으면 하고, 죄악을 범해 생긴 고행이라면 성자나 천사였으면 하고, 여인으로부터 실연당한 비애라면 뭇 아름다운 여인의 애모를 받은 아도니스5이기를 바랐다.

강물 위로 시선을 향하고 그렇게 못 박힌 듯 너무 오랫동안 생각에 잠겨 있다가 가련하게도 익사체로 발견된 사람들도 더러 있었다. 그들은 다음날 아침 그들이 헤어 나올 수 없는 곳에서, 즉 여기서 블랙워터라 불리는 약간 상류의 깊은 웅덩이에서 종종 발견되곤 했다.

헨처드는, 먼저 다녀간 다른 불행한 사람들과 마찬가지로 이 다리를 찾아왔다. 이 도시의 변두리 으스스한 강변 오솔길을 따라 이곳에 왔던 것이다. 더노버 교회의 시계가 5시를 알리는 바람 센 오후 그는 이곳에 서 있었다. 그 소리가 강풍에 실려 중간의 습지대를 건너 그의 귓전에 닿을 때, 뒤에서 지나가던 한 남자가 헨처드의 이름을 부르며 인사했다. 헨처드는 슬며시 고개를 돌려 바라봤다. 다가오는 사람은 지금은 남에게 고용된 그의 과거 지배인 조프였다. 헨처드는 그를 미워하기는 했지만 그의 집에 거처하고 있었다. 그 이유는 조프가 이 몰락한 곡물상이 무시할 정도로 그의 관찰력과 의견을 경멸한, 캐스터브리지에서는 유일하게 만만한 사람이었기 때문이다.

헨처드가 겨우 알아볼 정도로 고개를 끄덕이자, 조프는 가던 걸음을 멈추었다.

"그분 부부가 오늘 자신들의 새 집으로 이사했습니다" 하고 조프가 입을 열었다.

"그랬군" 하고 헨처드는 아무 생각 없이 대답했다.

"그게 어느 집이지?"

"나리께서 사시던 옛집이요."

"내가 살았던 집으로 이사했다고?" 헨처드는 깜짝 놀라 펄쩍 뛰면서 덧붙여 말했다. "시내에 집들이 허다한데 하필 내6 집이라니!"

"글쎄요, 누구든지 그 집에 살게 될 것은 확실한데 나리께서 그럴 수가 없다면 그분이 그 집의 주인이 되어도 나리께서 뭐 나쁠 거야 없잖아요."

그건 틀림없는 사실이었다. 헨처드는 그것이 자신에게 나쁜 일은 아니라고 생각했다. 타작마당들과 창고들을 이미 손아귀에 넣은 파프레이가 사업상 다니기 편하다는 이유로 그 집에 살고자 한 것이 분명했다. 그렇지만 원래 집주인인 자신은 조그마한 오두막에 방을 얻어 살고 있는데, 파프레이가 하필이면 널찍한 그 저택을 차지했다는 소식은 헨처드를 말할 수 없을 정도로 더욱 비참하게 만들었다.

조프는 이어 말했다. "그런데 나리가 쓰던 물건들을 헐값에 팔아넘길 때, 그자가 제일 좋은 가구들은 모두 사 버렸다는 소식 들으셨습니까? 내내 입찰에 응한 사람은 다른 사람이 아닌 파프레이였습니다. 그 가구들을 그 집 밖으로 실어 내오지도 않았어요. 그 사람은 이미 그 집까지 차지했으니까요."

"내 가구들까지도! 틀림없이 그자는 내 육체와 영혼도 그런 식으로 사고 말겠군."

"그 사람이 그렇게 하지 않으리라고는 말할 수 없지요. 나리께서 기꺼이 팔려고만 하신다면 말이지요."

조프는 한때 자신의 거만한 주인이었던 사람의 가슴에 이렇게 상처를 심어 놓고 가던 길을 갔다.

한편 헨처드는 흐르는 강물을 계속 응시하고 있노라니 다리가 자신을 태우고 뒤로 물러가는 것만 같았다.

낮은 지대는 점점 더 캄캄해지고 회색 하늘은 더 짙게 변해 있었다.

그곳 주변이 잉크 방울로 얼룩진 그림처럼 보이기 시작할 무렵 두 번째 행인이 그 커다란 돌다리로 다가오고 있었다. 그 사람은 말 하나가 이끄는 이륜마차를 끌고 있었는데 방향은 역시 시내 쪽으로 몰고 있었다. 중앙 아치 바로 밑에서 그 마차는 멈추어 섰다.

"헨처드 씨 아닙니까?" 하는 파프레이의 목소리가 그 마차에서 들려왔다. 헨처드는 고개를 돌렸다. 자신의 생각이 맞았다는 것을 알자 파프레이는 동행하던 남자에게 마차를 집으로 몰아가라고 이른 뒤 마차에서 내려 지난날의 동료 앞으로 다가왔다.

"이민을 생각하고 계시다는 말을 들었습니다. 헨처드 씨." 그가 말했다. "그게 사실입니까? 제가 여쭤볼 게 있어서 그럽니다."

헨처드는 잠깐 동안 대답하지 않고 있다가 입을 열었다.

"그렇소, 사실이오. 나는 당신이 수년 전에 가려 했던 그곳으로 갈까 하오. 그때는 내가 당신을 만류하여 여기 눌러 살게 했더랬지. 돌고 도는 것이 세상사구먼! 그렇지 않소? 내가 당신을 이곳에 머물도록 설득할 때 우리 두 사람이 초크워크에서 이렇게 서 있었던 기억이 나오. 그때 당신은 변변한 재산이 하나도 없었고, 나는 콘스트리트에 있는 그 저택의 주인이었지. 그러나 이제는 내가 지팡이 하나, 넝마 조각 하나 없는 털털이가 되고 그 집의 주인은 당신이 되었구려."

"아, 예. 그렇게 되었습니다! 세상일이란 다 그렇고 그런 것이지요" 하고 파프레이는 대답했다.

"허, 허, 사실이야!" 하고 헨처드는 소리치면서 갑자기 우스꽝스러운 분위기에 빠져들었다. "인생은 영고성쇠라고나 할까! 나는 그런 일에는 익숙해졌어. 아무튼 그런 일이야 어찌되든 무슨 상관이겠나!"

"자, 제 말 좀 들어 보세요. 선생의 시간을 뺏는 일이 아니라면 말입니다" 하고 파프레이는 말했다. "제가 옛날에 선생님의 말에 귀를 기울였던 그대로 말입니다. 떠나지 마시고 그냥 고향에 사시도록 하십시오."

"하지만 나한테는 달리 할 수 있는 일이라곤 아무것도 없소. 젊은이!" 하고 헨처드는 조소하듯 대답했다.

"내가 가지고 있는 얼마 되지 않은 돈으로는 몇 주일 정도 겨우 연명할 수 있을 뿐이오. 그 이상은 아무것도 없소. 날품팔이 일로 되돌아가고 싶다는 생각을 해 본 일은 아직 없다오. 하지만 그렇다고 아무 일도 않고 지낼 수는 없는 노릇이지. 그래서 내게 주어진 최선의 방법은 다른 곳으로 떠나는 것이오."

"아닙니다. 제가 제의하는 것은 이렇습니다. 만일 들으시겠다면 말입니다. 예전 집에 들어와서 살도록 하십시오. 방 몇 개 정도는 서로 편하게 나눠 쓸 수 있습니다. 제 아내도 그걸 전혀 상관하지 않으리라고 확신합니다. 선생님께 일자리 기회가 생길 때까지 말입니다."

헨처드는 깜짝 놀랐다. 자기에 관해 의심하지 않고 자신과 루세타가 한 지붕 아래에서 지내는 그림을 도널드가 그렸다는 것은 너무도 엄청나서 차분하게 받아들일 수 없었다.

"아니야, 안 돼" 하고 헨처드는 퉁명스럽게 대답했다. "우리는 필연코 다투게 될 거요."

"선생님 혼자서만 사용하는 공간을 드리게 될 겁니다." 파프레이가 대답했다. "누구 하나 참견하지 않을 거예요. 현재 거처하고 있는 저 아래 강변의 오두막 거처보다는 훨씬 나을 겁니다."

여전히 헨처드는 거절만 했다. "당신은 지금 당신의 제의가 무슨 의미인지 모르고 있소. 아무튼 고맙기는 하오."

그들은 함께 나란히 시내로 걸어 들어갔다. 헨처드가 그 젊은 스코틀랜드 청년에게 남아 달라고 설득할 당시 그랬듯이 그들은 함께 나란히 시내로 걸어 들어갔다.

"안에 들어가서 저녁 식사나 함께 하시겠습니까?" 하고 그들이 시내의 복판에 이르렀을 때 파프레이가 말했다. 그곳에서 그들이 가야 할 길은 좌우로 갈라지게 되어 있었다.

"아니, 그냥 가겠어."

"그런데 참, 깜빡 잊고 있었네요. 제가 선생님이 쓰던 가구들을 꽤 많이 샀습니다."

"그랬다는 말을 이미 들었네만."

"한데, 제 자신을 위해 그렇게 사들인 것은 아닙니다. 선생님께서 그대로 갖고 싶은 것이 있다면 모두 골라서 가지도록 하십시오. 어떤 친밀한 사연이 있어 선생님이 아낄 만한 것이라든지, 혹은 선생님이 사용하시기에 특히 적당한 물건을 말입니다. 그래서 그것들을 선생님의 거처로 가져가시면 됩니다. 그렇게 해도 제게서 빼앗아 가는 일은 아니니까요. 저희는 조금 덜 가져도 잘 지낼 수 있답니다. 뿐만 아니라 제게는 좀더 많이 살 수 있는 기회가 얼마든지 생길 테고요."

"뭐라고? 그것들을 모두 나한테 공짜로 내주겠다고?" 하고 헨처드가 말했다. "하지만 당신은 채권자들에게 그 값을 치르지 않았소?"

"아, 그랬지요. 하지만 그것들은 저보단 선생님이 쓰셔야 더 빛이 날 겁니다."

헨처드는 약간 감동을 받았다. "나는 당신에게 나쁜 짓을 저질렀다는 생각을 종종 한다오" 하고 그는 어둠속에서 얼굴을 돌린 채 떨리는 목소리로 말했다.

그는 갑작스레 파프레이와 악수를 나누고, 더 이상 자신의 본색을 드러내고 싶지 않다는 듯이 서둘러 자리를 떠나 버렸다. 파프레이는 그가 대로상에서 불-스테이크로 가는 도심의 큰길에서 방향을 돌려 수도원 물방앗간 쪽으로 사라지는 것을 지켜보았다.

한편 엘리자베스-제인은 어떤 예언가의 방7보다 크지 않은 윗방에서 그녀 자신이 잘 나가던 시절에 입었던 비단옷들은 상자 안에 싸서 옆에 둔 채 자기가 구할 수 있는 책들을 틈틈이 읽으면서 뜨개질을 열심히 하고 있었다.

지금은 파프레이의 것이 되어 버린 그녀의 의붓아버지가 살던 집과 거의 맞은편에 숙소가 위치해 있었기 때문에 그녀는 도널드와 루세타가 아주 의기양양하게 들락날락하는 것을 볼 수 있었다. 그녀는 가능한 한 그쪽으로 눈길을 돌리는 일은 피하려고 노력했으나 대문이 삐걱거릴 때마다 시선이 가지 않을 수 없었다.

이렇게 조용한 나날을 보내던 어느 날, 그녀는 헨처드가 감기에 걸려 방 안에 틀어박혀 있다는 소식이 들렸다. 아마 궂은 날씨에 목초지 근처에서 지내기 때문이었던 것이 분명했다. 그녀는 곧장 아버지가 거처하는 곳으로 달려갔다. 그녀는 이번에는 어떻게든 아버지를 만나 봐야겠다고 단단히 마음먹고 그냥 위층으로 밀고 올라갔다. 아버지는 커다란 외투를 몸에 두르고 침대 위에 앉아 있었는데, 처음에는 그녀의 침입을 불쾌하게 받아들였다.

"돌아가 ─ 돌아가란 말이다!" 하고 그가 말했다. "나는 널 만나고 싶지 않아!"

"하지만, 아버지."

"난 널 보고 싶지 않다고 했잖아!" 하고 그는 되풀이했다.

그러나 이내 분위기는 누그러졌고 그녀는 그 방에 남아서 방을 좀 더 아늑하게 꾸미고, 아래층의 사람들에게 이러저러한 지침도 일러 놓았다. 그리하여 그녀가 그곳을 나올 때쯤에는 앞으로 그녀가 방문을 계속해도 좋을 정도로 의붓아버지를 만족스럽게 해드렸다.

그녀가 보살폈기 때문인지 아니면 단순히 그녀가 찾아왔기 때문인지 결과적으로 그는 금방 회복되어 이내 외출할 수 있게 되었다. 이제 그의 눈에는 모든 사물이 새로운 빛깔을 드러내 보이는 듯했다. 이제 그는 더 이상 해외로 이민을 가겠다고 생각하지 않았으며, 엘리자베스에 대한 생각을 더 많이 하게 되었다. 다른 무엇보다도 할 일이 없다는 것이 그를 더 쓸쓸하게 만들었다.

그러던 어느 날 파프레이에게 품었던 나쁜 감정도 떨쳐 버리고 정직하게 일하는 것은 수치스러운 일이 아니라는 생각이 들어 태연하게 파프레이를 찾아가 자신을 날품팔이 건초일꾼으로 써달라고 부탁했다. 그는 즉시 고용되었다.

헨처드의 고용은 어느 지배인을 통해 이루어졌다. 파프레이는 전날의 그 곡물 도매상인과 필요 이상으로 직접 만나는 것은 바람직한 일이 아니라고 생각했기 때문이다. 헨처드를 도와주고 싶으면서도 그는 헨처드의 불확실한 기질을 이때쯤은 이미 잘 알고 있었기 때문에 어느 정도 거리를 두고 지내는 것이 상책이라고 믿었다. 같은 이유로 이쪽저쪽의 시골 농장에서 건초 다발을 묶으라고 그가 헨처드에게 내리는 일상적인 지시도 제3자를 통해 내려졌다.

한동안 이러한 일은 잘 진행되었다. 인근의 여러 농장에서 구매한 건초를 실어 오기 이전의 다발은 밀짚이나 잡초가 퇴적된 각각의 마당에서 묶는 것이 관습으로 되어 있었기 때문이다. 따라서 헨처드는 그런 장소에서 일주일 내내 보내는 일이 종종 있었다. 이 작업이 모두 끝나고 헨처드가 어느 정도 익숙해지자 남들과 마찬가지로 구내에 들어와 매일 일하게 되었다.

한때 번창했던 곡물 도매상인이자 시장이었던 그가 과거 자신이 소유했던 헛간과 곡물창고에서 한 사람의 날품팔이로 이렇게 서게 되었던 것이다.

"나도 예전에는 날품팔이꾼으로 일한 적이 있지 않았던가?" 하고 그는 냉소적으로 말할 때가 종종 있었다. "그래서 내가 그런 일을 다시 해서는 안 될 이유가 뭐란 말인가?"

그러나 그는 젊은 시절의 자신과는 판이하게 다른 날품팔이꾼으로 보였다. 그 당시 그는 상쾌한 얼굴로 단정한 옷을 입었었다. 마리골드8처럼 노란 정강이받이를 찼고, 코듀로이는 새 이마처럼 티 없이 깔끔했으며 네커치프9는 꽃밭 같았다. 지금 그는 당시 신사시절 입다 남은 파란 천의 낡은 옷을 입고, 먼지 낀 비단 모자를 쓰고, 원래 검은색이었지만 때가 묻고 초라해진 새틴 목도리10를 두르고 있었다. 이런 옷차림으로 그는 아직은 비교적 활동적인 남자 — 그는 아직 마흔을 넘지 않았기 때문이다 — 로 여기저기를 오갔다. 그는 도널드 파프레이가 정원에 연결되어 있는 파란 문으로 들락거리는 것을, 그 큰 집을, 그리고 루세타를 다른 일꾼들과 함께 마당에서 지켜봤다.

겨울이 시작될 무렵 이미 시의회 의원이기도 한 파프레이가 앞으로 약 1, 2년 후에 시장직에 추천될 것이라는 소문이 캐스터브리지에 나돌았다.

"맞았어, 그 여자는 현명했어. 그녀는 세상물정에 밝았던 거야!" 하고 헨처드는 어느 날 파프레이의 건초광으로 향하는 길에 이 소식을 듣고 혼잣말을 했다, 그는 건초 다발의 끈에 구멍을 뚫으면서도 내내 이 생각을 되풀이했다. 그런데 이 한 토막의 소식이 자신의 그 옛날의 생각, 다시 말해 자신을 뭉개 버린 의기양양한 경쟁자 도널드 파프레이를 생각나게 하는 입김으로 작용했다.

"그 나이 또래에 시장이 되려 하다니, 정말 말이 안 되지!" 하고 그는 입가에 묘한 웃음을 머금고 중얼거렸다.

"하지만 그 녀석을 떠오르게 하는 것은 그녀의 돈이야. 하하 — 정말 이상야릇한 노릇이군! 나는 여기서, 그자의 옛 주인인 나는 여기서 그자의 일꾼으로 일하고, 그자는 내 집과 내 가구들과 내 아내라고 할 수도 있는 여인까지 온통 차지하고 주인으로 군림하게 되다니."

그는 이러한 말을 하루에도 백여 번씩이나 되풀이 지껄여 댔다. 루세타와 교분을 맺은 이후 그는 그녀를 잃고 지금 후회하고 있는 만큼 처절하게 그녀를 자신의 것이라 주장하고 싶었던 적은 없었다. 그의 마음을 흔드는 것은 금전적인 갈망이 아니었다. 그러나 그 재산은 자신과 기질이 비슷한 남자들의 마음을 끌어당기는 독립적이고 자신만만한 여성이 되게 하여 그녀를 더욱 바람직한 사람으로 만드는 수단이 되었다. 그 재산은 그녀에게 하인들을, 집을, 훌륭한 옷을 주었으며, 그녀의 어려운 시절부터 그녀를 알았던 그의 눈에는 그 무대가 루세타에게 놀라운 신선함을 부여했던 것이다.

따라서 그는 침울한 기분에 빠져들었으며 곧 있을 선거에서 파프레이가 시장으로 뽑힐 가능성이 높다는 말을 들을 때마다 그 스코틀랜드인에 대해 그가 과거에 가졌던 증오심이 되살아났다. 이와 동시에 그는 한 가지 도덕적 변화를 일으켰다. 그는, 이따금 "딱 2주일 동안만 더! 단지 12일만 더!" 하고 하루하루 숫자를 줄여 가면서 앞뒤를 가리지 않는 난폭한 어조로 의미심장한 말을 했다.

"왜 12일만 더, 12일만 더 하시나요?" 하고 솔로몬 롱웨이즈가 곡식창고 안에서 헨처드와 귀리의 무게를 재다가 물었다.

"12일 후면 옛날 내가 맹세한 구속에서 해방되기 때문이오."

"무슨 맹세인데요?"

"알코올이 섞인 음료는 마시지 않겠다는 맹세지요. 12일 후면 내가 맹세한 지 꼭 21년이 되는 날이오. 그때부터 나는 내 인생을 정말 즐겁게 살 것이라는 의미요, 그것이 신의 뜻이라면 말이오."

엘리자베스-제인은 어느 일요일 창가에 기대어 앉아 있었다. 그때 헨처드의 이름을 들먹이는 대화 소리가 바깥 길 아래에서 들려왔다. 그녀는 무슨 일인가 하고 궁금해 했다. 그때 길을 지나가던 제3자가 그녀가 마음속에 품고 있었던 질문에 대답했다.

"마이클 헨처드가 21년 동안이나 금주하다가 자신의 맹세가 끝나서 이제 술을 마시기 시작했다는군."

엘리자베스-제인은 놀라서 벌떡 일어나 옷을 걸치고 밖으로 뛰쳐나왔다.

21년간의 금주맹세

그 당시 캐스터브리지에는 친목을 도모하기 위한 연회의 관습이 ―
공식적으로는 인정받지 못했지만, 그래도 사회적으로 널리 유행하고
있었다. 매주 일요일 오후만 되면 한 무리의 캐스터브리지 날품팔이
꾼들 ― 교회를 꾸준히 다니고 성품이 조용한 ― 이 예배를 마치고 교
회당에서 쏟아져 나와 길 건너 쓰리 마리너즈 여관으로 향하는 일이
잦았다. 보통 비올라, 바이올린, 플루트를 겨드랑이에 낀 성가대1가
이들의 뒤를 따라갔다.

 이 성스러운 날의 모임이 명예의 측면에서 훌륭한 점은 각 개인이
마실 술의 양을 2분의 1파인트2로 엄격하게 제한한다는 것이었다. 이
용의주도한 태도를 여관 주인은 너무도 잘 알고 있었기 때문에 일행
들 모두에게 딱 그만큼의 양만 들어가는 컵을 제공했다. 그 컵들은 모
두 똑같은 모양으로 ― 옆면에 수직으로 잎이 없는 두 그루의 황갈색
보리수가 그려져 있는데, 한 그루는 그 잔을 마시는 사람의 입 쪽으로
다른 한 그루는 정반대쪽으로 향해 있었다. 이 여관에 이 컵이 모두

몇 개나 있을까 하는 것은 신기해하는 어린아이들이 즐겨 생각해 보는 문제였다. 그 당시에 그 큰 방에서는 적어도 마흔 개는 눈에 띄었을 것이다. 그것들은 다리가 열여섯 개 달린 거대한 참나무 식탁의 가장자리 둘레에 놓여 마치 단일 암석으로 된 선사시대의 원형 스톤헨지3처럼 하나의 둥그런 고리를 이루고 있었다. 그 마흔 개의 컵 바깥쪽과 위에는 마흔 개의 도자기 파이프4로부터 마흔 개의 연기가 뿜어져 나와 하나의 원을 이루고 있었다. 그 담뱃대들의 바깥쪽으로는 빙둘러놓은 마흔 개의 의자에 등을 기댄 교인 마흔 명의 얼굴이 보였다.

대화는 평상시의 대화가 아니라, 논점은 더욱 날카로웠고 어조는 비교적 높았다. 그들은 예외 없이 그날의 설교에 대해 토론하고, 분석하고, 평균 이상이니 혹은 이하니 하면서 평가했다. 그것이 비판하는 사람들과 비판받는 대상 간의 관계라는 점을 제외하고는 그들의 생활과 관계없는 학문적 업적 혹은 행위로 간주하는 것이 일반적인 경향이었다. 비올라 연주자와 교회 서기의 말은 자신과 그 설교자 사이의 공식적인 관계 때문에 나머지 사람들의 말보다 좀더 권위가 커 보였다.

지금 쓰리 마리너즈는 헨처드가 자신의 오랜 금주기간을 마치려는 장소로 선택한 술집이었다. 그는 그 마흔 명의 교인들이 한 잔 마시려고 그 큰 방 안에 이미 자리를 잡고 있는 시간에 맞춰 들어왔다. 그의 불그스레한 얼굴은 21년간의 그 맹세가 이미 막을 내렸으며 무모함의 시대가 다시 시작되었다는 것을 선언하고 있었다. 그는 그 교인들을 위해 예약해 둔 그 거대한 참나무 식탁 옆 가까이에 있는 조그마한 식탁에 앉아 있었다. 그 교인들 중에는 자리에 앉으면서 그에게 고개를 끄덕이며 "안녕하십니까. 헨처드 씨? 여기 오실 줄은 전혀 몰랐어요" 하는 사람들도 더러 있었다.

헨처드는 몇 분 동안이나 아무 대답도 하지 않았다. 그의 눈길은 자신의 내뻗친 두 다리와 장화에 고정되어 있었다.

"네" 하고 그는 마침내 입을 열었다. "그렇네요. 나는 몇 주일 동안 우울한 마음으로 보냈습니다. 여러분 중에는 그 이유를 아는 사람도 더러 있을 것입니다. 이제는 한결 나아졌지만 아주 평온하지는 못합니다. 나는 합창대원 여러분들이 한 곡조 연주해 주기를 바랍니다. 여러분의 노래와 이 스태니지의 술과 더불어 이 침울한 기분을 모두 털어 버리고 싶습니다."

"기꺼이 해드리지요" 하고 제 1바이올린 연주자가 말했다. "저희들은 지금 악기 줄을 모두 느슨하게 풀어 놓았어요, 하지만 다시 조이고 연주해 드리겠습니다. 자, 여러분, 에이(A) 음으로 된 악보 하나를 저 사람한테 건네주세요."

"나는 가사가 뭐든 조금도 개의치 않습니다" 하고 헨처드가 말했다. "찬송가든, 발라드든, 또는 말 많은 여인의 하찮은 소리든, 〈악당 행진곡〉5이든, 아기 천사의 노래든 — 화음만 잘 맞고, 연주만 잘한다면 나한테는 모두가 좋습니다."

"좋습니다, 허, 허. 그 정도라면 충분히 연주해 드릴 수 있습니다. 저희들 중 교회 악단석을 20년 이상 지켜오지 않은 사람은 단 한 사람도 없습니다" 하고 악단 지휘자가 말했다.

"여러분, 마침 오늘은 주일이니 내가 편곡한 새뮤얼 웨이클리의 〈시편〉 4장6을 연주하는 것이 어떻습니까?"

"당신이 편곡한 새뮤얼 웨이클리의 곡은 놔두고요." 헨처드가 말했다. "〈시편〉 한 권을 던져 주시오 — 옛날의 **윌트셔**만이 노래할 가치 있는 유일한 곡7이지요 — 그 곡은 내가 성실한 청년이었을 때 내 피를 파도처럼 밀려오고 밀려가게 했던 곡이지요. 그 곡에 맞는 가사를 내가 찾아보도록 하지요."

그는 시편 한 권을 집어 들고 책장을 넘기기 시작했다.

그 순간 우연히 시선을 들어 창밖으로 내다보니 지나가는 한 무리의 사람들이 보였다. 그들은 설교가 아래쪽의 교구민들이 원하는 것보다 더 길어 예배가 이제야 끝난 위쪽 교회의 신도들이었다. 지역의 유지들 틈에 시의원인 파프레이가 루세타와 팔짱을 낀 채 걸어가고 있었고, 알아볼 만하거나 좀 친숙했던 여자 상인들도 끼어 있었다. 헨처드는 입을 약간 삐죽대고는 계속 책장을 넘겼다.

"자 그러면 〈시편〉 109장 제6절부터 14절까지. 윌트셔의 선율에 맞춰. 내가 여러분에게 가사를 불러주겠습니다" 하고 그는 말했다.

그 자식들은 고아가 되고, 아내는
비탄에 빠진 과부가 되며.
그의 부랑자 자식들은 빵을 구걸하러 다니지만,
아무도 위안을 줄 수 없게 하소서.
그가 부정하게 모은 재산은
고리 대금하는 자의 먹이가 되어
그의 모든 수고의 열매는
낯선 자들이 빼앗아 가게 하소서.

그가 원하는 것은

저들의 자비가 닿지 않아 아무것도 찾지 못하고

그의 불쌍한 자녀에게

도움의 손길을 내미는 자 없게 하소서.

갑작스런 파멸이 곧 그의

불행한 후손을 붙들게 하고

다음 세대에는 증오받은 그의 이름이

완전히 사라지게 하소서.

"그 시를 알겠습니다. 나도 그 시를 알고 있습니다!" 하고 지휘자가
서둘러 말했다. "하지만 나는 그 곡을 차라리 노래하지 않는 것이 낫
겠습니다. 그것은 노래로 부르라고 지어진 것은 아닙니다. 어떤 집시
가 교구 주임 목사의 말을 훔쳤을 때 그 목사의 비위를 맞출 속셈으로
그 곡을 한 번 선택한 일이 있었습니다. 그랬더니 목사는 대단히 언짢
아했습니다. 주님의 종 다윗8이 무슨 생각을 하며 이 〈시편〉을 썼던
간에 그 노래를 부르게 되면 반드시 자기 자신을 모욕하게 됩니다. 나
같은 사람이 그 이유를 알 수는 없지만 말입니다! 자 그러면, 〈시
편〉 제4장을 내가 편곡한 새뮤얼 웨이클리의 곡에 맞춰봅시다."
　"이런 건방진 소리 하지 마시오! 내가 109장을 윌트셔의 곡에 맞춰
부르라고 하잖아요! 당신들에게 그 노래를 꼭 부르게 하겠어!" 하고
헨처드는 버럭 고함을 쳤다. "밥만 축내는 당신들 가운데 단 한 사람
도 그 노래를 부르지 않고는 이 방에서 나가지 못합니다!"

136

그는 식탁에서 미끄러져 나와 부지깽이를 집어 들고는 출입문 앞으로 가서 등을 문짝에 기대고 섰다.

　　"자 그러면 어서 시작해 보세요! 당신들의 그 빌어먹을 깡통 같은 머리들이 깨지고 싶지 않으면 말이오!"

　　"제발 그러지 마시오, 그렇게 흥분하지 마시오! 마침 안식일이니, 그리고 그것은 주님의 종 다윗이 한 말이지 우리가 한 말은 아니니까 말이오. 혹시 한 번쯤은 괜찮겠지요, 친구들?" 하고 겁먹은 한 합창 대원이 나머지 동료들을 죽 둘러보면서 말했다. 이리하여 악기들은 조율되었고 그 저주의 노래가 불려졌다.

　　"고맙습니다, 고마워요" 하고 헨처드는 다소 부드러워진 목소리로 말했다. 그의 시선은 풀이 죽었고 태도는 선율에 대단히 감동한 사람의 모습으로 변했다.

　　"당신들은 다윗을 탓하지 마시오" 하고 그는 시선을 들지 않고 고개를 가로저으면서 낮은 소리로 중얼거렸다.

　　"다윗이 그 시를 쓸 때 자신의 처지를 잘 알고 있었던 거지요. 이처럼 인생이 침울하고 어두울 때 나에게 연주하고 노래를 들려주는 교회 성가대를 내 자비로 하나 두고 있지 않는다면 나는 교수형을 당해도 싸지요. 그러나 비통한 일은 내가 부자였을 때에는 내가 가질 수 있어도 필요하지 않았는데, 지금 가난해지고 나서는 필요한 것을 내가 가질 수 없게 되었다는 사실입니다!"

　　그들이 잠시 쉬는 동안 루세타와 파프레이가 또 지나갔다. 이번에는 자기들의 집 쪽으로 가고 있었다. 그들도 다른 사람들처럼 예배시간과 차 마시는 시간에 잠시 한길로 가볍게 산책을 나왔다가 돌아가는 것이 그들의 습관이 되어 있었다.

"우리가 지금까지 부르고 있었던 노래에서 이야기한 남자가 저기 지나가는군요" 하고 헨처드가 말했다.

연주자와 성가대 사람들은 고개를 돌려 쳐다보고 그가 말한 뜻을 알아차렸다.

"하느님, 용서하소서!" 하고 저음 연주자가 말했다.

"그가 그 남자이지요" 하고 헨처드는 집요하게 되풀이 했다.

"그러니까 만일 내가," 하고 클라리넷 연주자가 엄숙하게 말했다.

"그것이 어느 살아 있는 사람을 의미한다는 사실을 내가 알았더라면 그 〈시편〉을 불지 말았어야 하는 건데, 신이여 굽어 살피소서!"

"나도 그랬을 거네!" 하고 성가대의 최고음 가수가 말했다.

"그러나 그 시는 하도 오래전에 쓰인 것이라 나는 별 대수롭잖게 생각했던 거야. 그래서 한 사람의 소원을 들어준 거지, 그 곡을 나무랄 건 없으니까 말이야."

"아니, 이 사람들이, 당신들은 그 노래를 이미 불렀잖아" 하고 헨처드는 득의양양하게 말했다. "그에 관해 이야기하자면, 그자가 나를 압도하고 나를 번쩍 들어 내던진 것은 그 자의 노래에도 원인이 있어…. 나는 그자에게 그렇게 할 수도 있었지만 말이야. 그렇게 하지는 않은 거야!"

그는 부지깽이를 무릎 위에 걸치더니 나뭇가지 다루듯 구부려 내팽개쳐 버리고 문에서 물러났다.

엘리자베스-제인이 의붓아버지의 소문을 듣고 창백하고 번민에 찬 얼굴로 그곳에 들어선 것은 바로 그때였다. 성가대원들과 나머지 일행들도 2분의 1파인트 규칙에 따라 그곳을 떠나고 없었다. 엘리자베스-제인은 헨처드에게 다가가서 집으로 가자고 간청했다.

이 무렵에는 그의 화산 불과 같은 성질이 이미 식어 있었으며 술도 아직까지 많이 마신 것은 아니어서 그는 마지못해 따라나섰다. 그녀가 그의 팔을 잡고 함께 걸었다. 헨처드는 성가대가 부른 마지막 부분을 흥얼거리면서 마치 장님처럼 멍하게 걸음을 옮기고 있었다.

다음 세대에는 증오받은 그의 이름이
완전히 사라지게 하소서

마침내 그는 그녀에게 입을 열었다.

"나는 내가 한 약속은 지키는 사람이지. 나는 나의 '21년간의 금주맹세'를 지켰어. 이제 나는 홀가분한 마음으로 술을 마실 수 있단다. … 만일 내가 그 녀석을 위해 참는다면 ― 아니 나는 마음만 먹는다면 사실 아주 무시무시한 사람이지! 내가 가진 모든 것을 그 녀석이 빼앗아갔어. 따라서 맹세코, 그 녀석을 만나기만 하면 내가 무슨 행동을 하든 책임지지 않을 테다!"

이 알쏭달쏭한 말에 엘리자베스는 크게 불안해졌다. 헨처드의 표정에서 드러나는 말없는 투지가 확고했기 때문에 더욱 그러했다.

"어떻게 하실 건데요?" 헨처드가 암시하는 바를 너무도 잘 아는 그녀는 불안한 마음으로 조심스럽게 물었다.

헨처드는 아무 대답도 하지 않았다. 이렇게 둘은 계속 걸어 마침내 그의 오두막집에 도착했다.

"저도 들어가도 될까요?" 그녀가 말했다.

"아니, 안 돼. 오늘은 들어오지 마." 헨처드의 말에 그녀는 발길을 돌렸다.

그녀는 파프레이의 주의를 환기시키는 것이 자신의 일이나 다름없다고 생각했는데, 그녀는 꼭 그렇게 해야 한다는 강한 충동을 느꼈다.

일요일과 마찬가지로 평일에도 파프레이와 루세타는 두 마리의 나비들 — 아니 공동생활을 영위하는 한 마리의 벌과 한 마리의 나비처럼 시내에서 촐랑거리며 돌아다니는 것을 볼 수 있었다. 루세타는 남편의 동행 없이는 어디든 다니지 않으려는 듯했다.

그래서 사업관계로 파프레이가 오후 한나절이라도 집을 비우고 없을 때는 그가 집에 돌아올 때까지 집 안에 머물면서 시간이 가기를 기다렸다. 그녀의 얼굴은 엘리자베스-제인의 방에 있는 높다란 창가에서도 볼 수가 있었다. 그럴 때마다 엘리자베스-제인은, 파프레이가 그러한 그녀의 정성에 감사해야 할 것이라고 혼잣말을 하지는 않았으나 책을 많이 읽었기에, '아가씨여, 너 자신을 알라. 두 무릎을 꿇고 훌륭한 남자의 사랑을 위해 단식하시는 하느님께 감사하라'9는 로절린드의 감탄을 인용했다.

그녀는 또한 헨처드에 대해서도 예의주시하고 있었다. 어느 날 그의 건강을 묻는 엘리자베스의 말에 그는 마당에서 함께 일할 때에 에이벌 휘틀이 동정어린 눈길로 자신을 쳐다보는 것을 참을 수 없다고 대답했다.

"그 녀석은 아주 멍청해서" 하고 헨처드가 말했다. "내가 그곳의 주인이었던 시절에 가졌던 마음 상태에서 전혀 벗어나지 못하고 있단 말이야."

"제가 가서 아버지를 위해 그 사람 몫의 일을 해드리겠어요. 아버지만 허락하신다면 말이에요" 하고 그녀가 말했다.

의붓아버지가 일꾼으로 있는 파프레이의 작업마당에 그녀가 가려는 목적은 내부의 일반적인 상황을 관찰할 기회를 얻자는 데에 있었다. 헨처드의 위협이 그녀를 아주 불안하게 했기 때문에 그 두 사람이 마주칠 때 그가 어떻게 행동하는지를 알고 싶었던 것이다.

그녀가 일터에 나오기 시작한 후 2, 3일이 지날 동안 도널드는 한 번도 얼굴조차 내밀지 않았다. 그러던 어느 날 오후 그 파란 대문이 열리더니 파프레이가 먼저, 그리고 바로 뒤따라 루세타가 나왔다. 도널드는 아무런 거리낌 없이 아내를 데리고 앞으로 나섰는데, 그는 아내와 지금의 날품팔이 건초 일꾼과의 과거를 조금도 눈치채지 못하고 있는 것이 분명했다.

헨처드는 그들 중 누구에게도 눈길을 주지 않았다. 그가 비스듬히 매고 있던 끈만 바라보고 있었다. 마치 그 일에만 정신이 팔려 있는 듯한 태도였다. 몰락한 경쟁자에게 뽐내는 듯한 행동은 어떤 것도 하지 않으려고 늘 조심하는 섬세한 감정의 파프레이는 헨처드 부녀가 일하고 있는 건초헛간에서 멀리 떨어진 곡물실로 갔다.

한편 루세타는 헨처드가 자기 남편의 일꾼 노릇을 한다는 소식을 들은 적이 없었는데, 그녀는 헛간 쪽으로 슬그머니 걸어갔다가 그곳에서 헨처드와 마주치게 되었다. 그녀는 깜짝 놀라 "오!" 하고 외마디 소리를 질렀다. 행복하고 분주하기만 한 파프레이는 너무 떨어져 있어서 그 소리를 듣지 못했다.

헨처드는 휘틀과 그의 동료들처럼 상대를 움칫하게 만드는 멋쩍은 태도로 그녀를 향해 자기 모자의 챙에 한 손을 가져다 댔고, 그러는 그에게 그녀는 기어드는 듯한 목소리로, "안녕하세요" 하고 나직하게 말했다.

"뭐라고 말씀하셨지요, 부인?" 하고 헨처드는 마치 그녀의 말을 알아듣지 못한 듯이 말했다.

"안녕하시냐고 했어요" 하고 그녀는 더듬거리며 말했다.

"오 그랬군요. 안녕하십니까, 부인" 하고 모자에 다시 손을 갖다 대며 대답했다. "만나 뵈어 반갑습니다, 부인."

루세타는 당황한 표정을 지었으나 헨처드는 말을 계속했다.

"여기서 일하는 저희 일꾼들은 부인께서 이곳에 오시어 저희들한테 관심을 보여 주셔서 대단히 영광으로 여기고 있습니다."

그녀는 애원하다시피 그를 힐끗 쳐다보았다. 그의 빈정거림이 그녀에게는 너무도 불쾌하고 견디기 어려운 야유였다.

"지금 몇 시인지 좀 알려 주시겠습니까, 부인?" 그가 물었다.

"네" 하고 그녀는 서둘러 대답했다. "4시 반이에요."

"감사합니다. 한 시간 반만 지나면 저희들의 일이 끝나겠군요. 아, 부인, 우리 보잘것없는 일꾼들은 부인 같은 귀족이 즐기시는 행복한 여가에 대해서 아무것도 모릅니다."

루세타는 될 수 있는 대로 빨리 그에게서 벗어나 엘리자베스-제인에게 고개를 끄덕여 인사하고는 울타리 쳐진 작업마당 반대편 끝에 있는 남편에게 갔다. 그곳에서 그녀가 바깥쪽 문을 통해 남편을 데리고 나가는 것이 보였다. 헨처드와 다시는 마주치지 않기 위해서였다.

142

뜻밖의 일로 그녀는 놀랐던 것이 분명했다. 이렇게 우연히 만나게 된 일로 인해 이튿날 아침 파발꾼이 헨처드의 손에 편지 하나를 전달해 주었다.

당신께서는,

루세타는 그 짤막한 편지에서 자기가 쓸 수 있는 최대한의 비통한 어조로 표현했다.

제가 그 마당을 또 지나가더라도 오늘같이 그 빈정거리는 어투로 저에게 말을 걸지 않는 친절을 베풀어 주시지 않겠어요? 저는 당신께 아무런 악의가 없어요. 뿐만 아니라 당신께서 저의 사랑하는 남편을 위해 일하시게 됐다는 것을 저는 대단히 기뻐하고 있을 뿐이에요. 그냥 평범하게 저를 그의 아내로 대해 주세요. 그리고 그런 은밀한 조롱으로 저를 비참하게 만들려 하지 마시고요. 저는 죄를 저지른 일도 없고 당신에게 해를 입힌 일도 없잖아요.

"가련한 바보로군!" 헨처드는 그 편지를 던지면서 야만적인 애정에 사로잡혀 말했다. "이따위 편지를 쓰는 데나 몰두하고 그 이상은 모르는군! 아니, 내가 이걸 자기 남편한테 보여 주면 어쩌려고. 제기랄!" 그는 편지를 불 속에 던져 버렸다.

루세타는 그 건초광과 타작마당 쪽으로 다시는 가지 않으려고 주의했다. 그녀는 그렇게 가까운 곳에서 헨처드를 두 번 다시 만나는 위험

을 겪는 것보다 차라리 죽어 버리는 것이 나을 것이다. 그들 사이의
틈은 날이 갈수록 더 벌어졌다.

파프레이는 몰락한 친구를 언제나 배려했다. 그러나 그는 과거의
곡물 도매상인을 다른 일꾼과 달리 대우하는 일은 더 이상 계속할 수
가 없었다. 헨처드는 이 사실을 알아차렸다. 그래서 그는 매일 밤 쓰
리 마리너즈에서 마음껏 술을 마셔 대며 자신의 마음을 굳혀가면서
자신의 감정을 위장하며 숨기고 있었다.

엘리자베스-제인은 그의 음주를 막으려는 노력으로 오후 5시만 되
면 종종 조그마한 바구니에 차를 담아 그에게 가져갔다. 어느 날 그녀
가 이런 심부름을 하려고 당도했을 때 그녀의 의붓아버지는 곡창의
맨 위층에서 클로버 씨앗과 평지 씨앗10의 양을 저울에 달고 있었다.
그녀는 그에게로 올라가 보니 매 층마다 허공에 열려 있는 문이 닻걸
이 밑으로 나 있고, 그 닻걸이에는 곡식 자루를 끌어올리기 위한 쇠줄
이 매달려 있었다.

엘리자베스가 통로 위로 머리를 들어 올렸을 때 그 위의 문은 열려
있고 의붓아버지와 파프레이는 문 바로 안쪽에서 이야기하고 있었
다. 파프레이는 아찔아찔한 모서리 가까이 서 있고, 헨처드는 조금
안쪽에 떨어져 있었다. 그녀는 그들을 방해하지 않으려고 머리를 그
이상 높이 들지 않고 사다리 계단 위에서 기다렸다. 이렇게 기다리는
동안 그녀는 의붓아버지가 이상한 얼굴 표정을 하면서 한 손을 파프
레이의 어깨높이만큼 서서히 들어 올리는 것을 보았다. 아니, 보았다
고 생각되었다. 그녀는 공포에 사로잡혀 있었기 때문이다. 그 젊은이
는 헨처드의 그런 동작을 전혀 의식하지 못하고 있었다. 너무도 넌지

144

시 하는 동작이었기 때문에 파프레이가 의식했더라도 그는 그냥 팔을 내뻗어 보는 동작으로만 생각했을 것이다. 그러나 살짝 건드리기만 했어도 파프레이는 몸 중심을 잃고 허공 속에 거꾸로 떨어질 수 있을 것이다.

엘리자베스는 이런 장면이 무엇을 의미**했는지**를 생각하면서 마음이 몹시 아팠다. 그들이 시선을 돌리자 그녀는 기계적으로 들고 있던 차를 헨처드 앞에 내려놓고 곧장 그곳에서 물러났다. 그녀는 곰곰이 생각해 보고 그러한 동작이 아무런 뜻이 없는 동작이었을 뿐 다른 의도는 없었다고 자신을 애써 달랬다. 그러나 한편으로 다시 생각해 보면, 그가 한때 주인이었던 그 사업장에서 지금은 종속적인 위치로 추락한 헨처드의 위치가 어쩌면 자극제 구실을 했을 가능성도 있었다. 그녀는 마침내 도널드의 주의를 환기시키기로 마음먹었다.

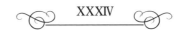

XXXIV

편지 뭉치

그녀는 이튿날 아침 그런 이유로 5시에 일어나 거리로 나섰다. 날은 아직 밝지 않았다. 짙은 안개가 깔려 있는 시내는 어둠에 싸여 있는 것만큼이나 조용했다. 다만 이 자치도시를 둘러싸고 있는 직사각형의 넓은 가로수 길에서 나뭇가지에 맺혀 있는 물방울들이 똑똑 떨어지는 작은 소리가 마치 합창처럼 들려왔다. 처음에는 서쪽 산책로에서, 그 다음에는 남쪽 산책로에서 소리가 들리는 듯하더니 곧 양쪽에서 동시에 들려왔다. 그녀는 콘스트리트의 아래쪽으로 움직였다. 파프레이의 아침 산책시간을 잘 알고 있었기 때문에 몇 분 기다리지 않아 귀에 익은 대문 여닫는 소리가 들려오더니 곧 그는 빠른 걸음걸이로 그녀 쪽으로 다가왔다. 그녀는 울타리 길의 마지막 가로수가 그 거리의 맨 끝집 옆에 서 있는 지점에서 그를 만났다.

그는 처음에는 그녀를 선뜻 알아보지 못하다가 의아한 듯, "아니, 헨처드 양. 이렇게 이른 시간에 웬일이오?" 하고 말했다.

그녀는 그렇게 이른 시간에 거리에서 그를 기다리고 있는 자기를 용서해 달라고 했다. "하지만 말씀드리고 싶은 것이 있어서요. 제가 댁으로 방문해 파프레이 부인을 놀라게 하고 싶지 않았던 거예요."

"그래요?" 하고 그는 손윗사람다운 기분으로 유쾌하게 말했다.

"그런데, 무슨 이야기이지요? 아가씨는 참 친절도 하군요."

그녀는 자신이 마음속으로 걱정하는 그 일을 막상 전달하려니 매우 어렵게 느껴졌다. 그러나 그녀는 가까스로 말을 꺼냈고 헨처드의 이름을 언급했다.

"저는 가끔 두려워요" 하고 그녀는 억지로 말했다. "그분이 술책에 현혹되어 어떤 일을 벌일 것 같아서요. 선생님에게 모욕을 주려고 말입니다."

"하지만 우리 두 사람은 매우 친한 친구 사이랍니다."

"혹시 당신에게 몹쓸 장난을 칠지도 몰라요, 선생님. 그분은 최근 자신을 몹시 학대해 왔다는 사실을 염두에 두었으면 해요."

"다시 말하지만, 우리는 아주 친하게 지내고 있답니다."

"아니면 어떤 다른 짓을 할지도 몰라요 — 선생님을 해친다거나 — 다치게 한다거나 — 상처를 입히게 하는 짓 말이에요."

그녀는 말을 끝맺을 때마다 그 말의 두 배 이상이나 고통스러웠다. 그녀는 파프레이가 아직도 이 말을 믿지 않고 있다는 것을 알 수 있었다. 파프레이 생각에 자신이 고용한 불쌍한 헨처드는 과거 자신을 지배했던 그 헨처드가 아니었다. 그럼에도 헨처드는 여전히 과거와 같은 사람일 뿐 아니라, 전날에는 잠복해 있었던 사악한 생각들이 지금은 불규칙한 진동으로 재빨리 되살아나고 있는 사람이었다.

파프레이는 행복에 겨워 그런 못된 짓을 하리라고는 생각조차 하지 않았으며 그녀의 우려를 끝까지 대수롭지 않게 여기고 있었다. 이렇게 두 사람은 헤어졌고 그녀는 집으로 향했다. 날품팔이들이 거리로 나오고 마부들은 수리해 달라고 맡긴 물건을 찾으러 마구 가게로, 농부들은 농장의 말들을 몰고 말편자 가게로 향하고, 노동자들의 아이들이 보이는 등 대체로 분주해지는 시간이었다. 엘리자베스는 자기가 쓸데없는 짓을 했고, 먹히지 않는 경고를 함으로써 자신을 오히려 어리석게만 보이게 했다는 생각에 침울한 기분으로 자신의 하숙집에 들어섰다.

그러나 도널드 파프레이는 작은 사건 하나도 결코 소홀히 하지 않는 그런 남자였다. 그는 뒤에 터득한 관점에 비추어 자신의 막연한 생각들을 바로잡았으며 순간적으로 일시적 감정에 끌린 판단을 그의 고정된 불변의 판단으로 삼지도 않았다. 그는 희미한 새벽녘에 보았던 엘리자베스의 진지한 얼굴이 낮 동안 여러 번이나 떠올랐다. 그녀의 신중한 성격을 알고 있고 있었기 때문에 그는 그녀의 암시를 전적으로 헛소리만으로는 생각하지 않았다.

그렇다고 그는 헨처드를 위해 마음속에 생각하고 있었던 한 친절한 계획을 단념하지 않았다. 그래서 그날 늦게 이 도시의 서기 조이스 변호사를 만났을 때 그는 자기의 계획을 뒤바꿀 만한 아무런 일도 없었다는 듯이 이야기를 꺼냈다.

"그 조그마한 씨앗 가게에 관해 말입니다" 하고 그는 말을 꺼냈다.

"교회 마당이 내려다보이는 그 가게 말입니다, 세놓으려는. 그 가게는 내가 필요해서가 아니라 우리의 불운한 동료이자 시민 헨처드를 위해서입니다. 규모는 작지만 그분한테는 새 출발이 될 겁니다. 그래서 나는 그분한테 그것을 주선해 드리기 위해 남들보다 먼저 앞장서서 기부금을 내놓겠다고 — 다른 사람들이 50파운드만 내면 나머지 50파운드는 내가 단독으로 내놓겠다고 시의원들에게 이미 말했습니다."

"그렇지, 그렇지요. 저도 그렇게 들었습니다. 그래서 그 문제에 관해선 달리 말할 게 아무것도 없습니다." 그 서기는 솔직담백하게 대답했다.

"하지만, 파프레이 씨, 남들은 다 알고 있는데 당신만 모르고 있는 것이 있어요. 헨처드 씨는 당신을 미워하고 있어요 — 미워하고 있지요. 당신은 마땅히 그 점을 알고 계셔야 해요. 내가 알기로는, 그는 간밤에 쓰리 마리너즈에 나타나 여러 사람 앞에서 당신에 관해 차마 입에 담지 못할 말을 늘어놓았대요 — 남자라면 다른 사람 말을 함부로 하면 안 되는데 말입니다."

"그랬어요? 아, 그래요?" 하고 파프레이는 시선을 떨구면서 말했다. "그분이 왜 그래야 할까요?" 하고 젊은이는 비통한 어투로 덧붙여 말했다.

"내가 그분에게 무슨 피해를 끼쳤다고 그분이 나에게 못된 짓을 하려 할까요?"

"그건 하느님만이 알겠지요!" 하고 조이스는 눈썹을 치켜세우면서 말했다. "그 사람을 참아가면서, 당신이 계속 그를 고용하고 있다는 것은 당신이 오랫동안 많은 시련을 겪었다는 것을 보여 주지요."

"그렇더라도 한때 나의 좋은 친구였던 사람을 해고할 수는 없어요. 내가 이곳에 처음 왔을 때 나를 이곳에 발붙이게 해 준 사람이 바로 그분이었다는 것을 내가 어떻게 잊을 수 있겠습니까? 그럼요 절대로 잊으면 안 됩니다. 내가 시킬 일이 있는 한 그분이 좋다고만 하면 일을 하게 할 겁니다. 그분에게 그런 사소한 일로 거절할 내가 아닙니다. 하지만 그분에게 가게를 차려 준다는 생각은 일단 미루고 좀더 생각해 보겠습니다."

이 계획을 포기해야 한다고 생각하니 파프레이는 대단히 슬펐다.

그러나 떠도는 이러저러한 말들로 그 계획에 이미 찬물이 끼얹어졌기 때문에 가게 주인한테 가서 자신의 주선을 철회하려 했다. 마침 그때 가게 주인이 집에 있었기에 파프레이는 자기가 그 협상을 취소하는 데 따른 해명을 조금 해야 할 필요성을 느끼고, 헨처드의 이름을 거론하며 시의회의 계획이 변경되었다고 말했다.

가게 주인은 대단히 실망했다. 그래서 그는 헨처드를 만나자 그에게 가게를 차려 주려던 시의회의 계획을 파프레이가 앞장서서 백지화시켰다고 말해 버렸다. 이렇게 되어 한 사람의 실언으로 두 사람간의 반목과 질시는 깊어졌다.

그날 저녁 파프레이가 집 안으로 들어서자 차 주전자가 반 계란형 벽난로의 높다란 선반 위에서 끓고 있었다. 루세타는 하늘의 요정처럼 경쾌하게 달려 나와 그의 두 손을 잡았다. 그러자 파프레이는 의무적으로 그녀에게 키스했다.

"저런!" 그녀는 창 쪽으로 시선을 돌리면서 장난삼아 외쳤다.

"이것 봐요―덧문들을 아직 내리지 않았어요. 사람들이 들여다보겠어요―이게 무슨 망신이에요!"

촛불을 켜고, 커튼이 내려진 후 두 사람이 자리에 앉았을 때 그녀는 그가 심각한 표정에 사로잡혀 있는 것을 알았다. 그녀는 이유를 직접 물어보지 않고 걱정스러운 시선으로 그의 얼굴을 살폈다.

"누구 온 사람이라도 있었어?" 그는 멍한 사람처럼 물었다. "날 찾아온 사람이라도?"

"아니요." 루세타가 말했다. 무슨 일이라도 있어요, 도널드?"

"아니…. 이야기할 만한 일은 아니야." 그는 침울하게 대답했다.

"그렇다면, 신경 쓰지 말아요. 당신은 그걸 이겨내실 거예요. 스코틀랜드인은 언제나 운이 좋으니까요."

"아냐, 그런 것만도 아니야!" 그는 식탁 위의 빵 부스러기를 바라보면서 침울하게 고개를 가로저으며 말했다.

"나는 그렇지 못한 사람을 나는 많이 알고 있어! 샌디 맥팔레인은 돈벌이하러 미국으로 가다가 익사했고, 아치볼드 리스는 살해당했어! 그리고 불쌍한 윌리 던블리즈와 메이틀랜드 맥프리즈는 나쁜 길로 들어 그 모양이 되어 버렸고."

"아니, ― 바보스럽게도 당신은 ― 내 말은 일반적으로 그렇다는 거예요. 당신은 항상 너무 고지식하기만 해요. 이 차를 마시고 나서 굽이 높고 은 손잡이가 달린 구두와 마흔 한 명의 구혼자에 대한 우스운 노래나 불러 주세요."

"아냐, 아냐. 오늘 밤에는 노래할 수 없어. 헨처드 때문이야. 그는 나를 미워해서 내가 아무리 노력해도 그 사람과 친구가 되지 못할 수도 있어. 그 사람이 다소 시기한다는 것은 이해가 가는 일이야. 하지만 그렇게도 깊은 원한을 품고 있는 이유를 모르겠단 말이야. 한데 루세타, 당신은 짐작 가는 데가 있어? 사업의 경쟁보다는 케케묵은 사랑의 경쟁 같단 말이야."

루세타는 약간 창백해졌다. "아니요, 모르겠어요."

"나는 그 사람한테 일자리를 주었어. 그거야 거절할 수 없지. 그러나 그와 같은 열정적인 사람은 언제 무슨 행동을 저지를지도 모른다는 사실을 전혀 모른 체할 수도 없어!"

"무슨 말을 들었어요? 오 도널드, 여보?" 루세타는 놀라며 말했다. "저에 관해서 들은 이야기라도 있었어요?"라는 말이 그녀의 입술 위까지 나왔다. 하지만 입 밖에 내지는 않았다. 그러나 그녀는 불안을 억누를 수 없었고, 눈에는 눈물이 고였다.

"아니, 아니야. 당신이 짐작하는 것만큼 그리 심각한 이야기는 아니야." 파프레이는 위로하듯 말했다. 그러나 그가 그 심각성을 그 여자만큼 알 리가 없었다.

"저는 우리가 이야기한 일을 그대로 실행에 옮겼으면 좋겠어요" 하고 루세타는 슬픔에 잠겨 말했다. "사업을 그만두고 여기에서 멀리 떠나요. 우리는 돈도 많잖아요, 꼭 여기서 살아야 할 이유가 있어요?"

파프레이는 다른 곳으로 떠나는 문제를 심각하게 의논하고 싶었다. 그리하여 그것에 관해 이야기하고 있는데, 손님이 찾아왔다는 전갈이 왔다. 이웃에 사는 시의원 바트가 들어왔다.

"불쌍한 초크필드 박사가 돌아가셨다는 소식을 들으셨겠지요? 그래요, 오늘 오후 5시에." 바트 씨가 말했다. 초크필드는 지난 11월에 시장 직을 계승한 시의회 의원이었다.

파프레이가 그 소식을 듣고 애석해하자, 바트 씨는 계속 말을 이었다. "음, 우리는 그분이 언젠가 곧 돌아가시리라는 것을 알고 있었지요. 그리고 그분의 유족은 만반의 준비를 하고 있으니 우리는 그대로 조치해야 할 거요. 그런데 내가 방문한 목적은 이걸 당신한테 물어보기 위해서요. 아주 은밀하게 말이오. 만약 내가 당신을 그분의 후임으로 추천한다면 특별한 반대는 없겠지요? 시장직을 수락할 수 있지요?"

"하지만, 저보다 차례가 먼저인 사람들이 많은데요. 뿐만 아니라 저는 젊어요. 그래서 주제넘는다고 생각할지도 모릅니다." 파프레이는 잠시 뜸을 들이며 말했다.

"천만에요, 이건 나 혼자만의 생각이 아니라 여러 사람이 그렇게 생각하고 있어요. 거절하지는 않겠지요?"

"우리는 이곳을 떠날 생각이에요." 루세타가 초조한 얼굴로 파프레이를 바라보면서 끼어들었다.

"그건 일시적인 기분에 지나지 않습니다." 파프레이는 중얼거렸다. "시의회에서 존경할 만한 절대 다수 의원이 원한다면 거절하지 않겠습니다."

"좋습니다. 그렇다면 선출된 것으로 생각하시오. 우리는 지금까지 오랫동안 나이 많은 사람들만 뽑아 왔어요."

그가 떠나고 난 뒤 파프레이는 생각에 잠겨 말했다.

"자 이제, 우리보다 높은 권능에 의해 우리가 지배되고 있는 것을 보았어. 우리는 이것을 계획하지만 막상 실행은 저것을 하게 되지, 만약 사람들이 내가 시장이 되기를 원한다면 나는 이대로 여기에 머무르겠어. 그럼 헨처드는 틀림없이 화가 나서 미친 듯이 소리를 지르겠지."

이날 밤부터 루세타는 매우 불안했다. 만약 그녀가 경솔하지만 않았다면 그녀는 이틀 정도 후 우연히 헨처드를 만났을 때 했던 것과 같은 행동은 하지 않았을 것이다. 분주한 장터에서였다. 그때 그들의 대화를 지켜볼 만한 사람은 아무도 없었다.

"마이클," 그녀가 말했다. "제가 수개월 전에 부탁했던 것을 다시 부탁해야겠어요. 당신이 간직하고 계실지도 모를 저의 편지라든가 쪽지를 돌려 달라고 말이에요. 그것들을 태워 없애지 않으셨다면 말이에요. 모든 사람을 위해 저지에서의 일을 모두 지워 버리는 것이 얼마나 바람직한 일인가를 당신도 아실 거예요."

"이런, 절대 아니지. 역마차에 있는 당신에게 건네주기 위해 당신의 필적이 담긴 쪽지라고는 모두 꾸렸었어. 그러나 정작 당신은 나타나지 않았어."

그녀는 이모가 갑자기 돌아가셔서 그날 여행을 할 수 없었다고 해명했다.

"그래서 그 꾸러미는 어떡하셨어요?" 그녀가 물었다.

그는 말을 할 수 없었다. 기억을 더듬어 봐야 했다. 그녀와 헤어지고 나서야 그는 필요 없는 서류 뭉치 하나를 자기의 옛 식당의 금고—지금 파프레이가 살고 있는 자기 옛집의 벽에 설치된—속에 넣어 두었다는 기억을 되살려 냈다. 그 편지들은 그 속에 섞여 있을 가능성이 많았다.

헨처드의 얼굴에 이상하게 웃는 모습이 감돌았다. 그 금고가 열리기만 한다면?

이 일이 있은 바로 그날 밤 캐스터브리지에서는 종소리들이 요란하게 울려 퍼지고, 금관악기, 목관악기, 현악기, 그리고 가죽으로 만든 악기로 구성된 악대가 그 어느 때보다도 풍부한 타악기 소리를 울려 퍼뜨리면서 시가를 누비고 다녔다. 파프레이가 시장이 된 것이었다 — 찰스 1세[1] 이후 200여 번째의 선거로 시장이 되었으며 — 아름다운 루세타는 시내 모든 여성의 선망의 대상이 되었다. … 그러나 아! 저 꽃봉오리 속의 벌레[2]와 같은 존재인 헨처드, 그가 무어라고 말할 수 있는 것인가!

자기에게 그 조그마한 씨앗 가게를 마련해 주려는 계획을 파프레이가 반대했다는 잘못된 정보를 듣고 분해 그동안 속을 태워 오던 헨처드는 파프레이의 시장 당선 소식을 듣게 되었다(이 선거는 파프레이가 비교적 젊고, 스코틀랜드 출신이라는 점에서 — 전례 없다는 이유로 — 시장에 당선됐다는 그 소식은 그에게 남다른 관심을 불러일으켰다). 몰락한 헨처드는 태멀레인[3]의 나팔소리만큼이나 드높은 교회 종소리와 악대의 연주소리가 말로 표현할 수 없을 정도로 괴롭게 들렸다. 이제 그는 완전히 축출되어 버린 것 같았다.

이튿날 아침 헨처드는 평상시와 다름없이 일터에 나왔다. 11시경에 도널드가 파란 문을 통해 마당에 들어섰다. 그는 위엄 있는 사람이라는 티를 전혀 내지 않았다. 그러나 이 선거로 그와 헨처드 사이의 지위 변화가 한층 확실해졌고 이러한 자리바꿈이 그 겸손한 젊은이의 태도에 약간 어색함이 나타나게 했다. 반면, 헨처드는 이것을 전혀 못 본 체하고 그냥 넘어가는 사람의 무례한 태도를 보이고 있었다. 그리하여 파프레이는 자신의 쾌적한 기분을 절반밖에 맛보지 못했다.

"마침 당신한테 물어보려던 참이오." 헨처드가 말을 걸었다. "내가 식당에 있는 나의 옛 금고 속에 남겨 놓은 서류 꾸러미에 관해서 말이오" 하고 그는 상세한 말을 덧붙였다.

"그렇다면 지금도 그곳에 그대로 있겠지요." 파프레이는 대답했다. "나는 그 금고는 전혀 손을 댄 일조차 없습니다. 나는 밤에 편히 자기 위해 내 서류들은 은행에 맡겨 두고 있으니까요."

"사실은 그리 중요한 것은 아니지만—나한테는." 헨처드가 말했다. "하지만 그걸 가지러 오늘 밤 찾아가겠소, 당신만 괜찮다면 말이오."

그가 자기의 말대로 집을 나선 것은 아주 늦은 시간이었다. 그는 요즈음 늘 그러하듯 독주를 잔뜩 퍼마시고 난 뒤였다.

그는 마치 어떤 지독한 형태의 즐거움을 생각하는 것처럼 그 집에 가까워지자 그의 입술에는 냉소적인 심술이 주렁주렁 매달렸다. 그 심술이 무엇이었든지 간에 이번이 그가 이 집에서 주인으로서 살았다가 떠난 이래로 처음 찾아가는 것이었지만 문 안으로 들어서는 그의 활기는 예나 지금이나 다름없었다. 그에게는 초인종 소리가 마치 그를 저버리려고 뇌물을 받아먹는, 그를 버리는 어떤 낯익은 악착스런 사람의 목소리처럼 들렸다. 출입문들의 움직임이 지난날을 회상시켜 주었다.

파프레이는 그를 식당방 안으로 안내하여 벽에 붙어 있는—**그의**, 헨처드의 철제 금고를, 자신의 지시로 솜씨 좋은 자물쇠 공이 만들어 낸 그의 금고를 즉시 열어 젖혔다. 파프레이는 금고에서 편지 꾸러미를 다른 서류들과 함께 꺼내면서 그것들을 미처 돌려주지 못한 불찰을 사과했다.

"괜찮습니다." 헨처드는 무미건조하게 말했다.

"사실은 이것들은 대부분 편지입니다 … 그렇지." 그는 앉아서 루세타의 정열에 찬 편지 뭉치를 펼치면서 말을 이었다.

"여기 있군. 이것들을 나는 다시 한 번 읽고 싶었을 따름이오! 파프레이 부인께서는 어제 그렇게 애쓰신 시장 취임행사 후에도 편안하십니까?"

"집사람은 약간 지쳤을 뿐입니다. 일찍 잠자리에 들었습니다."

헨처드는 **편지 뭉치**들을 흥미 있게 가려내고 있고, 파프레이는 헨처드의 맞은편에 앉아 있었다.

"당신은 물론 잊지 않았겠지요?" 하고 헨처드는 다시 말을 꺼냈다. "내가 당신한테 들려주었던 내 과거의 이력에서 별난 이야기를, 그리고 당신이 나한테 조언해 주었던 것을? 사실은 이 편지들이 그 불행한 일과 관련이 있다오. 고맙게도 이제는 모두 끝났지만 말입니다."

"그 가련한 여인은 어떻게 되었습니까?" 파프레이가 물었다.

"다행히도 그녀는 결혼했다오. 결혼도 잘 했어요." 헨처드가 말했다. "그래서 그녀가 나한테 퍼부었던 이 비난들이 이제 더 이상 내 마음을 아프게 하지는 않습니다. 결혼을 안 했다면 아직도 그럴 것이지만 …. 분노했던 한 여인이 무슨 말을 했는지 한번 들어 보시겠습니까?"

파프레이는 아무 관심도 없었지만, 헨처드의 비위를 맞추기 위해 연신 하품하면서 정중하게 주의를 기울였다.

" '저에게는' " 하고 헨처드는 편지를 읽기 시작했다.

사실상 미래라는 것이 전혀 보이지 않습니다. 관습에 전혀 얽매이지 않고 당신에게 정성을 기울인 여인입니다 — 당신 이외에 어떤 남자의 아내가 된다는 것은 불가능하다고 생각하는 여인이에요. 하지만 당신한테는, 당신이 길거리에서 만난 첫 여인의 신세보다 나을 것이 없는 여인입니다 — 이런 사람이 바로 나입니다. 나는 나를 학대하는 당신의 어떠한 의도도 완전히 용서해요. 하지만 당신은 내가 잘못된 행동을 하도록 만드는 바로 그 통로입니다. 당신의 현재 부인이 죽는 경우에 나를 그분의 자리에 앉혀 주겠다는 것은 그런대로 위안이 되지만, 그 위안이 얼마나 오래 갈까요? 이렇게 저는 저의 몇 명 안 되는 친구한테서 버림을 받고, 그리고 당신한테서도 버림받고 여기 앉아 있는 중입니다!

"이런 식으로 그녀가 내게 편지를 계속 보내왔지요." 헨처드가 말했다. "이처럼 엄청나게 많은 말을 말이오, 그때 이미 저질러진 일들은 내 힘으로는 다스릴 수 없는 일이었다오."

"그렇습니다" 하고 파프레이는 무심코 대꾸했다. "여자란 다 그렇지요."

그러나 사실은 그는 남녀관계에 대해서 아는 게 별로 없었다. 하지만 자기가 사모하는 여인이 토로하는 말투와 저 이방인 여자의 말투 사이에 어떤 유사성이 있음을 감지하면서도, 그 여자가 그를 누구라고 생각했건 그는 아프로디테4라면 그런 식으로 말했을 거라고 생각했다.

헨처드는 또 한 통의 편지를 펴 들고 꼭 같은 식으로 쭉 읽어 내려가다가 먼저와 마찬가지로 서명이 있는 곳에서 멈추었다.

"그녀의 이름은 말하지 않겠소." 헨처드는 차분한 말씨로 말했다.
"내가 그녀와 결혼하지 않고 다른 남자가 했으니 나는 그녀의 명예
를 생각해서 그렇게 할 수 없다오."

"옳은 말씀입니다, 옳은 말씀입니다." 파프레이가 말했다. "헌데
선생님은 부인 수전 여사가 돌아가셨을 때 그녀와 왜 결혼하지 않으
셨습니까?" 그는 이렇게 물으면서 몇 가지 질문을 던졌는데 그의 말
투는 자신은 그 문제와 아주 관계가 먼 사람이라는 듯 거리낌 없고 냉
담했다.

"아, 당신이 그걸 묻는 게 어찌 보면 당연하지요" 하고 말하는 헨처
드의 입가에는 초승달 모양의 쓴웃음이 다시금 어렴풋이 드러나기 시
작했다.

"그녀의 여러 가지 항변에도 불구하고 내가 후한 마음으로 그렇게
하려고 그녀에게 다가갔을 때 그녀는 이미 내 여자가 아니었다오."

"그 여자는 이미 다른 남자와 결혼해 버렸던 모양이지요, 혹시?"

헨처드는 좀더 깊이 들어가는 것은 바람 쪽으로 너무 가까이 돛을
띄우는 일이 될 거라고 생각하는 듯했다. 그래서 그는 "맞아요"라고
만 대답했다.

"그 젊은 여자는 틀림없이 아주 쉽게 마음을 옮기는 심성을 지닌 것
같습니다."

"그녀는 그래요, 그래" 하고 헨처드는 힘주어 말했다.

그는 세 번째 그리고 네 번째 편지를 개봉하여 읽었다. 이번에는
나머지 부분과 함께 정말 서명이 나올 것처럼 맺음말 부분으로 다가
갔다. 그러나 다시 뚝 그쳐 버렸다. 실은 예견할 수 있는 바와 같이,

이 편지에 서명된 이름을 읽어 버려서 이 연극 마지막에 커다란 재앙을 불러일으키자는 것이 그의 의도였다. 그는 그것만 생각하면서 이 집으로 왔던 것이다. 그러나 여기 앉아 있는 자리에서는 냉혹하게 그렇게 할 수 없었다. 그러한 악의가 그 자신까지도 오싹하게 했다. 그의 사람됨이 그러했기 때문에 그는 열띤 행동으로 두 사람을 모두 멸망시킬 수 있었을 것이다. 그러나 말에 담긴 독으로 그 일을 해낸다는 것은 그의 끓어오르는 적개심으로도 어찌할 수 없는 일이었다.

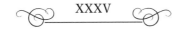

XXXV

짓궂은 장난

루세타는 도널드의 말대로 피곤해서 자기 방으로 일찍 물러갔다. 그러나 그녀는 잠자리에 든 것이 아니라 침대 머리맡 의자에 앉아 책을 읽으며, 그날 하루 중에 일어났던 일들을 생각해 보고 있었다. 헨처드가 누르는 초인종 소리에 그녀는 이렇게 비교적 늦은 시간에 찾아온 사람이 누구일까 궁금했다. 식당은 그녀의 침실 바로 아래에 있었다. 그녀는 누군가가 방으로 들어가는 소리를 들었고 잠시 후 어떤 사람이 무언가를 읽는 불분명한 속삭임을 들을 수 있었다.

도널드가 평상시에 위층 방으로 올라오는 시간이 이미 지났지만 아직도 읽는 소리와 대화는 여전히 계속되었다. 그녀는 어떤 엄청난 범죄가 발생하여 누구인지 알 수 없는 그 방문객이 〈캐스터브리지 크로니클〉 잡지 특별판에 실린 그 범죄 기사를 읽고 있는 것이라고밖에는 생각할 수 없었다. 마침내 그녀는 자신의 방에서 나와 아래층으로 내려갔다. 식당의 문이 조금 열려 있었다. 집 안이 고요히 잠들어 있는 침묵 속에 그녀는 층계의 마지막 계단을 채 내려서기도 전에 그 목소리의 주인을 알아낼 수 있었다. 그녀는 그 자리에서 꼼짝 못하고 서 있었다. 자기가 쓴 글이 헨처드의 목소리로 마치 무덤을 나온 유령처럼 그녀의 귀에 와 닿았다.

루세타는 부드러운 난간에 뺨을 얹으면서 마치 그것을 자신의 고통 속에서 친구로 삼으려는 듯 계단 끝의 작은 기둥에 몸을 기대고 있었다. 이러한 자세로 몸이 굳어 있는데 말소리가 점점 계속해서 그녀의 귓전에 와 부딪쳤다. 그러나 그녀를 더욱 놀라게 하는 것은 남편의 말투였다. 그는 단지 자신이 시간을 내서 들어주고 있는 남자의 억양으로 이야기에 응하고 있을 뿐이었다.

"한마디만 하겠습니다" 하고 파프레이가 말했다. 종이 바스락거리는 소리가 들리는 것으로 보아 헨처드가 또 한 통의 다른 편지를 개봉하고 있었다. "선생님 혼자만 보시도록 쓰인 개인적인 편지를 전혀 관계없는 낯선 사람에게 이렇게 장황하게 읽어 주면 그 젊은 여인에 대한 공정한 처사가 아니지 않습니까?"

"음, 그럴 수도 있겠지" 하고 헨처드는 대답했다. "그녀의 이름을 읽지 않음으로써 나는 이것을 모든 여성의 한 예로 말하는 것뿐이오. 따라서 어떤 인물의 추문을 읽는 것이 아니오."

"만약 제가 선생님이라면 그것들을 파기해 버렸을 겁니다" 하고 파프레이는 지금까지보다 그 편지들에 대해 더 깊이 관심을 기울이면서 말했다. "만약 그 내용이 알려진다면 그것은 다른 남자의 아내인 그 여인의 명예에 큰 상처를 입히는 일이 될 것입니다."

"아니, 나는 이 편지들을 파기하지 않을 거요" 하고 중얼거리면서 헨처드는 편지들을 챙겨 넣었다. 그러고 나서 그는 자리에서 일어났고, 루세타는 더 이상 아무것도 들을 수 없었다.

　루세타는 반은 실성한 상태로 침실로 돌아왔다. 그녀는 너무나 두려운 나머지 옷을 벗을 생각도 하지 못하고 침대 가장자리에 걸터앉아 기다렸다. 헨처드가 혹 작별 인사를 하며 그 비밀을 누설해 버리지는 않을까? 그녀는 견디기 어려울 정도로 불안했다. 만약 그녀가 처음 사귈 때 도널드에게 모든 사실을 고백해 버렸다면 그는 아마 그 문제를 극복하고 그녀와 그대로 결혼은 했을 것이다 — 한때는 그럴 것 같지 않았지만, 그러나 이제 와서 그에게 사실을 털어 놓는다는 것은 그녀 혹은 어떤 다른 누구에게나 치명적인 일이 될 것이다.

　문이 쾅하고 닫혔다. 그녀는 남편이 빗장 거는 소리를 들었다. 그는 평소 하던 대로 주위를 한 바퀴 둘러본 후 느릿느릿 층계를 올라왔다. 그가 침실 문 앞에 이르렀을 때 그녀의 눈은 빛을 거의 잃고 있었다. 그녀의 의심스러운 눈초리가 잠시 허공을 맴돌았다. 그러나 그녀는 그가 성가신 어떤 현장에서 막 풀려난 사람처럼 활기찬 미소를 지으며 자기를 쳐다보는 것을 보고 기뻐서 어쩔 줄 몰랐다. 그녀는 더 이상 자신의 감정을 누를 수 없어 발작적으로 흐느꼈다.

　그녀를 진정시킨 후 파프레이는 자연스럽게 헨처드에 관한 말을 끄집어냈다.

　"모든 사람들 중에서 그 사람은 방문객으로 제일 바람직하지 못한 사람이야" 하고 말했다. "게다가 내 생각에는 그 사람 약간 정신이 나간 것 같았어. 여태까지 나한테 자기의 과거와 관련된 수많은 편지들을 장황하게 읽어대고 있었어. 나는 그저 들어 주면서 그의 비위를 맞춰 줄 수밖에 없었어."

이만하면 충분했다. 그렇다면 헨처드는 누설하지 않은 것이 확실했다. 헨처드가 문지방에 서 있으면서 파프레이에게 마지막으로 한 말은 요컨대 다음과 같았다.

"그럼 — 잘 들어 주어서 감사하오. 그녀에 관해 좀더 들려줄 날이 있을 거요."

이를 알고 그녀는 그 문제를 아주 공개해 버리려는 헨처드의 의도 때문에 몹시 혼란스러웠다. 이런 경우 우리는 우리들 자신이나 우리 친구에게는 결코 찾을 수 없는 시종일관된 행동의 힘이 적에게는 가능한 일이고, 또한 인정이 메말라 생겨나는 원숙치 못한 노력 때문에 관용을 베푸는 것만큼이나 복수 또한 할 수 있다는 사실을 쉽게 잊어버린다.

이튿날 아침 루세타는 침대에 누워 이제 막 시작되는 헨처드의 공격을 어떻게 피해야 하는가를 곰곰이 생각하고 있었다. 어렴풋이 생각하기에 도널드에게 그 사실을 과감하게 털어 놓는 것은 지나친 모험이었다. 그렇게 했다가, 세상의 다른 사람들처럼 남편도 그 있을 법하지 않은 사건을 그녀의 불행이라기보다는 잘못으로 믿게 될까 봐 두려웠다.

그녀는 설득하기로 결심했다 — 도널드가 아니라, 자신의 적인 그 사람을. 그것만이 한 연약한 여인으로서 그녀한테 남아 있는 오직 하나뿐인 실질적 무기 같았다. 일단 계획을 세운 그녀는 침대에서 일어나 자기를 조바심 나게 하는 그에게 다음과 같이 편지를 썼다.

저는 우연히 지난밤에 당신이 제 남편과 만나 이야기하는 것을 엿듣게 되었어요 ─ 그리고 당신이 앙갚음하려는 의도도 알게 되었어요. 그 생각만 하면 제 몸이 금방 산산조각이 날 것 같아요. 번민에 싸인 한 여인이 불쌍하지도 않으세요! 당신이 제 꼴을 보신다면 마음이 풀리실 거예요. 요즈음 제가 얼마나 불안에 떨고 있는지 모르실 거예요. 당신이 일을 마치실 때쯤 저는 원형 경기장에 가 있겠어요 ─ 해가 넘어가기 직전에 말이에요. 부디 그곳으로 좀 나와 주세요. 저는 당신을 직접 만나 이 짓궂은 장난을 더 이상 하지 않겠다는 약속을 당신의 입으로 직접 듣기 전에는 편히 살 수 없을 것 같아요.

이 간절한 호소를 끝맺으면서 그녀는 혼자 중얼거렸다. "만약 눈물과 애원이 강자와 싸우는 약자에게 도움이 된 일이 있다면 지금이 바로 그런 도움을 받을 때야."

이러한 생각에서 그녀는 지금까지와는 다르게 얼굴 화장을 했다. 이제까지 그녀는 화장으로 자신의 자연스런 매력을 높이기 위해 여인으로서 변함없이 노력했다. 그녀는 풋내기가 아니었다. 그러나 그녀는 그 매력을 무시할 뿐만 아니라 자연스러운 겉모습까지 감추기 위해 노력했다. 그녀의 약간 일그러진 표정 이외에도 전날 밤에 전혀 잠을 이루지 못해서 이러한 화장이 예쁘기는 하지만 약간 지친 얼굴이었다. 극심한 슬픔으로 며칠 사이에 겉늙어 버린 모습으로 변했다. 그녀는 ─ 일부러 그렇게 하기도 했지만 정신이 없기도 해서 ─ 그녀의 가장 허름하고, 가장 평범하며, 가장 오랫동안 처박아 두었던 옷을 골라 입었다.

그녀는 남의 눈에 띄지 않기 위해 얼굴을 가리고 재빨리 집을 빠져

나왔다. 그녀가 그 원형 경기장의 맞은편 길 위에 올라섰을 때쯤 태양은 눈꺼풀에 떨어진 한 방울의 피처럼 언덕 위에 걸려 있었다. 그녀는 서둘러 원형 경기장 안으로 들어섰다. 경기장은 어둑어둑했는데, 오랫동안 쓰지 않고 내버려 두었던 모습이 곳곳에 역력했다.

그녀는 두려움 가득한 희망을 가지고 그를 기다렸고, 그는 그녀를 실망시키지 않았다. 그가 경기장의 꼭대기를 넘어 내려오고 있었기 때문이었다. 그녀는 숨을 죽이고 그를 기다렸다. 그러나 경기장에 이르렀을 때 그녀는 그의 거동에 어떤 변화가 있는 것을 볼 수 있었다. 그는 그녀로부터 약간 떨어진 곳에 잠자코 서 있었는데 그녀는 왜 그러는지 알 수 없었다.

어느 누구도 알 수 없었을 것이다. 사실은 루세타가 이 밀회를 위해 이 장소와 이 시간을 정한 것이 자기가 말 이외에 사용할 수 있는 가장 강력한 무기로 이 변덕스럽고, 침울하고, 미신을 믿는 사나이에 대한 자신의 애원을 자신도 모르게 뒷받침한 꼴이 된 셈이었다. 이 거대한 경기장 한가운데 그녀의 모습, 그녀의 지나치게 검소한 옷차림, 희망과 호소가 뒤섞인 그녀의 태도 등이 지난날에 그곳에 그렇게 서 있었고 이제는 세상을 떠나 영원히 잠들어 버린, 학대받았던 다른 한 여인의 기억을 그의 마음속에 너무도 생생하게 재생시켰다. 이로 인해 그는 기력을 잃게 되었고, 너무도 연약한 또 한 사람의 여성에게 보복을 시도하려는 자신을 사정없이 책망하고 있었던 것이다. 그가 그녀 앞에 다가올 때, 그리고 그녀가 아직 말 한마디도 채 꺼내기 전에 그녀는 이미 목적의 절반은 이룬 셈이었다.

그는 냉소적이며 무관심한 듯한 표정으로 여기로 내려오고 있었다. 그러나 이제 그는 자신의 냉혹한 미소를 지우고 누그러지고 친절한 어조로 말했다.

"잘 있었습니까? 당신이 날 보자고 했으니 내가 기꺼이 오는 것은 당연하지요."

"오, 감사해요." 그녀는 근심스럽게 말했다.

"그런데 당신 어디 안 좋아 보입니다." 그는 무언가 뉘우치고 있음을 감추지 못하고 말했다.

그녀는 고개를 가로저었다. "당신이 어떻게 안 좋아 보인다는 말이 나와요. 일부러 그런 상황을 만들고 계시면서요."

"무엇이라고?" 헨처드는 불쾌한 어조로 말했다. "당신이 그 지경에 이른 것이 내가 무슨 짓을 했기 때문이란 말이오?"

"모두 당신 때문이에요." 그녀가 말했다. "저는 그것 말곤 슬퍼할 일이 없어요. 당신이 위협만 하지 않는다면 저는 행복하고도 남을 거예요. 오, 마이클, 저를 이렇게 비참하게 만들지 말아 주세요! 당신은 지금까지 지나쳤다는 생각이 들지 않으세요! 제가 여기 처음 왔을 때는 생기발랄한 젊은 여인이었어요. 이제 저는 나이든 여자가 되고 말았어요. 제 남편이건 누구건 아무도 오랫동안 저를 관심 있게 바라보지는 않을 거예요."

헨처드는 무장이 해제된 듯한 느낌이었다. 이 장소에 그의 첫 여인과 비슷한 처지에 놓인 채로 나타난 이 애원자에 의해 그가 오랜 기간 여성에 대해 지녔던 거만한 연민의 감정이 더욱 깊어지게 되었다. 더구나 이 가련한 루세타는 그녀가 겪은 모든 곤경의 원인인 그 경솔하고 통찰력이 부족한 본성을 아직도 지니고 있었다. 그녀는 얼마나 위험한 짓인지도 모른 채 이렇게 낯 뜨거운 방법으로 그를 만나기 위해 여기 와 있는 것이다.

이러한 여인은 사냥감이 되기 쉬운 너무도 어린 사슴에 불과했다. 그는 수치스러웠고, 루세타에게 창피를 주겠다는 모든 열정과 욕구가 사라져 버렸다. 그는 더 이상 그녀의 남편 파프레이가 부럽지 않았다. 그는 단지 돈과 결혼했을 뿐 그 이상은 아무것도 아니었다. 헨처드는 이 게임에서 손을 떼고 싶었다.

"그러면, 당신은 내가 어떻게 해주길 바라오?" 하고 그는 부드럽게 물었다. "내 아주 기꺼이 당신이 하자는 대로 할 것이오. 내가 그 편지들을 읽은 것은 일종의 **짓궂은 장난**에 불과하오. 뿐만 아니라 내가 폭로한 것이라곤 아무것도 없잖소."

"저의 결혼생활을 무위로 만들, 혹은 그보다 더한 것도 할, 당신이 갖고 있는 그 편지건, 쪽지건 결혼 운운하는 내용이나 더 심한 걸 담고 있는 건 모두 저한테 돌려주세요."

"그렇게 하도록 합시다. 조각 하나 남김없이 당신 것이 될 것이오. … 하지만 루세타, 우리들끼리 이야기이지만, 그는 틀림없이 조만간 그 일에 대해 어느 정도 알아차리게 될 거요."

"아!" 하고 그녀는 떨리는 목소리로 간절하게 말했다. "하지만 내가 그의 충실하고 칭찬받는 아내라는 게 그에게 판명될 때까지는 그런 일이 없어야 될 거예요. 그렇게 된다면 그분은 모든 것을 용서해 주실 거예요!"

헨처드는 말없이 그녀를 바라봤다. 그는 그처럼 간절한 사랑을 받고 있는 파프레이를 지금 이 순간 다시 질투할 뻔했다.

"흐음, 그렇게 되길 바라오!" 그가 말했다. "어쨌든 당신은 그 편지 들을 돌려받게 될 것이오. 그리고 당신의 비밀도 지켜드리겠소. 나는 맹세하오."

"당신은 정말 고마운 분이십니다! 그런데 그 편지들을 어떻게 돌려 받지요?"

그는 생각에 잠겼다. 그러고는 내일 아침 보내 주겠다고 말했다.

"이제 나를 의심하지 마시오" 하고 그는 덧붙여 말했다. "나는 약속 은 꼭 지키는 사람이란 말이오."

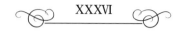

XXXVI

조롱 행렬

루세타가 헨처드를 만나고 돌아와 자기 집에 이르렀을 때 루세타는 어떤 남자 한 명이 그녀의 집 문과 가까운 가로등 옆에 서 있는 것을 보았다. 그녀가 안으로 들어가기 위해 잠시 발걸음을 멈추자 그 남자가 다가와 그녀에게 말을 걸었다. 그는 조프였다.

그는 그녀에게 이렇게 말을 걸어 죄송하다고 했다. 그리고 그는 파프레이 씨가 어느 이웃 곡물 상인으로부터 노무 동업자 한 사람을 추천해 달라는 부탁을 받고 있다는 것을 들었다고 했다. 만일 그게 사실이라면 그는 자신을 추천하고 싶다는 것이었다. 그는 훌륭한 보증인을 세울 수 있으며, 파프레이 씨한테는 편지로 그 정도 말씀을 충분히 드렸다는 것이다. 그러나 만약 루세타가 그녀의 남편에게 자신을 위해 한마디 건네준다면 그는 대단히 고맙겠다는 내용이었다.

"나는 전혀 모르는 일이에요" 하고 루세타는 쌀쌀맞게 말했다.

"하지만, 저의 신용에 관해 어느 누구보다 잘 말해 주실 수 있잖습니까, 마님" 하고 조프가 말했다.

"저는 여러 해 동안 저지에서 살았어요. 그래서 마님을 그곳에서 뵙고 알고 있었지요."

"그랬군요!" 그녀는 대답했다. "하지만 나는 당신에 대해서 아는 게 전혀 없는데요."

"마님께서 한두 마디만 거들어 주시면 제가 간절히 원하고 있는 일을 얻을 수 있으리라고 생각합니다" 하고 그는 계속해서 부탁했다.

그녀는 그 일에 관여하지 않으려고 끝까지 거절했다. 그리고 남편이 자기를 찾기 전에 집에 들어가야 하기 때문에 그의 말을 중간에 끊어 버리고 그를 길에 세워둔 채 그 자리에서 발길을 돌렸다.

그는 그녀가 보이지 않을 때까지 그녀의 뒤를 지켜보다가 자기 집으로 향했다. 집에 돌아온 조프는 불씨 없는 난롯가에 앉아 장작 받침대2를 지켜보았다. 주전자를 데우기 위한 장작이 그 위에 걸쳐져 있었다. 위층의 인기척이 그의 마음을 흩트려 놓았다. 헨처드가 자기의 침실에서 내려왔다. 그런데 침실에서 그는 상자들을 뒤적거리고 있었던 것 같았다.

"도와주었으면 하는 일이 있네" 하고 헨처드가 말했다. "내 심부름 하나 해 주게 조프—. 지금 오늘 밤, 자네가 할 수 있다면 말일세. 이것을 파프레이 부인 집에 가져가서 그녀에게 전해 주게. 물론 내 자신이 손수 들고 가야 옳겠지만 그곳 사람들의 눈에 띄고 싶지 않아서 말이야."

그는 갈색 종이에 싸여져 밀봉한 꾸러미 하나를 넘겨주었다. 헨처드는 자기의 약속을 지켰다. 집으로 돌아오자마자 그는 자기의 몇 안되는 소유물들을 샅샅이 뒤졌던 것이다. 그리고 그가 갖고 있던 루세타의 글이 들어간 쪽지 하나까지도 모두 챙겨 그 꾸러미 속에 넣었다.

조프는 그렇게 하겠노라고 무심코 대답했다.

"한데, 오늘은 좀 어땠는가?" 하고 헨처드는 물었다. "일자리를 얻을 전망이라도 보이는가?"

"그러지 못해 걱정입니다" 하고 조프가 대답했다. 그는 파프레이한테 지원했었다고는 말하지 않았다.

"캐스터브리지에는 없을 걸세" 하고 헨처드는 단호하게 말했다. "자네는 좀더 멀리 떨어진 지역으로 나가봐야 할 게야."

그는 조프에게 잘 자라는 말을 남기고, 자기 방으로 올라갔다.

조프는 혼자 앉아 있노라니 벽 위의 양초 심지의 그림자로 눈길이 끌렸다. 타고 있는 촛불을 바라보다가 심지가 꽃양배추의 머리 부분같이 뭉툭하게 뭉쳐 있는 것을 발견했다. 헨처드의 짐 꾸러미가 그 다음으로 그의 눈길을 끌었다. 그는 그 꾸러미 속에 헨처드와 지금의 파프레이 씨 부인 간의 구애와 관련된 무엇이 담겨 있다는 것을 알아차렸다. 이 일에 대한 그의 막연한 생각은 저절로 이렇게 좁혀졌다. 즉, 헨처드는 파프레이 부인 소유의 서류 뭉치를 갖고 있던 중인데 그것을 그녀에게 직접 돌려주지 못할 이유가 있다는 것이다. 그러면 이 꾸러미 속에 무엇이 들었을까? 이렇게 그는 몇 번이고 되풀이해서 생각해 보았다. 마침내 그는 루세타의 거만한 행동을 상기하며 저도 모르게 치솟는 분노와 그리고 그녀와 헨처드 사이의 거래에 무슨 약점이라도 있는지 알고 싶은 호기심에 고무되어 그 꾸러미를 살펴보기 시작했다. 펜이나 필기와 관련된 물건들은 헨처드의 손에는 서투른 도구들이었기 때문에 그는 그것을 날인하지 않고 밀랍으로 봉했었다.

그는 이런 것을 봉하는 데에는 봉인이 있어야 효과가 있다는 생각을 전혀 하지 못했던 것이다.

조프는 결코 초보자3가 아니었다. 그는 호주머니 칼로 봉한 부분의 한 쪽을 들어 열려진 틈으로 들여다보았다. 속에는 편지들로 가득 차 있었다. 그는 대단히 흡족한 기분으로 밀랍을 촛불에 녹여서 열린 부분을 간단히 다시 봉했다. 조프는 그 꾸러미를 들고 부탁받은 대로 길을 떠났다.

그는 이 도시의 아래쪽 강변 오솔길로 걸어갔다. 하이-스트리트의 끝에 있는 다리의 가로등 불빛 속에 들어서자 쿡섬 아주머니와 낸스 모크리지가 다리 위에서 서성대고 있는 모습이 보였다.

"우리는 믹센-레인 거리로 막 내려가려던 참이야. 잠자리로 기어들기 전 피터즈 핑거4에 들러 보려고 말이야." 쿡섬 부인이 말했다.

"그곳에서는 바이올린과 탬버린 연주가 있거든. 이런, 세상에 뭐가 그리 바쁜가 — 조프, 우리와 같이 가도록 하지 — 5분 이상 걸리지 않을 거야."

조프는 대체로 이들과는 어울리지 않고 지내왔다. 그러나 현재 상황이 그를 평소보다 약간 더 무모하게 만들었다. 아무 말 없이 그는 그곳에 들렀다 가기로 마음먹었다.

더노버 위쪽 지역은 주로 헛간과 농장 건물들이 이상하게 뒤섞인 마을5이지만 그 교구에 비해 별로 아름답지 못한 면이 있었다. 이곳이 바로 믹센 레인인데 지금은 대부분 헐려 없어졌다.

믹센 레인은 모든 이웃 마을의 아둘람6이었다. 이곳은 재난에 처한 사람, 빚진 사람, 그리고 가지각색의 곤경에 처한 사람들의 은신

처였다. 농사일을 하면서도 남의 영역에 밀렵을 일삼던 품팔이꾼들과 농사꾼들이, 밀렵을 하면서도 상습적으로 술을 마시고 싸움질이나 일삼던 품팔이꾼들과 농사꾼들이 조만간 이 믹센 레인으로 기어들어와 있는 자신들을 발견하곤 했다. 너무도 게을러 생산수단을 기계화하지 못하는 시골의 기술자들과, 너무도 반항적이어서 남의 시중을 들 수 없는 시골의 하인들이 떠돌다가 믹센-레인으로 흘러들어오거나 혹은 어쩔 수 없이 모여들지 않을 수 없었던 것이다.

이 골목길과 그 주위의 초가지붕의 오두막들이 마치 모래톱처럼 축축하고 안개 낀 저지대 안으로 마치 하나의 모래톱처럼 내리뻗어 있었다. 슬프고, 비열한 것이, 악독한 짓들이 믹센 레인에서는 자주 눈에 띈다. 어떤 집에서는 악이 제멋대로 문지방을 넘나들고 있으며, 굴뚝이 뒤틀린 지붕 아래에서는 무모한 행동이, 어느 활 모양 창문이 달린 집에서는 수치스런 일이, 갯버들나무들 옆의 초가 토담집에서는 (궁핍할 때면) 도둑질이 자행되고 있었다. 여기서는 살육행위까지 은밀하지 않았다. 한 골목 위에 자리 잡고 있는 이 오두막집 구역 내에 이러한 병폐로 수년 전에 이미 제단 하나쯤 세웠을 법도 했다.

헨처드와 파프레이가 시장을 지내던 시절의 믹센 레인은 그러한 곳이었다.

그러나 캐스터브리지라는 건장하고 무성한 나무에 흰 곰팡이가 있는 잎사귀에 해당하는 믹센 레인은 탁 트인 벌판 가까이 위치하고 있었다. 웅장한 느릅나무들이 늘어서 있는 곳으로부터 채 100야드도 떨어져 있지 않았으며, 바람 센 고지대의 황무지와 밀밭과 유명한 사람들의 저택들 너머로 경치가 한눈에 들어오는 곳이었다. 개천 하나가

이 황무지와 빈민가를 양쪽으로 갈라놓고 있었는데 겉으로 보기로는 이 개천을 건널 길이 없었다 — 이 오두막집들이 있는 곳으로 가려면 길을 돌아가야 했다. 그러나 집집마다 계단 밑에 폭이 9인치 정도 되는 용도를 알 수 없는 널빤지를 하나씩 가지고 있었는데 이 널빤지가 비밀의 다리였던 것이다.

만약 당신이 이 도피처의 집주인 중 한 사람으로, 해질 무렵에 일터에서 돌아온다면 — 여기서는 이때가 일하는 시간이다 — 당신은 은밀히 그 황무지를 가로질러 앞서 말한 개천의 가장자리에 다다라 맞은편에 있는 자기 집을 향해 휘파람을 불게 될 것이다. 그 소리를 듣고 건너편에서는 한 사람이 그 널빤지를 세워 들고 나타나 그것을 개울 위에 놓고, 당신은 가까운 영지에서 몰래 잡은 꿩과 토끼를 들고 내미는 손을 붙잡고 건너가게 될 것이다. 당신들은 그것들을 이튿날 아침 남몰래 팔아 치우고는 그 다음날 동정에 찬 이웃들의 시선을 등에 집중시키며 치안관들 앞에 서게 될 것이다. 그 후 한동안 당신은 보이지 않게 되겠지만 얼마 뒤에 당신은 믹센-레인에서 조용히 살아가는 모습으로 다시 발견될 것이다.

해질 무렵에 낯선 사람이 이 오솔길을 따라 걸어가노라면 두세 가지의 특이한 광경에 부딪치게 된다. 첫째는 조금 떨어진 위쪽의 여관 구석으로부터 간간히 들려오는 '우르르' 소리이다. 이것은 구주희 놀이7가 열리고 있다는 것을 의미한다. 둘째는 이집 저집에서 울려 퍼지는 휘파람소리 — 열려 있는 거의 모든 문에서 들려오는 관악기 소리이다. 세 번째로는 대문간 주위에 서 있는 여인들이 거무칙칙한 치마 위에 하얀 앞치마를 두른 모습이 자주 눈에 띈다. 하얀 앞치마는 때 묻지 않기가 어려운 상황에서 의심받을 만한 옷이다. 더욱이 이 하얀 앞치마가 표현하는 근면함과 청결함은 그것을 입고 있는 여인들의 자태와 걸음걸이에서 거짓임이 들통난다. 그들의 손가락 관절은 대개 엉덩이에 놓이고(그들의 자세는 손잡이가 둘 달린 머그잔을 연상시키는 모습이다), 그들의 어깨는 문기둥에 기대어 있다. 한편 그 골목길을 따라 남자의 발자국 같은 무슨 소리만 들려오면 여인들은 제각기 민첩하게 고개를 돌려 대며, 자신의 정직한 시선을 이리저리 번득거려 댄다.

그러나 이처럼 나쁜 게 허다했으나, 궁핍하지만 신분이 높은 사람 또한 발견된다. 어떤 지붕 아래에서는 순결하고 정숙한 사람들이 살고 있다. 그들이 이곳에 살게 된 것은 순전히 궁핍 때문이었다. 쇠락한 촌락에서 옮겨온 가족들 — 한때는 번성했으나 이제는 마을 사회에서 자취를 감추다시피 해 버린 "가족"8 또는 토지 소유자,9 등본 보유자10 등 그들은 이러저러한 이유로 이들의 마룻대11가 떨어져 나가 대대로 그들의 생활터전이 되어 준 마을을 떠날 수밖에 없었던 — 은 길거리의 울타리 아래에 나앉지 않기 위해 이곳으로 왔던 것이다.

피터즈 핑거라는 여관은 원래 믹센 레인의 교회였다.

이곳은 이러한 장소들이 으레 그러하듯 한가운데에 위치해 있었으며, 쓰리 마리너즈와의 사회적인 관계는 쓰리 마리너즈가 킹스암즈와 맺고 있는 것과 거의 비슷했다. 언뜻 보면 이 여관은 매우 품위 있어 보여 어리둥절하게 한다. 정문은 닫혀 있고 계단은 굉장히 깨끗하여 모래 깔린 그 표면 위를 밟고 지나간 사람이 거의 없었음을 보여준다. 한쪽 구석의 좁고 기다란 틈에 지나지 않는 하나의 골목이 이 여관을 이웃 건물과 분리하고 있었다. 이 골목의 중간에 좁다란 문이 하나 있는데 수많은 손과 어깨가 비비고 문질러서 반짝거리고 페인트가 벗겨졌다. 이것이 실제 이 여관에 들어가는 출입문이다.

이 믹센 레인은 길을 따라 지나가던 행인이 어느 순간 자취를 감추어 그를 주시하던 사람은 마치 애슈턴이 레이븐스우드가 사라지는 모습12을 지켜보는 것과 같다. 그 행인은 빠른 동작13으로 몸을 돌려 그 좁은 샛길로 들어갔고, 다시 같은 수법으로 그 여관에 들어갔다.

쓰리 마리너즈에 출입하는 사람은 이곳에 모여드는 사람에 비해 질이 좋은 사람이다. 쓰리 마리너즈에 모이는 사람 중 제일 못한 사람이 피터즈 패거리의 제일 나은 사람과 여러 면에서 맞먹는다는 것을 시인해야만 할 것이다. 모든 부랑자와 정처 없는 떠돌이는 이 주위에서 빈둥거렸다.

이 여관의 안주인은 수년 전 어떤 사건의 공범자로 사후에 부당하게 투옥당한 일이 있는 정숙한 여인이었다. 그녀는 열두 달을 복역했다. 그 이래 그녀는 순교자와 같은 모습을 띠고 있었는데 그녀를 체포했던 경찰관을 만나게 될 때는 사정이 달랐다. 그때마다 그녀는 그 경찰관에게 윙크를 했다.

그 여관에 조프와 일행이 도착했다. 그들이 앉은 긴 의자들은 가늘고 높았으며, 의자의 등받이 윗면은 몇 가닥의 꼰 실로 천장의 고리에 고정돼 있었다. 그렇게 두지 않으면 손님들이 난폭해질 때 의자가 요동하고 뒤집힐 염려가 있기 때문이었다. 뒷마당에서는 요란하게 공굴리는 소리가 들려왔다. 굴뚝의 송풍기 뒤에는 도리깻열14이 걸려 있고, 대지주로부터 까닭 없이 박해를 받았던 과거의 밀렵꾼과 사냥터지기가 어깨를 맞대고 앉아 있었다. 지난날 달빛 아래서 치고받고 하던 사람들이다. 한쪽은 형이 끝나고, 다른 쪽은 주인의 눈 밖에 나서 내쫓겨 지금은 꼭 같은 처지로 여기 들어와 앉아 있는 것이다. 이 여관에 그들은 지금 조용히 앉아서 지난날의 이야기를 나누고 있다.

"자네는 어떻게 가시덤불 하나로 다랑어 한 마리를 해변으로 끌어올리고도 물결을 일으키지 않았는지를 기억하나, 차알?" 하고 쫓겨난 사냥터지기가 말했다.

"듣기 거북하겠지만 내가 자네를 붙든 것도 바로 그때였지, 기억나지?"

"나고말고. 하지만 내가 제일 곤란했던 것은 얄베리숲에서 꿩을 잡던 일이야. 자네 아내가 그때 허위증언을 했어, 죠. 오 맙소사, 사실일세, 부인할 수 없는 사실이야."

"어떻게 된 얘기인데?" 하고 조프가 물었다.

"아니, 죠가 나를 덮쳐 버리잖아. 그래서 우리는 둘이서 다 같이 때굴때굴 굴러 내려갔지. 저 사람 집 울타리 가까이까지 말일세. 그 소리를 듣고 저 사람의 아내가 오븐용 나무주걱을 들고 뛰쳐나왔던 거야. 그런데 나무 밑이라 어두워서 그 누가 위에 있는지를 알 수 없었던 것일세. '당신 어디 있어요, 죠! 위요, 아래요?' 하고 그녀가 소리치지 않겠나. '오, 아래야, 틀림없어!' 하고 저 친구가 대답했지. 그러자 그녀는 나무주걱으로 내 머리, 등짝, 옆구리 할 것 없이 마구 두들겨 대기 시작하는 거야. 그래서 우리는 다시 위아래가 바뀌었던 거지. '여보. 죠, 이제는 어디요?'라고 그의 아내가 또 소리 질러대잖아. 여하튼, 내가 잡힌 것은 그 여자 때문이야! 그렇게 돼서 우리가 현관에서 일어서게 되었는데, 그녀가 그 장끼는 자기가 기르던 것이라는 거야. 죠, 사실은 자네가 기르던 꿩이 아니었네, 그건 대지주 브라운의 것이었네. 한 시간 전에 우리가 그 댁의 숲을 지나갈 때 잡았던 것이지. 그 때문에 나는 감정이 뒤틀렸던 거지! … 아, 그런데 — 이제 다 지난 이야기야."

"난 그 일이 있기 며칠 전부터 자네를 잡을 수도 있었어" 하고 사냥터지기가 말했다.

"내가 자네와 십여 야드 이내에 있었던 때가 열 번도 더 되었어. 그 불쌍한 장끼 한 마리보다는 더 좋은 시력을 가진 새들처럼 말일세."

"그랬었군, 세상이 낌새를 알아채는 건 우리의 가장 위대한 처신에 대해서가 아니지" 하고 그 옛날의 죽 장수 할머니가 말참견하고 나섰다. 최근에 이 빈민가에 정착한 그녀도 그 자리에 끼어 있었다. 젊었을 때는 두루두루 돌아다녔던 여인이라 그녀는 시야가 넓은 듯 허풍을 떨었다. 조프에게 지금 겨드랑이 밑에 단단히 끼고 있는 그 꾸러미가 무어냐고 물었던 사람도 그녀였다.

"아, 이 안에는 커다란 비밀이 들어 있어요" 하고 조프가 말했다.

"사랑의 열정이지요. 한 여인이 한 남자를 그토록 사랑하고, 다른 한 남자를 그렇게도 무자비하게 증오하고 있다고 생각해 봐요."

"누구라고 생각하시오, 선생?"

"이 도시에서 지위가 높은 사람이지요. 나는 그 여자에게 망신을 주고 싶어요. 맹세코, 실크와 밀랍으로 잘난 척하는 그 여자의 연애편지들을 읽어 본다는 것은 마치 연극을 보는 것만큼이나 흥미로울 거예요. 내가 여기 갖고 있는 것이 그 연애편지들이지요."

"연애편지? 어디 그렇다면 그 착한 사람의 편지를 들어 보자고" 하고 쿡섬 아주머니가 말했다.

"제기랄, 이봐, 리처드, 우리가 젊었을 때 어쩌면 그렇게도 바보 같았을까? 학생을 불러 우리의 편지를 대신 써 달라고 했으니. 뿐만 아니라 동전 한 닢을 주면서 그, 아이더러 뭐라고 썼는지 다른 사람에게 말하지 말라 했으니 말이야, 기억나?"

이 무렵 조프는 꾸러미의 봉한 부분에 손가락을 밀어 넣어 열어젖혔다. 속에 든 편지들을 닥치는 대로 여기서 하나 저기서 하나 집어 들어 큰 소리로 읽기 시작했다. 루세타가 그토록 묻혀 있기를 열망했던 비밀들이 바로 드러나기 시작했다. 그러나 격식을 차린 편지들은 암시적인 말들로만 써져 있어서 비밀이 모두 분명하게 드러나지는 않았다.

"그건 파프레이 씨 부인이 쓴 거야!" 하고 낸스 모크리지가 말했다. "같은 여성의 한 사람으로 그럴 수 있었다는 게, 점잖은 우리들한테 수치스런 일이야. 이제 와서 엉뚱한 남자한테 결혼을 다짐하다니!"

"그렇게 하는 것이 그 여자한테는 훨씬 나은 일이지" 하고 나이 든 죽 장수 할머니가 말했다. "아, 나는 정말 불행한 결혼을 할 뻔한 그녀를 구해 준 셈이야. 그러나 그 여자는 전혀 나한테 감사할 사람이 아니거든."

"이봐, 아주 좋은 **조롱 행렬**15감이 되겠는데." 낸스가 말했다.

"맞았어" 하고 쿡섬 부인이 생각에 잠기면서 말했다. "내가 여태껏 아는 것 중, 조롱 행렬을 하기 아주 좋은 사건이지. 이거 그냥 넘겨서는 안 돼. 캐스터브리지에서 그 행렬을 마지막으로 보았던 게 분명 10

년은 지난 것 같아."

이 순간 날카로운 휘파람소리가 한 번 들려왔다. 그러자 여관의 안주인이 차알이라는 사내에게 말했다.

"짐이 돌아온 모양이오. 나가서 내 대신 다리를 좀 놓아 주겠어요?"

차알과 그의 친구 죠는 아무 대꾸 없이 일어나 그녀에게서 초롱불을 받아 들고 뒷문으로 나가 정원 사이의 좁은 길로 내려갔다. 이 길은 앞서 말한 개천의 가장자리에서 갑자기 뚝 끝나 버린다. 개천 건너편은 탁 트인 황야지대인데, 그곳에서 불어오는 차갑고 습한 바람이 그들의 얼굴에 부딪쳤다. 준비되어 있던 널빤지를 그들 중의 한 사람이 물 위로 가로질러 걸쳐 놓았다. 한쪽 끝이 건너편에 닿자마자 두 발이 그 위를 밟고 들어섰다. 두 무릎에 가죽을 댄 건장한 사내가 어둠속에서 나타났다. 그의 무릎에는 보호대가 둘러져 있고 겨드랑이 아래에는 총신이 둘 있는 총이 끼워져 있었으며, 등 뒤에는 날짐승 몇 마리가 느슨하게 매달려 있었다. 그들은 그에게 운이 좋았느냐고 물었다.

"별로," 하고 그는 냉담하게 대답했다. "안에 있는 사람은 다들 별고 없나?"

그렇다는 대답을 듣고 그는 곧장 집을 향해 들어갔고, 나머지 두 사람은 그 다리를 거두어 그를 뒤따라 되돌아가기 시작했다. 그러나 그들이 집 안으로 막 들어서려는 순간 건너편 황야 지대에서 "이봐," 하는 소리가 그들의 발걸음을 멈춰 세웠다.

고함소리가 되풀이되었다. 그들은 별채 안으로 호롱을 밀어 넣고 개울가로 되돌아갔다.

"이봐요, 이 길이 캐스터브리지로 가는 길이오?" 하고 건너편에서 어떤 사람이 물었다.

"꼭 그렇다고만 할 수는 없습니다" 하고 차알이 대답했다. "당신 앞에는 개천이 있어요."

"상관없어요. 이걸 건너려고 여기로 왔어요," 하고 황야 쪽의 남자가 말했다. "나는 오늘은 너무 지치도록 돌아다녔어요."

"그러면 잠깐만 기다리시오" 하고 차알이 말했다. 보아 하니 별로 해롭지 않은 사람 같았다.

"죠, 널빤지의 등불을 가져오게. 여기 길 잃은 사람이 있네. 여보시오, 친구, 당신은 마차가 다니는 길을 따라 계속 걸었어야 했을 거요. 여기는 건너지 말았어야 했소."

"이제 알고 보니, 그랬어야 했군요. 하지만 이곳의 불빛이 눈에 띄어 혼잣말을 했지요. 그래서 나는 그것이 외딴집이라고 생각하고 그 불빛을 따라왔지요."

이제 널빤지가 놓였고, 어둠 속에서 낯선 자의 모습이 서서히 드러났다. 그는 중년 남자였는데 때 이르게 희끗희끗해진 머리카락과 구레나룻에 널따랗고 온화한 얼굴이었다. 그는 거리낌 없이 널빤지 위를 성큼성큼 건너왔다. 그리고 이렇게 건너는 것을 전혀 이상하게 여기지 않는 눈치였다. 그는 그들에게 감사하고 그들 사이에 서서 정원으로 걸어 올라갔다.

"여기 뭐하는 곳이오?" 하고 그는 일행이 문 앞에 이르자 물었다.

"여관이오."

"아, 어쩌면 내가 하룻밤 묵기에 알맞을 것 같군요. 자 이제 들어갑

시다. 당신들이 나를 건너오게 했으니 대가로 목구멍이나 축이게 술을 한 잔 사지요."

그들은 그를 따라 여관 안으로 들어섰다. 밝고 환한 불빛에 드러난 그는 귀로 듣기만 할 때보다 눈으로 보니 꽤 지위가 높은 사람처럼 보였다.

그는 약간 어색했으나 상당히 훌륭한 옷차림을 하고 있었다. 윗도리 깃에는 털이 대어져 있고, 밤에는 쌀쌀하지만 제법 봄이 깊어졌기 때문에 낮에는 약간 더울 것 같은 물개가죽 모자를 쓰고 있었다. 또 그의 손에는 띠가 둘러져 있고 놋쇠로 죄어져 있는 조그마한 마호가니 상자가 들려 있었다.

그는 부엌문으로 자기를 쳐다보고 있는 사람들을 보고 놀란 게 분명했다. 그는 당장 이 여관에서 하룻밤 묵을 생각을 버렸다. 그러나 그러한 상황을 대수롭지 않게 보아 넘기면서 최고급의 술을 한 잔 청했다. 그는 통로에 서서 그 값을 치르고 정문을 통해 나가려 했다. 그러나 문은 잠겨 있었다. 여관 안주인이 그 문을 따고 있는 동안 휴게실에서 계속되고 있는 놀림거리 이야기가 그의 귓전에 와 닿았다.

"저 사람들의 조롱 행렬이란 대체 무슨 얘기요?" 하고 그가 물었다.

"오, 손님!" 하고 안주인은 기다란 귀걸이를 흔들어 대면서 얌전한 태도로 대답했다. "어떤 사람의 아내가 도덕적으로 볼 때 그 사람만의 아내가 아니라는 게 밝혀지면 이 지방 사람들이 벌이는 오랜 전통의 우스꽝스런 조롱이에요. 하지만 점잖은 세대주의 한 사람으로서 난 그런 것을 부추기고 싶지 않아요."

"그런데, 저 사람들이 그 일을 곧 하려는가 보지요? 좋은 구경거리가 될 것 같은데요?"

"글쎄요, 손님!" 하고 그녀는 싱글싱글 웃는다. 그러더니 곧 자연스런 표정을 짓고 곁눈질을 하면서 말했다. "이 세상에서 가장 재미있는 일이에요. 그리고 준비하는 데 돈도 많이 들고요."

"아! 나도 그런 비슷한 일들이 기억나요. 그렇다면 앞으로 2, 3주 동안 캐스터브리지에 머물러야겠어요. 그걸 꼭 구경해야겠군요. 잠깐만 실례하겠습니다" 하고 그는 돌아서더니 거실로 들어가면서 말했다.

"자, 여러분, 나도 여러분들이 논의하고 있는 옛 관습을 구경하고 싶소이다. 나도 그 일을 위해 약간의 도움이 되고자 합니다. 이걸 받으시오." 그는 1파운드짜리 금화 한 닢을 탁자 위에 던지고 문간의 안주인한테로 발길을 돌렸다.

그는 그녀에게 시내로 들어가는 길을 물은 후 그곳을 떠났다.

"저 금화 한 닢을 꺼낼 때 보니까 여러 개가 더 있더라고요" 하고 차알이 그 금화를 집어 안주인에게 안전하게 보관하라며 말했다.

"이런! 우리는 그 사람이 이곳에 머무는 동안 그에게서 몇 닢 더 우려내야 해!"

"안 돼, 그건 안 돼" 여인숙 안주인이 대꾸했다. "이곳은 점잖은 집이야, 맙소사! 나는 명예롭지 않은 일은 어떠한 일도 하지 않겠어."

"음," 하고 조프가 말했다. "이제 우리는 이미 그 일을 시작한 거라고 생각해야겠어. 그러니까 곧 준비를 갖추어야겠다고."

"그렇고말고!" 하고 낸스가 맞장구쳤다. "온화한 웃음보다는 오히려 신나서 웃는 웃음이 가슴을 더 훈훈하게 하거든. 그건 사실이야."

조프는 편지들을 주섬주섬 주위 모았다. 이제 시간이 좀 늦었기 때문에 그는 그것들을 오늘 밤 중으로는 파프레이 씨 집에 전할 생각이 없었다. 그는 집에 되돌아온 후 편지들을 원래대로 봉했다. 그리하여 그 꾸러미는 이튿날 아침 그 주소대로 전해졌다.

꾸러미의 내용물은 루세타가 받자마자 곧바로 태워 버려 한 시간도 채 지나기 전에 재로 변했다. 그녀는 가엾게도 지난날 헨처드와 있었던 그 불행했던 사건의 증거가 마침내 하나도 남지 않았다고 두 무릎을 꿇고 감사해 했다. 그 증거는 그녀의 고의라기보다 부주의에서 생겼지만, 만약 그 이야기가 알려지게 되면 그녀 자신과 남편 사이에 치명적으로 작용할 가능성이 적지 않았기 때문이다.

왕실의 행렬

이렇게 시간은 흘러가고 캐스터브리지의 현재 상황은 커다란 행사로 모든 일상적 활동이 중단되어 이곳 사회의 최하층에까지 영향을 미치게 되었다. 따라서 그들의 조롱 행렬 준비까지도 동시에 뿌리째 흔들어 놓았다. 이러한 행사는 마치 따스한 여름이 나무둥치에 한 해의 나이테를 영원히 남겨 놓듯 시골의 조그마한 도시를 흔들어 놓을 경우 이 도시의 역사에 영구적인 흔적을 남기게 되는 신나는 일들 가운데 하나였다.

왕실의 저명인사가 거대한 토목시설의 준공식에 참석하기 위해 서쪽으로 향하면서 이 자치도시를 통과하게 되어 있었던 것이다.1 그는 이 도시에 약 30분 동안 머물러 캐스터브리지의 자치기구로부터 청원을 받기로 했었다. 그는 대표적인 농업 중심지로서의 캐스터브리지가 영농기술을 보다 과학적인 것으로 바꾸기 위한 고안을 열렬히 주창함으로써 농업과 경제에 크게 도움이 되었다는 감사의 말을 그 청원에서 전하고 싶었던 것이다.

캐스터브리지에서는 왕 조지 3세2 이후로는 왕족의 행차를 구경할 일이 없었다. 그때도 왕이 야간 행렬 중 킹스암즈에 말을 바꾸기 위해 단지 몇 분간 잠시 머물러 있는 동안 촛불 밑에서 왕의 모습을 보았을 뿐이었다. 그런 까닭에 주민들은 이 뜻하지 않은 기회를 이용해 철저하게 대축제3를 개최하기로 결정했다. 30분의 체류가 그리 길지 않은 것은 사실이었다. 그러나 행사를 몇 개의 그룹으로 엄밀하게 나누면 — 무엇보다 날씨가 좋은 경우에는 짧은 시간에도 사람들은 많은 일을 할 수 있을 것이다.

연설문은 장식용 글씨에 능한 한 화가의 솜씨로 양피지 위에 준비되었다. 그 위에는 간판장이의 상점에 있는 최고급 금박과 색채를 입혔다. 행사의 일정을 토의하기 위해 지정된 전날의 화요일에 시의회가 열렸다.

회의실 문을 열어 둔 까닭에 의원들이 회의를 진행하는 도중에 계단을 올라오는 묵중한 발걸음 소리가 들려왔다. 그 소리가 복도를 따라 들려오더니 헨처드가 다 해진 초라한 옷 — 그가 의원의 한 사람으로 바로 이 자리에 앉았던 그의 황금기에 입었던 바로 그 옷을 입고 회의장 안으로 들어섰다.

"내 생각은 말입니다." 그는 탁자 앞으로 다가와 녹색 탁자보 위에 손을 얹으면서 말했다. "나도 당신들과 함께 우리의 저명한 손님을 영접하는 행사에 참여하고 싶습니다. 나도 당신들 틈에 끼어 함께 나갈 수가 있겠지요?"

시의원들 간에 당황하는 시선이 오고갔다. 침묵이 흐르는 동안 그로어 씨는 들고 있던 깃털 펜의 끝을 너무 세게 깨물어 거의 먹다시피

했다. 직책상 큰 의자에 앉아 있는 젊은 시장 파프레이는 모임의 분위기를 직감적으로 알아차렸다. 의장으로서 뭐라 말해야 했지만 그 말이 다른 사람의 입에서 나오기를 기대하고 있었다.

"그렇게 하는 것이 적당한 행동이라고 생각되지 않습니다. 헨처드 씨" 하고 그가 말했다. "의회는 의회입니다. 그리고 선생님은 더 이상 의원이 아니라서 그 행사에 예외가 됩니다. 만약 선생님이 포함되신다면 다른 사람들이 어떻게 가만히 있겠습니까?"

"나한테는 그 의식을 돕고 싶은 특별한 이유가 있습니다."

파프레이는 주위를 돌아보며 말했다. "저는 의원들의 전체 의견을 이미 피력했다고 생각합니다."

"예, 그렇습니다" 하는 동의가 배스 박사, 변호사 롱, 시의원 튜버, 그리고 몇몇 사람으로부터 이구동성으로 터져 나왔다.

"그렇다면 나는 그 행사와는 공식적으로는 아무런 일도 할 수 없단 말입니까?"

"죄송하지만 그렇습니다. 사실 더 논의해 보아도 소용없는 이야기입니다. 하지만 물론 선생은 다른 구경꾼들처럼 그 행사를 구경이야 할 수 있습니다."

헨처드는 그 빤한 제의에는 아무 대답도 않고 발길을 돌려 나가 버렸다.

단지 일시적인 바람에 불과하던 그의 생각이었지만, 여러 사람의 반대에 부딪치자 단호한 결심으로 굳어 버렸다.

"내가 전하4를 환영해야지. 나 아니면 아무도 못 해!" 하고 그는 지껄여 댔다. "나는 파프레이나, 혹은 그 하찮은 녀석들 어느 누구의 옆에도 자리 잡지 않을 테다! 두고 봐!"

행사 날 아침이 밝았다. 일찍 일어나 동쪽 창문을 내다보는 사람들은 환한 태양과 마주하면서 모두 날씨가 좋을 것이라고 예견했다(그들은 날씨를 알아맞히는 데에는 익숙했기 때문이다). 곧 구경꾼들이 농촌, 이웃 마을, 먼 숲속, 외진 고지대로부터 몰려들기 시작했다. 외딴 고지대의 사람들은 그 영접을 구경하기 위해 혹은 구경은 놓치더라도 그 현장에 조금이라도 가까워지기 위해 기름 묻은 장화를 신고, 차양 모자를 쓰고 몰려오고 있었다. 시내에 단정한 옷차림을 하지 않은 사람이라고는 거의 없었다.

솔로몬 롱웨이즈, 크리스토퍼 코니, 버즈포드와 그 패거리들은 자신들의 관습인 파인트 술 마시기를 11시에서 10시 반으로 앞당겨서 이번 행사에 예의를 갖추긴 했다. 그들은 그때부터 며칠 동안 원래 시간으로 돌아가느라 여러 날 동안 어려움을 겪었다.

헨처드는 그날 하루 동안 일하지 않기로 결심했었다. 그는 아침부터 럼주를 잔뜩 퍼마시고 길을 천천히 걸어 내려가다가 엘리자베스-제인과 마주쳤다. 그는 그녀를 일주일 동안이나 보지 못했었다.

"참, 다행스런 일이야" 하고 그는 그녀에게 말했다. "이 일이 있기 전에 내 21년 동안의 맹세가 끝났으니 말이지, 그렇지 않았으면 나는 그 일을 실행에 옮길 용기를 갖지 못했을 거야."

"무엇을 하신다고요?" 하고 그녀는 깜짝 놀라 물었다. "왕실의 귀빈을 맞는 이 환영 행사 말이다."

그녀는 어리둥절했다. "저와 함께 구경하시겠어요?"

"그러렴. 나는 따로 해야 할 중대한 일이 있단다. 너도 보게 될 거다. 볼만할 게다!

그녀는 이 말의 뜻을 알아내기 위해 할 수 있는 일이 아무것도 없었으므로 비통한 심정으로 나들이옷을 차려입었다. 가슴만 답답했다. 행사 시간이 가까워지면서 그녀의 눈에 의붓아버지가 다시 보였다. 그녀는 의붓아버지가 쓰리 마리너즈로 간다고 생각했다. 그러나 그게 아니었다. 그는 환호하는 군중들 틈을 팔꿈치로 헤치고 나가 포목상 울프리의 가게로 들어섰다. 그녀는 바깥의 군중들 틈에서 기다렸다.

얼마 지나지 않아 그는 놀랍게도 화려한 장미꽃 모양 리본을 하나 달고 나왔다. 더욱 놀라운 것은, 그가 손에 깃발 하나를 들고 있는 것이었다. 다름 아닌 조그마한 대영제국 국기를 붙인 약간 수수하게 만든 깃발이었다. 약간 소박하게 만든 그 깃발은 작은 유니온-잭5 하나를 소나무 막대기6 끝에 고정한 형태였는데 — 막대기는 아마도 옥양목 조각7을 감았던 롤러 같았는데 오늘 이 도시의 어느 곳에서나 흔히 눈에 띄었다. 헨처드는 들고 있던 기를 계단 위에서 둘둘 말아 그것을 겨드랑이 밑에 끼고 길을 내려갔다.

갑자기 군중 틈에서 키 큰 사람은 목을 길게 뽑고, 키 작은 사람은 발끝을 세웠다. **왕실의 행렬**8이 가까워졌다고들 말했다. 그 당시 철도가 캐스터브리지까지 뻗어 있었으나 아직 이 지역에 이르려면 수 마일은 더 남은 상태였다. 그래서 그 사이의 거리는 나머지 여정도 마찬가지겠지만 옛날에 하던 대로 행차하게 되어 있었다. 사람들은 이렇게 기다렸다 — 지방의 명문 가족들은 그들의 마차를 타고, 대부분의 일반 군중은 서서 — 마차의 방울 소리와 사람들이 소곤거리는 소리에 따라 고개들을 이리저리 돌려가며 멀리 뻗은 대로를 지켜봤다.

엘리자베스-제인도 뒤편에서 현장을 바라보고 서 있었다. 귀부인 들을 위해 이 굉장한 의식을 지켜볼 좌석이 몇 개 마련되어 있었다. 맨 앞자리에는 방금 도착한 시장 부인 루세타가 앉아 있었다. 그녀의 시 선이 미치는 곳에는 헨처드가 서 있었다. 그녀의 모습이 너무 화사하 고 아름다워 그는 순간적으로 그녀의 주목을 끌고자 하는 엉뚱한 생각 에 빠져 있는 듯했다. 그러나 여자의 시선에 비친 그는 빈껍데기로 보 일 뿐 매력적인 것과는 거리가 멀었다. 여자의 눈은 사물의 겉모습에 크게 영향을 받기 때문이었다. 그는 예전 같은 모습으로 보일 수 없는 날품팔이 일꾼에 지나지 않을 뿐 아니라 스스로 억지스럽게 잘 보이고 싶지도 않았다. 시장에서 세탁부에 이르기까지 각자 자신의 형편대로 새 옷차림으로 빛났다. 그러나 헨처드만은 고집스럽게도 과거에 입 던, 닳아 해지고 온갖 풍상을 겪은 옷차림 그대로 입고 있었다.

그 후, 유감스럽게도, 이런 일이 일어났다. 즉, 루세타의 두 시선 은 헨처드에게서 슬쩍 벗어나 — 화려한 옷차림을 한 여인이 그러한 경우에 간혹 그러하듯 그의 모습 위에서는 잠시도 머물지 않고 이쪽 저쪽으로 분주히 미끄러졌다. 그녀에게서 더 이상 대중 앞에서는 그 를 아는 체하지 않겠다는 태도가 아주 분명하게 나타났다.

그러나 그녀는 도널드를 지켜보는 데에는 결코 마다하지 않았다. 몇 야드 떨어진 장소에서 친구들과 함께 활기차게 대화를 나누고 서 있는 파프레이는 왕실을 상징하는 일각수9 문양의 둘레만큼 큰 네모 고리들이 달린, 시장을 상징하는 황금목걸이를 둘렀다. 그녀의 얼굴 과 입술은 남편이 말하는 중에 나타내는 사소한 감정 하나하나도 모 두 반사되어 마치 복사판처럼 그대로 나타났다. 그녀는 자신보다는 남편의 몫을 살고 있었으며 이날은 파프레이 이외에는 어떤 것에도 신경 쓰지 않았다.

마침내 그 대로의 제일 먼 모퉁이에, 즉 앞서 말한 두 번째 다리 위에 배치되어 있던 한 사람이 신호를 보내 왔다. 그러자 예복을 입은 시 당국자 일행이 시청사의 정문에서 출발해 이 도시의 입구에 세워진 아치형 출입문을 향해 움직였다. 왕족과 그 수행원들을 태운 마차들이 뽀얀 먼지를 일으키며 그 지점에 도착했고, 하나의 대열로 정렬하더니 전체 행렬이 시청사를 향해 보통 걸음으로 천천히 다가갔다.

이 지점은 관심을 집중시키는 곳이었다. 왕족이 탄 마차의 정면에는 몇 야드의 거리 위에 산뜻하게 모래가 깔려 있었다. 그 안으로 한 사람이 걸어 들어갔다. 어느 누구도 미처 그를 제지할 수 없었다. 그는 헨처드였다. 그는 자신이 만든 국기를 펼쳐들고 있었다. 그는 모자를 벗어 들고, 느릿느릿 다가오는 마차 옆으로 비틀거리면서 다가갔다. 그는 왼손으로는 유니온 잭을 이리저리 흔들어 대면서 자기의 오른손은 왕족을 향해 부드럽게 내밀었다.

귀부인들이 모두 숨죽이고 이구동성으로, "오, 저것 보세요!" 하고 소리를 질렀다. 루세타는 기절할 것만 같았다. 엘리자베스-제인은 앞사람들의 어깨 사이로 내다보고는 무슨 일인지 알아차리고 혼비백산했다. 희한한 그 행차에 대한 그녀의 흥미는 두려움으로 사라져 버렸다.

파프레이는 시장직의 권위를 걸고 즉각 일어나 대처했다. 그는 헨처드의 어깨를 잡고 뒤로 끌어내 거친 목소리로 그에게 이곳을 나가라고 말했다. 헨처드의 두 눈이 그의 눈과 마주쳤다. 파프레이는 자신의 흥분과 노여움 속에서도 헨처드의 두 눈에 무서운 빛이 서려 있음을 알아냈다. 한동안 헨처드는 꼼짝 않고 버티고 서 있었다. 잠시 후 어떤 알 수 없는 충동으로 수그러져 물러났다. 파프레이는 귀부인들이 앉아있는 자리로 시선을 던졌다. 그의 칼푸르니아10의 뺨이 하얗게 질려 있었다.

"아니, 부인 남편의 옛 후원자군요!" 하고 루세타 옆에 앉아 있던 이웃집의 블로바디 부인이 말했다.

"후원자라니요!" 하고 도널드의 부인이 발끈하면서 말했다.

"파프레이 씨가 저 남자를 안다는 말씀인가요?" 하고 옆에 있던 배스 부인이 참견했다. 그녀는 최근에 배스 박사와 결혼하여 이 마을에 온 지 얼마 안 된 내과의사의 부인이었다.

"저 사람은 제 남편의 일꾼이에요" 하고 루세타가 말했다.

"오, 그것이 전부인가요? 사람들이 저한테 들려주기로는 부인의 남편께서 캐스터브리지에 첫 발붙일 터전을 마련해 준 것은 저 사람의 덕이라 하던데요. 사람들은 무슨 이야기를 그렇게 꾸며 댄담!"

"글쎄 말이에요. 그 이야기는 전혀 그렇지 않아요. 도널드는 사업 수완이 탁월해서 어디를 가든 아무 도움 없이도 자신의 기반을 잡았을 거예요! 이 세상에 헨처드라는 사람이 애당초부터 없었더라도 그에게는 마찬가지였을 거예요!"

루세타가 이런 식으로 말한 것은 부분적으로는 도널드가 이곳에 정착한 경위를 모르고 있기 때문이기도 하지만, 또 부분적으로는 이 의기양양한 순간에 모든 사람이 작정하고 자신에게 모욕을 주려는 듯해 보이는 탓도 있었다.

그 사건은 불과 잠깐 동안 일어난 일에 지나지 않았지만 틀림없이 왕실의 명사에게 목격되었다. 다만 경험이 풍부한 그는 이상한 것이라고는 아무것도 보지 못한 체했을 뿐이다. 그가 마차에서 내리고, 시장이 나아가 환영사를 읽었다. 그 저명한 왕실의 명사는 답사를 하고 파프레이에게 몇 마디의 말을 건넨 뒤 시장의 부인인 루세타와 악수했다. 그 의식은 불과 몇 분밖에 걸리지 않았다.

그리하여 일행을 태운 마차들은 파라오의 전차들[11]처럼 육중하게 덜그럭거리면서 콘스트리트로 내려간 다음 버드머스로드에서 도시를 벗어나 해안을 향한 여정을 계속했다.

군중 틈에는 코니, 버즈포드, 롱웨이즈가 끼어 있었다.

"지금의 시장인 파프레이와 쓰리 마리너즈에서 노래를 불렀을 때의 그와는 약간 차이가 있는데" 하고 코니가 말했다.

"그가 그 짧은 시간에 그 예쁜 부인으로 하여금 자기와 몫을 나눌 여자를 만들었다는 사실은 정말 놀라운 일이야."

"맞아, 하지만 사람들이란 멋진 옷차림에 탄복하는 법이지! 그런데 그 거만한[12] 헨처드의 혈족이라는 이유로 전혀 아무도 거들떠보지도 않고 있는, 그녀보다 더 잘생긴 여자가 한 사람 있어."

"버즈, 그런 말을 하다니 놀라운 걸." 낸스 모크리지가 말했다.

"나는 화려한 크리스마스 촛불 같은 것에서 장식이 벗겨져 내리는 그러한 꼴을 보고 싶어. 나는 마음씨 고약한 여자는 아니지만, 내 몇 푼 안 되는 돈을 다 써서라도 그 귀부인에게 겉치레가 번드르르한 장식이 입혀지는 것을 보고 싶단 말이야. 아마 내가 곧 그래야 하겠지만…" 하고 그녀는 의미심장하게 덧붙여 말했다.

"그건 여자가 지닐 만한 고결한 열정은 아니야" 하고 롱웨이즈가 말했다.

낸스는 아무 대꾸도 하지 않았지만 모두 그녀의 말뜻을 알아차렸다. 피터즈 핑거에서 루세타의 편지들을 읽고 퍼진 내용이 스캔들로 뭉쳐 독기 서린 안개처럼 믹센 레인 전역에서 캐스터브리지의 뒷골목까지 번져 나갔다.

서로를 잘 아는 건달패들이 뒤섞인 이 집단은 자연스러운 선택의 과정을 거쳐 저절로 두 패로 갈라졌다. 피터즈 핑거에 자주 드나드는 패거리는 그들이 사는 믹센 레인 쪽으로 떠나고, 코니, 버즈포드, 롱웨이즈, 그리고 그들과 연고가 있는 일당은 거리에 그대로 남았다.

"자네들은 저 아래 동네에서 무슨 일이 벌어지고 있는지 알겠지?" 하고 버즈포드가 일행들에게 알쏭달쏭한 말을 던졌다.

코니가 그를 바라보았다. '조롱 행렬' 아냐?"

버즈포드는 고개를 끄덕끄덕했다.

"그것이 실행될는지 의심스러운 걸" 하고 롱웨이즈가 말했다.

"만일 그들이 그것을 실행에 옮길 생각이 있다면, 그걸 절대 비밀에 부쳐야 할 텐데."

"내가 듣기로는 그들은 2주 전에 할 생각이었다는 거야. 무슨 일이 있더라도 말이야."

"나는 확인만 되면 고발할 거야." 롱웨이즈가 힘주어 말했다.

"그건 장난이라고 하기에는 너무 심하지. 시내에 일대 소란을 일으키게 될걸. 우리는 그 스코틀랜드인이 올바른 사람이란 것을, 그리고 그의 부인 역시 이곳에 온 이래 줄곧 올바르게 처신한 사람이란 것을 알고 있어. 그리고 그 여인에게 그전에 무슨 잘못된 일이 있었더라도 그것은 그들의 일이지 우리들이 상관할 일은 아니야."

코니는 곰곰이 생각에 잠겼다. 파프레이는 여전히 그 지역사회에서 인기가 높았다. 그러나 사업에 열중하고 야심만만한 시장으로서, 재산가로서 그는, 가난한 주민이 보기에는 숲속의 새처럼 경쾌한 마음으로 노래했던 그 무일푼의 젊은 사내 시절 그들에게 주었던 그 신비로운 매력 같은 것을 잃었다는 사실을 인정하지 않을 수 없었다. 따라서 예전 같으면 그를 골칫거리에서 벗어나게 해 주려는 마음이 있었겠으나 지금은 꼭 그렇지는 않았다.

"크리스토퍼 우리가 한번 알아보는 것이 어때?"하고 롱웨이즈가 말을 계속했다. "그래서 사실인 기미가 보이면 관련이 깊은 사람들에게 편지를 써 보내서 그들이 피해 있도록 권하는 것이 어떨까 하네."

그들 일행은 그렇게 하자고 정하고 헤어졌다. 버즈포드가 코니에게 말했다. "이리 오게, 나의 오랜 친구여. 이제 가세. 여기서 더 볼 것이라고는 없단 말일세."

이러한 좋은 마음을 지닌 사람들은 그 거대하고 장난스런 계획이 실로 대단히 무르익었다는 사실을 알았다면 대단히 놀랐을 것이다.

"그래 ─ 오늘 밤이오"하고 조프가 믹센 레인의 모퉁이에서 피터즈에 모여 있던 패거리에게 말했다.

"오늘은 사람들이 대단히 들떠 있기 때문에 이 연극은 왕족의 행차에 대한 하나의 마무리로서 한층 더 성대할 거야."

적어도 그에게는 이 일이 웃기 위한 장난이 아니라 하나의 보복이었다.

몸싸움 — 일 대 일

왕족을 영접하는 의식은 간단했다 — 아니 루세타에게는 너무나도 간
단했던 것이다 — 그녀로서는 사람을 취하게 만드는 세상의 즐거움1
에 완전히 매료돼 있었다. 그러나 이번 행사가 그녀에게 커다란 승리
감을 안겨 주었다. 왕족의 손과 악수한 촉감이 여전히 그녀의 손가락
에 남아 있었다. 그녀의 남편이 아마도 작위를 받는 영예를 누릴지도
모른다는, 그녀가 엿들은 덕담이 어느 정도 예의상 해 보는 말이겠지
만, 전혀 터무니없는 환상 같아 보이지는 않았다. 그녀의 스코틀랜드
인 남편만큼 선량하고 매력적인 사람들에게는 더 희한한 일들이 생겼
던 때도 있었다.

　헨처드는 시장과 실랑이를 벌인 뒤 부인들의 관중석 뒤편으로 물러
났다. 그곳에 서서 그는 파프레이의 손이 움켜잡았던 코트의 접은 옷
깃 부분을 얼빠진 시선으로 바라보고 있었다. 그는 마치 자기가 한때
그렇게도 열성을 기울여 너그럽게 대했던 사람에게서 받은 모욕을 삭
이고 있다는 듯이 그곳에 자기의 손을 얹어 보았다. 이렇게 반쯤 얼이

빠진 상태에서 잠시 있는데 루세타와 다른 부인들과의 대화가 그의 귀에 들려왔다. 그는 그녀가 자신을 부인하는 — 그가 도널드를 후원해 주었다는 말을, 그리고 평범한 날품팔이 일꾼에 지나지 않는다는 — 소리들을 분명히 들었다.

그는 집 쪽으로 발길을 돌리다가 불-스테이크로 가는 아치형 길에서 조프와 마주쳤다.

"선생님께서는 그렇게 퇴짜를 맞으셨군요." 조프가 말했다.

"그래서 어쨌다는 거야?" 헨처드는 쏘아붙였다.

"아니요, 저도 한 번 당했어요. 그래서 우리 둘은 다 같이 냉대를 받은 셈입니다." 그는 루세타의 도움으로 일자리를 얻으려 했던 자기의 경험을 간단히 이야기했다.

헨처드는 그의 말을 그저 듣기만 했을 뿐 심각하게 받아들이지는 않았다. 그는 파프레이와 루세타와 연관된 자기 자신에 대한 생각 때문에 다른 이야기들은 아무것도 귀에 들어오지 않았다. 그는 계속해서 띄엄띄엄 혼잣말을 했다.

"그녀는 옛날에 자기가 필요할 때에는 나한테 애걸복걸해 놓고 이제 와서는 그 혓바닥이 나를 인정하려 들지도 않고, 그 눈이 나를 보려 들지도 않다니! … 그리고 그는 대단히 화난 표정이었어. 그는 나를 마치 울타리를 들이받는 황소를 몰아내듯이 뒤쪽으로 몰아붙였어…. 나는 그의 그러한 짓을 순한 양처럼 받아들였지. 그곳에서는 해결할 수 없는 문제라는 것을 알았기 때문이었어. 그는 금방 생긴 상처에도 소금물을 끼얹을 인간이야!2 … 하지만 그는 대가를 치르게 되고, 그녀는 마음이 아프게 해 주어야지. '몸싸움 — 일 대 일'로 말이

198

야. 그러면 잘난척하는 인간이 어떻게 되는지 알게 될 거야!"

그 몰락한 상인은 더 이상 깊게 생각하지 않고 어떤 난폭한 목적에 사로잡혀 저녁밥을 급히 먹고 파프레이를 찾아 나섰다. 경쟁자로서 그에게 기분이 상했고, 날품팔이 일꾼으로서 그에게 냉대받고 있었지만 오늘을 위해 그러한 극한의 모욕을 참아 왔던 것이다. 마침내는 마지막을 장식하는 수모 — 도시 사람 모두가 보는 앞에서 부랑자로 멱살을 잡혀 흔들리는 수모까지 당해야 하다니.

군중은 이미 흩어지고 없었다. 하지만 아직 그냥 서 있는 파란색 아치만 제외하고는 캐스터브리지는 보통의 모습으로 돌아와 다시 일상을 시작했다. 헨처드는 콘스트리트를 걸어 내려가 마침내 파프레이의 집에 당도했다. 그는 문을 두드렸다. 그는 주인이 돌아오는 대로 그를 곡물 창고에서 좀 만났으면 좋겠다는 전갈을 남겼다. 이렇게 한 후 그는 뒤쪽으로 돌아 마당 안으로 들어섰다.

마당 안에는 아무도 없었다. 그가 알기로는 일꾼들과 짐마차꾼들이 아침나절의 행사로 반나절의 휴가를 즐기고 있었기 때문이었다. 그러나 짐마차꾼들은 말들에게 먹이를 주고 잠자리에 짚을 깔아 주기 위해 조금 후 잠시 왔다 가지 않을 수 없을 것이다. 그는 창고의 사다리 앞에 이르러 막 오르려 하다가, 큰 소리로 혼잣말을 했다.

"나는 그보다 힘이 더 세잖아."

헨처드는 헛간으로 되돌아와서 여기저기 흩어져 있는 여러 개의 밧줄 중에서 짤막한 것을 하나 골랐다. 밧줄의 한쪽 끝은 못에 매고 다른 한쪽 끝은 오른손으로 잡고 왼팔을 옆구리에 붙인 채 몸뚱어리를 빙빙 돌렸다. 이러한 교묘한 방법으로 그는 한 팔을 효과적으로 붙들어 매었다. 그는 이제 곡물창고의 맨 꼭대기 층까지 사다리를 타고 올라갔다.

꼭대기 공간에는 곡식 자루 몇 개 이외에는 아무것도 없었다. 저쪽 끝에서는 문이, 앞에서도 몇 번 언급한 그 문이 곡식 자루들을 끌어올리는 덧걸이와 쇠사슬 아래 열어젖혀져 있었다. 그는 문을 열어 고정시켜 놓고 창틀 너머 아래를 내려다보았다. 땅바닥까지는 30~40피트는 되어 보였다. 여기가 바로 지난번에 파프레이와 마주 서서 한 팔을 들었을 때 엘리자베스-제인이 그것을 목격하고 그 동작이 무엇을 예고하는지 아주 불안해했던 그 현장이다.

그는 다락으로 몇 발짝 물러서서 기다렸다. 그 높다란 자리에서 그는 주위의 지붕들을, 싹튼 지 일주일 정도밖에 안 돼 잎이 연약한 화려한 밤나무들의 윗부분을, 참피나무들의 늘어진 가지들을, 파프레이의 정원과 그곳으로 통하는 파란 대문을 한눈에 훑어 볼 수 있었다. 얼마 동안의 시간이 흐르자 그 파란 대문이 열리면서 파프레이가 나타났다. 그는 마치 여행이라도 떠날 것 같은 옷차림이었다. 그가 담벼락의 그늘 속에서 나오자 저물어가는 저녁의 나지막한 햇살이 그의 얼굴을 불그레하게 물들였다. 헨처드는 입을 굳게 다물고, 턱을 당기고, 얼굴을 어색하게 수직으로 세우면서 그를 지켜보았다.

파프레이는 한 손을 호주머니에 꽂고, 마음속에는 지금 자기가 부르는 노래 가락의 가사만이 들어 있는 듯이 콧노래를 부르면서 다가왔다. 그것은 그가 여러 해 전에 쓰리 마리너즈에 도착해서 불렀던 노래의 가사였는데, 당시 그는 빈털터리 청년으로 어디로 가야 할지 모르는 채 생명과 재산에 모험을 걸고 있었다.

여기 내 손이 있네, 나의 믿음직한 친구여.

그리고 자네의 손을 내밀어 보게.

옛날의 노래가락만큼 헨처드의 마음을 움직일 수 있는 것은 아무것도 없었다. 그는 그대로 털썩 주저앉았다.

"아니야. 나는 그렇게 할 수는 없어!" 하고 그는 숨을 헐떡거렸다. "왜 저 지긋지긋한 멍텅구리가 하필 지금 노래를 하려는 거지!"

마침내 파프레이는 조용해졌다. 헨처드는 다락문 밖을 내다보며, "당신 이리 좀 올라오겠소?"라고 말했다.

"아, 예," 파프레이가 말했다. "거기 있는지 몰랐습니다. 무슨 잘못된 거라도 있나요?"

잠시 후 맨 밑 사다리 위에 발을 올려놓는 소리가 헨처드의 귀에 들려왔다. 그가 2층을 거쳐 3층으로, 3층에서 다시 4층으로 올라오는 소리가 들렸다. 그리하여 얼마 안 있어 뒤편의 계단에서 그의 머리가 올라왔다.

"이 시간에 여기서 뭘 하는 겁니까?" 하고 그는 앞으로 다가오면서 물었다. "휴일인데 다른 일꾼들처럼 왜 쉬지 않는 겁니까?"

그는 상당히 근엄한 어조로 말했다. 아침나절의 그 난처했던 사건을, 또 헨처드가 술에 취해 있었던 상태라는 것을 확신하고 있다는 것을 드러내고 있었다.

헨처드는 아무 말이 없었다. 그러나 출입구 쪽으로 되돌아가서 층계의 덮개를 닫아 버렸다. 그 위에 올라서서 덮개가 틀에 꽉 끼어 맞게 밟았다. 그리고는 그는 의아해하는 젊은이 쪽으로 몸을 돌렸는데,

그는 헨처드의 한 팔이 옆구리에 묶여 있는 것을 그제야 겨우 알아차렸다.

"자," 하고 헨처드는 조용히 입을 열었다. "우리는 서로 얼굴을 맞대고 서 있어! 남자 대 남자로서. 당신의 재산과 그 멋진 아내가 그동안 한 것처럼 당신을 더 이상 내 위로 들어 올리지 못해. 뿐만 아니라 가난이 나를 이 이상 더 짓누르지도 않을 거고."

"도대체 무슨 말을 하려는 겁니까?" 하고 파프레이는 짧게 물었다.

"잠깐만, 젊은이. 더 이상 잃을 것이 없는 사람에게 극도로 모욕을 주기 전에 다시 한 번 생각해 봤어야 했어. 나는 당신과의 경쟁을 참아 왔어. 그게 나를 파멸시켰고, 그리고 당신의 냉대, 그게 나를 비굴하게 만들었어, 하지만 더 이상은 참을 수 없어!"

파프레이는 그의 말을 듣고 마음에 약간의 동정심이 생겨났다.

"그 행사는 선생님과는 아무 상관없는 일이었어요."

"나도 당신 같은 사람들만큼은 상관이 있어. 이 건방진 풋내기 같으니라고! 이 나이의 어른한테 당신이 그 일에 상관이 없었다고 말하다니!"

그가 말할 때 분노가 솟구쳐 그의 이마 위에는 힘줄이 돋아났다.

"선생님은 왕족을 모욕했소, 헨처드. 따라서 그런 행동을 제지시키는 것이 치안 책임자로서 내 임무였습니다."

"뭐 말라비틀어진 것이 왕족이야," 헨처드가 말했다. "그 점에 관해서라면 나도 당신 못지않은 충성심이 있는 사람이야!"

"더 언쟁하자고 여기 온 것이 아닙니다. 조금 참고 진정해 보시지요. 흥분도 가라앉히고요. 그럼 선생님도 제 생각에 공감할 겁니다."

"먼저 진정해야 할 사람은 당신이야!" 하고 헨처드는 험악하게 말했다.

"지금 여러 말 말고 이렇게 하자고. 이 다락방에 우리 두 사람이 있으니 오늘 아침 당신이 시작한 그 조그마한 레슬링을 마저 끝내도록 하지. 저기 문이 있어, 지상 40피트야. 우리들 어느 한쪽이 상대방을 저 문밖으로 밀어 버리는 거야. 승자는 이 안에 남아 있게 될 거고. 만약 승자가 나중에 밑으로 내려가 상대방이 사고로 떨어졌다고 알리건 아니면 — 아니면 사실대로 말하건 그건 그 사람의 자유야. 내가 더 힘이 세기 때문에 균형을 맞추기 위해 내가 팔 하나는 묶었어. 알아듣겠어? 자 그럼 덤벼!"

파프레이에게는 한 가지밖에, 즉 헨처드에 달라붙는 것밖에는 아무것도 할 여유가 없었다. 헨처드가 너무도 갑작스럽게 달려들었기 때문이다. 이것은 레슬링 시합으로 각자의 목표는 상대편을 뒤로 밀어 넘어뜨리는 것이었다. 그러나 헨처드는 의심할 바 없이 그 문을 통해 밖으로 밀어 떨어뜨리는 것이었다.

처음부터 헨처드는 자기의 자유로운 오른손으로 파프레이의 왼쪽 멱살을 움켜잡았다. 파프레이도 왼손으로 헨처드의 멱살을 잡고, 오른손으로는 헨처드의 왼팔을 잡으려 애썼다. 그러나 그렇게 되지 않았다. 헨처드는 호리호리한 상대의 내리깔린 두 눈을 응시하면서 자기의 왼팔을 등 뒤로 교묘하게 돌려놓고 있었기 때문이다.

헨처드는 첫발을 앞으로 내디뎠고, 파프레이도 그와 엇갈리게 발을 내디뎠다. 그래서 지금까지의 싸움은 발 쪽에서 이루어지는 일반 레슬링의 모습과 매우 흡사했다. 양쪽 모두 강풍 속의 나무들처럼 흔들리며 얽히고설키면서 이러한 자세로 몇 분이 지났다. 두 사람 모두 말이라고는 없었다. 이제부터는 그들의 숨소리만이 들렸다. 그 순간 파프레이는 헨처드의 다른 쪽 멱살을 움켜쥐려고 했고, 몸집이 더 큰 헨처드가 있는 힘을 다해 몸을 비틀어서 파프레이의 손을 막아 냈다. 결국 이 싸움은 헨처드가 억센 한쪽 팔로 파프레이를 짓눌러 강제로 두 무릎을 꿇게 하여 일단락됐다. 그러나 왼팔을 묶은 자신도 힘이 들어 상대방을 계속 그런 자세로 누르고 있을 수만은 없었다. 파프레이가 다시 일어나 싸움은 조금 전처럼 계속되었다.

헨처드는 도널드를 한 바퀴 빙 돌려 아주 위험할 정도로 난간 가까이 몰아붙였다. 자기의 위치를 알게 된 스코틀랜드 남자는 처음으로 상대방을 껴안았다. 그래서 그 노기충천한 사탄3 — 지금의 그의 모습으로 보아 그렇게 부를 만도 하였다 — 과 다를 바 없는 헨처드가 아무리 애써도 잠시 파프레이를 들어 올린다거나 떼어 놓기에는 힘이 부족했다. 비상한 노력으로 그가 마침내 성공했을 때는, 그 위험천만한 문에서 다시 안쪽으로 들어와 있었다. 이런 상황 속에서 헨처드는 용케도 파프레이를 공중제비로 완전히 한 바퀴 넘겼다. 만약 헨처드의 나머지 팔마저 자유로웠다면 파프레이는 그때 완전히 가망이 없었을 것이다. 그러나 파프레이는 헨처드의 팔을 상당히 세게 비틀면서 다시 일어났다. 헨처드의 표정이 일그러지는 것으로 보아 대단히 고통스러운 모양이었다. 그 순간 헨처드는 보통 '필살 돌려차기'라 불리는 동작으로 파프레이의 왼쪽 엉덩이 앞쪽을 가격하여 젊은이를 꼼짝달싹 못하게 했다. 그 유리한 자세를 이용하여 그를 문 쪽으로 밀어붙였다. 파프레이의 머리가 창틀 너머로 매달리고 그의 한 팔이 문밖으로 대롱거려도 풀어 주지 않았다.

　"자," 하고 헨처드는 숨을 헐떡거리며 말했다. "이것이 당신이 오늘 아침에 걸어 온 싸움의 끝이야. 당신의 목숨은 내 손에 달려 있어."

　"그렇다면 죽이시오, 죽이시오!" 하고 파프레이는 소리쳤다. "당신이 그토록 오랫동안 바라 온 일이 아닙니까."

　헨처드는 아무 말 없이 그를 내려다보았고, 두 사람의 시선이 마주쳤다.

　"천만에, 파프레이! 그건 사실이 아니오!" 그가 비통하게 말했다. "내가 한때 당신을 아꼈다는 걸 하느님께서도 아셔 …. 그리고 지금도 내가 당신을 죽여 버리겠다는 생각으로 이곳에 왔지만, 내가 어떻게 당신을 해칠 수가 있겠소! 가서 나를 고발하시오 — 무슨 짓이든 마음 내키는 대로 하시오 — 나한테 어떠한 일이 닥치더라도 상관하지 않겠소!"

　그는 그 다락방의 뒤편으로 물러나서 묶여 있던 그의 팔을 풀었다. 그는 자신을 포기하는 심정으로 한쪽 구석에 놓인 자루 더미들 위로 몸을 내던졌다. 파프레이는 말없이 그를 지켜보다가 곧 승강구로 걸어가서 아래로 내려갔다. 헨처드는 기꺼이 그를 부르고 싶었으나, 입이 떨어지지 않았고 그 젊은이의 발자국 소리는 그의 귓전에서 사라져 갔다.

　헨처드는 수치심을 통감하고 자책을 금할 수 없었다. 그가 파프레이와 처음 알게 되었던 장면들이 그의 뇌리를 스치고 지나갔다. 그 당시 그 젊은이의 표정에서 낭만과 생기가 이상하게 뒤얽혀 그의 마음을 너무도 사로잡았기 때문에 그는 악기에서 흘러나오는 선율에 매료

되듯 했던 것이다. 그는 마음이 너무도 누그러져 웅크린 자세로 여전히 자루 더미 위에 앉아 있었다. 남자로서, 더구나 그와 같은 남자에게는 특히 드문 자세였다. 아래쪽에서 대화 소리가, 마구간 문을 여는 소리가, 말을 채우는 소리가 들려왔으나 그는 신경 쓰지 않았다.

그는 엷은 그늘이 불투명하게 희미한 어둠이 되어 넓게 번지고 다락방 문이, 회색빛의 직사각형으로 바뀔 때까지 그는 거기 앉아 있었다. 주위에 보이는 것이라고는 이 문밖에 없었다. 마침내 그는 일어나 피로한 기색으로 옷의 먼지를 털었다. 그러고는 길을 더듬어 승강구 쪽으로 가서, 층계를 기어 내려가 마침내 마당 가운데 내려섰다.

"그는 한때 나를 높이 평가하기도 했었는데" 하고 그는 중얼거렸다. "이제는 나를 미워하고, 나를 영원히 경멸하겠지!"

그는 그날 밤 파프레이를 다시 만나고 싶은 견딜 수 없는 충동으로 거의 불가능해 보이지만, 조금 전에 있었던 그의 미친 듯했던 공격을 용서받자는 처절한 애원에 사로잡혔다.

그러나 그는 파프레이의 대문을 향해 걸어가면서 자신이 다락방에서 멍청하게 쭈그리고 앉아 있으면서 별로 신경 쓰지 않았던, 마당에서 들려왔던 말이 생각났다. 파프레이가 마구간으로 가서 말을 이륜마차에 연결했던 일이 기억났다. 그러는 동안 휘틀이 그에게 편지 한 통을 전했던 기억도 났다. 파프레이는 그때 원래 계획대로 버드머스로 가는 것이 아니라 웨더베리에 예기치 않은 볼일이 있어 그쪽으로 가는 길에 멜스톡을 들러 볼 생각이라고 말했던 것이다. 멜스톡은 그의 여정에서 불과 1, 2마일 벗어난 곳에 위치해 있었다.

도널드가 마당에 처음 들어섰을 때, 그는 적대적 상황이 벌어지리라고는 예상하지 못하고 어떤 여행준비를 하고 있었던 게 분명했다. 그리고 두 사람 간에 있었던 일에 관해서는 어느 누구에게도 말하지 않고 (비록 가는 방향은 달랐지만) 마차를 몰고 떠났음이 틀림없었다.

그러니 아주 늦은 시간이 되기 전에는 파프레이의 집을 방문하더라도 소용없는 일일 것이다. 기다리는 것은 그의 불안하고 자책하는 마음에 거의 고문이나 다름없었지만 파프레이가 귀가할 때까지 기다리는 수밖에 별 도리가 없었다. 그는 시내 거리와 이 도시의 변두리를 거닐었다. 그는 여기저기서 잠시 서성거리다가 앞에서 언급한 그 돌다리에 마침내 이르렀다. 이 다리는 이제 그가 자주 발걸음을 멈추는 곳이 되어 버렸다. 여기서 그는 오랜 시간을 보냈다. 물이 강둑에 부딪쳐 소용돌이치면서 흐르는 소리가 들려왔다. 캐스터브리지의 불빛들이 그다지 멀리 떨어지지 않은 곳에서 깜박거리고 있었다.

이렇게 난간에 몸을 기대고 있는 동안 시내 쪽에서 귀에 익지 않은 소리가 들려와 그의 무관심한 주의력을 일깨웠다. 그것은 리듬이 뒤섞인 소음이 만든 혼란이었다. 그 혼란의 길거리들이 그 소음을 증폭시켜 더 큰 혼란을 야기하고 있었다. 처음에 그는, 쨍그랑쨍그랑하는 소리가 한바탕의 저녁 연주로 이 잊을 수 없는 그날을 마무리하려고 동원된 시의 취주 악대가 일으키고 있는 소리일 것이라고 무심코 생각했지만, 소음이 뒤섞인 저 소리들은 무언가 앞뒤가 맞지 않아 그에게 더 이상 아무것도 깨우쳐 주지 못했다. 그는 자신이 수치스럽다는 생각이 너무도 강해 다른 생각은 파고들 여지가 없었다. 그는 조금 전처럼 다시 난간에 몸을 기대어 섰다.

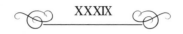

광란의 안식일

파프레이는 헨처드와 맞붙어 싸움을 치르느라 숨을 가쁘게 몰아쉬고 있었다. 그는 그 다락방에서 내려오면서, 마음을 진정시키기 위해 땅바닥에 잠시 멈추어 섰다. 그는 이륜마차에 직접 말을 채우고 (일꾼들은 모두 휴일을 보내고 있었기 때문에) 버드머스로드의 어느 마을로 여행갈 생각이었다.

그는 끔찍했던 싸움에도 불구하고 예정대로 여행을 떠나기로 마음먹었는데, 일단 정신을 차린 다음 집 안으로 들어가 루세타와 마주하고 싶었기 때문이다. 그는 이런 심각한 경우에 앞으로 자신이 어떻게 처신해야 할지 생각하고 싶었던 것이다.

그가 마차를 막 몰아 나가려는데 휘틀이 주소가 엉망으로 쓰이고 겉봉에는 "긴박함"이라는 글씨가 적혀 있는 편지 하나를 들고 왔다. 그는 편지를 열어 보고는 편지에 서명이 되어 있지 않은 것에 놀랐다. 편지에는 그가 추진하는 사업과 관련하여 그가 그날 밤 안으로 웨더베리에 와 주었으면 한다는 간단한 내용이 담겨져 있었다. 파프레이는 그처럼 긴급한 일이 무엇인지는 전혀 알 수 없었다. 그러나 그는 어차피 여행하려던 차였으므로 그 익명의 요구를 받아들이기로 하였다. 어차피 이번 여행에 멜스톡을 방문할 일도 있던 참이었다.

이렇게 되어 그는 휘틀에게 자기의 행선지가 바뀌었다고 일러 놓고 떠났다. 헨처드가 우연히 그 말을 엿듣게 되었다. 파프레이는 일꾼에게 행선지가 바뀌었다는 사실을 집 안에 알리라는 말을 하지 않았는데, 휘틀은 제멋대로 판단해 그걸 알려 줄 사람은 아니었다.

그 익명의 편지는 좋은 의도에서 쓰인 것으로 롱웨이즈와 파프레이의 일꾼 중 한 사람이 보낸 것이었다. 그 풍자적인 무언극1이 실행에 옮겨지더라도 김빠진 장난으로 끝나게 하기 위해 그를 그날 밤 동안 피해 있도록 하기 위한 서투른 계책이었다. 파프레이에게 공개적으로 제보하면 자신들이 이 소란스럽고 낡은 장난을 즐기는 사람들로부터 보복당할 가능성이 있었다. 따라서 간접적인 방법으로 선택한 게 바로 파프레이에게 편지를 보내는 것이었다.

그들은 가련한 루세타를 위해서는 어떤 보호수단도 준비하지 않았다. 그 추문은 어느 정도 사실이라고 대다수가 믿고 있었고, 그래서 그녀 스스로 최대한 견뎌 내야 할 일이라고 생각했다

8시경이었다. 루세타는 응접실에 혼자 앉아 있었다. 어둠이 내린지 30분 이상이 되었지만 그녀는 촛불을 밝히지 않고 있었다. 그녀는 파프레이가 출타 중일 때에는 벽난로 앞에 앉아 그를 기다리길 더 좋아했기 때문이다. 그리고 날씨가 그리 춥지 않으면 남편의 마차 바퀴소리가 자기의 귀에 빨리 와 닿도록 창문 하나를 조금 열어 놓고 기다렸다. 그녀는 결혼 이후 이때까지 즐겨 왔던 것보다 좀더 희망에 찬

기분에 젖어 의자에 등을 기대고 앉아 있었다. 오늘은 아주 성공적인 날이었다. 헨처드의 무례한 행위가 그녀에게 일시적 불안감을 초래하게 했지만, 헨처드가 남편의 책망을 듣고 조용히 물러나면서 그러한 감정은 사라졌다. 그에 대한 자신의 어이없는 애정이 담긴 채로 떠다니던 증거물들은 모두 파기되었고, 그녀는 이제 두려워해야 할 이유 같은 건 없는 듯했다.

멀리서 들려오는 왁자지껄한 소리가 이런 일 저런 일이 뒤섞인 그녀의 공상을 깨뜨리고 있었다. 그 소리는 시시각각으로 커져 갔지만 그녀는 그 함성을 듣고도 크게 놀라지는 않았다. 왕족의 마차 행렬이 다녀간 뒤로 대다수의 주민들은 오후 시간을 오락으로 보내고 있었기 때문이다. 그러나 갑자기 그녀의 관심은 이웃집 하녀가 위층 창문에서 좀더 높다란 건너편 집의 하녀에게 말하는 소리에 고정되었다.

"지금 그들이 어느 쪽으로 가고 있니?" 하고 처음의 하녀가 흥미롭다는 듯이 물었다.

"아직 확실히 모르겠어" 하고 건너편 집 하녀가 대답했다.

"양조장 굴뚝 때문에 말이야. 오 그래, 이제 보여. 원! 저런! 저런!"

"뭐야, 뭐야?" 이쪽의 하녀가 더욱 열광하며 물었다.

"그들이 어쨌든 콘스트리트로 올라오고 있어! 그들은 서로 등을 대고 앉아 있어!"

"뭐 — 둘이라고 — 사람 모습이 둘이나?"

"그래, 당나귀의 잔등에 허수아비 둘이 앉아 있어. 등과 등을 맞대고, 그들의 팔꿈치는 서로 얽혀 있고 말이야! 여자는 나귀의 머리 쪽으로, 그리고 남자는 꼬리 쪽으로 향해 앉아 있어. "

"그게 어떤 특별한 사람을 말하는 거야?"

"뭐, 그럴지도 모르지, 2 남자는 파란 코트에 캐시미어 정강이받이를 차고 있고, 검은 구레나룻에 불그스레한 얼굴이야. 속을 채우고 가면을 씌운 허수아비 같군. "

점점 소음이 커져가다가 곧 작아지고 있었다.

"저기 있었는데, 금방 안 보이네!" 실망한 이쪽 하녀가 말했다.

"어느 뒷골목으로 들어가 버렸어, 그게 전부야" 하고 다락방을 차지하고 있는 하녀가 말했다.

"저기 있어. 지금 나는 처음부터 끝까지 신나게 보았어!"

"여자는 어떻게 생겼지? 그저 말만 해 봐, 내 마음 속에 짚이는 사람을 말하는 것인지 당장 알아낼 수가 있으니까 말이야. "

"음 … 음. 연극배우들이 시청사에 왔을 때 맨 앞좌석에 앉아 있던 그녀와 같은 옷차림이었어!"

루세타는 깜짝 놀라 일어났다. 거의 그 순간 방문이 느닷없이 열리더니 엘리자베스-제인이 난로 불빛 속으로 걸어 들어왔다.

"부인을 좀 뵈러 왔어요. "그녀는 숨을 헐떡거리며 말했다. "들어오기 전에 미리 노크하지 못했어요, 용서해 주세요! 덧문도 닫지 않고, 창문도 열려 있네요. "

루세타의 대답을 기다릴 필요 없이 그녀는 창가로 재빠르게 걸어가서 덧문 하나를 끌어내렸다. 루세타가 그녀에게로 미끄러지듯 다가갔다.

"그대로 둬요 …, 쉬!" 하고 그녀는 명령조의 낮은 목소리로 말하면

서 엘리자베스-제인을 붙들고 손가락을 입술에 세워 보였다. 그들의
말은 너무도 낮고 빨랐기 때문에 밖에서 들려오는 대화는 한 마디도
놓치지 않았다. 그 대화는 계속 이어지고 있었다.

"그녀의 목에는 아무것도 두르지 않았고, 머리카락은 끈으로 묶여
있어. 그리고 뒷머리에는 장식 빗이 꽂혀 있구먼. 하얀 스타킹에 색
구두를 신었고 암갈색의 비단옷 차림이야."

다시 엘리자베스-제인은 창문을 닫으려 했다. 그러나 루세타는 힘
을 다해 그녀를 붙잡았다.

"그건 바로 나야!" 그녀는 새파랗게 질린 얼굴로 말했다. "행렬 —
추문 — 내 허수아비 그리고 그의 허수아비!"

엘리자베스는 루세타가 그것을 이미 알고 있었다는 듯한 표정을 지
었다.

"우리 이제 저 문을 닫도록 해요" 하고 엘리자베스-제인은 소음과
웃음소리가 다가올수록 루세타의 굳고 거친 표정이 더욱 경직되고 거
칠어져 가는 것을 의식하면서 그녀를 달랬다.

"제발 문 좀 닫도록 해요!"

"그건 쓸데없는 일이야!" 그녀는 날카롭게 비명을 질렀다. "그이도
그걸 보게 되겠지요, 안 그렇겠어요? 도널드는 보게 될 거야! 그이는
지금 집으로 돌아오고 있을 텐데 …. 그걸 보면 그이의 가슴이 찢어지
겠지요. 그이는 날 더 이상 사랑하지 않을 거예요! 오, 저것이 날 죽
일 것만 같아요, 날 죽일 것만 같아!"

엘리자베스-제인은 지금 두려움에 제정신이 아니었다.

"오, 저것을 좀 멈추게 할 수 없나요?" 하고 그녀도 울부짖었다.

"그렇게 할 사람이 아무도 없어요? 한 사람도 없어요?"

그녀는 루세타의 손을 놓고 문가로 달려갔다. 루세타는 앞뒤 가리지 않고, "내가 직접 가 보아야지!" 하면서 내리닫이 창문을 들어 올리고 발코니로 나갔다.

엘리자베스도 곧장 그녀를 뒤따라가 그녀를 안으로 들어오게 하기 위해 그녀의 허리를 안았다. 루세타는 이제 빠르게 다가오고 있는 묘하고 떠들썩한 그 행렬을 똑바로 바라보고 있었다. 두 개의 허수아비 주위에 있는 수많은 횃불이 그것들을 무서울 정도로 선명하게 나타내고 있었다. 그 한 쌍의 남녀를 의도된 희생자가 아닌 그들 부부 이외의 다른 사람이라 생각하는 것은 불가능한 일이었다.

"안으로 들어와요, 들어와요!" 엘리자베스는 애원하다시피 했다. "제가 창문을 닫겠어요!"

"저 여자는 나야!, 저 여자는 나라고! 양산까지도. 내 초록 양산!" 하고 루세타는 안으로 들어오면서 미친 듯이 웃고 또 울부짖었다. 그녀는 잠시 꼼짝 않고 서 있더니 그만 방바닥에 무기력하게 쓰러져 버렸다.

그녀가 쓰러지는 거의 그 순간 조롱 행렬의 저속한 음악 소리가 그쳤다. 터져 나오는 빈정거리는 소리가 사방으로 물결쳐 나가면서 쿵쿵거리며 걷는 발자국 소리들이 스쳐 지나가는 바람 소리처럼 사라졌다. 엘리자베스는 이런 것을 넌지시 의식할 따름이었다. 그녀는 초인종을 눌러 놓고, 루세타 위로 몸을 굽혔다. 루세타는 카펫 위에서 간질 증세의 격렬한 발작을 일으키며 누워 있었다. 엘리자베스는 초인종을 누르고 또 눌렀으나 허사였다. 아마 하인들이 그 **광란의 안식일**3

행사를 집 안에서보다 좀더 자세히 보기 위해 모두 길거리로 나가고 없는 모양이었다.

마침내 파프레이의 일꾼이, 뒤이어 요리사가 문간에서 놀라 입을 떡 벌린 채 다가왔다. 엘리자베스는 서둘러 덧문들을 내리고 단단히 닫았다. 등불을 밝히고 루세타를 그녀의 방으로 옮기고 의사를 부르러 일꾼을 보냈다. 엘리자베스가 그녀의 옷을 벗기는 동안 루세타는 잠시 의식을 회복했다가 방금 전의 일을 떠올리는 순간 발작을 다시 일으켰다.

의사는 뜻밖에도 금세 달려왔다. 그는 바깥의 소음이 무엇을 의미하는지 의아해하면서 다른 사람들처럼 자기의 집 문 앞에 서 있었다가 달려온 것이다. 그는 고통을 겪는 이 불행한 환자를 살펴보자마자 엘리자베스의 말없는 애원에 대한 대답으로, "이 환자는 아주 심각한 상태입니다" 하고 말했다.

"기절한 거 같아요" 하고 엘리자베스가 말했다.

"그렇습니다, 하지만 이분의 현재 건강 상태에서 기절한 건 아주 위험하다는 의미입니다. 당장 파프레이 씨를 데려와야겠습니다. 그분은 어디 계시지요?"

"주인님은 마차를 타고 마을에 나가셨어요, 의사 선생님" 하고 거실 하녀가 말했다. "버드머스로드에 있는 어느 곳으로 말이에요. 곧 돌아오실 거예요."

"너무 걱정하지 마세요. 그가 서둘러 돌아오지 않을까 봐 대비해 두려고 보내는 거니까요."

의사는 다시 환자의 침상 옆으로 돌아왔다. 파프레이 씨에게 일꾼이 급히 보내졌고 이어 그 사람이 덜컥거리는 소리를 내며 뒷마당을 떠나는 소리가 들렸다.

이런 일이 벌어지고 있는 동안, 이미 언급한 바 있는 저명한 시의원 벤자민 그로어 씨는 하이스트리트의 집에 앉아 큰 식칼, 부젓가락,4 탬버린, 키트,5 크라우드,6 홈스트럼,7 세르팡,8 램즈-혼즈9 그리고 다양한 옛날 악기 소리를 듣고 무슨 일인가 알아보기 위해 모자를 쓰고 밖으로 나왔었다. 그는 파프레이의 집 위쪽 모퉁이에 다다랐다. 곧 그 행렬의 성격을 짐작했다. 이 도시의 토박이인 그는 그런 난잡한 장난질을 전에도 여러 번 본 적이 있었기 때문이다.

그가 당장 취한 행동은 여기저기 경찰관들을 찾아다니는 일이었다. 이 도시에는 두 명의 경찰관이 있었는데 어느 때보다 한층 더 움츠러들어 골목길 안에 숨어 있었다. 그는 마침내 그들을 찾아냈다. 그들은 눈에 띄게 되면 난폭한 공격을 받게 된다는, 근거가 없지만은 않은 두려움을 염려하고 있었다.

"힘없는 우리 둘로는 그렇게 많은 군중들을 상대해 낼 도리가 없지요?" 하고 스터버드가 그로어 씨의 질책에 따지듯이 말했다.

"그들을 자극하면 우리 앞에서 극단적인 행동10을 하려 들 거예요. 그들을 건드렸다간 죽음을 자초하게 될 거예요. 저희는 까닭 없이 개죽음을 당하고 싶진 않아요, 절대로!"

"그럼 도움을 좀 받아야지. 자, 내가 함께 가지. 당국의 말 몇 마디가 무슨 일을 해내는지 보게 될 거야. 자 서둘러 가세. 자네들 곤봉은 차고 있나?"

"저희는 군중이 저희를 경찰관으로 알아보는 걸 원하지 않았습니다. 손이 너무 모자라기 때문이지요. 나리. 그래서 저희들은 경찰곤봉11들을 이 송수관 안으로 밀어 넣어 버렸습니다."

"그것들을 꺼내들고 따라와, 제발! 아, 블로바디 씨가 저기 오는군. 다행이야."(블로바디는 이 자치도시의 3명의 치안관들 중 제 3인자였다.)

"아니, 도대체 어찌된 일이야?" 하고 블로바디가 말했다.

"그자들의 이름은 알아냈나, 이봐?"

"아니요" 하고 그로어가 한 경찰관에게 말했다.

"자네는 블로바디 씨와 함께 올드워크를 돌아 이리로 나오도록 하게. 나는 스터버드와 함께 곧장 똑바로 가 보도록 할 터이니. 이렇게 해야만 그자들을 양쪽에서 덮치게 될 거야. 그자들의 이름만 알아두도록 하게. 공격하거나 방해하지 말고."

이렇게 그들은 출발했다. 그러나 스터버드가 그로어 씨와 함께 앞서 소리가 들려왔던 콘스트리트로 들어갔을 때에는 놀랍게도 아무런 행렬도 눈에 띄지 않았다. 그들은 파프레이의 집 앞을 지나 그 길이 끝나는 데까지 살펴보았다. 가로등 불빛은 흔들거렸고, 산책로의 나무들은 바람결에 쌩쌩 소리를 냈으며, 12 몇 사람의 건달들이 호주머니에 손을 꽂고 여기저기 서 있었다. 모든 것이 정상 그대로였다.

"얼룩덜룩한 옷을 입고 소란 피우던 군중 못 보았소?" 하고 그로어는 이들 중 퍼스티언 천으로 된 윗도리 재킷을 입은 어떤 사람에게 오만한 투로 물었다. 그는 파이프로 담배를 피우고 있었으며 두 무릎에 띠가 둘러져 있었다.

"뭐라고요, 나리?" 하고 그 사람은 담백한 투로 말했다. 이 사람은 다름 아닌 피터즈 핑거의 차알이었다. 그로어 씨는 되풀이했다.

차알은 어린아이처럼 전혀 모른다는 듯 고개를 살래살래 저었다.

"아니요. 우리는 아무것도 보지 못했어요. 그렇잖아, 죠? 자네는 나보다 먼저 여기 나왔잖아?"

조셉도 마찬가지로 전혀 모른다고 대답했다.

"흐음…. 그거 참 이상한데" 하고 그로어 씨가 말했다.

"아, 여기 나와 안면이 있는 점잖은 사람이 오는군. 나는 척 보기만 하면 알지. 당신은?" 하고 그는 다가오는 조프에게 물었다.

"자네도 악마 같은 소리 — 조롱 행렬인가 뭔가 하는 그따위 소란을 피우는 무리를 보았소?"

"오 아니요, 아무것도…, 나리" 하고 조프는 이상한 소리를 다 듣는다는 듯이 대답했다. "하지만, 저는 오늘 밤 멀리까지 나가 보질 않아서, 그래서 아마도…."

"오, 바로 여기였어, 바로 이 자리!" 하고 치안관이 말했다.

"이제 알겠습니다. 생각해 보니, 오늘 밤에는 산책로의 나무들에서 바람이 유별나게도 특이하게 시를 읊어 대듯 웅얼거리고 있었어요. 혹시 그게 그 소리 아닌가요?" 하고 조프는 그의 커다란 코트 호주머니 안에서 자기의 손을 바로하면서 능청을 떨었다(호주머니 안에서 그의 손은 그의 조끼 밑에 쑤셔 넣은 부엌용 회 젓가락, 소뿔 등을 손으로 교묘하게 떠받치고 있었다).

"아니, 아니, 아니야! 나를 비보로 아시오? 경찰관, 이쪽으로 가 보도록 하세. 그놈들이 뒷골목으로 들어갔음이 틀림없어."

그러나 뒷길에서도 앞길에서도 난동꾼들은 코빼기도 보이지 않았다. 그때 블로바디와 다른 경찰관 한 사람도 도착했다. 그들 역시 비슷한 정보를 입수했을 따름이다. 허수아비들, 당나귀, 초롱들, 악기들 등이 모두 코머스의 패거리13처럼 종적을 감춰 버렸다.

"이제," 하고 그로어 씨가 말했다. "우리가 할 수 있는 일이란 딱 한 가지뿐이야. 자네 대여섯 사람을 더 모아서 무리를 지어 믹센 레인의 피터즈 핑거로 쳐들어가 보게. 거기서도 범인들의 단서를 얻지 못한다면 내가 잘못 생각한 거야."

이 서툴기 짝이 없는 법률 집행관들은 최대한 빨리 도와줄 사람을 동원하여 그 악명 높은 골목 안으로 떼 지어 당당히 진군해 들어갔다. 밤이 늦어서 금방 당도할 수는 없었다. 창문의 커튼 틈새에서, 혹은 연기를 내뿜는 굴뚝이 집 안에 있어 닫을 수 없는 어떤 문의 틈바구니에서 이따금 흘러나오는 희미한 불빛 외에는 길을 밝혀 줄 가로등이나 어떤 불빛도 없었다.

그들은 자기들의 임무의 중요성에 걸맞게 큰 소리로 대문을 오랫동안 두드린 후 그때까지 빗장이 굳게 걸려 있었던 문을 통해 그 여관 안으로 당당한 태도로 들어섰다.

여느 때와 마찬가지로 넓은 방에는 늘 출입하는 패거리들이 마치 장식처럼 조용하게 앉아 술을 마시고 담배를 피우고 있었다. 안주인이 경찰관 일행을 부드럽게 바라보며 점잖은 말씨로 수작을 붙였다.

"어서들 오세요, 나리님들. 방은 많이 비어 있습니다. 궂은 일로 오신 거나 아니었으면 좋겠구먼요?"

그들은 방 안을 둘러봤다.

"틀림없이," 하고 스터버드가 남자 중 한 사람에게 말했다. "나는

218

당신을 조금 전에 콘스트리트에서 보았어. 그로어 씨가 당신한테 말을 걸었었지요?"

그 사람은 차알이었는데 멍청한 표정으로 고개를 저었다.

"나는 한 시간 동안 쭉 여기 있었소. 그렇지, 낸스?" 하고 그는 자기 옆에서 생각에 잠겨 에일 맥주를 홀짝이는 여인에게 말을 건넸다.

"정말이야, 그랬어. 나는 저녁 식사를 하며 맥주 반 파인트를 마시려고 들어왔었지. 그때도 당신은 여기 있었어. 여러 사람이 다 같이 말이야."

다른 경찰관은 벽시계를 마주보고 있었다. 그 시계 유리에 여관 안주인의 재빠른 동작이 비쳤다. 그 경찰관은 번개같이 몸을 돌려 그녀가 화덕의 문을 닫고 있는 것을 포착하였다.

"그 화덕에 수상한 점이 있는가 보구먼, 아주머니?" 하고 그는 발을 내딛으면서 말했다. 그러고는 그것을 열어젖히고 탬버린 하나를 끄집어냈다.

"아," 하면서 그녀는 변명하듯이 말했다. "그건 우리가 조그마한 댄스파티라도 열게 되면 쓰려고 그곳에 보관해 둔 거지요. 날씨가 습하면 망가져서요. 그래서 건조하게 보관하려고 내가 그곳에 넣어 두었지요."

경찰관은 알겠다는 듯 고개를 끄덕끄덕했지만 사실 그는 아는 게 하나도 없었다. 별로 말이 없고 악의도 없어 보이는 사람들한테서 무엇을 끌어낸다는 것은 어려울 것 같았다. 몇 분 후 그 수사원들은 밖으로 나와 문간에 대기하던 자기들의 보조원들과 합류했다. 그들은 다른 곳을 조사해 보겠다고 발길을 돌렸다.

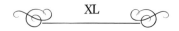

XL

가련한 여인

헨처드는 이보다 한참 전에 다리 위에서 자신의 처지에 대해 깊이 생각하다 지친 나머지 시내 쪽으로 발걸음을 돌렸다. 그가 거리의 막다른 곳에 다다르자 바로 위 샛길을 막 돌아 나오는 어떤 행렬이 언뜻 눈에 띄었다. 랜턴, 뿔피리 그리고 수많은 군중이 그를 놀라게 했다. 나귀 등에 실린 허수아비도 보였다. 그는 그것이 모두 무엇을 의미하는지 알아차렸다.

그 행렬은 길을 가로질러 다른 큰길로 들어섰다. 그러고는 시야에서 사라졌다. 헨처드는 발길을 되돌려 몇 걸음 가다가 심각한 상념에 잠겼다. 마침내 잘 알려지지 않은 강가의 길을 따라 집으로 발길을 옮겼다. 그러나 그는 집에서도 가만히 쉬고만 있을 수 없어서 자기 의붓딸의 하숙집으로 갔다. 거기서 엘리자베스-제인이 파프레이 부인의 집으로 갔다는 이야기를 들었다.

그는 어떤 마력에 복종하여 행동하는 사람처럼, 그리고 형언할 수 없는 불안을 느끼면서 그녀를 만나리라는 희망으로 그녀가 갔던 방향

220

을 똑같이 따라갔다. 떠들썩하던 사람들은 이미 사라지고 없었다. 그러나 실망스럽게도 따라잡지 못한 그는 대문 위의 초인종 줄을 아주 살며시 잡아 당겼다. 그는 거기서 파프레이를 집으로 불러오라는 의사의 단호한 주문과, 버드머스로드로 그를 데리러 사람을 보냈다는 사실을 상세하게 듣게 되었다.

"그러나 그 사람은 멜스톡이나 웨더베리에 가 있을 거요!" 하고 헨처드는 말할 수 없을 정도로 슬픔에 빠진 채 소리 질렀다.

"버드머스 쪽은 절대 아니야."

그러나, 가엾도다! 헨처드. 그는 자기의 위신을 잃은 지 이미 오래였다. 누구도 그를 믿으려 들지 않았다. 그의 말을 듣기는 해도 무모하고 허튼소리로만 받아들였다. 그 순간 루세타의 생명은 그녀의 남편의 귀가에 달려 있는 듯했지만(그녀는 남편이 지난날 자신과 헨처드의 관계를 사실대로 모조리 알게 되지는 않았을까 하는 커다란 정신적 번뇌에 사로잡혀 있었다) 웨더베리 쪽으로 간 사람은 아무도 없었다. 헨처드는 초조하고 뼈저리게 뉘우치는 심정으로 직접 파프레이를 찾아 나서기로 결심했다.

그는 이러한 목적을 달성하기 위해 그는 시내 아래쪽으로 서둘러 빠져나와 더노버 황야로 건너가는 동쪽 길을 따라 달렸다. 황야 너머에 있는 언덕에 오른 다음, 적당히 어두운 봄날 밤에 그는 계속 달려 마침내 두 번째 언덕을 지나 약 3마일 떨어진 세 번째 언덕에 거의 도달했다. 언덕 기슭의 얄베리평원에서 그는 귀를 기울였다. 처음에는 자신의 심장이 고동치는 소리와 양쪽의 고지대를 덮고 있는 얄베리숲의 전나무와 낙엽송 사이를 지나가며 잔잔한 바람이 신음하는 소리

이외에는 아무것도 들리지 않았다. 그러나 도로 위에 새로 입혀진 돌 조각에 바퀴의 테두리가 부딪치는 날카로운 소리가 들려왔다. 멀리서 가물거리는 불빛도 보였다.

그는 그 소리의 뭐라 말할 수 없는 특성만을 듣고서도 그것이 언덕을 내리닫고 있는 파프레이의 이륜마차1라는 것을 알 수 있었다. 그 마차는 자신의 물품을 경매하는 과정에서 그 스코틀랜드인이 구입하기 전까지는 자신의 소유였다. 그 소리를 듣고 헨처드는 알베리평원 쪽으로 몇 발짝 되돌아갔고, 파프레이가 몰고 있는 마차가 두 농장 사이에서 속도를 줄이고 다가왔다.

그곳은 간선도로의 한 지점으로 여기에서 가까운 곳에 멜스톡으로 향하는 길과 집으로 향하는 길이 갈라져 있었다. 파프레이가 원래 의도대로 방향을 바꾸면 그의 귀가는 한두 시간 늦어질 것이 확실했다. 불빛의 방향을 앞서 말한 샛길 쿠쿠레인 쪽으로 바꿨다는 사실이 파프레이가 원래대로 멜스톡으로 가려 한다는 것을 보여 주었다. 파프레이의 이륜마차 램프2가 헨처드의 얼굴을 스치고 지나갔다. 동시에 파프레이는 얼마 전에 대적했던 상대방을 알아보았다.

"파프레이 — 파프레이 씨!" 하고 헨처드는 가쁜 숨을 몰아쉬며 손을 치켜 올리면서 외쳤다.

파프레이는 그 샛길로 말을 몰아 몇 발짝을 가다가 멈추어 섰다. 그는 말고삐를 당기고 어깨 너머로, "왜요?" 하고 분명히 원수를 대하는 듯한 말투였다.

"지금 당장 캐스터브리지로 돌아가시오!" 하고 헨처드는 말했다.

"당신 집에 무언가 잘못된 일이 생긴 것 같소! 당신이 돌아오길 기다리고 있소. 나는 당신한테 이를 알려주기 위해 여기까지 줄곧 달려 온 거요."

파프레이는 말이 없었다. 그의 침묵에 헨처드의 마음은 천길 물속으로 빠져드는 것 같았다. 이렇게까지 행동하기에 앞서 너무도 빤한 것을 그는 왜 이보다 좀더 일찍 생각하지 못했을까? 4시간 전에 생명을 건 싸움으로 파프레이를 유인했던 사람이 이제는 으슥한 밤의 어둡고 외딴 도로에 서서 그를 어느 특정한 길로 안내하고 있지 않은가. 그곳에는 복병이 매복되어 있을지도 모른다. 원래 계획된 길로 들어서면 불의의 공격으로부터 자신을 방어할 좀더 나은 기회가 있을지도 모른다. 헨처드는 파프레이가 이러한 생각을 하고 있음을 더욱 분명히 느낄 수 있었다.

"나는 멜스톡으로 가야 합니다" 하고 파프레이는 다시 출발하려 말고삐를 늦추면서 쌀쌀하게 말했다.

"그렇지만" 하고 헨처드는 다급하게 말했다. "지금의 사태는 멜스톡에서의 당신 사업보다 훨씬 더 심각하오. 그건 바로 당신 아내의 일이오! 부인이 아프오. 내가 함께 가면서 상세하게 이야기하겠소."

파프레이는 헨처드의 바로 그 흥분하고 안절부절못하는 태도를 보고 자기를 바로 옆에 있는 숲으로 유인하려 계략을 부린다는 의심을 더욱 키울 수밖에 없었다. 그 숲에서 헨처드는 앞서 방법상 혹은 용기 부족으로 실패했던 목적을 효과적으로 달성할 수 있을 것이다. 파프레이는 말을 출발시켰다.

"나는 당신이 무엇을 생각하고 있는지 알고 있소!" 하고 헨처드는 뒤를 따라가면서 그런 것이 아니라고 소리쳤다. 그는 자기가 옛 친구의 눈에 극악무도한 악행의 화신으로 비친다는 생각이 들자 절망감으로 허리를 굽히다시피 했다.

"하지만 나는 당신이 생각하고 있는 그런 사람이 아니오!" 하고 그는 쉰 목소리로 고함쳤다. "나를 믿어 주시오, 파프레이! 나는 전적으로 당신과 당신의 부인을 도우려고 왔소. 부인은 위험에 직면해 있었소. 나도 그 후는 어떻게 됐는지 모르지만, 사람들은 당신이 어서 돌아오기를 바라고 있소. 당신을 부르러 보낸 일꾼은 잘못 알고 엉뚱한 곳으로 갔소. 오, 파프레이! 나를 의심하지 마시오. 나는 비열한 사람이었긴 하지만 당신을 위한 내 마음은 여전히 진실하다오."

그러나 파프레이는 완전히 그를 불신했다. 그는 아내가 아이를 가졌다는 것을 알고는 있지만, 자기가 조금 전 그녀를 남겨 두고 떠나올 때에는 아무런 이상 없이 건강했었다. 그래서 헨처드는 지금과 같은 그의 이야기보다는 배반이 더 어울릴 만한 사람이었다. 파프레이는 전에도 헨처드가 신랄하게 비꼬아 하는 말을 들은 일이 있었다. 지금도 비꼬는 말인지도 모른다. 그는 말에 채찍을 가했다.

곧 그곳과 멜스톡 사이에 있는 고지대에 올라섰다. 헨처드가 뒤에서 발작적으로 뛰며 따라오고 있는 것이 그가 사악한 목적으로 그러는 것이라는 자신의 심증을 더욱 굳어지게 해 줄 뿐이었다.

헨처드의 두 눈에서 이륜마차와 그 몰이꾼은 하늘을 배경으로 점점 작아지고 있었다. 파프레이를 도와주기 위한 헨처드의 노력은 모두 허사로 끝나 버렸다. 이 뉘우치고 있는 죄인에게 하늘 아래에서는 최소한의 기쁨도 주어지지 않았다.[3] 그는 욥의 심정으로 자신을 저주했다.[4] 빈곤하지만 열정적인 감정의 소유자는 마지막 정신적 버팀목이라 할 수 있는 자존심을 상실했을 때 자신을 저주하게 마련인 것이다. 그가 이런 상태에 이른 것은 인접한 산림지대의 그늘만으로는 설명할 수 없는 감정의 어두운 면을 한동안 겪은 뒤였다.

이제 그는 자기가 왔던 길을 따라 되돌아 걷기 시작했다. 여하튼 파프레이가 이후 집으로 돌아오는 도중에 길에서 자기를 만나게 되더라도 더 이상 지체할 까닭은 절대로 없을 것이다.

캐스터브리지에 돌아오자 헨처드는 상황이 궁금해서 다시 파프레이의 집으로 갔다. 문이 열리자마자 현관에서, 층계에서 초조한 얼굴들이 그의 얼굴과 마주쳤다. 그들은 모두 실망하는 표정으로 비통하게 말했다.

"오, 그분이 아니군요!"

남자 하인은 자신이 잘못 생각했다는 것을 뒤늦게 알고 돌아온 지 오래였다. 그래서 모든 희망이 헨처드에게 쏠려 있었던 것이다.

"그런데 당신도 그분을 찾지 못했습니까?" 하고 의사가 물었다.

"찾았습니다. … 그런데 말해도 어쩔 수 없었습니다!" 하고 헨처드는 입구 안쪽의 의자에 털썩 주저앉으면서 대답했다. "그 사람은 두 시간 내에는 집에 돌아오지 못할 겁니다."

외과의사는 "흐음" 하고 무거운 숨을 내쉬며 위층으로 돌아갔다.

"부인은 좀 어떠시냐?" 헨처드는 모여든 집안사람들 중에 끼어 있었던 엘리자베스한테 물었다.

"아주 위중한 상태예요, 아버지. 남편을 보고 싶어 하는 초조함이 그녀를 몹시 불안하게 만들고 있어요. **가련한 여인** — 그들 때문에 그녀가 죽는 게 아닐까 두려워요!"

헨처드는 마치 엘리자베스가 갑자기 자기에게 새로운 인상을 주는 것처럼 동정에 가득 찬 그녀를 얼마 동안 가만히 지켜보았다. 그러더니 더 이상 아무 말 없이 문을 나서서 자기의 쓸쓸한 오두막으로 향했다. 그는 남자의 경쟁치고는 너무 지나쳤다고 생각했다. 죽음이 굴 알맹이를 차지하고, 파프레이와 그 자신은 굴 껍데기만 차지하게 될 것이다. 그러나 엘리자베스-제인을 생각하면 그의 침울하기만 한 기분 속에서도 그에게 조그마한 한 가닥의 불빛 같았다. 그는 층계에서 자신의 말에 대답하던 그녀의 얼굴 표정이 좋았다. 그 표정에는 애정이 담겨 있었다. 그가 지금 무엇보다 바라는 것은 착하고 순수한 그 무엇인가로부터의 애정이었다.

그녀는 나 자신의 혈육이 아니다. 그럼에도 그는 그녀를 친딸처럼 좋아하게 될지도 모르겠다는 희미한 꿈을 처음으로 가져 보았다 — 만약 그녀가 자신을 계속 좋아한다면 말이다.

헨처드가 집에 도착했을 때 조프는 막 잠자리에 들었다. 헨처드가 안으로 들어서자 조프는 말했다.

"파프레이 씨의 부인이 편찮으시다니 안됐습니다."

"그러게 말이야" 하고 헨처드는 짧게 대답했다. 그러나 오늘 밤의 그 무언극에 조프도 공모했다는 사실을 그는 꿈에도 생각 못했다. 그는 시선을 올려보며 조프의 얼굴에 근심스런 표정이 나타나 있는 것을 알아차렸다.

"누군가가 선생님을 뵈러 왔었습니다" 하고 조프가 말했다. 헨처드는 자기의 방으로 막 문을 닫고 들어가려던 참이었다.

"일종의 여행자이거나 선장 같은 사람이었어요."

"오, 누구였을까?"

"그는 부자인 듯해 보였습니다. 머리카락은 희끗희끗하고 얼굴은 약간 넓적해 보이는데 그 사람은 자기의 이름도 밝히지 않고 전할 말도 남기지 않았습니다."

"나는 그런 사람은 별 관심이 없네."

그러고는 헨처드는 자기의 방문을 닫고 들어가 버렸다.

멜스톡으로 갔던 파프레이의 귀가는 헨처드의 예상대로 거의 두 시간이나 지연되었다. 그가 집에 있어야 할 가장 중요한 이유는 다른 의사를 부르기 위해 버드머스로 사람을 보내려면 그의 결심이 필요했기 때문이다. 마침내 파프레이는 집에 돌아오자 자기가 헨처드의 진심을 오해했다는 것을 미칠 듯이 후회했다.

밤이 꽤 늦긴 했지만 버드머스로 사람을 급히 보냈다. 밤은 깊어만 갔고, 의사는 이른 새벽에야 도착했다. 루세타는 도널드가 돌아오자 많이 진정되었다. 그는 아내의 병상 옆을 거의 떠나지 않았다. 그가 들어온 직후 그녀는 자기를 너무도 억압해 온 그 비밀을 혀 짧은 소리로 털어 놓으려고 애썼다. 그러나 그는 말하는 것이 안 좋을지 모르기 때문에 모든 것을 이야기할 시간은 앞으로도 충분히 있다고 안심시키면서 그녀가 힘없이 말하는 것을 막았다.

이때까지도 그는 그 조롱 행렬에 관해서는 전혀 모르고 있었다. 파프레이 부인이 중태이며 유산했다는 소문이 곧 시내로 퍼져 나갔다. 그 사건을 주도했던 사람들은 그 원인을 걱정스레 추측하여 양심의 가책과 두려움으로 자신들의 상스러운 행동에 대해 쥐죽은 듯 침묵을 지키고 있었다. 그리고 루세타의 주위 사람들도 그 이야기를 끄집어

내 그녀의 남편에게 괴로움을 더하고 싶지 않았다.

그 슬픈 날 밤에 부부 단둘이 남게 되었을 때, 파프레이의 아내가 헨처드와 복잡하게 얽히고설킨 지난날에 대해 그에게 궁극적으로 무엇을 얼마나 이야기했는지는 알 수 없다. 그녀가 곡물 상인과 친숙했던 관계에 대해 가장 기본적인 사실을 남편에게 이야기했다는 것은 파프레이의 말에서 명백하게 알 수 있었다. 그러나 그 이후에 보였던 그녀의 행적, 즉 자신이 헨처드와 결합하기 위해 캐스터브리지에 오게 된 동기와 그녀가 헨처드를 두려워할 이유를 발견하고 그를 버린 그녀 나름대로의 정당성(사실은 그녀가 다른 남자를 보고 첫눈에 엉뚱한 연정을 품은 것이 헨처드를 버린 가장 큰 이유이지만)과 첫 남자와 결혼하려고 약조한 상태에서 두 번째 남자와 결혼하고서도 양심과 타협하는 등 그녀의 일련의 행위에 관해 그녀가 어느 정도 이야기했는지는 파프레이 혼자만이 아는 비밀이었다.

그날 밤 캐스터브리지에서 시간과 날씨를 큰 소리로 알리던 야경꾼 외에 콘스트리트를 이따금 오르락내리락 거니는 한 사람이 있었다. 그는 헨처드였다. 그는 잠자리에 들어 잠을 청했으나 허사였다. 그는 잠자기를 포기하고 이리저리 돌아다니다가 이따금 환자의 경과를 물었다. 그는 루세타를 염려한 것만큼이나 파프레이를 염려해서 찾아갔던 것이며, 또 두 사람보다는 그 엘리자베스-제인을 염려해서 찾아갔던 것이다.

하나씩 차례로 가진 것들을 빼앗기고 나서, 그의 인생은 그가 최근에 존재 자체를 견디기 힘들어 했던 자기의 의붓딸에게 집중되는 듯했다. 루세타의 경과를 물어보기 위해 그녀의 집을 찾을 때마다 딸의 모습을 보게 되는 것이 그에게는 하나의 위안이 되었다.

그가 마지막으로 찾아갔던 것은 희뿌옇게 먼동이 트는 새벽 4시경이었다. 샛별5이 더노버 황야 너머로 기울어 가고 있었고, 참새들이 노상에 막 내려앉고 있었으며, 외딴집들에서는 암탉들이 꼬꼬댁거리고 있었다. 파프레이의 집까지 불과 몇 야드 떨어진 거리에 다다르자 대문이 살며시 열리더니 하녀 한 사람이 손을 들어 대문을 두드리는 고리 쇠에 감겨 있던 천 조각을 풀어냈다. 그는 길을 건너갔다. 그가 걷는 길 위의 쓰레기에 앉아 있던 참새들은 그렇게 이른 시간에 사람이 공격할 거라고는 거의 생각하지도 못하고 있다가 사뿐사뿐 날아 자리를 옮겼다.

"그건 왜 풀려고 하는 거지?" 하고 헨처드는 물었다.

그녀는 그가 나타나자 약간 놀라듯이 고개를 돌렸다. 잠깐 동안 대답이 없었다. 그가 누구인지 알아보고 그녀는 입을 열었다.

"방문객들이 원하는 대로 크게 문을 두드리게 하려는 거예요. 파프레이 부인께서는 이제 그 소리를 더 이상 듣지 못하실 테니까요. "

XLI

아버지와 자식 사이

헨처드는 집에 돌아왔다. 이제 아침이 완전히 밝았기 때문에 그는 난로에 불을 지피고는 그 옆에 오랫동안 멍하니 앉아 있었다. 얼마 있지 않아 조용한 발걸음 소리가 다가와 복도에 들어서더니 손가락 하나로 가볍게 문을 두드렸다. 헨처드의 얼굴이 밝아졌다. 그는 그것이 엘리자베스라는 걸 잘 알고 있었기 때문이었다. 그녀가 방 안으로 들어섰다. 그녀의 모습은 힘이 없어 보이고 슬픈 표정이었다.

"들으셨어요?" 하고 그녀는 물었다. "파프레이 씨 부인 이야기요! 그분은 돌아가셨어요! 정말이에요. 약 한 시간 전에요."

"나도 알고 있다." 헨처드가 말했다. "나도 거기서 돌아온 지 얼마 안 된단다. 엘리자베스야. 네가 날 찾아와서 알려 주니 정말 고맙구나. 너도 꼬박 밤을 새우느라고 얼마나 피곤하겠니. 오늘 아침은 여기서 나와 함께 식사하도록 하자. 우선 저 방으로 가서 한숨 자도록 해라. 아침 식사가 준비되는 대로 부르마."

그녀는 그를 기쁘게 해주고 자신도 쉬고 싶어서 — 최근에 그가 보여 준 친절한 행동에 이 외로운 처녀는 눈물겹도록 고맙게 여기고 있었기 때문에 — 그가 하자는 대로 했다. 헨처드가 옆방에 침상 의자로 쓰기 위해 임시로 만들어 놓은 소파 같은 것에 몸을 눕혔다. 아버지가 아침 식사를 준비하느라고 여기저기 오가는 소리가 들려왔다. 그러나 그녀의 마음은 아주 강렬하게 루세타를 향해 달려가고 있었다. 인생의 한창 때에, 그리고 어머니가 된다는 즐거운 희망 속에 죽음이란 예상하지도 못했던 무서운 일이었다. 금방 그녀는 잠들어 버렸다.

그동안 그녀의 의붓아버지는 바깥방에서 아침 식사 준비를 다 마쳤지만 그녀가 잠들어 있는 것을 알고는 그녀를 깨우고 싶지 않았다. 그는 그녀를 자기의 집에 머물게 하는 것이 마치 명예로운 일이라도 되는 듯이 세세하게 난롯불을 살피고 가정주부 같은 솜씨로 주전자 물을 계속 끓이면서 기다리고 있었다. 사실, 그에게는 그녀와 관련해서 아주 커다란 변화가 있었다. 그는 그녀가 자식이라는 존재가 되어 어떤 미래를 밝혀 주는 꿈을 키워 가고 있었다. 마치 그래야만 행복이 찾아오는 듯했다.

그는 어떤 노크 소리에 꿈에서 깼다. 하필이면 그때 찾아온 사람이 누구이건 약간 못마땅하게 생각하며 일어나 문을 열었다. 몸집이 건장한 한 남자가 문간에 서 있었다. 그의 자태에서 그리고 그의 태도에서 이국적이고 약간 낯선 인상이 풍겼다. 범세계적 경험을 가진 사람이라면 약간 식민지적 냄새라고 할 만한 느낌을 주는 인상이었다. 피터즈 핑거에서 길을 물었던 그 사람이었다. 헨처드는 고개를 끄덕이고 무슨 일로 왔느냐는 듯한 표정을 지었다.

"안녕하십니까" 하고 그 낯선 사람은 예를 갖추면서 말했다. "저와 이야기를 나누고 계신 분이 바로 헨처드 선생님 아니십니까?"

"제가 헨처드입니다만."

"그렇다면 다행히도 집에 계실 때에 찾아왔군요. 잘되었습니다. 아침이라 분주한 시간일 거라 생각됩니다만, 선생님과 몇 마디만 나눌 수 있겠습니까?"

"그럽시다" 하고 헨처드는 대답하면서 안으로 들어오라는 표정을 지었다.

"저를 기억하시겠습니까?" 하고 그 방문객은 앉으면서 말했다.

헨처드는 그를 무심하게 살펴보다가 고개를 저었다.

"잘 기억하지 못하실 겁니다. 저는 뉴슨이라고 합니다."

헨처드의 얼굴과 두 눈은 사색이 되어 갔으나, 상대방은 그것을 의식하지 못했다.

"그 이름을 잘 알고 있습니다" 하고 헨처드는 방바닥을 내려다보면서 마침내 입을 열었다.

"저도 그러시리라 확신하고 있습니다. 음, 사실은 지난 두 주일 동안 선생님을 찾고 있었습니다. 저는 헤이븐풀에서 내려 캐스터브리지를 지나 팰머스로 향하던 길이었습니다. 제가 그곳에 당도했을 때 사람들은 선생님이 수년 전부터 캐스터브리지에 살고 계신다고 말하더군요. 그래서 저는 다시 되돌아왔지요. 제가 오래 걸려 느지막이 역마차로 10분 전에 여기 도착했어요. 사람들이 '그 사람은 저 아래 물방앗간 옆에 삽니다' 하고 알려 주어서 그렇게 여기까지 오게 된 겁니다. … 그런데, 제가 찾아온 것은 — 20여 년 전에 우리 두 사람 사이에 있었던 그 거래 — 그것 때문입니다. 그것은 참으로 특이한 일이었어요. 저는 그때 너무 철없고 어렸었어요. 어떻게 보면 아마 그 이야기는 꺼내지 않을수록 좋겠지요?"

"특이한 일? 그 일은 특이하기보다는 아주 나쁜 일이었습니다. 나는 내 자신을 당신이 그때 만난 그 사람이라고 생각하고 싶지도 않습니다. 당시 나는 제정신이 아니었습니다. 온전한 정신 상태였어야 그 사람이라고 말할 수 있지 않겠습니까."

"우리는 둘 다 어리고 지각이 없었습니다" 하고 뉴슨이 말했다.

"하여튼, 저는 시시비비를 따지려고 여기 온 것이 아니라 지나간 일을 바로잡자고 왔습니다. 가련한 수전 — 그녀도 별 이상한 경험을 다 한 셈이지요."

"그렇습니다."

"그녀는 따뜻한 마음을 지닌 소박한 여자였습니다. 그녀는 흔히들 말하는 재치 있고 영악스런 사람이 전혀 아니었어요. 그런 사람들보다는 훨씬 더 나았어요."

"그녀는 그런 사람은 아니었지요."

"선생님도 잘 아시겠지만, 그녀는 그 매매에 구속력이 있다고 생각할 만큼 순진했습니다. 그 해괴망측한 일에 그녀는 구름 속의 성자만큼이나 결백합니다."

"나도 알고 있습니다, 알고 있고말고요. 그렇다는 걸 나도 바로 알았습니다" 하고 헨처드는 여전히 시선을 피하면서 말했다.

"그 점이 내 마음을 아프게 찌르지요. 만약 그녀가 그 일을 바로 알았더라면 나를 떠나지 않았을 게요. 절대로! 하지만 그녀가 그걸 어떻게 제대로 알기를 기대할 수 있었겠습니까? 그녀에게 유리한 게 무엇이 있었나요? 아무것도 없습니다. 그녀는 자기 이름만 겨우 쓸 수 있는 정도였고, 그 이상은 몰랐으니까요."2

"그런데, 나는 그 일이 벌어지고 있을 때 그녀에게 그릇된 사실을 깨우쳐 줄 생각이 없었습니다." 선원이 지난날에 대해 말했다.

"저는 그녀가 나와 함께 살면 더 행복하리라고 생각했지요. 그런 내 생각에 허영심이 있었던 것은 아니었습니다. 그녀는 얼마 동안 꽤 행복해 했습니다. 그래서 죽는 날까지 그녀에게 진실을 깨우쳐 주지 않을 생각이었지요. 그런데 선생님의 아이가 죽었어요. 그녀는 또 하나 낳았지요. 그런대로 매사가 다 잘되어 갔어요. 그러나 때가 왔어요—뭐라고 할까, 때는 언제나 찾아오기 마련이지요. 그녀와 나와 그 아이가 미국에서 돌아오고 얼마 지났을 때였습니다. 그때 그녀가 자기의 내력을 어떤 사람에게 다 털어 놓았는데, 그 사람은 그녀에 대한 나의 권리는 있을 수 없는 일이며 내 권리를 굳게 믿고 있는 그녀의 신념이 어리석다고 했어요. 그 후부터 그녀는 저와 함께 있으면서 행복을 느끼지 못했던 것 같아요. 그녀는 번민을 거듭했고 한숨을 쉬고3 탄식을 그치지 않았어요. 그녀는 나와 헤어져야겠다고 말했습니다. 그리하여 우리 아이를 어찌해야 할지가 문제가 되었지요. 그때 어떤 사람이 제가 취해야 할 행동을 가르쳐 주었는데 저는 그대로 했지요. 그것이 최상의 방책이라고 생각했기 때문입니다. 저는 그녀를 팰머스에 남겨 두고 배를 탔어요. 내가 대서양 저쪽에 도달했을 때 폭풍우가 밀어닥쳤지요. 나 자신은 물론, 대부분의 사람들이 뱃전에서 물결에 휩쓸려나가 버렸다고 생각됐던 거지요. 그러나 나는 뉴펀들랜드 해안에 기어올랐습니다. 그때 나는 어떻게 할 것인가 하고 나 자신에게 물었어요. 이왕 이곳에 왔으니 난 여기서 살아야겠다고 생각했습니다. 이제 그녀가 나를 싫어하니 내가 실종되었다고 믿게 하는 것이 그녀를 위한 최선의 일일 거라고요. 그녀는 우리 두 사람이 다 살아 있는 상황이라면 불행하겠지만, 만약 그녀가 나를 죽었다고 생각하면 그녀는 전 남편에게로 돌아갈 것이고, 아이는 가정을 갖게 될 거라고 저는 생각했지요. 저는 한 달 전에 이 나라에 다시 돌아왔습니다. 그리하여 나는 예상대로 그녀가 내 딸과 함께 당신한테로 돌아간 것을 알게 되었고요. 수전이 죽었다고 팰머스에서 사람들이 알려 주더군요. 그런데 내 딸 엘리자베스-제인 — 그 아이는 어디 있어요?"

"그 아이도 죽었습니다." 헨처드는 무뚝뚝하게 말했다. "물론 그것도 들었겠지요?"

그 선원은 깜짝 놀라 벌떡 일어났다. 그러고는 힘없이 방 안에서 한두 걸음 왔다 갔다 했다.

"죽었다니!" 그는 나지막한 목소리로 외쳤다. "그렇다면 돈이 있어도 무슨 소용이란 말인가?"

헨처드는 대꾸하지 않고, 마치 그것은 자기가 아니라 뉴슨 자신에게 물어본 질문이라는 듯 고개만 저었다.

"그 아이는 어디에 묻혀있나요?" 여행자가 물었다.

"제 어미 옆에요." 헨처드는 똑같이 둔감한 말투로 대답했다.

"그 아이는 언제 죽었지요?"

"일 년 전에요, 아니 그보다 전에요" 하고 헨처드는 주저 없이 대답했다.

그 선원은 계속 서 있었다. 헨처드는 결코 바닥에서 시선을 들지 않았다. 마침내 뉴슨이 말문을 열었다.

"여기까지 일부러 찾아온 게 헛일이 되었군요! 올 때처럼 서둘러 돌아가는 편이 좋겠습니다! 제게는 당연한 업보라고 생각합니다. 더 이상 당신에게 폐를 끼치지 않겠습니다."

헨처드는 살며시 문이 여닫히는 소리를 들었다. 그 소리는 모래 깔린 바닥 위로 뉴슨이 물러가는 발자국 소리이고, 기계적으로 빗장이 걸리는 소리이며, 좌절하고 기가 꺾인 사람에게 어울리는 소리였다. 그러나 헨처드는 고개조차 돌리지 않았다. 뉴슨의 그림자가 창 옆을 지나갔다. 그는 떠났다.

그 순간 헨처드는 자기가 한 일에 놀라, 의자에서 벌떡 일어났다. 제정신으로 한 짓이라고 믿을 수가 없었다. 그렇게 대응한 것은 한순간의 충동이었다. 헨처드는 최근에 엘리자베스에 관해 갖게 된 감정, 즉 그녀가 스스로 믿고 있듯이 실제로 자신의 친딸로서 자랑스러운 딸이 되어줄 것이라는, 그의 외로움 속의 새로 싹튼 소망을 키워 나가고 있었다. 그 소망은 뉴슨의 예기치 않은 방문에 자극받으면서 그녀를 독점하고 싶은 욕심으로 확대되었다. 따라서 그녀를 잃게 될지도 모른다는 갑작스런 두려움이 그로 하여금 결과는 전혀 신경 쓰지 않고 어린애처럼 새빨간 거짓말을 하게 했던 것이다.

그는 상대의 갖가지 질문들이 자기한테 집중되면 자신의 거짓말이 5분 내에 들통나리라고 생각했다. 그러나 그런 상황은 일어나지 않았다. 하지만 언젠간 반드시 맞이할 것이다. 뉴슨이 떠난 것은 일시적인 일일 것이다. 그가 시내에서 이리저리 수소문하면 모든 사실을 알게 될 것이다. 그러면 돌아와서 자신을 저주하고 자신의 마지막 보물을 가져갈 것이 아닌가?

그는 서둘러 모자를 쓰고 뉴슨이 떠난 방향으로 나갔다. 뉴슨의 뒷모습이 곧 불-스테이크를 가로지르는 길에서 보였다. 헨처드는 뒤를 쫓았고 그 방문객이 킹스암즈4에 멈추는 것을 보았다. 그것은 그를 태우고 왔던 아침 역마차가 그곳에서 교차되는 다른 역마차를 30분 동안이나 대기하는 장소였다. 뉴슨이 타고 온 역마차는 이제 다시 출발하려는 참이었다. 뉴슨이 마차에 올라타고 그의 짐이 실리자 몇 분 만에 마차는 그와 함께 사라져 버렸다.

뉴슨은 뒤도 돌아보지 않고 떠났다. 그 행동은 헨처드의 말을 순진하게 신뢰한다는 표시였다. 너무도 순진하기만 해서 거의 숭고하다고까지 할 만한 신뢰의 행위였다. 20년도 더 된 지난날, 순간적인 충동으로 비롯된 그 경매에서 그녀의 얼굴을 한 번 흘깃 보았다는 믿음으로 수전 헨처드를 데려갔던 그 젊은 선원은 반백의 여행객이 된 지금까지도 자신의 말을 철저히 믿었던 그때처럼 행동했다. 헨처드는 이렇게 서서 그를 바라보고 있는 자신이 부끄러울 정도였다.

엘리자베스-제인은 순간적인 이 뻔뻔한 거짓말로 내 딸로 남게 될 것인가?

"아마 오래가지는 않을 거야" 하고 헨처드는 혼잣말을 했다. 뉴슨은 자기의 길동무들과 이야기를 나눌 것이고, 그들 중에는 캐스터브리지 주민도 더러 있을지도 모른다. 그렇게만 되면 그 속임수는 드러나게 될 것이다.

이러한 가능성이 헨처드를 방어적인 자세로 몰아가게 되었다. 그리하여 어떻게 하면 잘못을 바로잡고 엘리자베스의 친아버지에게 단 번에 진실을 알려주게 될지 생각하지 않고 그는 자기가 우연히 얻은 위치를 지킬 방법만을 생각하게 되었다. 엘리자베스-제인에 대한 그 의 자애로운 정은 그녀에 대한 자신의 권리가 폭로될 새로운 위험이 닥칠 때마다 질투심으로 인해 더욱 강렬해졌다.

그는 멀리 간선도로를 지켜보면서, 뉴슨이 진실을 알게 되어 자신 의 아이에 대한 권리를 주장하기 위해 고무적이고 화난 표정으로 걸 어 되돌아오는 것을 보게 되리라고 예상하게 되었다. 그러나 나타나 는 사람은 없었다. 아마 그는 마차 안에서 어느 누구에게도 말하지 않 고 그 슬픔을 혼자 마음속에 묻어 두었는지도 모른다.

뉴슨의 슬픔! ─그 슬픔이란 무엇인가. 그것은 결국 헨처드가 그 녀를 잃을 때 느끼게 될 바로 그 슬픔이었다. 뉴슨의 애정은 몇 년간 의 세월이 흐르며 식을 대로 식어 버려 계속해서 그녀와 함께 살아온 그의 애정과 같을 수는 없었다. 이렇게 그의 질투심은 **아버지와 자식 사이**를 떼어 놓을 구실을 그럴듯하게 생각해 내고 있었다.

헨처드는 엘리자베스가 가 버렸을 거라고 반쯤은 생각하면서 집으 로 돌아왔다. 아니었다. 그녀는 거기에 있었다. 안방에서 막 나오고 있었다. 눈꺼풀 위에는 잠을 잔 흔적들이 보였다. 그러나 전체적으로 는 원기가 회복된 모습이었다.

"아, 아버지!" 하고 그녀는 생글생글 미소를 띠고 말했다.

"저는 자리에 눕자마자 깜박 잠들어 버렸어요. … 자려는 생각은 없 었는데! 불쌍한 파프레이 부인의 꿈을 꾸지 않은 것이 이상해요. 최 근의 일을 그렇게 골똘히 생각했는데도 꿈을 꾸지 않았다는 것은 정말 이상해요."

"네가 잠을 잘 수 있었다니 다행이구나." 헨처드는 그렇게 말하면서 그녀에 대한 자신의 불안한 소유권이 떠올라 그녀의 손을 잡았는데, 그것은 그녀에게 즐거운 놀라움을 주었다.

그들은 아침 식사를 하기 위해 식탁에 마주 앉았다. 엘리자베스-제인은 다시 루세타에 대한 생각에 잠겼다. 깊은 생각에 잠겨 있을 때면 슬픔에 젖은 모습이 아름다운 그녀의 얼굴에 매력을 더해 주었다.

"아버지," 하고 그녀는 식탁에 차려진 음식으로 생각이 되돌아오자 입을 열었다. "손수 이 훌륭한 아침 식사를 차려 주셔서 정말 고마워요. 저는 한가롭게 잠만 잤는데요."

"그건 내가 매일 하는 일인걸" 하고 그는 대답했다. "너도 나한테서 떠나 버리고, 모든 사람이 나한테서 떠나 버렸는데, 살아가려면 내 손으로 직접 할 수밖에 없지 않느냐?"

"아버지께서는 대단히 외로우신 모양이에요?"

"그렇단다, 애야. 네가 전혀 상상도 못할 정도로! 그건 다 내 잘못이야. 네가 지난 몇 주 동안 내 옆에 가까이 있는 유일한 사람이었단다. 하지만 너도 더 이상은 오지 않겠지?"

"왜 그런 말씀을 하세요? 저는 꼭 다시 올 거예요. 아버지가 저를 보고 싶으시다면 말이에요."

헨처드는 의심스럽다는 듯한 표정을 지었다. 그는 최근에 엘리자베스-제인이 딸로서 다시 자기 집에 같이 살기를 몹시 바랐지만, 지금은 그녀에게 그렇게 하자고 부탁하지 않을 것이다. 뉴슨이 언제 나타날지 모르며, 그를 속인 자신을 엘리자베스가 어떻게 생각할지 모르므로 그녀와 떨어져 지내는 것이 제일 상책일 거라고 생각했다.

그들이 아침 식사를 끝내고 난 후에도 의붓딸은 가지 않고 여전히 서성거렸다. 마침내 헨처드가 하루 일을 나가는 시간이 되었다. 그때서야 그녀는 일어났다. 곧 다시 오겠다고 몇 번이고 다짐하면서 아침 햇살 속에 언덕을 걸어 올라갔다.

"지금 이 순간 나를 대하는 저 아이의 애정이 저 아이에 대한 나의 애정만큼이나 온정에 차 있구나. 저 아이는 내가 부탁하기만 하면 여기 이 보잘것없는 작은 집에서 나와 함께 살려고 할 거야! 하지만 저녁이 되기 전에 뉴슨이 틀림없이 오고 말 거야. 그러면 저 아이는 나를 경멸하겠지!"

헨처드가 계속해서 되풀이하는 이러한 상상은 그가 어디를 가건 하루 종일 따라다녔다. 그의 기분은 더 이상 불운을 겪은 사람의 반항적이고 빈정대고 난폭한 상태가 아니었다. 오히려 인생을 재미있게 하거나, 심지어 견딜 수 있도록 하는 모든 것을 이미 완전히 상실해 버린 사람의 납덩어리같이 무거운 침울함이었다. 그에게는 자랑스럽게 여길, 그의 마음을 굳세게 만들어 줄 사람이 아무도 없게 될 것이다. 엘리자베스-제인은 곧 아무 관계도 없는 낯선 사람에 불과해지거나 둘의 관계가 더 나빠지게 될 것이기 때문이었다. 수전, 파프레이, 루세타, 엘리자베스 — 그의 잘못이나 불운 때문에 하나하나 모두 그에게서 떠나가 버렸다.

그들을 대신할 어떤 흥밋거리도, 취미도, 혹은 열망도 그에게는 없었다. 만약 그가 음악에 의지한다면 그의 존재는 지금이라도 되살아날 것이다. 헨처드에게는 음악이 제왕과 같은 힘을 부여하기 때문이었다. 단순한 트럼펫 소리나 혹은 풍금 소리라도 그의 마음을 움직이는 데는 충분하며 수준 높은 하모니는 그를 변화시키기까지 했다. 그러나 가혹한 운명이 그가 지금 절실히 필요로 하는 이러한 신성한 영혼을 불러올 수 없게 했다.

그의 앞에 놓여 있는 땅덩어리는 암흑 그 자체와 같았다. 올 것도 기다릴 것도 없었다. 그러나 인생의 당연한 과정으로 그는 이 지상에서 앞으로 30년 혹은 40년은 더 머무르지 않으면 안 될지도 모른다 ─ 앞으로 조롱을 받아가며, 혹은 기껏해야 동정을 받아가면서 말이다.

이렇게 생각하니 견딜 수가 없었다.

캐스터브리지의 동쪽 편에는 황야 지대와 초원이 있고 그 사이로 많은 개울물이 흘러내리고 있었다. 고요한 밤에 이쪽을 배회하는 사람이 잠시 발걸음을 멈춰 서면 물들이 마치 등불 없는 오케스트라처럼 황야 가까이서 또 멀리서 여러 가지 음으로 연주하는 특이한 교향악을 듣게 될 것이다. 썩은 어살5 구멍에서는 노랫소리6가 들려오고, 돌로 된 홍벽 너머로 떨어지는 시냇물에서는 명랑하게 소리를 쏟아 내고 있으며, 아치 아래에서는 금속성의 심벌즈 연주 소리가 나고, 더노버 홀에서는 쉬익 소리를 낸다. 가장 높은 악기 소리를 내고 있는 지점은 '열 개의 수문'7이라는 곳이다. 이곳에서는 많은 물이 떨어지는 동안에 바로 여러 음의 둔주곡8이 연주된다.

이곳의 강물은 언제나 깊고 물살이 셌다. 그래서 수문들의 뚜껑은 톱니바퀴와 윈치9에 의해 끌어올려지고 내려졌다. 간선도로 건너의 두 번째 다리(앞에서 말한 바 있는)로부터 통로 하나가 이 수문들까지 나 있었다. 이 물줄기의 상류는 좁다란 널빤지 하나로 이어진다. 그

러나 해가 지고 나면 그쪽으로 가는 사람은 거의 없다. 이 길은 이 강
에서 수심이 깊은 블랙워터라는 곳으로만 통하는 길인 데다 좁아서
매우 위험하기 때문이었다.

헨처드는 동쪽 길을 따라 이 시내를 벗어나 두 번째 돌다리로 발길
을 옮겼다. 이곳에서 갑자기 호젓한 길로 접어들었다. 강가를 따라
걸어 들어가 그는 '열 개의 수문'의 검은 형체들이 서쪽 하늘에서 아직
머뭇거리고 있는 희미한 광채에 의해 수면에 그 아름다운 모습이 수
놓아지는 곳에 다다랐다. 그는 수심이 가장 깊은 수문 옆에서 잠시 발
걸음을 멈추었다. 그리고 전후좌우를 두리번거렸다. 눈에 들어오는
사람의 모습은 없었다. 그는 즉시 윗도리와 모자를 벗고는 두 손을 앞
으로 모으고 물 가장자리에 섰다.

그의 시선이 아래의 수면 위로 향하고 있는 동안 수세기에 걸친 침
식으로 형성된 둥근 웅덩이에 무언가 떠 있는 것이 눈에 들어왔다. 이
웅덩이는 그가 자신이 죽을 자리로 마음먹었던 곳이었다. 처음에는
둑의 그림자 때문에 무엇인지 불분명했지만 나중에 그것은 거기에서
빠져나와 형체를 드러냈는데, 수면 위에 빳빳하게 굳어 누워 있는 사
람의 형상이었다.

한가운데의 물살에 의해 갈라지며 소용돌이치는 물결 속에서 그 형
체는 물가로 떠나와 그의 눈 밑으로 지나갔다. 그때 그는 그것이 **자기
자신**이라고 생각하니 공포를 느꼈다. 그를 어느 정도 닮은 사람이 아
닌 어느 면으로 보나 바로 그의 판박이, 그와 실제로 꼭 닮은 사람이
'열 개의 수문 웅덩이'에서 죽은 듯이 떠내려가고 있는 것이었다.

이 불행한 남자는 초자연적인 사물에 대한 의식이 강했다. 실제로

그는 엄청난 기적을 경험한 사람이 그랬을 것처럼 고개를 돌리고 있었다. 그는 눈을 가리고 고개를 숙였다. 그는 흐르는 물줄기를 다시 바라보지 않고 코트와 모자를 집어 들고는 서서히 발걸음을 옮겼다.

이윽고 그는 자신의 숙소 문 앞에 서 있는 자신을 발견했다. 거기에는 놀랍게도 엘리자베스-제인이 서 있었다. 그녀는 마주 다가오면서 그를 전과 다름없이 '아버지'라고 불렀다. 그렇다면 뉴슨이 그때까지 아직 돌아오지 않았다는 것이다.

"저는 아버지가 오늘 아침에는 유난히 슬퍼 보였다고 생각했어요." 그녀가 말했다. "그래서 아버지를 뵈러 다시 왔어요. 저 자신도 결코 슬프지 않아 그러는 건 아니에요. 하지만 모든 사람과 매사가 아버지에게 너무 적대하고 있는 것 같아요. 10 아버지가 괴로워하신다는 것을 저도 알아요."

어쩜 이 여인은 그렇게도 상황을 꿰뚫어 보고 있단 말인가! 그러나 아직도 그녀는 전말을 모두 파악하지는 못했다.

그는 그녀에게 말했다.

"너는 아직도 기적이 일어난다고 생각하니, 엘리자베스? 나는 아는 게 많지 않은 사람이야. 내가 바라는 것만큼 알지도 못하거든. 나는 평생토록 열심히 배우려고 노력했지만 더 알려고 노력하면 할수록 점점 더 무지해지는 것만 같단다."

"저는 오늘날에는 기적이란 것이 일어난다고 전혀 생각하지 않아요." 그녀가 말했다.

"예를 들어, 필사적으로 몰두하는 경우 방해받지 않는다면? 음, 아마 직접적으로는 안 그럴 거야, 아마 안 그럴 거야. 잠시 나와 함께 산책하겠니? 내가 무슨 말을 하려는 것인지 알려주마."

그녀는 쾌히 응했다. 그는 그녀를 데리고 간선도로를 지나 '열 개의 수문'으로 가는 한적한 길로 향했다. 그는 마치 그녀의 눈에는 보이지 않는 어떤 귀신의 그림자가 그의 주위에서 맴돌면서 그의 눈앞을 어지럽히는 것 같아 허둥대며 걸어갔다. 그녀는 자진해서 루세타에 관해 이야기할 수도 있었겠지만 아버지의 마음을 어지럽히고 싶지 않았다. 그들이 어살이 있는 수문 가까이 왔을 때 그가 걸음을 우뚝 멈추어 서더니 그녀에게 더 앞으로 나아가서 웅덩이 속을 들여다보고 무엇이 있는지 본 대로 자기에게 말해 달라고 했다.

그녀는 앞으로 나아갔다가 곧바로 그에게 되돌아왔다.

"아무것도 안 보여요" 하고 그녀는 말했다.

"다시 가 봐라." 헨처드가 말했다. "그리고 주의 깊게 살펴보아라."

그녀는 다시 강벼랑 끝으로 나아갔다. 얼마 동안 지체한 후 돌아와 그녀는 그곳에서 빙빙 떠돌고 있는 무엇을 보았다고 말했다. 그러나 그것이 무엇인지는 분간할 수 없었다고 말했다. 그것은 헌 옷들의 꾸러미 같아 보였다는 것이다.

"그것들이 내 옷같이 보이느냐?" 하고 헨처드는 물었다.

"예, 그랬어요. 이를 어째요. 모르겠어요. 아버지, 우리 이제 그만 돌아가요!"

"가서 한 번만 더 보고 오너라. 그러고 나서 우리 집으로 돌아가도록 하자."

그녀는 다시 갔다. 그녀가 웅덩이 가장자리에 머리가 닿을 정도로 몸을 웅크리고 있는 것이 그에게 보였다. 그녀는 깜짝 놀라 몸을 일으키더니 그의 옆으로 급히 돌아왔다.

"자," 하고 헨처드는 물었다. "말해 보아라, 뭐로 보이니?"

"집에 가요."

"하지만 말해 보아라, ― 말해 보아 ― 저기 떠도는 것이 무엇이라고 생각하니?"

"허수아비예요" 하고 그녀는 급히 대답했다.

"그들이 치안관들에게 발각될까봐 겁이 나서 없애 버리려고 이 강 상류의 블랙워터에서 버드나무 사이로 던져 버린 게 틀림없어요. 그런데 그게 여기까지 떠내려 온 게 분명해요."

"아, ― 틀림없이 ― 내 허수아비야! 그런데 다른 하나는 어디 있을까? 왜 그 하나만 …. 그 사람들의 못된 짓거리가 그녀를 죽였고, 나는 살려 두었구나!"

그들이 왔던 길을 되돌아 서서히 시내로 가고 있을 때 "나는 살려두었구나"라는 말을 엘리자베스-제인은 생각해 보고 또 생각해 보았다. 그리하여 마침내 그 의미를 짐작해 내었다.

"아버지, 저는 아버지를 이렇게 혼자 사시게 하고 싶지 않아요!" 하고 그녀는 큰 소리로 외쳤다.

"제가 아버지와 함께 살면서 예전처럼 아버지를 보살펴드려도 될까요? 저는 아버지께서 가난하시다는 것은 아무렇지 않아요. 저는 오늘 아침에도 오겠다고 동의하려 했지만 아버지께서 저한테 말씀하지 않으시기에."

"네가 내게 오겠다고?" 그는 비통한 어조로 소리쳤다. "엘리자베스야, 네가 내게 빈말하는 것은 아니지만! 만약 네가 오기만 한다면!"

"가겠어요."

"너는 지난날 내가 너에게 했던 모든 학대를 어떻게 용서하겠느냐? 할 수 없을 거야!"

"그건 이미 잊어버렸어요. 그 이야기는 더 이상 하지 않기로 해요."

이렇게 그녀는 그를 안심시키고 재결합을 위한 그들의 계획을 맞추어 나갔다. 마침내 그들은 각자 자기 집으로 돌아갔다. 그 후 헨처드는 며칠 만에 처음으로 면도를 하고 깨끗한 내의로 갈아입고 머리를 빗었다. 그는 그때부터 다시 태어난 사람 같았다.

이튿날 아침 엘리자베스-제인이 말한 것은 사실이었다. 그 허수아비가 어느 목동에 의해 발견되었고, 같은 강의 약간 더 높은 곳에서 루세타의 허수아비가 발견되었다. 그러나 그 일에 관해서는 아무에게도 말하지 않았고 허수아비들은 몰래 태워 없애 버렸다.

그 불가사의한 일이 이처럼 자연스럽게 해결되었음에도 불구하고 헨처드는 그 허수아비가 그곳에서 떠다니고 있었던 것을 하나의 〔불가사의한 초자연적 힘의〕11 개입이라고 여기게 되었다. 엘리자베스-제인은 그가 "부도덕한 사람이 나 말고 또 누가 있단 말인가! 나 같은 사람은 어느 누군가12의 손 안에 놓여 있는 것 같아!"라고 말하는 것을 들은 적이 있었다.

XLII

씨앗 소매상점

그러나 자신이 어떤 사람의 손 안에 놓여 있다고 느꼈던 확신은 시간이 흘러 그러한 감정을 싹트게 했던 사건이 잊히면서 헨처드의 마음에서 사라지기 시작했다. 그 대신 뉴슨의 환영이 그를 괴롭히고 있었다. 그는 분명 다시 오고 말 것이다.

그러나 뉴슨은 돌아오지 않았다. 루세타의 시신은 교회 묘지의 길 옆으로 운구되었다. 캐스터브리지 시민들은 그들의 일터로 나가기 전에 마지막으로 그녀에게 시선을 돌렸다. 마치 그녀는 살았던 적도 없었던 것 같았다. 그러나 엘리자베스는 헨처드와 자신의 관계에 대한 신념에는 아무런 흔들림이 없었고 그래서 지금은 그의 집에서 함께 살았다. 결국 뉴슨은 영원히 가 버렸는지도 모르는 일이었다.

그러는 동안 아내와 사별한 파프레이는 루세타가 발병하여 죽게 된 직접적인 원인을 알게 되었다. 그리하여 그는 가장 먼저 그 불행을 불러온 그 장본인들에게 법의 이름으로 원한을 풀고 싶다는 당연한 충동이 들었다. 그는 장례식이 끝날 때까지 기다렸다가 행동을 취하기로 굳게 다짐했다. 드디어 때가 오자 그는 곰곰이 생각해 보았다. 결과는 불행했지만 그 얼룩덜룩한 차림의 행렬을 주선했던 지각없는 무리들이 그런 결과를 예견하거나 의도했던 것도 아니었다. 그가 아는 한에서는 그 사건의 내용과 관계있는 사람들을 얼굴 붉히게 한다는 기대가 — 그러한 기대 속에 몸부림치는 사람들이 극도로 느끼는 통쾌한 즐거움이 — 그들을 충동질했을 뿐이었다. 그가 그렇게 생각한 것은 조프의 선동에 대해서는 전혀 아는 바 없었기 때문이었다.

그는 여러 가지 다른 일 또한 고려해 보았다. 루세타는 죽기 전에 모든 것을 그에게 고백했었다. 따라서 그녀의 내력에 관해 많은 소동을 벌이는 것은 그녀를 위해서와 마찬가지로 헨처드를 위해서 그리고 자기 자신을 위해서 바람직한 일만은 아니었다. 파프레이에게는 그 사건을 하나의 운이 나쁜 우발적인 사고로 간주하는 것이 죽은 자를 추모하기 위한 가장 진실한 도덕적 배려일 뿐 아니라 최선의 철학이라고 보았다.

헨처드와 파프레이는 서로 만나기를 삼갔다. 헨처드는 파프레이의 주도 아래 시의원들이 자신에게 새 일자리를 주고자 사들인 작은 씨앗과 뿌리 상점을 맡기로 했다. 그는 엘리자베스를 위해 자신의 자존심을 억누르고 기꺼이 받아들였다. 그가 오직 자신만 생각하는 과거의 헨처드였다면, 자신이 그렇게도 잔인하게 괴롭혔던 그 사람이 제공하는 원조는 간접적이라도 의심할 여지없이 거절했을 것이다. 그러나 그 소녀의 동정이 자신의 생존에 꼭 필요한 것 같았다. 따라서 그녀로 인해 자존심은 스스로 겸손이라는 옷을 입게 되었다.

그들은 이곳으로 옮겨 자리를 잡았다. 그들이 살아가는 하루하루 헨처드는 매일 주의 깊게 엘리자베스의 소망을 예측했다. 경쟁을 두려워하는 불타는 질투심에 의해 부성애가 깊어졌던 것이다. 그렇다 해도 뉴슨이 지금 당장 캐스터브리지로 돌아와 그녀가 자기의 딸이라고 주장할 것이라 생각할 이유가 없었다. 뉴슨은 방랑자요, 이방인이었으며 거의 외국인이나 다름없었다. 그는 자기의 딸을 그때까지 수년 동안 보지 못했으며 그녀에 대한 애정은 보통 세상 일이 그렇듯 간절할 수 없었다. 다른 관심사들이 그녀에 대한 그의 기억들을 머지않아 희미하게 할 가능성이 있었으며, 또 자신의 딸이 여전히 살아있다는 사실을 알게 할 과거에 대한 질문이 다시 제기되는 일을 막을 것이었다.

헨처드는 자신의 양심을 다소나마 달래기 위해, 탐냈던 보물을 자신이 소유케 한 그 거짓말은 자기가 그러한 목적에서 고의로 한 것이 아니라, 어떤 결과가 초래될지 전혀 모르는 상태에서 절망에 빠져 있는 사람의 마지막 발악으로 한 말이라고 혼자 되풀이했다. 더욱이 그는 마음속으로, 뉴슨은 자기가 사랑하는 것만큼 그녀를 사랑할 수 없을 것이며 혹은 자기가 기꺼이 할 준비가 되어 있는 것만큼, 그녀를 그의 목숨이 다할 때까지 보살피지 못할 것이라고 변명했다.

교회의 공동묘지가 내려다보이는 그 씨앗상점에서 그들은 이렇게 살아갔다. 그 해의 남은 기간 동안 그들의 생활을 특징지을 만한 일은 발생하지 않았다. 외출도 극히 드물었고 장날에 외출하는 일은 결코 없었다. 그래서 그들이 도널드 파프레이를 보게 되는 일은 극히 드물었으며, 보게 되더라도 대개 노상의 먼발치에서 잠시 눈에 띄는 것에 지나지 않았다. 그리고 그는 사람이면 누구나 한동안 시일이 지나면 그러하듯 동료 상인들에게 기계적으로 미소를 지어 보이고, 거래하는 사람들과 논쟁하면서 자기의 본업에 종사하고 있었다.

"자신만의 회색 스타일의 시간"1은 파프레이에게 루세타에 대한 그의 경험을 어떻게 평가할지 가르쳐 주었다. 이건 이렇고 저건 저렇다고. 세상에는 우연히 간직하게 된 어떤 인상이나 명분에 대해 그들이 판단하기에 그것은 귀한 것이 아니라고, 혹은 그 정반대이기까지 하다고 선언한 이후까지 완강한 신의를 고집하는 사람들이 있다. 그런 사람들이 있기에 훌륭한 사람들이 구분되는 것이다.

그러나 파프레이는 그러한 부류의 사람이 아니었다. 상처로 인해 막다른 골목으로 몰린 그를 그의 통찰력이나, 활발함, 그리고 신속함으로 구해 내는 것은 필연적인 일이었다. 그는 루세타의 죽음으로 자신의 마음을 어둡게 하는 불행을 단순한 슬픔으로 바꾸게 되었다는 사실을 직감하지 않을 수 없었다. 어떠한 환경에서라도 조만간 그녀의 내력은 드러나게 되었을 것이고, 그러면 그 이후 전개되었을 그녀와의 결혼생활에 더 큰 행복을 가져왔을 것이라고는 믿기 어려웠다.

그러나 그러한 형편에도 불구하고 루세타에 대한 인상은 하나의 추억으로 여전히 그와 함께 생생하게 살아 있었으며, 그녀의 단점에 대해서는 아주 온건한 비판을 불러일으킬 뿐이었다. 자신에게 진실을 감춘 그녀에 대해 이따금 떠오르는 분노도 그녀가 겪은 고통을 생각하면 순간적인 불꽃처럼 사라졌다.

한 해가 끝나갈 무렵 헨처드의 조그마한 **씨앗 소매상점**은 한 뼘 정도밖에 안 되는 크기이지만 장사가 상당히 잘되었으며, 의붓아버지와 딸은 그 가게가 위치한 아늑하고 양지바른 구석에서 마음의 평온함을 한껏 즐기고 있었다. 이 시기의 엘리자베스-제인은 정신적 활동에 몰두했으며 조용하게 지내는 것이 특징이었다. 그녀는 일주일에 두세 번 버드머스 쪽의 교외로 긴 산책을 했다. 그녀가 이렇듯 상쾌하게 산책한 후 밤에 그와 함께 앉아 있을 때, 헨처드는 그녀가 가끔 다정하기보다는 정중하다는 생각이 그의 머리에 떠올랐다. 그는 괴로웠다. 처음 그녀에게 받은 소중한 애정을 그의 엄격한 억압으로 차갑게 식게 했던 후회스러운 경험이 있는데, 거기에 쓰라린 후회가 하나 더 늘어난 것이다.

그녀는 이제 모든 것을 자기 마음대로 했다. 오고가거나 사고팔거나 그녀의 말이 곧 법이었다.

"너 새 머플러를 하나 샀구나, 엘리자베스" 하고 어느 날 헨처드는 아주 점잖은 말로 그녀에게 말했다.

"네, 하나 샀어요."

그는 식탁 위에 놓여 있는 그 물건을 바라보았다. 모피는 반들반들한 갈색이었다. 그는 그러한 물건을 평가할 입장은 아니었지만 그가 보기에도 그녀가 갖기에는 유별나게 좋은 물건처럼 보였다.

"아주 비싼 물건 같구나, 애야, 그렇지 않니?" 하고 그는 용기를 내어 말했다.

"제 처지에는 꽤 고급이에요" 하고 그녀는 조용하게 말했다. "하지만 화려하지는 않지요?"

"오, 그렇고말고." 헨처드는 우리에 갇힌 사자처럼 그녀의 비위를 조금이라도 건드리지 않기 위해 애써 말했다.

그로부터 얼마 지난 후 봄이 되었을 때 그는 지나가다가 그녀의 빈

침실 앞에서 발걸음을 멈췄다. 그는 그녀가 자기의 거친 성격 때문에 콘스트리트의 크고 멋진 자신의 집에서 나간 뒤, 지금처럼 그녀의 방 안을 들여다본 일을 생각해 보았다. 지금의 방은 그때의 방에 비교가 안 될 정도로 보잘것없었지만 그는 구석구석 어느 곳에나 널려 있는 많은 책을 보고 놀라게 되었다. 그 책들의 수에서나 질에서나 그 책들을 받치고 있는 보잘것없는 가구들이 어색할 정도로 어울리지 않아 보였다. 최근에 사들였음이 틀림없어 보이는 것들이 더러 있었다. 아니 실로 많았다. 그는 도의적으로 그녀에게 책을 사 보라고 말한 적은 있지만, 그는 얼마 되지 않는 소득에 비해 그녀가 스스로 타고난 열정을 그처럼 폭넓게 충족시키는 줄은 몰랐다. 그는 그것이 낭비라고 생각되자 처음으로 약간 기분이 상했다. 그래서 이러한 낭비에 관해 그녀에게 한마디 해야겠다고 마음먹었다. 그러나 미처 말할 용기가 생기기 전에 그의 생각을 아주 다른 방향으로 돌려놓는 사건이 발생했다.

씨앗 장사가 바쁜 시기는 끝나고 건초 철이 오지 않은 조용한 몇 주일이 지나갔다. 장터에는 목제 갈퀴, 노랗고 파랗고 빨간 새 짐마차, 어마어마하게 큰 낫, 작은 가족을 꿰어 올릴 정도로 뾰족한 끝을 가진 많은 쇠스랑들을 장바닥에 쏟아 놓음으로써 캐스터브리지의 특징을 드러냈다. 헨처드는 자기의 평소 버릇과는 반대로 어느 토요일 오후, 장터로 향했다. 예전의 황금시기를 누렸던 현장에서 몇 분 동안이나마 보내고 싶은 이상한 기분 때문이었다. 자기와는 아직도 비교적 서 먹서먹하기만 한 파프레이가 곡물거래소의 문에서 몇 발자국 아래에 서 있었다 — 이 시간쯤이면 그에게서 볼 수 있는 평범한 자세였다 — 그는 조금 떨어진 곳에서 자신이 찾고 있는 무언가에 관해 생각에 잠겨 있는 듯했다.

헨처드의 두 눈은 파프레이의 시선을 따라갔다. 그리고 그는 파프
레이가 응시하는 대상이, 견본을 전시하고 있는 농부가 아니라 자기
의 의붓딸이라는 것을 알아차렸다. 그녀는 길 건너 어느 가게에서 막
나오고 있었다. 그녀는 파프레이가 자신을 쳐다보고 있음을 전혀 의
식하지 못하고 있었다. 이 일에 있어서 그럴듯한 구애자들이 시야 안
에 있을 때에는 언제나 주노2의 새처럼 바로 화려한 겉차림으로 아르
고스3의 시선을 끄는 젊은 여인들만큼 운이 따르지 못했다. 4

헨처드는 이 순간에는 파프레이가 엘리자베스-제인을 바라보는 눈
길을 그다지 중요하게 여기지 않으면서 발길을 돌렸다. 그러나 그는
그 스코틀랜드인이 한때 그녀에게 일시적으로나마 부드러운 관심을
보였던 일이 있다는 것을 잊을 수 없었다. 그래서 처음부터 헨처드의
행동을 지배해 왔고, 현재의 그를 만든 그 특이한 기질이 즉시 표면
으로 드러났다. 그는 자신이 애지중지하는 의붓딸과 정열적이고 번
성하는 도널드 간의 결합이 그녀와 자기 자신의 행복을 위해서 바람
직한 일이라고 생각하는 대신에 그들이 결합할 수 있다는 가능성 자
체를 증오했다.

그러한 본능적인 거부감을 이미 구체적인 행동으로 옮기던 때도 있
긴 했다. 그러나 그는 이제 과거의 헨처드가 아니었다. 그는 다른 경
우와 마찬가지로 이 문제에서도 그녀의 의사를 절대적이고도 의심할
여지없이 명백한 것으로 받아들이겠다고 다짐했다. 그는 그녀를 가
까이에 두고 그녀의 반감을 사는 것보다 따로 떨어져 살면서 그녀의
배려를 유지하는 것이 더 낫다고 생각하면서 자기의 정성에 의해 되

찾은 그녀의 존경을 잃지나 않을까 두려워했다.

그러나 그렇게 떨어져 산다는 단순한 생각이 그를 대단히 흥분시켰다. 그래서 그는 그날 저녁 긴장하며 조용히 물었다.

"오늘 파프레이 씨를 만났니. 엘리자베스야?"

엘리자베스-제인은 그 질문에 놀랐다. 그녀는 약간 당황해하는 눈치로 "아뇨"라고 대답했다.

"오, 그렇구나, 그럴 테지…. 우리 둘이 같이 있을 때 거리에서 그 사람을 보았기 때문에 물어보는 것뿐이야."

그는 그녀가 당황해 하는 것을 보고 새로운 의혹이 생겨났다. 그렇지 않아도 그녀의 최근 그 긴 산책들이, 그를 대단히 놀라게 한 그 새 책들이 그 젊은이와 무슨 관련이라도 있지 않나 하는 의혹을, 혹시 정당화시켜 주는 것은 아닐까 생각하고 있었다. 그녀는 그에게 납득할 수 있도록 속 시원하게 말해 주지 않았다. 그는 침묵이 그녀로 하여금 현재 부녀간의 다정한 관계에 이롭지 못한 생각을 갖게 할까 봐 얼른 화제를 다른 곳으로 돌렸다.

헨처드는 천성적으로 좋은 일을 위해서건 나쁜 일을 위해서건 은밀히 행동하는 사람이 아니었다. 그러나 마음에 그의 사랑에 관한 '걱정스러운 두려움'5이 있는 — 즉, 자신이 거절했던 (다시 말하면 다른 의미에서 자신이 구하러 다가갔던) 엘리자베스의 배려에 자신이 의존하게 된 것이, 그의 본성을 바꾸어 놓았다. 그는 종종 그녀의 이러저러한 행동이나 표현의 의미를 몇 시간씩 저울질해 보고 숙고해 보는 것이었다. 예전 같으면 이러한 경우 무뚝뚝하게 해결하려는 것이 그의 우선적 본능이었을 것이다. 그런데 지금은 파프레이를 연모하는 마음이 자식으로서 아버지인 자신을 생각하는 온화한 마음을 모조리 앗아 갈지도 모른다는 불안감으로 인해 그는 그녀가 오고가는 것을 좀더 주의 깊게 관찰하기로 했다.

엘리자베스-제인의 거동에는 습관적인 신중함이 나타나는 것 이외에는 감추는 일이 전혀 없었다. 그리고 두 사람이 우연히 마주치면 도널드와 가끔 대화를 나눈 것 또한 그녀 쪽에서 말을 걸었다고 즉시 인정될 수도 있었다. 그녀가 버드머스로 산책을 나가는 목적이 무엇이었든 간에 그녀가 그 산책에서 돌아오는 시간은, 파프레이가 바람이 세게 부는 그 대로에서 20분 정도 바람을 쐬기 위해 콘스트리트를 빠져나오는 시간과 자주 일치했다. 파프레이의 말대로 차를 마시기 전에 몸에 달라붙은 곡식알들과 왕겨를 바람에 날려 버리기 위한 시간이었다. 헨처드는 원형 경기장으로 나가 경내에 몸을 숨기고 그 대로 주변을 감시하다가 마침내 그들이 만나는 것을 목격하여 이 사실을 알게 되었다. 그의 얼굴은 몹시 괴로운 표정을 지었다.

"내게서 엘리자베스까지 빼앗아 가려 하는군!" 하고 중얼거렸다. "하지만 그에게는 그럴 권리가 있어. 나는 끼어들고 싶지 않아."

그들의 만남은 실은 전혀 다른 뜻이 없는 순수한 만남이었으며, 그 두 젊은이 사이의 관계는 결코 헨처드의 질투심 깊은 비탄이 추론한 것만큼은 나아가지 않은 상태였다. 그가 그들 사이에 오고간 대화를 들을 수 있었다면 그도 그렇게 이해했을 것이다.

그. "이쪽으로 산책하기를 좋아하는 모양이지요, 헨처드 양. 그렇지 않아요?"(그의 독특한 오르내리는 억양으로 그녀를 살피는 듯 사려 깊은 시선으로 말했다)

그녀. "오, 그래요. 저는 최근에 이 길을 택했어요. 거기에 무슨 특별한 이유가 있는 것은 아니에요."

그. "하지만 그렇게 한 것이 다른 사람에게는 무슨 이유가 될 수 있어요."

그녀. (얼굴을 붉히면서) "저는 그런 건 몰라요. 하지만 굳이 이유 같은 것이 있다면, 그건 제가 매일 바다를 잠깐이라도 보고 싶다는 것이에요."

그. "그 이유는 비밀입니까?"

그녀. (마지못해) "예"

그. (자기 고향의 발라드 중 하나에 등장하는 비애를 담아) "아, 나는 비밀을 지키는 것이 좋은 일이라고는 생각하지 않아요! 어떤 비밀이 내 인생에 짙은 그림자를 씌워 놓았어요. 그것이 무엇인지 아가씨는 잘 알 겁니다."

엘리자베스는 알고 있다고 시인했다. 그러나 그녀는 바다가 왜 자기의 마음을 끄는지 털어놓지 않았다. 그녀 자신도 그 이유를 충분히 설명할 수 없었다. 이전에 자신이 바다 근처에 살았다는 사실에 더하여 그녀의 혈관 속에 흐르는 피가 어느 뱃사람의 것이라는 비밀을 모르고 있었기 때문이다.

"그 새 책들 고마워요, 파프레이 씨" 하고 수줍게 덧붙였다. "그렇게 많이 받아도 되는 것인지 모르겠어요!"

"물론! 왜 안 되나요? 아가씨가 직접 구하는 것보다 내가 아가씨를 위해 구해 주는 것이 나는 더 기뻐요!"

"그럴 리가요!"

그들은 시내에 다다를 때까지 길을 따라 함께 걸었다. 시내에 도착한 뒤 마침내 그들의 방향이 갈라졌다.

헨처드는 그들의 목적이 무엇이든 간에 그들 멋대로 하도록 내버려 두기로, 그들의 진로를 전혀 방해하지 않기로 맹세했다. 만약 그가 그녀를 잃을 운명이라면 그대로 따를 수밖에 없다. 그들의 결혼이 창조할 환경에서 그는 자신을 위한 '인정받은 입장'6 같은 건 전혀 찾을 수 없었다. 파프레이는 아주 거만한 마음으로 헨처드를 인정하지 않을 것이다. 헨처드의 과거 행동 못지않게 그가 가난하다는 사실이 반드시 그렇게 만들 것이다. 그렇게 되면 엘리자베스는 그에게서 점점 멀어져 남이 될 것이고, 그의 여생은 친구 하나 없는 외로움으로 끝날 것이다.

그러한 가능성과 함께 그는 그들을 경계하지 않을 수 없었다. 사실 그는 일정한 범위 안에서 엘리자베스가 피해를 입지 않도록 자기의 책임으로 그녀를 지킬 권리가 있었다. 그들에게는 매주 특정한 날에 만나는 것이 당연지사가 되어 가는 듯했다.

마침내 그는 확고한 증거를 잡았다. 그는 파프레이가 그녀를 만나고 있는 장소에서 가까운 어느 담 뒤에 서 있었다. 그 젊은이가 그녀에게, "내 사랑 엘리자베스-제인" 하고 말을 건네는 소리가 들리더니 곧이어 그녀에게 키스하고, 그녀는 누가 가까이 없는지 확인하기 위해 재빠르게 주위를 살폈다.

그들이 그곳을 떠난 후 헨처드는 담 뒤에서 나와 슬픔에 잠겨 캐스터브리지까지 그들의 뒤를 따라갔다. 이 약혼의 주된 골칫거리는 조금도 줄어들지 않았다. 파프레이와 엘리자베스-제인은 둘 다 다른 사람들과 마찬가지로 엘리자베스를 그의 친딸로 생각하고 있음이 틀림없을 것이다. 왜냐하면 헨처드 자신이 그렇게 믿고 주장하기 때문이다. 파프레이는 틀림없이 그를 용서하여 아무 반대 없이 장인으로 받아들이겠지만, 두 사람은 결코 친밀해질 수 없는 관계였다. 마찬가지로 그의 유일한 친구인 그녀 역시 자기 남편의 영향력 아래에서 그로부터 점차 멀어지게 되고 그를 멸시하게 될 것 같다는 생각이 들었다.

그녀가 헨처드 자신과 전날 생명을 걸고 서로 겨루고, 저주하고, 필사적으로 몸싸움을 해야 했던 그 사람이 아닌 이 세상의 어떤 다른 남자한테 마음을 줬다면 헨처드는 "나는 만족한다"고 말했을 것이다. 그러나 지금 눈앞에 그려지는 그림에서는 그런 만족을 찾기 힘들었다.

사람의 머리에는 용인되지도 않고, 필요하지도 않은 손해만 보게 되는 생각들이 제자리로 되돌아가기에 앞서 잠시 동안 이리저리 방황하는 하나의 외부 공간이 있게 마련이다. 이러한 생각 중의 한 가지가 지금 헨처드의 뇌리에 떠올랐다.

만약 자기가 파프레이에게 그의 약혼녀는 마이클 헨처드의 자식이 전혀 아니라는 ─ 법적으로 어느 누구의 자식도 아니라는 사실을 알린다면 그 빈틈없는 이 도시의 지도자는 그 정보를 어떻게 받아들일까? 그는 어쩌면 엘리자베스-제인을 버릴지도 모른다. 그러면 그녀는 다시 그녀의 의붓아버지의 딸이 될 것이다.

헨처드는 몸서리를 치며 소리쳤다.

"하느님, 그러한 일을 금해 주소서! 왜 저는 그 악마를 멀리하려고 이렇게 애쓰고 있는데도 이처럼 그 악마가 여전히 나를 찾아오고 있단 말입니까."

도시의 기둥

헨처드가 이렇게 일찍이 목격했던 광경은 얼마 지나지 않아 너무도 자연스럽게 다른 사람들의 눈에 띌 정도였다. 파프레이가 "허다한 여자들을 두고 파산한 헨처드의 의붓딸과 함께 산책을 나갔다"는 것이 시내에서는 공공연한 화젯거리가 되었다. 이 지역에서는 그렇게 떠돌아다니는 말이 구혼을 의미했다. 캐스터브리지의 열아홉 명의 뛰어난 젊은 여인은 자신이 바로 상인 겸 시장인 그를 행복하게 할 수 있는 유일한 여자라고 여겨 오다가 화가 난 나머지 파프레이가 다니는 교회에 발길을 끊었고, 의식적인 예의를 피했으며, 밤에 기도하면서 그를 자신의 혈연관계 속에 끼워 넣는 것도 그만두었다. 간단히 말해서, 그 여인들은 이제야 제정신으로 돌아온 것이다.

스코틀랜드인의 이 불안한 선택에 순수하게 만족한 도시의 주민들은 롱웨이즈, 크리스토퍼 코니, 빌리 윌즈, 버즈포드 씨 등 철학에 조예가 깊은 모임의 구성원들이 유일했다. 그들이 그 젊은 남녀가 여러 해 전에 캐스터브리지라는 무대에 소박하게 처음 발을 들여놓는 것을 목격했던 장소가 쓰리 마리너즈였기 때문에 그들은 그 젊은이들의 일에 은근한 관심을 갖게 되었다. 아마도 거기에는 가까운 장래에 자신들이 떠들썩한 축하잔치에 초대받을 거라는 생각이 은연중에 깔려 있었다.

스태니지 부인이 어느 날 저녁 그 큰 술집의 홀 안으로 구르듯 들어와 '**도시의 기둥**'인 파프레이 씨 같은 남자는 전문 직업인이나 개인 별장을 가진 지주의 딸들 중 한 명을 선택할 수 있는데도 그렇게 겸허하게 자세를 낮추는 것은 이상한 일이라고 말했다.

코니가 불쑥 입을 열어 그녀의 말에 의견을 달리했다.

"그렇지 않아요, 부인. 전혀 이상할 게 없어요. 그에게 몸을 낮춘 건 그녀입니다. 내 생각은 그래요. 그 홀아비 — 그의 첫 아내는 그에게 전혀 믿음을 주지 못했던 — 가 젊고 책을 탐독하는 여인, 자유로운 몸이고 여러 사람의 호감을 사고 있는 이 여인에게 무엇이겠어요? 그러나 나는 상황을 멋지게 수습하는 방법으로는 그렇게 하는 것이 큰 도움이 된다고 생각합니다. 남자란 그 사람처럼 아내의 무덤 앞에 최상품의 대리석 비석을 세우고, 실컷 운 다음 모든 것이 끝났다고 생각하며 이렇게 혼잣말을 하게 되는 법이지요. '그 여자가 나를 속였어. 나는 이 여자를 먼저 알았던 거야. 그녀는 배우자로 합당한 여인이었어. 지금 상류사회에는 이보다 고상한 생활에 충실한 여인은 또 없어'라고 말이에요. 그녀가 애정을 표시하는데도 그녀를 붙들지 못한다면 그로서는 그보다 더 어리석은 짓이 없을 겁니다."

그들은 쓰리 마리너즈에서 이렇게 호들갑을 떨었다. 하지만 우리는 앞으로 예상되는 그 혼사로 인해 대단한 감흥을 일으켰고 남의 이

야기를 하기 좋아하는 입들이 그것에 관해 지껄여 대는 모든 소문 등
틀에 박힌 발언은, 비록 그 선언이 우리들의 가련한 여주인공의 인생
에 다소의 광채1를 비추는 일이 있더라도 함부로 사용하지 말아야 한
다. 분주하게 소문을 퍼뜨리고 다니는 사람들이 이런 이야기를 다 쏟
고 나면 사람들은 자기와 직접적으로 관계가 없는 일에 대해서는 피
상적이고 일시적인 관심만 보일 뿐이다. 캐스터브리지 사람들(열아홉
명의 처녀들은 제외하고)은 그 소식에 잠시 귀를 기울였다가 더 이상의
관심은 떨쳐 버리고, 파프레이의 집안에 대한 화제에는 조금도 관심
없이 들판에 나가 일했다. 그들은 식료품을 사들이고, 자녀들을 양육
하고, 죽은 자를 매장하는 일상의 일을 계속했다고 말하는 것이 보다
정확한 표현일 것이다.

결혼에 관해서는 엘리자베스 자신이나 혹은 파프레이도 그녀의 의
붓아버지에게 암시를 전혀 주지 않았다. 헨처드는 그들이 자신에게
결혼이야기를 언급하지 않는 이유를 생각했다. 그러다가 애정이 깊
어진 두 남녀가 자신을 과거의 잣대로 평가해서 그 결혼이야기를 꺼
내기 두려워하고 있으며 자신을 정말 피하고 싶은 귀찮은 장애물로
생각하고 있다는 결론을 내렸다. 사회에 반감을 품고 있는 것만큼 마
음이 쓰라렸기 때문에 자신에 대한 이렇게 침울한 생각이 헨처드를
점점 더 단단히 사로잡고 있었다. 마침내 그는 사람들, 그중에서도
특히 엘리자베스-제인과 일상적으로 마주쳐야 하는 일이 그로서는
너무 견디기가 힘들 정도가 되었다. 그의 건강은 쇠약해졌고, 병적으
로 신경과민이 되었다. 그는 자기를 원하지 않는 사람들에게서 벗어
나 자기의 존재를 영원히 감추고 싶어 했다.

그러나 만약 그의 생각이 잘못되었고, 그녀가 결혼하더라도 자신을 그녀에게서 분리해야 할 필요가 없다면 어떻게 되는 것인가?

그는 대안의 모습을 — 자기의 의붓딸이 주인인 집의 뒷구석에서 발톱 없는 사자처럼 살아가는 자신을 그려보기 시작했다. 이 거슬리지 않는 늙은이에게 엘리자베스는 상냥한 미소를 지어 보이고, 그녀의 남편은 온후한 관용을 베풀 것이다. 그렇게까지 추락하는 자신의 모습을 상상한다는 것은 그의 자존심에 참을 수 없는 일이었다. 그러나 그 소녀를 위해서 그는 파프레이에게 받게 되는 어떤 일도 참아야 할 것이다. 심지어 냉대와 능수능란한 혀끝의 놀림에서 나오는 채찍질까지도 참아야 한다. 그녀가 사는 집에 함께 거처한다는 특권이 개인적 굴욕쯤은 대수롭지 않은 것으로 만들어 줄 것 같았다.

이것이 희미한 가능성에 불과하든 그 반대이든, 구혼은 — 이제 표면화되어 진행되는 두 사람의 교제는 — 헨처드의 마음을 송두리째 빼앗아 가고 있었다. 엘리자베스는 앞에서도 말했듯이 버드머스로드로 종종 산책 나갔고, 파프레이는 그곳에서 그녀를 우연히 만나는 것을 아주 편하게 받아들이게 되었다. 2마일 밖에, 그 간선도로에서 4분의 1마일 떨어진 곳에 마이 던이라 불리는 선사시대의 요새가 있었다. 그 요새는 규모가 거대하고 많은 성벽으로 이루어져 있었다. 이 성벽의 담 안이나 혹은 그 위에 서 있는 사람은 이 길에서 보면 조그마한 점으로 보인다. 헨처드는 손에 망원경을 들고 가끔 이쪽으로 와서 울타리 없는 도로2를 — 원래 로마 제국의 군대가 닦은 울타리 없는 길 —2, 3마일 밖까지 훑어보았다. 파프레이와 그의 연인 사이에 일이 어떻게 진전되는지를 살피는 것이 목적이었다.

어느 날 헨처드가 이 지점에 이르렀을 때 한 남자의 모습이 버드머스에서 그 길을 따라 나타나서 어슬렁댔다. 헨처드는 망원경을 눈에 대며 평상시와 마찬가지로 파프레이의 모습이 들어오리라고 생각했다. 그러나 망원경의 렌즈에 나타난 오늘의 그 남자는 엘리자베스의 연인이 아니었다.

그는 어느 상선의 선장 차림이었다. 그런데 그가 길을 자세히 살피느라고 몸을 돌리자 얼굴이 드러났다. 그 얼굴을 보는 순간 헨처드는 한평생을 다 살아 버린 것 같았다. 그는 뉴슨이었다.

헨처드는 망원경을 내려놓고 한동안 멍해서 움직이지 못했다. 뉴슨은 기다렸고, 헨처드도 기다렸다. 만일 그곳에 고정된 것처럼 굳어 있는 것3을 기다림이라 한다면 말이다. 그러나 엘리자베스-제인은 나타나지 않았다. 그녀는 그날 이런저런 이유로 습관적으로 하던 산책을 하지 않았다. 아마 파프레이와 그녀가 다양한 만남을 위해 다른 길을 택했는지도 모른다. 그러나 무엇이 달라진다는 말인가? 그녀가 내일은 이곳에 나타날지 모른다. 여하튼 뉴슨이 그녀와 은밀히 만나 그녀에게 진실을 알리려 한다면 곧 그런 기회를 잡을 수 있을 것이다.

그렇게 되면 뉴슨은 그녀에게 자기가 아버지라는 것은 물론 한때 그의 발을 돌리게 했던 그 계략에 대해서도 말하게 될 것이다. 엘리자베스의 엄격한 천성은 그녀로 하여금 자기의 의붓아버지를 처음으로 멸시하게 할 것이고, 교활한 사기꾼이 된 그의 인상을 모두 지워 버리게 할 것이며, 그래서 뉴슨이 자기 대신 그녀의 마음을 지배하게 될 것이다.

그러나 뉴슨은 그날 오전에 그녀와 연관된 어떤 것도 보지 못했다.

뉴슨은 잠시 조용히 서 있다가 마침내 자기가 왔던 길로 발길을 돌렸다. 헨처드는 몇 시간 동안의 유예기간을 가진 사형수 같은 느낌이 들었다. 그가 집에 돌아왔을 때 그녀는 집에 그대로 있었다.

"저, 아버지!" 하고 그녀는 천진난만하게 말했다.

"제가 편지 한 통을 받았어요. 이상한 편지예요. 서명도 없어요. 누군가가 저에게 오늘 정오 버드머스로드에서, 아니면 오늘 밤 파프레이 씨 댁에서 만나자는 거예요. 그 사람의 말은 자기가 얼마 전에도 저를 만나러 왔다가 어떤 농간에 빠져 저를 만나지 못했다는 거예요. 저로서는 이해가 가지 않는 일이에요. 하지만 아버지와 저 사이의 이야기지만, 이 일에 도널드가 깊이 관련되어 있는 것 같은 생각이 들어요. 또 무언가 전달하고 싶어 하는 사람도 그가 선택한 자신의 친척인 것 같아요. 하지만 저는 아버지를 뵙기 전에는 가고 싶지 않았어요. 제가 가야 되나요?"

헨처드는 침통하게 대답했다.

"그래, 가 보아라."

뉴슨이 이곳으로 이렇게 가까이 다가오면서 헨처드는 캐스터브리지에 계속 머무를 것인지 달리 생각할 필요가 없어졌다. 헨처드는 자기의 양심과 직접적으로 관련된 문제로 쏟아지는 비난을 견뎌 낼 만한 사람이 못 되었다. 그는 고민을 말없이 참아 내는 데 노련한 사람인 동시에 거만하기까지 했기 때문에 자신의 의도를 될 수 있는 대로 가볍게 생각하면서 자신의 거취를 즉각 행동으로 옮겨야겠다고 결심했다.

그는 이 세상에서 자신의 전부라고 생각했던 젊은 여성에게 마치 자기가 더 이상 신경 쓰지 않는다는 듯이 말해 그녀를 의아하게 했다.

"나는 캐스터브리지를 떠날 작정이야, 엘리자베스-제인."

"캐스터브리지를 떠나신다니요!" 하고 그녀는 소리쳤다. "떠나신다고요? 저한테서요?"

"그래, 이 조그마한 가게는 너 혼자서도 우리 두 사람이 했던 것만큼 잘 꾸려 나갈 수 있을 게다. 나는 이 상점이고, 길거리고, 사람들이고 모두 관심이 없다. 차라리 혼자 시골로 내려가 사람들의 눈에 띄지 않게 나 혼자만의 인생을 살고 싶고, 너는 너를 아끼는 사람들에게 맡기려 한단다."

그녀는 고개를 떨구더니 말없이 눈물을 흘렸다. 그녀에게는 그의 이러한 결심이 자신이 파프레이에게 보인 애정 때문이라 여겼고, 이는 당연한 결과일 수도 있었다. 그러나 그녀는 자신의 감정을 누르고 다음과 같이 말을 꺼내어 파프레이에 대한 자신의 애정을 보였다.

"아버지께서 그런 결심을 하셨다니 서운해요" 하고 그녀는 힘들어하면서도 단호하게 말했다. "제가 앞으로 곧 파프레이 씨와 결혼하는 것이 있을 수 있는 일이라고 — 가능한 일이라고 — 생각했는데 이 때문에 아버지가 못마땅해 하실 줄은 몰랐어요!"

"나는 네가 하고자 하는 바는 무엇이건 찬성한단다. 이지4야" 하고 그는 쉰 목소리로 말했다.

"설사 내가 찬성하지 않더라도 문제될 것은 없을 거야! 나는 그저 멀리 떠나고 싶다. 내가 여기 있는 게 앞으로 여러 가지 일을 불편하게 만들 수 있을 거야. 간단히 말해서 내가 떠나는 것이 최상의 결정인 것 같구나."

그녀가 아무리 애정을 담아 설득하더라도 그로 하여금 결심을 재고하도록 만들지는 못했을 것이다. 왜냐하면 그녀는 자기가 모르는 바를—그는 그녀에게 의붓아버지 이상의 관계가 아니라는 것을 그녀가 알게 되더라도 그녀는 그를 멸시하지 않을 것이라고, 그리고 그녀가 알 수 없게끔 하기 위해 그가 그때까지 무슨 짓을 해왔는가를 그녀가 알게 되더라도 그녀가 그를 미워하지 않을 것이라고 단언할 수는 없었다. 그는 그녀가 그렇게까지 자제하지는 않을 거라고 확신했다. 그리고 아직까지 그의 그러한 신념을 저버릴 만한 그 어떤 말이나 사건도 없었다.

"그러면…," 하고 그녀는 한참 만에 입을 열었다. "아버지는 저의 결혼식에도 오실 수 없겠네요. 그렇게 되어서는 안 돼요."

"나는 그 결혼식에 가고 싶지 않구나. 그것을 보고 싶지 않아!" 하고 그는 소리치더니 조금 부드럽게 덧붙여 말했다.

"하지만 네가 앞으로 살아가면서 때로는 내 생각도 해 다오. 그렇게 할 수 있겠지, 이지? 네가 이 도시에서 최고의 재력가이고 가장 중요한 권력가의 아내로 살아가면서 나를 생각해 줄 수 있겠지. 그리고 **네가 모든 걸 알게 되더라도**, 비록 뒤늦긴 했지만 나는 너를 진심으로 사랑했었다는 것을 내가 저지른 죄와 결부시켜 완전히 잊게 되지 않기를 바란다."

"도널드 때문이시군요!" 하고 그녀는 흐느꼈다.

"나는 그 사람과의 결혼을 막지는 않는다." 헨처드는 말했다. "나를 아주 잊지는 않겠다고 약속해다오, 그때가 오더라도….."

헨처드는 뉴슨이 오는 때를 말하려 했던 것이다.

그녀는 불안해하면서도 기계적으로 약속했다.

그날 저녁 해질 무렵에 헨처드는 이 도시의 발전을 위해 몇 해 동안 중심 역할을 해 왔던 이 도시를 떠났다. 낮에 그는 새 연장 바구니를 샀고, 오래된 건초용 칼과 송곳을 닦았으며, 새 정강이받이, 무릎덮개5와 코듀로이 바지로 치장하여 젊은 시절의 작업복 차림으로 되돌아갔다. 그는 몰락한 이래 한때는 잘 나가는 시절이 있었던 사람이었음을 상징하는 캐스터브리지 시내에서의 초라한 신사복과 때 묻은 비단 모자를 영원히 벗어 버리게 되었다.

그는 남몰래 혼자 빠져나갔다. 그를 알아 왔던 많은 사람 중 그가 떠나는 것을 안 사람은 단 한 사람도 없었다. 엘리자베스-제인만이 그 간선도로의 두 번째 다리까지 배웅했다 — 누군지 알 수 없는 그 방문객을 파프레이의 집에서 만나기로 한 약속시간이 아직 되지 않았기 때문이었다 — 그녀는 떠나보내기 전에 마지막으로 1, 2분 동안 그를 껴안았다. 그리고 진정한 놀라움과 슬픔 속에서 그와 작별하였다. 그녀는 그의 모습이 황무지 너머로 멀어져 가는 것을 끝까지 지켜보았다. 그가 등 뒤에 맨 노란 골풀 바구니가 발걸음을 뗄 때마다 오르락내리락 춤을 추고, 두 무릎 뒤의 옷 주름이 번갈아 들락날락하다가 결국 그녀의 눈에는 아무것도 보이지 않았다.

그녀는 모르는 사실이었지만, 헨처드는 자신이 거의 4반세기 전에 캐스터브리지에 처음 들어올 때 보여 주었던 것과 아주 똑같은 모습이었다. 이제는 나이가 들어서 그의 걸음걸이의 탄력이 상당히 줄어들었고, 그의 절망적인 상태가 그를 약화시켰으며, 마치 연장 바구니의 무게가 양 어깨를 누르고 있기 때문인지 눈에 띌 정도로 등이 구부정한 것이 그때와 확연히 다른 점이었다.

그는 계속 걸어 첫 번째 이정표에 이르렀다. 그 이정표는 험준한 언덕의 중간쯤에 위치해 있었다. 그는 이정표 돌기둥 위에 바구니를 내려놓고, 그 바구니 위에 두 팔꿈치를 기댔다. 그러고는 더는 참지 못하고 경련을 일으키는 듯 몸을 떨기 시작했는데, 그 동작은 너무 힘들고 갈증이 났기 때문에 흐느껴 우는 것 이상이었다.

"만일 내가 딸아이와 함께 살 수 있다면 — 함께 살 수 있다면!" 하고 그는 중얼거렸다. "그랬다면 아무리 힘든 일도 나한테는 별게 아닐 텐데! 그러나 그럴 수는 없는 운명이니. 나 — 카인6은 혼자 외로워도 마땅하지. 버림받은 방랑자나 다름없으니까. 하지만 내가 받은 벌이 견딜 수 없을 정도로 크지는 **않아**!"

그는 비통한 심정을 근엄하게 가라앉히고, 바구니를 어깨에 걸친 다음 다시 발걸음을 재촉했다.

그동안 엘리자베스는 그를 한숨으로 떠나보낸 후 마음을 가눠 캐스터브리지 쪽으로 발길을 돌렸다. 그녀는 첫 번째 집에 이르기도 전에 도널드 파프레이를 만났다. 그들이 그날 처음 만나는 것은 아니었다. 그들은 격의 없이 손과 손을 선뜻 맞잡았다. 파프레이는 걱정스러운 기색으로 물었다.

"그분은 떠났습니까? 그리고 그분께 말씀드렸습니까? 그 다른 일에 관해서 말이오. 우리들의 문제 말고 말입니다."

"그분은 가셨어요. 그리고 제가 당신의 친구에 관해 알고 있는 것은 모두 말씀드렸어요. 도널드, 그분이 누구예요?"

"자, 자, 당신도, 곧 알게 될 겁니다. 뿐만 아니라 헨처드 씨도 너무 멀리만 가지 않는다면 그 소식을 듣게 될 겁니다."

"멀리 가셨을 거예요. 남에게 보이지도 들리지도 않게 완전히 사라지고 싶어 하셨어요."

그녀는 연인 옆에 붙어서 나란히 걷고 있었다. 그들이 갈림길에 다다르자 그녀는 곧장 그녀의 집으로 향하지 않고 그와 함께 콘스트리트로 접어들었다. 그들은 파프레이의 집에 도착하자 걸음을 멈췄다가 들어갔다.

파프레이는 1층의 거실 문을 활짝 열어 제치면서,

"자, 저 분이 아가씨를 기다리고 계셨습니다" 하고 말했다.

엘리자베스가 들어가니 안락의자에는 1, 2년 전 잊을 수 없는 어느 날 아침에 헨처드를 찾아온 일이 있었던, 얼굴이 넓적하고 다정해 보이는 사람이 앉아 있었다. 찾아온 지 30분 만에 마차에 올라 떠나갔던 바로 그 사람, 리처드 뉴슨이었다.

마치 죽어서 헤어지기라도 했던 것처럼 그녀가 6년 동안 보지 못했던 아버지와 재회하는 장면을 상세히 이야기할 필요는 없을 것 같다. 친부녀간이라는 관계를 떠나 이 장면은 실로 감동적이었다. 헨처드가 떠나는 이유도 바로 설명되었다. 진정한 사실이 밝혀지자 그녀가 뉴슨에 대하여 오래된 믿음을 회복하는 것은 생각보다 그렇게 어렵지 않았다. 헨처드의 행위 그 자체가 그 사실들이 진실이라는 증거가 되었기 때문이다. 더욱이 그녀는 아버지 뉴슨의 보살핌 아래 성장했었다. 헨처드가 사실상 그녀의 친아버지였더라도 어릴 적 옛집에서 자라나던 시절의 이 아버지는 그녀와 헨처드의 관계를 거의 지워 버릴 것이다. 그쯤에는 그녀와 헨처드의 작별이란 사건은 다소 퇴색되었을 것이다.

그녀가 이렇게 훌륭하게 성장한 것에 대한 뉴슨의 자부심은 표현할 수 있는 그 이상이었다. 그는 그녀에게 입맞춤을 하고 또 했다.

"나는 네가 와서 나를 만나는 수고를 덜어 주었단다. 하하!" 하고 뉴슨이 먼저 말을 꺼내기 시작했다.

"실은 여기 있는 파프레이 씨가 '뉴슨 선장님 저의 집으로 와서 하루나 이틀 머물면, 제가 그녀를 데려오겠습니다' 라고 말하더란 말이야. '좋습니다. 그렇게 하겠습니다' 라고 난 말했지. 그렇게 해서 내가 여기 와 있게 된 거란다."

"조금 전, 헨처드 씨는 가 버렸습니다" 하고 파프레이가 문을 닫으면서 말했다.

"그 사람은 모든 것을 자발적으로 했어요. 엘리자베스에게서 들은 말인데 그 사람은 지금까지 따님한테 매우 잘해 주었던 모양입니다. 저는 약간 불안했지요. 하지만 이제 모든 것이 제대로 되었습니다. 그래서 이제 우리에게 더 이상의 어려움은 결코 없게 되었습니다."

"음, 나도 바로 그렇게 생각했었소" 하고 뉴슨은 두 사람의 얼굴을 번갈아 보면서 말했다. "내가 들키지 않게 이 아이를 살짝 보러 가고 싶을 때에는 스스로에게 몇백 번이나 다짐했더랬지요. '기다려 보자, 무슨 좋은 방도가 있을 때까지 이렇게 조용히 보내는 것이 상책일 거야' 라고. 역시 당신 말이 옳았다는 것을 알겠구먼. 내가 이제 무엇을 더 바라겠소?"

"그럼, 뉴슨 선장님, 저는 이제 선장님을 매일 여기서 뵈어도 좋을 것 같습니다. 이제 아무런 거리낌이 없을 테니까요" 하고 파프레이가 말했다.

"그런데 제가 지금까지 생각해 보니, 결혼식을 가급적이면 저의 집에서 올리는 것이 좋겠습니다. 집도 넓고 또한 선생님께서는 혼자 묵고 계시니 말입니다. 그렇게 하면 선생님의 수고도 많이 덜고 비용도 많이 절약할 수 있지 않겠습니까? 그리고 신혼부부가 집까지 당도하기에 멀지 않은 것이 편리하기도 하고요!"

"전적으로 동의하오" 하고 뉴슨이 말했다.

"당신 말대로 그렇게 해도 전혀 해로울 것은 없겠구먼, 이제 가련한 헨처드가 가 버리고 없으니 말이오. 이렇게 말한다고 해서 내가 뭐 그 사람한테 조금이라도 달리 대했거나 방해하지는 않았을 거야. 선의였지만 나는 젊었을 때 이미 그 사람의 가정 문제에 깊이 뛰어든 사람이니까. 하지만 딸아이가 그 점에 관해 어떻게 생각하는지? 엘리자베스야, 애야, 이리 와서 우리들의 이야기를 들어 봐. 마치 듣고 있지 않는 것처럼 창밖만 내다보지 말고."

"도널드와 아버지께서 정하는 대로 할게요" 하고 엘리자베스는 아무래도 좋다는 듯 대답했다. 여전히 그녀는 길거리의 어떤 조그마한 사물을 바라보고 있었다.

"좋아, 그렇다면" 하고 뉴슨은 그 문제에 철저하게 집중하는 태도로 다시 파프레이에게 눈길을 돌리면서 말을 계속했다.

"우리 그렇게 해야 하겠군요. 파프레이 씨 당신은 결혼식을 위해 집 안의 장소나 그런 많은 것을 준비하게 될 터이니까. 나도 나름의 마실 것들, 럼과 스키담7을 준비하겠소. 열두 병 정도면 충분할 거야. 하객 중에는 여자 손님도 많을 게고. 아마 그들이 음주 경연대회에서 우승할 정도로 세게 마시지는 않겠지? 하지만 당신이 잘 알겠구려. 나는 일꾼과 선원한테만 자주 대접해 보았기 때문에 이러한 잔치에서 여자 한 사람이, 술을 잘 마시지 않는 여자라면 그로그를 몇 잔씩이나 마시게 될지 어린아이처럼 전혀 모른다오."

"오, 아니에요. 우리는 술을 그렇게 많이 필요로 하지 않을 겁니다. 필요 없고말고요!" 하고 파프레이는 당황한 표정으로 진지하게 고개를 저으면서 말했다. "모든 건 저한테 맡겨 주십시오."

그들이 세부사항에 대해 더 이야기를 하려는데 뉴슨은 의자에 앉은 채 등을 기대고 생각에 잠긴 듯 미소를 띠고 천장을 바라보며 말했다.

"파프레이 씨, 헨처드가 그 당시 나에게 어떻게 행동했는지 당신에게 아직 말해 주지 않았지, 아니면 말해 주었던가?

그는 선장이 무엇을 암시하는지 모르겠다고 했다.

"아, 내가 이야기하지 않은 듯하군. 나는 그 사람의 체면을 손상시키지 않기 위해 이야기하지 않으려 했지만 그 사람이 이미 가 버리고 없으니 이야기해도 괜찮을 듯하구먼. 나는 내가 당신을 찾아낸 지난주 그날부터 아홉 달인가 열 달 전8에 캐스터브리지에 왔었소. 당신을 만나기 전에 여기 두 번 왔었지. 첫 번은 엘리자베스가 여기 산다는 것을 모르고 서쪽으로 가던 길에 이 도시를 통과했지요. 그 후 헨처드라는 이름을 가진 사람이 이곳의 시장이라는 소식을 어디선가 — 어디였는지는 잊어버렸지만 — 듣고 어느 날 아침 그의 집으로 찾아갔었어요. 늙은 악마 같으니라고! 그 사람은 엘리자베스-제인이 수년 전에 죽었다고 말했어."

엘리자베스는 이제야 그의 이야기에 진지하게 주의를 기울였다.

"그런데 그 사람이 나한테 거짓말하고 있다는 생각이 전혀 떠오르지 않더란 말이야" 하면서 뉴슨은 말을 계속했다.

"내 말을 믿는다면 말이야, 나는 너무도 마음이 상해 내가 타고 왔던 마차로 되돌아가서 이 도시에 도착한 지 채 한 시간도 되기 전에 떠나 버렸던 게요. 하하, 그건 그럴듯한 농담이었어. 썩 잘 들어맞았지. 난 사실을 전부 안 뒤 그 사람한테 그런 농간을 부리는 소질이 있다고 단정했지."

엘리자베스-제인은 그 소식을 처음으로 듣고 놀랐다.

"농담이라니요? 오, 아니에요!"라고 그녀는 소리쳤다. "그렇게 해서 그분이 저와 아버지를 그 여러 달 동안 떼어 놓은 거예요, 아버지께서 여기 계실 수도 있었는데?"

그녀의 아버지는 일이 그렇게 되었다고 시인했다.

"그분이 그렇게까지는 하지 말았어야 되는 건데!" 하고 파프레이가 말했다.

엘리자베스는 한숨을 쉬었다.

"나는 그분을 결코 잊지 않겠다고 말했어요. 그렇지만 오! 나는 이제 그분을 잊어야만 할 것 같다는 생각이 들어요!"

뉴슨은 자신이 헨처드로 인해 제일 고통받은 사람이었음에도 불구하고 낯선 사람과 낯선 도덕관념 속에 머무는 많은 사람처럼 헨처드가 저지른 잘못의 심각성을 느끼지 못했다. 사실, 그는 그 자리에 없는 죄인에 대한 공격이 점점 심각해지자 헨처드를 두둔하기 시작했다.

"음, 결국 그 사람이 한 말은 열 단어도 되지 않아" 하고 그는 변호했다. "그 사람이 내가 그를 간단히 믿어 버릴 바보라는 것을 어떻게 알 수 있었겠어? 그 사람의 잘못만큼 내 잘못도 커, 가련한 친구지!"

"아니에요." 엘리자베스-제인은 역겨운 감정이 복받쳐 단호하게
말했다. "그분은 아버지의 사람됨을 알고 있었어요. 아버지는 항상
지나치게 사람을 믿었어요. 저는 어머니가 수백 번이나 그렇게 말씀
하시는 걸 들었어요. 그분은 아버지를 일부러 속이려고 그렇게 한 거
예요. 자기가 내 아버지라고 말해 나를 지난 5년 동안이나 아버지한
테서 떼어 놓고, 또 이런 짓은 하지 말았어야지요."

이렇게 그들의 이야기는 계속되었다. 현재 이 자리에 없는 사람의
속임수를 참작할 만한 사정이 있다고 엘리자베스 앞에서 말하는 사람
은 아무도 없었다. 헨처드가 이 자리에 있었더라도 헨처드는 그것을
원하지 않았을 것이다. 그는 자신이나, 자신의 명성을 그리 가치 있
게 생각하지 않았기 때문이다.

"자, 자. 너무 신경 쓰지 마. 모두 끝난 과거의 일이야" 하고 뉴슨
은 너그러운 마음으로 말했다. "이제, 다시 너희들 결혼식에 대해서
이야기해 보자꾸나."

XLIV

내가 죽는 날까지

한편 그들의 화제가 된 인물은 동쪽으로 외로운 발걸음을 계속하였고 마침내 피로가 엄습하자, 그는 주변에 쉴 장소를 찾아보았다. 엘리자베스와 헤어질 때의 고통으로 그는 마음이 너무도 아팠기 때문에 여인숙이나 아무리 보잘것없는 어느 가정집에라도 묵을 수 없었다. 그래서 그는 들판으로 나가 건초 더미에 몸을 뉘었다. 아무것도 먹고 싶지 않았다. 영혼을 짓누르는 그의 무거운 마음이 그를 깊은 잠에 빠뜨렸다.

이튿날 아침 그루터기 너머로 그의 두 눈을 비추는 가을 햇살이 그를 일찍 잠에서 깨웠다. 그는 바구니를 열어, 그가 전날 저녁밥으로 준비했던 것을 꺼내 아침으로 먹으면서 바구니의 다른 물건을 샅샅이 살펴보았다. 그가 가져온 물건 하나하나가 등에 짊어지고 가야 할 필요가 있는 물건이었으나 그는 자기의 연장 틈에서 장갑, 신발, 필적이 담긴 종이쪽지 등 엘리자베스-제인이 버린 물건을 은밀하게 간직하고 있었다. 호주머니 속에는 그녀의 곱슬곱슬한 머리카락도 한 움큼 있었다. 그는 이것들을 찬찬히 살펴본 후 전부 다시 바구니에 집어넣고 계속 가던 길을 걸었다.

이후 5일 동안 계속해서 헨처드의 어깨에 매달린 골풀 바구니는 간선도로의 울타리 사이를 지나갔다. 그 노란 새 골풀 바구니는 그 여행자의 모자와 머리와 아래로 숙인 얼굴과 함께, 그가 산울타리1 틈으로 시선을 던질 때 이따금씩 들일꾼들의 시선을 받았으며, 그것들 위로 나뭇가지의 그림자가 끝없는 행렬을 이루며 지나갔다. 그의 여정이 웨이던-프라이어즈2로 향하는 것이 분명해졌다. 그는 여섯째 날 오후에 그곳에 도착했다.

여러 세대에 걸쳐 연례적으로 대규모 가축시장이 열리던 그 유명한 언덕은 이제 인적이 끊기고 자신 외에는 아무것도 없다시피 했다. 다만 양 몇 마리가 여기저기서 풀을 뜯고 있을 뿐이었다. 그러나 이 양들마저 헨처드가 꼭대기에서 발길을 멈추자 달아나 버렸다. 그는 잔디 위에 바구니를 내려놓고 서글퍼진 마음으로 주위를 두리번거렸다. 마침내 그는 자신과 그의 아내, 두 사람 모두 잊을 수 없는, 25년 전의 이 높은 지대에 들어왔던 길을 찾아냈다.

"그렇지, 우리가 저 길로 올라왔었지" 하고 그는 자기가 갈 방향을 확인하면서 말했다.

"아내는 그 아기를 안고 있었지. 나는 민요가 적힌 쪽지를 읽고 있었고, 그 후 우리는 이쪽으로 건너왔지. 그녀는 너무 슬프고 피로에 지쳐 있었던 상태였지만 나는 그 빌어먹을 자존심과 가난으로 인한 억울함 때문에 아내한테 심한 말을 했었어. 그때 우리 눈에 그 천막집이 보였지. 그건 분명히 더 이쪽에 있었어."

그는 다른 곳으로 걸어갔다. 그곳은 실제로 그 천막이 서 있었던 곳이 아니라 그에게 그렇게 보였던 것이다.

"여기서 우리는 천막 안으로 들어갔었고 여기에 앉았지. 나는 이쪽으로 향해 앉았지. 그러고는 내가 술을 마시고 그 죄를 저질렀지. 그녀가 그 사람을 따라 나서기에 앞서 나한테 마지막 말을 했을 때 그녀가 서 있었던 곳이 바로 저 요정의 고리3였던 게 분명해. 그들의 떠들썩한 소리가, 그녀의 흐느끼는 소리가 들려오는군. '오 마이클! 저는 당신과 수년을 살아왔어요. 하지만 당신한테서 받은 것이라곤 성질부리는 것 외에 아무것도 없어요. 이제 난 당신 것이 아니에요. 내 행운은 다른 곳에서 찾도록 하겠어요.'"

그는 야심찼던 행로를 되돌아보면서 자기가 감정적으로 희생한 것이 물질적으로 얻은 것만큼의 가치 못지않게 크다는 것을 깨닫는 쓰라린 경험을 했을 뿐 아니라, 돌이키려 했을 때는 이미 모든 상황이 끝나 있었다는 괴로운 경험까지 했던 것이다. 그는 오랫동안 이 모두를 마음 아파했던 것이다. 그러나 야심을 사랑으로 대체하려는 그의 시도들은 그의 야심 자체와 마찬가지로 완전히 좌절되었다. 부당한 대우를 받았던 아내가 너무 단순해서 거의 미덕이 되다시피 한 기만으로 그것들을 모두 좌절시켜 버렸던 것이다.

사회 규범에 어긋나는 이 모든 것에서 자연의 꽃, 엘리자베스가 나타난 것은 기이한 결과였다. 인생에서 손을 씻어 버리고 싶은 그의 소망은 부분적으로 그가 인생의 심술궂은 모순성을 — 정통이 없는 사회 원칙들을 기꺼이 뒷받침하려는 자연의 의기양양함을 인식한 데서 생겨났다.

그는 이곳에서 이 나라의 다른 곳으로 속죄를 위해서 찾아온 이 장소에서 다른 시골로 — 완전히 가 버릴 작정이었다. 그러나 그는 엘리자베스를 생각하지 않을 수 없었다. 그녀가 살고 있는 이 지평선 너머에 대한 생각을 지울 수 없었다. 세상에 지쳐서 생긴 원심력이 그의 의붓딸에 대한 자신의 구심력의 영향에 저항받게 된 것은 이러한 심정 때문이었다. 결과적으로 캐스터브리지에서 직선 방향을 따라 멀리 떨어지는 대신, 헨처드는 처음 의도했던 그 직선에서 거의 무의식적으로 점점 더 벗어났다. 그리하여 그의 여정은 점차 캐나다의 숲사람4처럼, 캐스터브리지가 중심을 이루는 한 원의 일부가 되었던 것이다. 어떤 특정한 언덕 위에 오를 때마다 그는 자신의 방위를 해와 달 그리고 별을 통해 거의 비슷하게 확인하고, 캐스터브리지와 엘리자베스-제인이 있는 정확한 방향을 마음속에 새겨 두게 되었다. 자신의 약점을 비웃으면서 그는 매시간 아니, 매분마다 — 그녀의 그동안의 거동을 — 그녀가 앉고 서는 모습을, 그녀가 오가는 모습을 추측해 보았다. 그러면 뉴슨과 파프레이가 함께 반격해 오는 모습이 고요한 수면 위의 찬 광풍처럼 스치면서 그녀의 인상을 지워 버렸다. 이럴 때에는, "이 바보야! 네 딸도 아닌 딸아이에게 이렇게 마음을 쓰다니!" 하고 혼잣말했다.

　마침내 그는 옛 직업인 건초 베는 일자리를 얻었다. 이맘때의 가을은 그러한 일꾼들이 많이 필요한 시기였다. 그가 고용된 곳은 서쪽으로 향하는 옛날의 간선도로에 가까운 어느 목축 농장이었다. 이 간선도로는 분주한 대도시와 웨섹스의 외진 자치도시 사이를 내왕하는 모든 교통의 중심 통로였다.

그가 자신의 일자리를 이 간선대로에서 가까운 곳에 얻은 이유는 비록 거리상으로는 50마일이나 떨어져 있었지만, 이곳에 자리를 잡으면 거리상으로는 절반밖에 안 되더라도 길 없는 곳에서 일하는 것보다 자기가 행복하기를 바라는 너무도 소중한 그녀와 사실상 더 가까이 있다고 생각했기 때문이다.

이렇게 헨처드는 자신이 4반세기 전에 올랐던 바로 그 위치에 있는 자신을 발견했다. 외적으로는 그가 오르막길에서 다시 시작하는 것이나, 그의 새로운 가치관을 바탕으로 그의 영혼이 반쯤 형성된 상태였을 때보다 더 고상한 일들을 달성하는 데 방해될 요소는 없었다. 그러나 인간의 개선 가능성을 최소한으로 줄이기 위해 신이 고안한 정교한 기계장치가 — 그렇게 하려는 지혜는 하고자 하는 정열의 출발과 같은 보조를5 맞춰야 한다는 장치이다 — 앞길을 가로막았다.

그에게는 페인트칠한 그림에 지나지 않은 이 공허한 인간 세상을 자기의 두 번째의 활동무대로 삼고 싶은 마음은 전혀 없었다.

그의 건초용 칼이 향긋한 냄새의 풀줄기를 아작아작 베어 넘길 때 종종 그는 인간 세계를 한번 생각해 보고 혼잣말을 했다.

"인간 세계의 어느 곳에서나 가족, 국가, 세계가 그들을 필요로 하고 있는데, 사람들은 서리 맞은 풀잎처럼 때가 되기도 전에 죽어가고 있는데, 나라는 이 버림받은 인간은, 이 땅 위의 거추장스런 이 존재는 어느 누구도 원하지 않는데도, 모든 이의 멸시를 받고 있는 인간인데도 본의 아니게 살아가고 있구나!"

그는 그 길을 따라 지나가는 사람들의 대화에 종종 열심히 귀를 기울였다. 결코 보통의 호기심 때문이 아니라 캐스터브리지와 런던을 내왕하는 여행자들 중에는 캐스터브리지의 이야기를 꺼낼 사람이 조만간 있으리라는 희망에서였다. 그러나 그 길까지의 거리가 너무 멀어 그의 욕망을 충족할 가능성은 별로 없었다.

여행자들의 이야기에 주의를 기울인 최대의 성과는 어느 날 어느 짐마차의 마부가 내뱉은 '캐스터브리지'라는 지명을 그가 확실히 들었다는 것뿐이었다.

헨처드는 자신이 일하는 밭의 문으로 달려 나가 그 마부를 불러 세웠는데 그 마부는 낯선 사람이었다.

"맞습니다. 저는 그쪽에서 오는 길입니다, 선생님" 하고 그는 헨처드의 질문에 대답했다.

"저는 장사하러 여기저기 다닙니다. 그런데 요즈음은 말을 타지 않고 다니는 게 아주 흔해져서 이 장사도 곧 끝나게 될 겁니다."

"그 오래된 도시에서 무슨 새로운 소식이라도 들었습니까?"

"평상시와 마찬가지랍니다."

"전 시장 파프레이 씨가 결혼할 생각이라는 소문을 들었는데, 그것이 사실이오, 아니오?"

"저는 전혀 들은 게 없습니다. 오, 아닐 겁니다, 저는 그렇게 생각하지 않습니다."

"맞아요, 존. 당신이 잊었나 봐요" 하고 마차의 차양 안에 있던 한 여인이 말했다.

"이번 주 초에 우리가 그곳에 실어다 준 꾸러미들이 무엇이었지요? 그 사람들의 말로는 확실히 결혼식이 곧 다가오고 있어요. 성 마르틴 축일에 한다던가요?"

그 남자는 자기는 그런 기억이 전혀 없다고 했다. 그리고 마차는 방울을 딸랑거리면서 고개를 넘어갔다.

헨처드는 그 여인의 기억이 옳다고 확신했다. 지극히 그럴 만한 날짜였다. 쌍방 어느 쪽에서나 지연시킬 하등의 이유가 없었기 때문이다. 그 문제에 관해 그는 엘리자베스에게 편지로 물어볼 수도 있었지만 그의 은둔생활에 대한 본능이 그렇게 하는 것을 어렵게 했다. 그러나 그가 그녀를 떠나기 전 자기의 결혼식에 그가 빠지는 것은 그녀가 바라는 바가 아니라고 말했었다.

그 기억이, 그들에게서 그를 몰아낸 것은 엘리자베스와 파프레이가 아니라 본인의 존재가 더 이상 환영받지 않는다는 자신의 거만한 생각이었음을 그의 마음속에 계속해서 되새기게 했다. 그는 그 선장이 돌아올 것이라는 절대적인 증거도 없이 뉴슨이 돌아오고 말 것이라고 억측했던 것이며, 엘리자베스-제인이 뉴슨을 환영할 것이라고는 생각지도 못했으며, 아무런 증거도 없이 그가 일단 돌아오면 그대로 눌러앉게 되리라고 생각했던 것이다.

만약 그의 생각이 틀렸다면, 만약 사랑하는 그녀에게서 자신을 완전히 분리하는 문제를 이 뜻밖의 나쁜 사건들과 관련시킬 필요성이 없다면? 그녀와 가까이 있기 위해 한 번 더 시도하는 것, 즉 돌아가서 그녀를 보는 것, 그녀 앞에서 자신이 그렇게 행동했던 이유를 변명하는 것, 자기의 거짓에 대해 그녀에게 용서를 비는 것, 자신을 그녀의 사랑 안에 묶어 두기 위해 애쓰는 것은 퇴짜 맞을지도 모를 모험을, 아니 생명을 걸고라도 모험할 만한 가치가 있는 일이었다.

그러나 신혼부부가 자신의 모순된 처신 때문에 멸시하지 않도록 하면서 동시에 앞서 했던 모든 결심을 어떻게 번복하느냐 하는 데 생각이 미치자 그는 몸이 떨리면서 수심에 잠겼다.

그는 이틀 동안 더 건초를 베었다. 그런 다음 그는 더 이상 망설이지 않고 그 결혼잔치에 참석한다는 갑작스럽고 무모한 결심을 했다. 그가 편지를 쓰거나 소식을 보낼 거라 기대하지 않을 것이다. 그녀는 그가 참석하지 않겠다고 말했을 때 서운함을 표시했었다. 그의 예기치 않은 참석은 그가 없을 경우 그녀의 마음속에 자리 잡을 약간의 만족스럽지 못한 구석을 채워주게 될 것이다.

자신의 존재가 별로 보여 줄 것이 없을 그 즐거운 결혼식 행사를 최대한 방해하지 않기 위해 그는 해가 질 때까지 자신의 모습을 나타내지 않기로 결심했다. 그때쯤 되면 굳은 표정들은 사라지고, 지난 일은 지난 일로 돌려 버리고 싶은 부드러운 소망들이 모든 사람들의 가슴속에 가득 차게 될 것이다.

그는 결혼식 당일도 하루로 계산하여 3일 간의 여정 동안 하루에 16마일씩 걸을 셈으로 성 마르틴 축일 이틀 전에 도보로 나섰다. 그의 앞길에서 조금이라도 중요한 도시라고는 멜체스터와 쇼츠포드 단 두 곳이 있을 뿐이었다.6 쇼츠포드에서 그는 두 번째 밤을 지냈다. 휴식을 취하기 위해서뿐만 아니라 다음 날 밤을 위한 준비를 하기 위해서였다.

그는 지금 입고 있는 작업복 말고는 다른 옷이 없었다 — 두 달 동안 험하게 입어 이제는 얼룩지고 망가진 작업복뿐이었기 때문에 — 그는 내일의 화기애애한 분위기에 자신을 조금이라도 조화시킬 수 있을 옷가지들을 사기 위해 어느 가게로 들어갔다. 그는 다소 촉감은 거칠어 보이기는 하나 품위 있어 보이는 윗도리와 모자, 한 벌의 셔츠와 목도리를 샀다. 그는 이러한 옷차림으로 적어도 이제는 그녀의 감정을 상하지 않게 되리라고 스스로 만족하고, 그녀에게 선물이라도 사주기 위한 좀더 특별한 관심을 갖기에 이르렀다.

무엇을 선물할까? 그는 자기가 그녀에게 제일 주고 싶은 물건이 자기의 빈약한 호주머니 사정을 초과하면 어쩌나 하는 우울한 생각에 진열장 안의 상품들을 의심스런 눈초리로 바라보면서 길을 오르락내리락했다. 마침내 새장에 갇힌 방울새가 그의 눈에 띄었다. 새장은 평범하고 작은 것이었고 그 가게는 그저 그랬다. 그가 얼마냐고 물었더니 그 정도면 달라는 대로 줄 수 있겠다는 생각을 했다. 신문지 한 장으로 그 작은 새가 있는 철사 우리를 두르고 묶었다. 그 포장된 새장을 손에 들고 헨처드는 그날 밤에 묵을 숙소를 찾아 나섰다.

이튿날 그는 마지막 여정에 올랐다. 그리하여 그는 곧 지난 수년 동안 자신의 사업 터전이었던 지역으로 들어가게 되었다. 그는 나머지 여정은 상인의 소형 역마차 뒤편의 제일 어두운 구석에 앉아 이동했는데, 마차 승객의 대부분은 주로 단거리를 여행하는 여자 손님이었다. 그녀들은 헨처드 앞에서 오르내리면서 이 지방 이야기를 많이 했다. 그들의 이야기 중 대부분은 그들이 다가가고 있는 도시에서 축하 행사가 진행 중인 그 결혼식에 관한 것이었다. 그들의 이야기로 미루어보아 저녁 파티를 위해 시 취주악단을 불렀지만, 그 악단이 본능적인 즐거움으로 흥을 이기지 못해 그들의 기량을 다 발휘하지 못할 것을 대비하여 버드머스의 현악단을 추가로 부르기로 되어 있어서 필요한 경우에는 화음을 낼 수 있는 여지가 있는 듯했다.

그러나 그는 자신이 이미 알고 있는 것들 이상의 다른 상세한 이야기를 별로 듣지 못했다. 이 여행에서의 가장 깊은 관심사는 캐스터브리지의 은은한 종소리였기 때문이었다. 그 종소리는 짐마차가 제동장치를 내리기 위해 알베리언덕의 정상에 멈췄을 때 여행자들의 귓전에 와 닿았다. 시간은 12시 직후였다.

그 선율은 만사가 순조롭게 잘 진행되고, 이 결혼식에 실수가 없었으며, 엘리자베스-제인과 도널드 파프레이가 부부가 되었다는 것을 알리는 신호였다.

헨처드는 이 종소리를 들은 후 더 이상 재잘거리는 일행들 틈에 끼어 함께 타고 가고 싶지 않았다. 사실, 종소리는 그의 기를 아주 꺾어 놓았던 것이다. 파프레이와 그의 신부로 하여금 굴욕을 느끼지 않도록 하기 위해 어두워질 때까지 캐스터브리지의 거리에 자신의 모습을 드러내지 않을 생각이었으므로 그는 자기의 짐 꾸러미와 새장을 들고 알베리언덕에서 내렸다. 곧 하얀 널따란 간선도로 위에 남은 외로운 존재가 되었다.

그곳은 그가 근 2년 전에 파프레이에게 그의 아내 루세타가 대단히 위독하다는 것을 알려 주기 위해 그를 기다렸던 곳에서 가까운 언덕이었다. 그 장소는 그때와 달라지지 않았다. 그때의 그 소나무들이 그때의 그 곡을 그대로 읊고 있었다. 그러나 파프레이는 새로운 아내를 맞았다. 헨처드의 판단으로는 더 나은 아내를 얻은 것이었다. 그는 엘리자베스-제인이 전날에 그녀에게 주어졌던 것보다 좀 나은 가정을 꾸리기만 바랐다.

그는 이상하게 극도로 흥분한 상태로 오후의 나머지 시간을 보냈다. 그녀와 만날 시간이 다가온다는 생각과 그 생각으로 인해 머리털 깎인 삼손7처럼 자기감정을 슬프게 자조하는 것 말고는 달리 할 게 없었다. 결혼식이 끝난 직후 신랑 신부가 이 도시를 떠나 야반도주하는 캐스터브리지의 관습을 깨는 획기적인 사건은 없는 듯했다. 그러나 만약 그러한 일이 있다 해도 그는 그들이 돌아올 때까지 기다리기로 했다. 이 점을 스스로 다짐하기 위해 그는 그 자치도시에 가까워졌을 때 만난 어느 상인에게 신혼부부가 떠났는지 물었다. 그는 곧바로 그들이 떠나지 않았다는 대답을 들을 수 있었다. 여러 가지로 미루어 보아 그 신혼부부는 그 시각에 콘스트리트에 있는 자신들의 집에 가득 찬 손님들을 접대하고 있음이 분명했다.

헨처드는 구두의 먼지를 털고, 강가에서 손을 씻은 다음 희미한 불빛 아래 시내로 걸어 올라갔다. 그는 굳이 물어볼 필요도 없었다. 파프레이의 집에 가까워지자 구태여 살피지 않아도 안에서는 잔치가 벌어지고 있으며, 파프레이도 그 잔치 자리에 끼어 있다는 것을 전혀 무관한 사람이라도 곧 알 수 있었기 때문이다. 파프레이는 자신이 그렇게도 애틋하게 사랑하지만 아직 재차 방문하지 못한 고향의 노래를 힘차게 부르느라고 그의 목소리가 길에서도 똑똑히 들렸다. 집 앞의 보도 위에는 구경꾼들이 몰려 있었다. 이 사람들의 눈에 띄고 싶지 않아 헨처드는 그 앞을 재빨리 지나 문 앞에 이르렀다.

문은 활짝 열려 있었다. 현관은 화려한 불빛으로 가득하고 사람들은 계단을 분주히 오르내렸다. 그는 정작 중요한 고비에서 용기가 나지 않았다. 그는 아픈 발에 짐까지 들고 초라한 옷차림으로 그 화려한 장소에 들어간다는 것은 그녀의 남편에게 퇴짜 맞지는 않더라도 그가 그토록 사랑하는 그녀에게 필요 없는 수치감을 안겨 주었을 것이다. 그래서 그는 자신이 잘 아는 뒤쪽 길로 빙 돌아 정원 안으로 들어갔고 부엌을 통해 조용히 안으로 들어섰다. 그러고는 자기가 왔다는 어색함을 덜기 위해 새가 든 새장을 밖에 있는 울타리 속에 임시로 넣어 두었다.

외로움과 슬픔이 헨처드를 너무도 나약하게 만들었기 때문에 그는 전날 같으면 경멸했을 상황을 이제는 두려워했다. 그래서 그는 자신이 이러한 순간에는 알아서 오지 않는 편이 좋았을 것이라고 후회하기 시작했다. 그러나 그의 거동은 예기치 않게 편안해졌다. 그는 파프레이의 집 안이 법석대고 있는 동안 임시 가정부로 일하는 듯한 나이 많은 한 여자가 부엌에 홀로 있는 것을 발견하였다. 그 여자는 어떠한 일에도 쉽게 놀라지 않는 사람 중 하나였다. 전혀 모르는 사람인 그녀에게는 그의 부탁이 분명히 이상하게 느껴졌겠지만 그녀는 집 안으로 들어가 주인 내외에게 '초라한 옛 친구'가 찾아왔다는 것을 알려 주는 데 기꺼이 응했다.

그녀는 잠시 다시 생각해 보더니 그가 부엌에서 기다리는 것보다는 지금 비어 있는 뒷방으로 들어가는 것이 좋겠다고 말했다. 그 말을 듣고 그는 그녀를 따라 그곳으로 갔다. 그녀는 그를 혼자 남겨 두고 나갔다. 그녀가 계단 앞을 지나 제일 잘 꾸며진 방의 문 앞에 막 이르렀을 때 춤이 시작되었다. 그녀는 되돌아와 그 춤이 끝나기를 기다렸다가 그의 방문 사실을 알리겠다고 말했다. 파프레이 부부는 둘 다 춤을 추고 있다는 것이었다.

앞방의 문이 장소를 넓히기 위해 떼어졌고 헨처드가 앉아 있는 방의 문은 조금 틈이 나 있어서, 춤추는 사람들이 돌 때마다 문에 가까이 오면 그들의 모습을 부분적으로나마 볼 수 있었다. 주로 치맛자락과 너풀거리는 머리카락이 보였다. 바이올린 연주자의 쉬지 않고 움직이는 팔꿈치의 그림자와 저음 비올라의 활 끝과 함께 악단대원들의 약 5분의 3 정도의 옆모습도 보였다.

헨처드는 그 흥겨워하는 모습이 자못 신경에 거슬렸다. 그는 대단히 침착하고 이미 나름대로 시련을 겪었던 홀아비인 파프레이가 아직아주 젊다는 사실에도 불구하고 흥겨운 잔치 분위기를 왜 그토록 좋아하는지, 왜 춤과 노래로 정열에 불타야 하는지 그 이유를 전혀 이해할 수 없었다. 게다가 차분한 엘리자베스는 이미 오래전에 인생을 온건한 가치로 평가했던, 이미 처녀 시절부터 결혼이란 대체로 춤이나 추고 흥겨워나 하는 일이 아니라는 것을 잘 알고 있었는데 그녀까지 저렇게 마시고 떠드는 일에 열을 올리고 있다는 사실이 그를 한층 더 놀라게 했다. 결국 그는 젊은이들은 나이 든 사람들과 아주 같아질 수 없으며 풍습은 만능이라는 생각을 하게 되었다.

춤이 무르익어가면서 춤추는 사람들이 다소 흩어지자 자리가 넓어졌다. 그때 그는 자기를 지배했던, 자기의 마음을 아프게 했던, 자기가 한때 멸시했던 딸을 처음으로 얼핏 보았다. 그녀는 흰 실크 같기도 하고 새틴 같기도 한 천으로 만든 드레스를 입었다 — 그녀와의 거리가 충분히 가깝지 않아 어느 쪽인지 말할 수는 없으나 — 우윳빛이나 크림빛이 나지 않는 눈처럼 하얀색이었다. 그녀의 얼굴은 홍겹다기보다는 오히려 즐거움을 성가셔하는 사람의 표정이었다. 이윽고 파프레이가 돌면서 그쪽으로 왔다. 활력이 넘치는 스코틀랜드인의 동작이 그를 단번에 눈에 띄게 했다. 신혼부부가 한 쌍이 되어 춤추는 것은 아니었으나 바뀌는 곡이 그들을 순간적인 파트너로 만들어 놓을 때마다 그들의 감정은 다른 어느 때보다 훨씬 더 미묘해짐을 헨처드는 알아차릴 수 있었다.

점차 헨처드는 파프레이를 완전히 능가하는 어떤 사람이 도약적인 열광 속에 그 곡에 춤추고 있다는 것을 알게 되었다. 이것은 이상한 일이었다. 파프레이를 무색하게 하는 이 사람이 엘리자베스-제인의 춤 파트너라는 것은 더욱 이상한 일이었다.

그가 헨처드의 눈에 처음 띄었을 때 그는 미끄러지듯 화려하게 돌고 있었는데 머리를 상하로 흔들어 대면서, 두 다리는 엑스자 모양으로, 등은 문 쪽으로 돌리고 굉장히 큰 원을 그리면서 휩쓸고 있었다. 그다음 반대방향으로 돌며 다가왔는데 그 사람의 흰 조끼가 얼굴보다 먼저 나오고, 그의 발가락 끝이 그의 흰 조끼를 앞질렀다. 그 행복한 얼굴 — 헨처드의 완전한 좌절이 그 속에 담겨 있었다. 뉴슨의 얼굴이었다. 뉴슨은 정말로 돌아와서 자기 대신 들어와 있었다.

헨처드는 문 앞으로 몸을 밀었다. 그러고는 몇 초 동안 전혀 움직일 수 없었다. 그는 두 발을 딛고 일어나 "자신의 영혼이 투사된 그림자"8에 가려져 검은 폐허처럼 서 있었다.

그러나 그는 이러한 반전에도 아무런 동요조차 느끼지 않고 견뎌 낼 사람은 이미 아니었다. 그가 받은 충격은 너무나 컸다. 그는 마음 같았으면 자리를 박차고 나가 버렸을 것이다. 하지만 그가 자리를 뜨기 전에 춤이 끝났고 가정부는 엘리자베스-제인에게 낯선 사람이 그녀를 기다리고 있다고 전했다. 그리하여 엘리자베스는 곧 그 방으로 들어갔다.

"오, 이런. 헨처드 씨!" 하고 그녀는 깜짝 놀라 주춤하면서 말했다.

"뭐라고, 엘리자베스야?" 하고 그는 그녀의 손을 잡으면서 외쳤다.

"너 지금 뭐라고 불렀니? 헨처드 **씨**? 제발, 나를 그런 식으로 비참하게 만들지 마라! 차라리 보잘것없는 늙은 헨처드라고 불러라. 아무렇게나. 그러나 이렇게 냉정하게 대하지는 마라! 오, 애야! 네게 다른 아버지가 있는 거 안다. 나 말고 진짜 아버지가 계시구나. 그렇다면 너는 모든 것을 알겠구나. 하지만 마음을 모두 그분한테만 주지는 마라! 나한테도 조금 남겨 주려무나!"

그녀는 얼굴이 확 붉어졌다. 그러고는 그녀의 손을 살며시 빼냈다.

"나는 당신을 평생토록 존경할 수 있었을 거예요 — 그렇게 했을 거예요, 기꺼이. 그렇지만 당신이 나를 그렇게도 — 그렇게도 가혹하게 속였다는 것을 아는데도 내가 어찌 그리 할 수 있겠어요! 당신은 내 진짜 아버지를 내 아버지가 아니라고 믿게 했어요. 내가 수년 동안이나 진실을 모르고 살게 만들었어요. 그러다가 그분이, 나의 자애로운 아버지가 나를 찾으러 오셨을 때 내가 죽었다는 못된 날조로 그분을 잔인하게 따돌려 보냈어요. 그런데 그 거짓이 그분의 심장을 찢어 놓다시피 했어요. 내가 한때 존경하기는 했지만, 우리 부녀에게 이렇게 대접한 사람을, 오, 내가 어떻게 예전처럼 존경할 수 있겠어요!"

헨처드의 두 입술은 변명하기 위해 반쯤 열렸다. 그러나 그는 바이스9처럼 굳게 다물어 일체 말하지 않았다. 그 자리에서 당장 그녀 앞에 자신의 커다란 잘못에 대한 변명들을 — 자기 자신도 처음에는 그녀의 신원에 속고 지내다가 그녀 어머니의 편지에서 자기의 딸은 이미 죽었다는 것을 알게 되었다는 사실을, 또 두 번째 비난에 대해서는 자신의 거짓말이 자신의 명예보다는 그녀의 사랑을 더 원했기 때문에 마지막으로 던진 필사적인 주사위였다는 것을 늘어놓아 봤자 무슨 효과를 얻을 수 있겠는가? 그러한 변명을 방해하는 많은 장애물 중에는 이것, 즉 그가 끈질기게 호소하거나 논리 정연하게 논쟁하여 자신의 고통을 덜려는 노력에 충분히 가치를 두지 않았다는 점이 크게 작용했다.

따라서 그는 자기방어라는 그의 특권을 포기하고 묵묵히 그녀의 난처해하는 모습을 지켜볼 뿐이었다.

"나 때문에 너무 괴로워하지는 말아라" 하고 그는 자존심을 지키려는 윗사람의 태도로 말했다.

"나는 네가 그러길 바라지 않아. 더욱이 이런 때에. 내가 너에게 온 것이 잘못이구나. 내 잘못이 뭔지 나는 안다. 하지만 이번뿐이니 용서하여라. 다시는 너를 괴롭히지 않겠다. 엘리자베스-제인아. 다시는 오지 않으마. **내가 죽는 날까지.** 잘 살아라, 잘 있어라!"

그는 그녀가 채 정신을 가다듬기도 전에 방에서 나와 그가 왔던 뒷길을 따라 그 집을 떠났다. 이것이 그녀가 그를 본 마지막이었다.

XLV

마이클 헨처드의 유언

앞의 장면에서처럼 막이 내린 날로부터 약 한 달 정도가 지났을 때였다. 엘리자베스-제인은 자신의 새로운 환경에 차츰 익숙해졌다. 도널드에게는 지금과 옛날의 일상에서 유일하게 달라진 점이 있다면 그가 일이 끝나고 나서 평소보다 좀더 빨리 집으로 들어온다는 사실이었다.

뉴슨은 결혼잔치(이 잔치의 흥겨운 기분은 다들 짐작하듯이 신혼부부 당사자보다는 그가 만들었다고 할 수 있었다) 후 캐스터브리지에 사흘간 머물렀다. 그동안에 그는 돌아온 크루소1처럼 사람들의 주목과 존경을 받았다. 캐스터브리지라는 곳은 세상을 떠들썩하게 하는 일들이 거의 매년 일어나는, 수세기 동안 순회재판 도시2였기 때문에 사형집행3과 지구상 정반대의 지점으로 추방하는 것4 정도로는 쉽사리 들뜨지 않는 곳인지 어떤지는 몰라도 시민들은 그 사람 때문에 자기들의 마음의 안정을 완전히 잃지는 않았다.

넷째 날 그가 아무런 낙이 없다는 듯이 산 위로 기어오르는 것이 보였다. 아무데서나 바다를 한 번 보고픈 그의 갈망 때문이었다. 바닷물 가까이 지내는 것이 그가 살아가는 데 너무도 절실했기 때문에 그는 캐스터브리지에 딸을 두고서도 자신의 거주지로는 버드머스를 더 좋아했다. 그래서 그는 그곳으로 갔다. 파란 덧문들이 달린 조그마한 오두막집을 그의 숙소로 정했다. 창문을 열고 충분히 몸을 내밀어 바라보면 높다란 집들 사이로 푸른 바다의 수직조각이 보이도록 내닫이 창들이 돌출한 집이었다.

엘리자베스-제인은 위층 응접실 한가운데에 서 있었다. 그녀가 몇몇 가구들을 재배치하기 위해 고개를 한쪽으로 기웃거리며 살피고 있을 때 하녀가 들어와 말했다.

"오, 마님, 새장이 어떻게 그곳에 있게 됐는지 이제야 알아냈어요."

파프레이 부인은 신혼생활 첫 주에 자기의 새로운 보금자리를 둘러보았다. 그녀는 아주 만족스러운 시선으로 산뜻하게 정돈된 이 방 저 방을 살펴보면서, 어두운 지하실로 조심스럽게 들어가 보기도 하고, 가을바람에 낙엽들이 날리는 정원으로 신나게 발걸음을 옮겨 보기도 했다. 그녀가 마치 현명한 야전군 사령관처럼 자신이 막 살림살이 작전을 시작하려는 그 현장의 장래성을 답사하고 있었다. 그러다가 도널드 파프레이의 부인은 앞이 가려진 정원의 한쪽 구석진 곳에서 신문지에 싸인, 새것으로 보이는 새장 하나를 발견했던 것이다. 새장의 안쪽 바닥에는 조그마한 깃털뭉치 하나가 — 그 방울새의 죽은 몸뚱어리가 놓여 있었다. 그 새와 새장이 그곳에 있게 된 경위를 말할 수 있는 사람은 아무도 없었다.

가엾게도 그 조그마한 새5는 굶어 죽은 것이 분명했다. 이 슬픈 사

292

건이 그녀의 마음에 걸렸다. 그녀는 파프레이의 애정 어린 위로에도 불구하고 이 사건을 며칠을 두고 잊을 수 없다가 이제 겨우 거의 잊어 버릴 만할 때 다시 되살아난 것이다.

"오, 마님, 그 새장이 어떻게 그곳에 와 있었는지 알아냈어요. 결혼식 날 저녁에 찾아왔던 그 농부 차림의 남자가 길을 따라 이리 올라 오고 있을 때 그 사람이 손에 새장을 들고 있는 걸 사람들이 봤대요. 그 사람은 집 안으로 들어오면서 그걸 그곳에 내려놓았다가 어디에 두었는지 잊어버리고 그냥 가 버린 것으로 같아요."

이것으로 엘리자베스는 상념에 빠져들기에 충분했다. 그녀는 이 생각 저 생각해 보다가 여자의 직감으로 그 새는 헨처드가 자신의 결혼선물로, 그리고 뉘우침의 징표로 가져온 것이라 생각하기에 이르렀다. 그는 그녀 앞에서 지난날 자신의 행동에 대해 유감을 표명하거나 변명한 적이 없었다. 오히려 자신의 죄에 대해 변명하려 하지 않는 것이 그의 기질의 일부분이었다.[6] 그는 자기 스스로 냉혹한 고발자의 입장에서 살아가려는 것이었다. 그녀는 정원으로 나가 새장을 바라보다가 굶어 죽은 조그마한 새를 땅에 묻어 주었다. 스스로 멀어져 간 그 사람에 대한 그녀의 마음은 그 순간부터 누그러지기 시작했다.

남편이 귀가하자 그녀는 그 새장의 비밀을 풀었다고 말하고, 그녀는 헨처드가 어디로 갔는지 가급적 빨리 찾아 그와 화해할 수 있도록 도와달라고 간청했다. 그의 인생에서 그가 따돌림을 덜 받도록, 그리고 그가 좀더 잘 지낼 수 있도록 도움을 주기 위해서였다.

비록 파프레이는 헨처드를, 헨처드가 그를 좋아했던 만큼 좋아하지는 않았지만, 자신의 옛 친구가 그랬던 만큼 그를 열렬히 미워하지

는 않았다. 따라서 그는 엘리자베스-제인의 칭찬할 만한 계획을 도와
주지 않을 사람은 절대 아니었다.

그러나 헨처드를 찾아 나선다는 것은 결코 쉬운 일이 아니었다. 그
는 파프레이 내외의 집을 나서자마자 땅속으로 꺼지기라도 한 것 같
았다. 엘리자베스-제인은 그가 한때 죽으려고 시도했던 바를 떠올리
고 몸을 떨었다.

그러나 그녀는 모르고 있었지만 헨처드는 그때 이후 이미 사람이
변해 있었다. 다시 말해서 감정적인 변화가 그런 급진적인 표현을 정
당화할 수 있는 한 확실히 그랬다. 그래서 그녀는 두려워할 필요가 없
었다. 파프레이가 며칠간에 걸친 수소문 끝에 헨처드를 아는 사람이
그가 밤 12시에 멜체스터 행 간선도로를 따라 동쪽으로 뚜벅뚜벅 걸
어가고 있는 것을 봤다는 정보를 입수했다. 그는 자기가 왔던 길로 되
돌아간 것이다.

그 정도면 충분했다. 이튿날 아침 파프레이가 엘리자베스-제인을
옆에 앉히고 자신의 마차를 헨처드가 돌아간 방향으로 캐스터브리지
밖으로 몰고 가는 게 눈에 띄었다. 그녀는 두툼하고 평범한 모피로 몸
을 두르고 앉아 있었다 — 이 계절에 맞는 옷차림이었다 — 그녀의 안
색은 전날보다 약간 더 윤택한 모습이었고 얼굴에는 "몸동작이 마음
과 더불어 환히 빛나는"7 미네르바처럼 마나님다운 고요한 위엄이 막
자리 잡고 있었다. 적어도 보다 더 큰 인생의 고통을 겪은 자신은 이
제 앞날이 보장되는 안식처에 도달했으므로 그녀의 목적은 헨처드가
자기와 어느 정도 비슷한 처지가 되도록 하는 것이었다. 지금 상태로
놓아두면 그는 더 비참한 생활로 추락할 가능성이 짙었던 것이다.

간선도로를 따라 마차를 몇 마일을 달린 후 그들은 다시 수소문하여, 그 근방에서 몇 주째 일하고 있다는 어느 도로 수리인에게서 그 시각에 그런 사람을 목격했다는 정보를 얻어 냈다. 그는 웨더베리에서 멜체스터행 역마차길을 벗어나, 에그돈 히스의 북부와 변경을 이루는 한 갈림길로 접어들었다는 것이었다. 그들은 그 길로 말머리를 돌렸고, 곧 태초의 원주민들의 발길이 스친 이래 토끼들이 긁어 댄 일 이외에는 손가락 하나 깊이만큼도 어지럽혀진 적이 없는 원시의 땅을 가로질러 가고 있었다. 그 부족들이 남긴 흔적인 회갈색의 헤더8로 무성한 무덤들은 우뚝우뚝 동그랗게 솟아 있어 마치 그곳에 등을 대고 번듯이 누워 있는 다이애나 멀티마미아9의 풍만한 젖가슴 같았다.

그들은 에그돈을 뒤졌다. 그러나 헨처드를 찾지 못했다. 파프레이는 계속 마차를 몰았다. 오후에 앵글베리의 북쪽까지 뻗어 있는 황무지 근처에 다다랐다. 그들은 황량한 전나무 숲이 두드러져 보이는 언덕의 정상 아래를 곧 통과했다. 그들은 이 지점까지 마차를 몰아온 길이 헨처드의 발길이 지나간 곳이라는 것을 확신할 수 있었다. 그러나 이제 여러 갈래로 갈라지기 시작하는 길에서 올바른 방향으로 계속 나아가는 것은 순전히 추측에 의존할 수밖에 없었다. 그래서 도널드는 자기의 아내에게 몸소 찾아다니는 것을 포기하고 그녀의 의붓아버지에 대한 소식을 얻는 다른 수단을 강구하자고 강력하게 설득해 보았다. 그들은 지금 집에서 적어도 20마일은 떨어져 있었다. 그러나 그들이 막 가로지른 어느 마을에서 한두 시간 동안 말을 휴식시키면 그날 중으로 캐스터브리지에 돌아갈 수 있었다. 여기서 벌판으로 더 나아간다면 그들은 그날 밤 야영하지 않을 수 없을 것이다.

"또 그것은 돈을 많이 축내는 일이 될 거야" 하고 파프레이는 말했다. 그녀는 현재의 상태에 대해 깊이 생각해 보더니 남편 의견에 동의했다.

그래서 그는 말고삐를 당겼다. 그러나 그들이 방향을 돌리기 전에 잠시 멈춰서, 그들의 높은 위치가 드러내고 있는 광활한 들판 위를 막연히 내려다보았다. 그들이 바라보고 있는 동안 어떤 사람의 모습이 나무 덤불 밑에서 나와 그들의 앞쪽을 가로질러 갔다. 그 사람은 어떤 노동자였다. 그의 걸음걸이는 비틀거리고, 그의 시선은 마치 차안대를 쓰고 있는 것처럼 그의 앞쪽으로만 향해 있었다. 그리고 그의 손에는 막대기가 몇 개 들려 있었다. 그는 길을 건너 한 협곡으로 내려갔다. 그곳에 오두막집이 하나 보였다. 그 안으로 그가 들어가는 게 보였다.

"캐스터브리지로부터 이처럼 멀리 떨어져 있는 곳만 아니라면 나는 저 사람이 틀림없이 그 불쌍한 휘틀일 거라 말할 거예요. 꼭 그 사람을 닮았어요" 하고 엘리자베스-제인이 자기 생각을 말했다.

"그는 휘틀일지도 몰라. 지난 3주 동안 일터에 나오지 않았으니까 말이야. 아무 말 없이 사라졌거든. 그런데 난 그자한테 이틀 치의 노임을 줄 것이 있어. 누구한테 지불해야 할지 모르고 있던 참이야."

그가 정말 휘틀인지 알아보기 위하여 그들은 마차에서 내려 그 작은 오두막집으로 찾아가 물어보기로 했다. 파프레이는 울타리의 문기둥에 말고삐를 맸다. 그들은 그 허물어져 가는 듯한 보잘것없는 오두막집으로 다가갔다. 원래 반죽한 진흙을 흙손으로 발라 지은 벽은 수년 동안 비에 씻겨 나간 낡은 표면이 울퉁불퉁하게 부스러지고 있고, 홈이 나 움푹 꺼지고 있었으며, 여기저기 회색으로 갈라진 벽들을 잎이 무성한 담쟁이덩굴들이 겨우 지탱하고 있었다. 서까래들은 주저앉았고 초가지붕은 여기저기 구멍이 나 있었으며, 울타리에 있던 낙엽들은 바람에 날려 문간의 구석에 흩어지지 않은 채 그곳에 쌓여 있었다. 문은 조금 열려 있었다. 파프레이가 문을 두드렸다. 그들 앞에 나타난 사람은 그들의 추측대로 휘틀이었다.

그의 얼굴에는 깊은 슬픔이 가득했고, 그의 두 눈은 초점 없이 그들을 바라보고 있었다. 그의 손에는 조금 전에 들려 있던 막대기 몇 개가 그대로 들려 있었다. 그들을 알아보게 되자 그는 놀란 기색을 했다.

"아니, 에이벌 휘틀. 자네가 여기에 살고 있단 말인가?" 하고 파프레이가 먼저 입을 열었다.

"아, 예, 나리! 저의 어머님이 이 아래서 사실 적에 그분은 저의 어머니한테 친절하셨어요, 저한테는 엄격하셨지만요."

"누구를 말하고 있는 것인가?"

"오 나리, 헨처드 씨 말예요! 모르고 계셨어요? 그분은 막 돌아가셨어요 — 해를 보아하니 — 약 한 시간 전쯤이었어요. 저한테는 시계라는 것이 없으니까요."

"아니, 돌아가시다니?" 엘리자베스-제인이 더듬거리며 말했다.

"예, 마님, 그분은 돌아가셨어요! 그분은 저의 어머니가 여기 아래에서 사실 적에 저의 어머니한테 친절하셨어요. 저의 어머니께 제일 좋은 석탄10을 보내 주셨어요. 재가 전혀 남지 않는 석탄이었죠. 어머니한테 필요했던 멍석이나 발 같은 것도 보내 주셨고요. 나리께서 옆에 계신 마님과 결혼하시던 날 밤 저는 그분이 거리를 걸어 내려가

시는 것을 보았어요. 그분은 침울한 표정에 기운도 없어 보이고 걸음걸이는 비틀거리는 것 같았어요. 그래서 저는 그분을 그레이즈다리 너머까지 따라갔어요. 그러자 그분은 뒤로 돌아 저를 보시더니 '자네 돌아가게!' 하시더군요. 하지만 저는 계속 뒤따랐어요. 그분은 다시 몸을 돌려 '내 말 안 들려? 그만 돌아가게!' 하셨어요. 하지만 저는 그분이 기운이 없다는 것을 알았기 때문에 여전히 따라갔지요. 그러자 그분은 '휘틀, 내가 자네더러 돌아가라고 몇 번씩 말했는데도 자네는 왜 내 뒤를 따라오는가?' 하시더군요. 그래서 저는 '왜냐하면요, 나리! 나리의 몸이 좀 좋지 않은 것 같아서입니다. 나리는 저한테는 가혹하셨지만 저희 어머니한테는 친절하셨습니다. 저도 나리한테 기꺼이 친절을 베풀고 싶습니다' 하고 말했지요. 그 후부터 그분은 계속 걷기만 하시고 저는 따르기만 했지요. 그때부터 그분은 저를 더 이상 나무라시지 않았어요. 우리는 밤새도록 그렇게 걸었어요. 뿌연 아침에, 날이 채 다 밝기도 전에 눈을 들어 보니 그분은 몸을 뒤틀고 계셨어요. 걸음을 거의 옮길 수 없을 정도였어요. 그때 우리는 여길 지나가고 있었지요. 지나가면서 보니까 이 집이 비어 있더군요. 저는 그분의 발길을 돌렸어요. 창문의 널빤지를 떼어 내고 그분을 안으로 모셨어요. 그분은 '아니 휘틀, 나 같은 비열한 인간을 돌봐 주려 하다니, 자네는 정말 어리석기 짝이 없는 바보 아닌가!' 하시더군요. 그러고 나서 저는 밖으로 나갔어요. 이 근방의 어떤 나무꾼들이 침대 하나, 의자 하나, 그리고 부엌도구들을 몇 개 빌려 주더군요. 저는 그것들을 이리로 가져와서 제가 할 수 있는 대로 그분을 편안하게 해드렸어요. 하지만 그분은 기운을 차리지 못했어요. 음식을 잡숫지 못했으니까요, 마님! 전혀 식욕을 느끼지 못하셨어요. 그러고는 점점 쇠약해지시더니 결국 오늘 돌아가셨어요. 이웃사람 하나가 그분의 관을 짤 사람을 데리러 내려갔어요."

"저런, 그랬었군!" 하고 파프레이가 말했다.

엘리자베스로서는 아무 할 말이 없었다.

"그분의 침대 머리맡에는 그분이 꽂아 둔 종이쪽지가 하나 있었는데 그 위에 무언가 쓰여 있어요." 에이벌 휘틀은 말을 계속했다. "하지만 저는 글을 배우지 못한 사람이라 읽을 수 없었어요. 그래서 저는 그 내용이 무엇인지 알지 못해요. 가져와서 두 분께 보여드리겠어요."

그들은 그가 오두막 안으로 달려 들어가는 동안 말없이 서 있었다. 그는 구겨진 종이쪽지 하나를 들고 단숨에 되돌아 나왔다. 그 위에는 연필로 다음과 같이 써져 있었다.

〈마이클 헨처드의 유언〉

엘리자베스-제인 파프레이에게는 내 죽음을 알리지 말고 또 나 때문에 슬퍼하지도 말게 하시오.

나를 축성된 곳에 묻지 마시오.

교회지기에 종을 울려 달라고 부탁하지도 마시오.

어느 누구라도 내 시신을 보는 것을 바라지 않는 바이오.

내 장례식에 아무도 내 뒤를 따르지 말도록 하시오.

내 무덤에 꽃을 심지 마시오.

어느 누구도 나를 기억하지 마시오.

이 유언장에 나는 서명하노라.

마이클 헨처드

"이제 우리는 어떡하지?" 하고 도널드는 쪽지를 그녀에게 넘겨주면서 말했다.

그녀는 분명하게 대답할 수 없었다.

"오, 도널드!" 하고 그녀는 눈물을 머금은 채 마침내 입을 열었다.

"정말 얼마나 비통한 일이에요! 오 마지막으로 헤어질 때 내가 냉혹하게 하지만 않았더라면 이토록 마음이 아프지는 않을 텐데! … 하지만 이제 와서 되돌릴 수 없는 일이에요. 이렇게 되어 버렸으니 어찌할 도리가 없어요."

엘리자베스-제인은 헨처드가 죽어 가면서 고통 속에서 써 놓았던 내용을 최대한 존중하면서 실행에 옮겼다. 그것은 그 마지막 말의 신성함보다는 그것을 쓴 헨처드가 무엇을 말하려 했는지를 그녀가 독자적으로 판단한 바에 따른 것이었다. 그의 유언은 그의 전 생애를 담았던 것과 같은 물건의 한 조각임을, 따라서 그녀 자신이 애도하며 만족하기 위해, 혹은 그녀의 남편이 도량이 넓다고 인정하도록 함부로 손대서는 안 된다는 것을 그녀는 알고 있었다.

마침내 모든 것이 끝났다. 그가 마지막으로 방문했을 때 그를 오해했던 것, 그를 좀더 일찍 찾아 나서지 않았던 데 대한 그녀의 후회도 상당히 오랫동안 그녀의 마음속 깊이 뼈저리게 남아 있었지만, 결국은 모두 흘러 지나가 버렸다. 이때부터 계속 엘리자베스-제인은 평온함 속에 살고 있는 자신을 발견하게 되었다. 인생 그 자체가 온화하고 감사할 뿐만 아니라, 이전의 몇 해를 가버나움11에서 지낸 그녀로서는 더욱 그렇다고 느끼게 되었다. 그녀의 초기 결혼생활의 활발하고 불꽃 튀는 감정이 한결같은 마음의 평정 속으로 밀착해 들어갔다. 이에 따라 그녀의 섬세한 마음으로 인해 그녀 주변의 옹색하게 살아가는 사람들에게서 한정된 기회밖에 없는 삶을 참고 견뎌 내는 비결(그녀가 이미 옛날에 배웠던)을 발견하는 여유를 갖게 되었다. 그녀는 절대적인 고통 속에 있는 사람만 아니라면 누구에게나 스스로 주어지는 미세한 형태의 만족들을, 일종의 현미경 작용 같은 처리로 교묘하게 확대시키는 기회라고 생각했다. 그렇게 기회가 확장되면 피상적으로 받아들여진 더 큰 기회와 마찬가지로 인생을 활기차게 고무시키는 효과가 있다고 생각했다.

그녀의 이러한 가르침은 그녀 자신에게 반사 작용을 일으켰다. 그래서 그녀는 캐스터브리지라는 지역에서 하층민들에게 존경받는 것과 사회의 최상층에서 영광을 누리는 것 사이에서 자기 개인으로서는 별 큰 차이를 느끼지 않을 것이라고 생각했다.

그녀는 실로 괄목할 정도로, 평범한 말로 표현한다면 감사해야 할 것을 많이 누리고 있는 위치에 있었다. 그럼에도 그녀가 감사함을 말로 표현하지 않은 것은 그녀의 잘못이 아니었다. 옳든 그르든 그녀의 경험에서 배울 수 있는 것은 비참한 인간 세상을 잠깐 사이에 지나가 버리는 어정쩡한 명예에 대해서, 그녀의 경우처럼 화사한 한낮의 빛이 길을 어느 중간지점까지 갑자기 비추고 있는 때라 할지라도 지나치게 감정을 분출할 필요가 거의 없다는 사실이다. 그러나 그녀뿐만 아니라 어느 누구도 주어진 만큼은 받을 가치가 있다고 생각했으므로 훨씬 많이 부여받아야 마땅한 사람들이 실로 적게 부여받고 있다는 사실을 그녀가 모르게 하지는 않았다. 또 그녀는 자신을 행복한 계층에 억지로 끼워 넣으면서 자기가 예측할 수 없는 일들이 집요하게 계속되는 상황에 놀라움을 금치 못했다. 그러한 깨어지지 않은 평온을 성년기에 계속 누리게 된 사람은 바로 자신의 어린 시절 행복이란 '일반적인 고통의 드라마에서 이따금 발생하는 일화에 지나지 않는다'는 사실을 배운 듯한 그녀였다.

XXIII. 방문객

1   이 장에서는 대화가 점차 진행됨에 따라 파프레이가 루세타를 부르는 호칭이 '당
    신' (ye) →'부인' (Madam) →'양' (Miss) →'부인' (ma'am) →'양' (Miss) →'부인'
    (ma'am) 으로 혼용된다. 이는 루세타의 불안한 혼인 관계에 대한 작가의 의도로
    보인다.

2   극북인 (極北人, Hyperborean) : 몹시 춥고 얼어붙은 지역을 포함하는 북쪽의 끝
    지역에 사는 사람을 말한다. 그러나 여기서는 스코틀랜드 출신의 '파프레이'를
    가리킨다.

3   세인트 헬리어 (St. Helier) : 영국 채널제도에 있는 저지섬의 휴양도시이다. '샹
    텔리에'라고도 불린다.

4   고용박람회는 '성촉절'에 열리는데 이 기간에는 실제로 노동계약이 이루어지기도
    한다.

5   레이디 데이 (Lady Day) : 하느님께서 천사 가브리엘 (Gabriel) 을 동정녀 마리아
    에게 보내 예수를 수태하였음을 알린 날로서, 이날을 기념하는 축제일이기도 하
    다. '성모영보 (聖母領報) 대축일'이라고 한다. 율리우스력으로는 4월 6일, 그레
    고리우스력으로는 3월 25일이다.

6   1마일은 약 1.6093km이기 때문에 약 56km 정도이다.

7   댄 큐피드의 자석 (Dan Cupid's magnet) : 연인들을 끌어당기는 힘을 자석에 비
    유한 말이다.

8 방주(*ark*) : 여기서는 '보호'와 '안전'을 암시하는 피난처를 의미한다. 원래는 온
    지면이 물로 가득하여 비둘기가 발붙일 마른 땅을 찾지 못해 다시 되돌아온 '노아
    의 방주'를 의미한다(〈창세기〉 8: 9).

XXIV. 제 3의 여인

1 사람의 운명은 태어날 때부터 천체와 연관되는 운명을 지니고 있다는 점성술에
    근거한다.
2 원문은 'carrefour'로 되어 있다.
3 7왕국(Heptarchy) : 영국을 6세기에서 9세기까지 지배한 '머시아'(Mercia), '노
    덤브리아'(Northumbria), '이스트 앵글리아'(East Anglia), '켄트'(Kent), '에
    섹스'(Essex), '서섹스'(Succex) 및 '웨섹스'(Wessex)로 구성된 앵글로-색슨 7
    왕국의 연합체이다.
4 말 파종기(*horse-drill*) : 농기구의 일종으로 말을 끌어 농경지에 작은 고랑을 파
    고 그 고랑에 씨를 뿌린 다음 다시 흙으로 덮어주는 작업을 할 때 사용한다.
5 채링크로스(Charing Cross) : 영국 런던의 중심부로 트라팔가광장(Trafalgar
    Square) 부근의 번화가다.
6 스쿠프(*scoop*) : 밀가루, 설탕, 아이스크림 등을 덜어 낼 때 쓰는 국자 모양의 큰
    숟가락이다.
7 날라리 녀석(*jackanapes*) : 일반적으로 남을 경멸하는 용어이다. 헨처드는 파프
    레이를 악당으로 불렀던 것 같다.
8 〈가우리 아가씨〉(*Lass of Gowrie*) : 스코틀랜드의 여성 작곡가 네언(Baroness
    Carolina Nairne, 1766~1845)이 지은 노래이다. 그녀가 작곡한 노래는 거의
    200년이 지난 오늘날에도 여전히 인기가 있다.
9 사소한 날씨의 장애를 예상하면서 파종이나 추수에 착수하기를 주저하는 자는
    결국 그 일을 하지 못하게 된다는 성경 구절이다(〈전도서〉 11:4). 여기서 파종
    은 뜻하지 않은 재난에 대비하는 자선행위를, 그리고 추수는 재난을 당했을 때
    자신이 베풀었던 자선 행위의 대가로 이웃으로부터 선한 도움을 받는 것을 말한
    다. 그러므로 자선을 행할 때 우유부단하지 말고 하느님의 선한 섭리에 의지하여
    과감하게 행할 것을 권유하는 말이다.
10 펜스(pence) : 영국에서 사용하는 동전 페니(penny)의 복수형이다. 현재 영국
    에서는 1/100파운드(pound)이며 액면가로는 최소 단위의 화폐이다.
11 짙은 색깔(*advanced colour*) : 앞쪽으로 두드러지게 나타나 보이며, 짙어 보이는

느낌을 주는 색깔이다. 빨강, 노랑, 주홍 등이 이에 해당한다.

XXV. 두 연인 사이

1   프로테우스(Protean) : 어원은 그리스 신화의 프로테우스(Proteus)이다. 프로
   테우스는 예언력과 자유자재로 변신하는 능력을 지닌 바다의 신이다.

2   원문은 '달이 하늘에 높이 떠올랐을 때'(when the moon had risen in the skies)
   이나 전후 문맥을 살리고자 '캄캄한 밤 저 높은 하늘에 반짝이는'으로 의역했다.

3   원문은 '밤의 보잘것없는 미인들 중 하나'(one of the meaner beauties of the
   night)이나 여기서 'beauties'는 '미인들'을 의미하므로 '미인들 중 하나', 즉 '별
   하나'로 의역했다. 이 구절은 일종의 패러독스로 헨리 워튼 경(Sir Henry
   Wotton, 1568~1639)이 보헤미아의 엘리자베스 여왕에게 헌정한 〈보헤미아 여
   왕, 그의 정부(情婦)에 대하여〉(On his Mistress, the Queen of Bohemia)에 나오
   는 시의 첫 행이다. 헨리 워튼 경은 영국의 작가이자 외교관이며 정치인으로, 그
   는 '여자의 가슴에 머문 사람은 (떠나야 할) 손님에 불과하다', '대사(大使)란 자
   국의 이익을 위해 거짓말하라고 해외에 파견한 정직한 사람' 등 패러독스적 명언
   을 남겼다.

XXVI. 경쟁자

1   토스칸(Tuscan) : '토스카나인(人)의', '토스카나어(語)의', '토스카나 양식의'
   등에서 보이는 토스카나(Toscana)는 (와인과 예술의 고향으로 불리는) 이탈리
   아 중북부 지역에 있는 주(州)다. 주도는 피렌체이며 르네상스의 3대 거장인 '레
   오나르도 다빈치, 미켈란젤로, 라파엘로'가 모두 이 지역에서 활동했다.

2   the third and haloed figure: 여기서는 부활한 예수를 의미한다.

3   원문은 'pis aller'로서 프랑스어이다.

4   믹센 레인(Mixen Lane) : 'mixen'은 똥(쓰레기) 더미이다. 여기서는 더러운 빈
   민가를 의미한다.

5   알라스토르(Alastor) : 그리스 신화에 나오는 복수의 여신이다.

6   벨 판(bell-board)은 빅토리안 시대의 가정에서 하인들을 불러내기 위하여 초인
   종 같은 벨이 매달려 있는 판을 의미한다.

7   springes: 새나 동물을 잡기 위한 올가미 같은 것이다.

8   Wide-oh: '해박한 사람'(wide boy)의 속어이다. '세상물정에 밝은 사람'을 의미

하나 여기서는 '점쟁이', '협잡꾼', '사기꾼'을 말한다.

9 'Mr.' Fall: 여기서는 전후 문맥상 '엉터리'(같은 사람), '돌팔이'로 이해하면 무난하다.

10 사무엘(Samuel): 이스라엘의 사사(士師)로 예언자이다.

11 사울(Saul): 기원전 11세기경 이스라엘 왕국의 제1대 왕이다. 선지자 사무엘 (Samuel)에게 인정을 받아 왕위에 올랐다(〈사무엘상〉 9: 19).

12 연주창(scrofula): 목의 림프샘이 부풀어 오르는 결핵성 부종이다. 원문은 'the evil'로 되어 있다.

13 두꺼비 가방(toad-bag): 어떤 마법사 노인이 조그만 가방 안에 두꺼비 다리를 넣고 다니곤 했는데 그 노인이 자신을 찾아오는 사람들에게 이 가방은 마력이 있어 목에 두르고 다니면 연주창이 낫는다고 말한 데에서 유래했다.

14 크라운 은화(crown piece): 왕관 모양을 새긴 5실링짜리 은화이다.

15 dung-mixen: 외양간에서 나오는 똥이나 오물 더미.

16 《신약성서》 마지막의 〈요한계시록〉을 의미한다.

17 scheme: 실제와 상상으로 천체의 상대적 위치를 근거로 하여 예언을 정당화하기 위해 사용하는 점성술 그림이다. '천상도'(天象圖)라고도 한다.

XXVII. 추수하기 전날 밤

1 카피톨(Capitol): 카피톨리엄(the Capitolium)에서 나온 카피톨은 고대 로마의 카피톨리노언덕(Capitolino Hill) 혹은 그곳에 있는 주피터(Jupiter) 신전을 말한다. 로마에 패한 적군 포로들은 카피톨까지 승리의 행렬을 따라가야 했으며 그 뒤 그들은 노예가 되었다. 여기서는 파프레이가 시장이 되어 향하는 '시청사'를 의미한다.

2 원문은 'gawkhammer'로 되어 있는데 사전에 없는 단어이다. 문맥상 '멍청이'를 말한다.

3 원문은 'zwailing'로 되어 있는데 사전에 없는 단어이다. 문맥상 '이쪽저쪽 흐느적거리는'이란 의미이다.

4 끌채 말(thill horse): 마차나 수레를 끌기 위해 끌채를 마구에 부착하고 그 사이에 배치하는 말이다.

5 여기서는 '선회충'(giddying worm)을 말하는데 이 벌레는 양의 머리에 들어가 양을 한쪽으로 기울게 하는 벌레의 유충이다. 이러한 병을 '선회병'(旋回病)이라고 한다.

XXVIII. 치안재판

1 샐로우와 사일런스(Shallow and Silence) : 셰익스피어의 희곡 《헨리 4세》 2막에 등장하는 두 명의 우스꽝스런 치안판사를 말한다.

2 마름돌(ashlar) : 일정한 모양으로 잘라 놓은 돌 또는 그 돌로 부드럽게 쌓아올린 석축을 말한다.

3 구름에서 기름방울이 떨어지는(the clouds drop fatness) : 하디가 〈시편〉 65장 11절 '주의 길에는 기름방울이 떨어지며'(thy paths drop fatness)에서 따온 말이다. 하디가 이 구절을 인용한 것은 아마도 할머니가 입은 옷의 연륜과 원래의 고품질을 상징적으로 나타내기 위함인 듯하다.

4 'Hannah Dominy'는 '그리스도의 해'(in the year of our Lord)라는 의미이다. 라틴어 'Anno Domini'를 말하는데, 예수 탄생을 기준으로 그 이전을 BC(Before Christ), 그 이후는 AD(Anno Domini)라고 한다.

5 원문은 '빛처럼 분명한 사실이야'('Tis as true as the light)인데 이를 의역했다.

XXIX. 결혼의 증인

1 아브라함의 성공(Abrahamic success) : 아브라함은 '여러 민족의 아버지'(〈창세기〉 17 : 4)로서, 히브리인들의 조상이자 유대교, 기독교, 이슬람 신앙의 족장이다. 여호와는 아브라함에게 그의 후손을 땅의 먼지만큼 셀 수 없이 많아지게 하겠다고 약속했다(〈창세기〉 13 : 16). 아브라함은 또한 가축 떼뿐만 아니라 금과 은도 많이 소유하였다(〈창세기〉 13 : 2).

2 야후(Yahoo) : 조너선 스위프트의 《걸리버 여행기》에 나오는 사람을 닮은 짐승으로 거칠고, 흥분을 잘하며, 무지하고, 비겁한, 그리고 잔인한 사람으로 풍자된다.

3 원근 장난감(perspective toys) : 3차원 효과와 거리가 뒤로 서서히 멀어지는 인상을 창조해 내는 장난감이다.

4 템스터널(Thames Tunnel) : 1843년 개통한 영국 역사상 최초의 수중 터널로서 로더히스(Rotherhithe)에서 와핑(Wapping)까지 통한다.

5 거스의 놋쇠 목걸이(Gurth's collar of brass) : 월터 스콧(Walter Scott)이 쓴 소설 《아이반호》(Ivanhoe, 1819)의 등장인물 거스(Gurth)가 착용한 목걸이이다. 거스는 노예이기 때문에 그 목걸이는 용접되어 뗄 수가 없다.

6 사립짝 막대기(hurdle-stake) : 사립짝 울타리의 수직 기둥들 중 하나를 만들기

위해 잘라 낸 36인치 가량의 짧은 막대기다.

7 시로코(sirocco) : 사하라 사막에서 지중해를 건너 불어오는 더운 바람이다. 남부
이탈리아에서는 고온 다습한 바람이 되어 가끔 모래 폭풍을 동반한다.

8 muff: 양 옆이 뚫려있어 손을 끼워 넣어 보온할 수 있게 만든 원통형의 모피 토시
이다.

9 이 말은 〈잠언〉의 '그리 하는 것은 불이 붙은 숯을 그의 머리 위에 놓는 것과 같
은 것이오'(〈잠언〉 25: 22)에서 따온 표현이다. 원문은 '당신이 저를 얼마나 열
렬하게 사랑하는지도 알았어요'라는 뜻의 비유적 표현이다.

10 이 책 76쪽에서 헨처드는 루세타에게 '난 당신의 돈에는 손가락 하나 까딱하고 싶
지 않아. 나는 당신의 재물일랑 동전 한 닢이라도 당신의 개인적 용도에 쓰도록
아주 기꺼이 내버려 두겠소'라고 말한 바 있다. 이는 헨처드가 루세타의 재산에서
얻는 소득이 법적으로 자기의 소득이 될 수 있음을 알고 있다는 우회적인 표현이
다. 이제 루세타와의 관계가 절연되므로 헨처드와는 아무 상관없는 일이 된다.

XXX. 옛 연인과 새 연인

1 존 길핀(John Gilpin) : 영국 시인 윌리엄 쿠퍼(William Cowper, 1731~1800)
의 시집 《존 길핀의 우왕좌왕 대소동》(The Diverting History of John Gilpin,
1782)의 주인공이다. 그의 아내는 그들의 20번째 결혼기념일을 축하하기 위하
여 친구들과 먼저 떠나 있었지만, 존 길핀 자신은 막 도착한 세 명의 고객에게 붙
잡혀서 아내와 함께 떠나지 못했다. 하디는 파프레이의 상황과 존 길핀의 이러한
사정이 같다고 본 것이다.

2 오비디우스(Ovid) : 푸블리우스 오비디우스 나소(Publius Ovidius Naso, 기원
전 43~서기 17)는 사랑을 노래한 로마의 연애시인이다. 그는 아우구스투스 황
제에게 추방당해 쓸쓸하게 유배생활을 하다가 로마로 돌아가지 못하고 유배지에
서 숨을 거두었다. 오비디우스는 〈사랑의 노래〉, 〈사랑의 치료약〉, 〈사랑의 기
술〉 등의 시를 남겼고, 그가 살았던 당시는 물론 고대와 중세 시대 유럽 시문학
에 많은 영향을 미쳤다.

3 원문은 'Video meliora proboque, deteriora sequor'로서 라틴어이다.

4 나단의 어조(Nathan tones) : '단호하게 꾸짖는 어조'를 의미한다. 다윗 왕(King
David)은 우리아(Uriah)의 아내 밧세바(Bathsheba)를 범하고 임신시킨다. 왕
은 우리아가 전쟁터에 내보내졌기 때문에 아내와 성교를 할 수 없을 거라 생각했
다. 왕은 간음한 사실을 감추고자 우리아를 전쟁의 격전지에서 죽게 한다. 이후

다윗과 밧세바는 결혼을 하고 아이를 낳는다. 예언자 나단(Nathan)은 이런 다윗 왕을 단호하게 꾸짖는다(〈사무엘하〉 12:7~14).

XXXI. 빚 청산

1 닻걸이(cathead): 닻을 걸어두기 위해 선수 양쪽에 돌출시킨 각재이다.
2 대저울(steelyard): 눈금이 새겨진 막대에 한쪽에는 추, 다른 쪽에는 접시나 고리가 매달려 있는 저울이다. 대저울은 무게를 측정하고자 하는 물체를 접시 위에 올려놓고 추의 위치를 옮겨 수평을 맞춰 무게를 측정한다.

XXXII. 벽돌다리와 돌다리

1 갓돌(coping): 난간 꼭대기에 설치한 돌이나 타일로, 벽을 보호하기 위해 빗물이 한쪽으로 흘러내리도록 경사졌거나 곡선으로 되어 있다.
2 디딤대(stile): 사람들이 가축을 가둔 울타리를 쉽게 넘어가기 위해 설치한 일종의 계단이다.
3 원문은 'the iron had entered into their souls'이다. 〈시편〉(Psalms) 105장 18절에는 '그의 발을 그들이 족쇄로 상하게 하고, 그는 쇠사슬에 묶여 있다'(Whose feet they hurt with fetters: he was laid in iron), 성공회의 《공통 기도서》(the Book of Common Prayer)에는 '그의 발을 그들이 족쇄로 상하게 하고, 쇠사슬이 그의 영혼에 박혀 있다'(Whose feet they hurt in the stocks: the iron entered into his soul)고 되어 있다. 여기서 시편의 찬자(Psalmist)가 언급하는 그(he)는 요셉(Joseph)인데 그가 이집트에 억류되어 있을 때 일어났던 장면을 묘사하고 있는 문구이다. 하디는 이 문구를 인용하여 'his'를 'their'로 바꿔 '학대를 받아 심한 고통을 겪는 사람들'을 의미하는 말로 사용했다.
4 원문은 프랑스어 'misérables'로 '불행한 사람들'이란 의미다.
5 아도니스(Adonis): 그리스-로마 신화의 등장인물로 '아프로디테'(Aphrodite)와 '페르세포네'(Persephone)의 사랑을 동시에 받았던 멋있는 사냥꾼이다. 원래 고대에 '아도니스'는 '식물의 신'이었다. 그의 조각상은 종교행사의 의식에 활용되고 난 후에 물에 던져지게 된다. 아도니스가 물에 던져지는 상황이 헨처드가 비극적인 최후를 맞이하는 상황과 비슷하다는 점에서 둘의 비교가 흥미롭다.
6 원문에 'My'를 강조한 것은 독자의 주의를 끌려는 작가의 의도도 있지만 '내'라고 표현해 그 집은 영원히 헨처드 자신의 집이라는 것을 강조하기 위함이다.

7 예언가의 방(*prophet's chamber*) : 수넴(Shunem)의 한 여인과 그녀의 남편이 엘리사(Elisha)를 위해 자신의 집 천장에 만들어 준 '작은 방'(*little chamber*)이다. 이 방에는 침상, 책상, 의자와 촛대가 놓여 있다(〈열왕기하〉 4 : 10).

8 마리골드(*marigolds*) : 국화꽃의 일종인 한해살이풀로 남유럽이 원산지이다. '금잔화'라고 불린다.

9 네커치프(*neckerchief*) : 장식이나 보온을 위해 목에 두르는 부드럽고 얇은 천으로 정사각형을 대각선으로 접어 삼각형 모양으로 사용하는 스카프이다.

10 새틴 목도리(*satin stock*) : 일종의 뻣뻣하고 오밀조밀하게 엮은 새틴 천 목도리이다.

XXXIII. 21년간의 금주맹세

1 성가대(*the choir*) : 하디의 아버지와 할아버지가 스틴스퍼드(Stinsford) 교구의 교회 성가대에서 연주를 했기 때문에 하디는 이러한 장면을 회상한 듯하다.

2 파인트(pint) : 용량 단위로 영국에서는 액체의 경우 1파인트가 0.568리터다.

3 스톤헨지(*Stonehenge*) : 잉글랜드 윌트셔(Wiltshire)주 솔즈베리(Salisbury) 평원에 있는 선사시대의 거대한 돌기둥이다.

4 파이프(*pipe*) : 담배를 담아 피울 수 있도록 구멍 낸 긴 대롱모양의 담뱃대이다.

5 악당 행진곡(*Rogue's March*) : 옛날 영국에서 군인을 군대에서 불명예스럽게 쫓아낼 때 연주한 반주곡으로 일명 '추방곡'이라고도 한다.

6 새뮤얼 웨이클리의 〈시편〉 4장(the fourth Psa'am, to Samuel Wakely's tune) : '⋯ 내가 부를 때 응답하소서, 곤란 중에 나를 너그러이 하셨사오니, 나를 긍휼히 여기사 나의 기도를 들으소서. 인생들아 어느 때까지 나의 영광을 변하여 욕되게 하며 허사를 좋아하고 궤휼을 구하겠는고. 여호와께서 자기를 위하여 경건한 자를 택하신 줄 너희가 알지어다. 내가 부를 때에 여호와께서 들으시리로다. 너희는 떨며 죄를 범하지 말지어다. 자리에 누워 심중에 말하고 잠잠할지어다. ⋯'와 같은 내용은 헨처드가 현재 처한 상황과 밀접한 관련이 있다. 따라서 헨처드는 오히려 이 곡을 듣고 싶어 하지 않는 것이다.

7 옛날의 윌트셔만이 노래할 가치가 있는 유일한 곡(old Wiltshire is the only tune worth singing) : 윌트셔는 영국의 음악가 조지 스마트(George T. Smart, 1776 ~1867)가 작곡한 '보통 운율'(*Common Metre*)의 곡이다. 다수의 찬송가와 더불어 〈시편〉, 특히 〈시편〉 34장은 이 운율에 맞춰 불렀다.

8 주님의 종 다윗(Servant David) : 다윗은 전통적으로 〈시편〉의 많은 부분을 쓴

것으로 인정받고 있다. 그는 하느님의 '하인 다윗'이라고 불리며 하느님에게 자신을 '당신의 종'이라고 불렀다.

9   이는 셰익스피어의 희극 《당신 뜻대로 하세요》(*As You Like It*, Act3, Scene5, 57~58)에서 여주인공 로절린드(Rosalind)가 피비(Phoebe)에게 한 말이다. 피비는 실비우스(Silvius)의 헌신적 애정을 외면한 인물이다. 여기서 하디는 '엘리자베스-제인'을 '로절린드', '루세타'를 '실비우스', '파프레이'를 '피비'로 연상하며 인용한 듯하다.

10   rape-seed : 양의 사료로 쓰기 위해 재배되는 순무와 관련된 식물의 씨앗이다.

XXXIV. 편지 뭉치

1   찰스 1세(Charles the First) : 잉글랜드의 왕으로 1625~1649년에 재위했다.

2   저 꽃봉오리 속의 벌레(that worm i' the bud) : 셰익스피어의 《십이야》(*Twelfth Night*, *II*. iv. 110~112)에 나오는 표현이다.

그녀는 자신의 사랑을 결코 말하지 않았다.
그러나 은폐는, 꽃봉오리 안의 벌레처럼,
그녀의 다마스크 장미 같은 뺨으로 살아간다 …;
그녀는 앉았습니다, 마치 기념비 위에 있는 인내처럼,
큰 슬픔에 미소 지으며.

She never told her love,
But let concealment like a worm I' th' bud,
Feed on her damask cheek…;
She sat, like Patience on a monument,
Smiling at grief.

하디는 위의 시에서 'she never told her love/ But let concealment like a worm I' th' bud/ Feed on her damask cheek'라는 부분을 인용했다. 한 여성이 남몰래 어떤 사람을 사랑하는데 그것을 말하지 못하고 감추지만 뺨이 붉게 물드는 것은 숨길 수 없다. 그래서 그녀는 슬프지만 미소 지으며 인내한다는 것이다. 셰익스피어가 살고 있던 당시에는 여성이 한 남성에게 먼저 사랑을 고백한다는 것이 적절하지 않은 행동이었다. 하디는 헨처드가 처한 신세를 이 여성과 같이 절묘하게 비유하기 위해 인용하였다.

3   태멀레인(Tamerlane): '티무르 렌크'(Timur Lenk, 1336~1405)의 영어식 이
     름이다. 터키어로 '절름발이 티무르'라는 뜻이다. 그는 몽골에서 지중해까지 터
     키, 이슬람 지역을 정복한 티무르 제국(1370~1507)의 창시자였다. 그의 군대
     는 커다란 나팔을 들고 다녔다.

4   아프로디테(Aphrodite): 그리스 신화에 나오는 성적인 사랑과 미의 여신이다.

XXXVI. 조롱 - 행렬

1   노무 동업자(a working partner): 자금이나 물자 대신 노무를 제공하거나 그에
     따른 업무를 집행하는 공동의 사업자이다.

2   iron dogs: 마치 개가 앉아 있는 모양을 한 '장작 받침대'는 벽난로에서 나무를
     태우는 데 받치기 위해 사용되었다.

3   tyro: 어떠한 일에 대한 기초는 다져 있지만 실제적인 경험은 부족한 사람이다.
     여기서는 초보자를 가리키는데 '조프'를 지칭하고 있어 앞으로 어떤 일이 벌어지
     게 되는지를 예견하게 하는 단어이다.

4   Peter's Finger: 원래는 여인숙의 이름이었는데 여기서는 믹센-레인(Mixen-
     Lane)의 교회로 사용되었다.

5   원문은 'congeries'이다. 원래 '집합체'라는 의미이지만 여기서는 '뒤섞인 마을'로
     번역하였다.

6   아둘람(Adullam): 〈사무엘상〉(22: 1~4)에서 사울 왕에게서 도망친 다윗 왕과
     그 측근들이 몸을 숨겼다고 하는 요새화된 동굴로서 그 다음 문장이 이곳을 설명
     해 주고 있다. 오늘날 이스라엘에서 '아둘람'이라는 이름은 수도의 서쪽에 있는
     옛 '예루살렘 회랑지대'(1949~1967)의 개발계획지구를 가리킨다.

7   구주희 놀이(skittle-alley): 이 놀이는 9개의 핀을 세워 놓고 일정한 거리에서 공
     을 굴려 핀을 쓰러뜨리는 시합이다. 10개의 핀을 사용하는 오늘날의 볼링 경기의
     전신이라 할 수 있다.

8   원문은 'liviers'이다. 사전에 나오지 않는 단어이나 바로 다음에 이를 부연 설명
     하는 부분이 구체적으로 언급되고 있어서 '가족들'로 보는 것이 무난하다.

9   토지 소유자(lifeholders): 한 가정의 구성원 또는 3대에 걸친 단일 가족, 때로는
     3명의 특정한 사람이 살아 있는 동안에만 토지 보유권이 인정되는 소유자를 의미
     한다. 하디의 소설에서 가장 흔하게 등장하는 계층으로서 대부분 줄거리를 이끌
     고 있는 주요 인물들이 이에 해당한다.

10 원문은 'copyholders'이다. 당시의 법원 문서에는 영지의 소작료와 토지 소유권에 관한 기록이 있다. 그 문서에는 소작인의 토지 소유권을 기록한 등본이 있는데 이를 지니고 있는 소작인을 '등본 보유자'라고 한다. 등본 보유자는 기술적으로는 영주의 의사에 따라야 하지만, 소유권은 땅주인의 자의적인 결정이 아니라 관습에 의해 행해지기 때문에 재산권이 안정적으로 인정되었다.

11 원문은 'roof-trees'이다. 용마루 밑에 서까래가 얹힌 도리이다.

12 이 장면은 월터 스콧(Walter Scott, 1771~1832)의 역사소설 《래머무어의 새색시》(*The Bride of Lammermoor*, 1819)의 마지막 부분에 나온다. 애슈턴 대령 (Colonel Ashton)과 레이븐스우드(Ravenswood) 가문의 거장 에드가(Edgar)가 결투를 준비하는 장면, '애슈턴 대령이 약속된 결투 장소로 가는 길에 에드가와 그의 말이 순식간에 사라진다'(On his way to the arranged meeting place Edgar and his horse disappear in quicksand, ch 8:35)에서 따왔다.

13 원문은 'fillip'이다. 여기서는 재빠르게 움직이는 동작이란 의미로 쓰였다.

14 도리깻열(*swingles*) : 도리깨채에 달려 곡식의 이삭을 후려치는 서너 개의 곧고 가는 나뭇가지이다. 주로 닥나무, 물푸레나무를 이용하고 대를 쓰기도 했다.

15 조롱 행렬(*skimmity-ride*) : 캐스터브리지에서는 부부 중에 한쪽이 다른 쪽에 부정(不貞)을 저지르거나 학대하는 경우에 부인 또는 남편을 증오하고 조롱하기 위한 수단으로 우스꽝스러운 행렬을 하는 오랜 전통이 있었다. 여기서는 헨처드와 루세타의 부도덕한 관계를 대상으로 한 조롱행렬을 빗대어 말하는 듯하다.

XXXVII. 왕실의 행렬

1 앨버트 왕자(Prince Albert)는 포틀랜드(Portland) 방파제 공사에 참석하고자 1849년 7월 26일에 웨이머스(Weymouth)를 경유해 도체스터(Dorchester)를 지나게 됐는데 하디는 어릴 때 이 광경을 보고 이를 소설에 담은 것으로 추정된다.

2 왕 조지 3세는 (재위 1760~1820) 도체스터를 지나면서 종종 웨이머스에서 여름을 보내기도 하였다.

3 fête carillonnée : 프랑스어로 '대축제'를 의미한다.

4 Royal Highness : 왕족에 대한 경칭이다.

5 union-jacks : '영국 국기'를 말한다.

6 deal wand : '소나무 막대기'를 말한다.

7 calico : 'cotton cloth', 즉 '옥양목 조각'을 의미한다.

8 cortège : 프랑스어로 왕과 왕실의 '행렬'이다.

9 원문의 'royal unicorn'은 코트 팔에 일각수가 둘러진 왕실 옷차림을 말한다.

10 칼푸르니아(Calphurnia) : 로마의 정치가이자 장군 시저(Caesar, 기원전 100
~기원전 44)의 세 번째 부인이다. 본문은 시저와 수행원들이 시합을 마치고 돌
아오는 길에 브루투스(Brutus)가 시저 부인의 얼굴이 하얗게 질려 있는 모습을
보고 한 말이다. 하디는 파프레이와 루세타의 사회적 지위를 시저와 부인 칼푸르
니아에 비유하고 있다.

11 파라오의 전차들(Pharaoh's chariots) : 〈출애굽기〉(14 : 24~25)에 나오는 말로
이스라엘의 탈출을 돕기 위해 주님에 의해 분열된 두 개의 물벽 사이에서 이스라
엘을 향해 진군하고 있는 모습을 말한다. 하디는 왕족의 행차를 마치 '파라오가
이끄는 전차들'로 비유하고 있다.

12 hontish : '거만한'의 영국 방언으로 사전에는 없는 단어이다.

XXXVIII. 몸싸움 — 일 대 일

1 Weltlus : 사전에 나오지 않는 단어이지만, 앞뒤 문맥으로 보아 '세상의 즐거움'
을 의미한다.

2 '금방 생긴 상처에 소금물을 끼얹을 인간이야!'(He can rub brine on a green
wound)라는 말은 상처 난 부위에 대한 감염을 막고 상처 난 조직의 성장을 회복
하는 수단이 될 수 있으나 매우 고통스럽다는 것을 상징적으로 표현한 말이다.
따라서 헨처드가 염두에 둔 것은 이러한 의학적 이점이 아니라 신체적인 통증이
라는 의미다.

3 원문은 'Prince of Darkness'(어둠의 왕자)로 나와 있으나 여기서는 '사탄' 또는
'마왕'으로 보는 것이 타당하다.

XXXIX. 광란의 안식일

1 mummery : 우스꽝스럽고 위선적인 '무언극'을 의미한다.

2 it mid be. : 'it may or might be.'를 의미하는 당시의 방언이다.

3 Demoniac Sabbath : 유대교, 가톨릭과 개신교 등 여러 교단과 교파에서 일하지
않고 쉬면서 예배드리는 날이다. 성경의 〈창세기〉에서 6일 동안 천지를 창조한
후 7일 째에 신이 안식을 취한 날에서 기원한다. 안식일 준수에서 가장 근본적인
것은 일을 하지 않는 것이지만, 《탈무드》는 생명이나 건강이 심각한 위협을 받
을 경우 유예될 수 있는 일의 종류를 따로 규정하기도 한다. 가톨릭과 대부분의

개신교 교회에서는 초대 교회의 전통과 예수의 부활을 기념하는 의미에서 일요
일을 안식일로 정하여 휴식과 예배의 날을 보내지만, 몇몇 교파는 토요일을 안식
일로 삼고 있다.

4   tongs: 조프(Jopp)가 가져온 '부젓가락'이다.

5   kits: 17~19세기 초에 댄스 교사들이 사용하던, 대략 15~20인치 정도 길이의
     소형 '바이올린'이다. 당시에는 마치 '상자 통'같이 생겼었다.

6   crouds: 여섯 줄로 된 고대 켈트족의 '현악기'이다. 19세기까지 웨일즈 지방에서
     여전히 사용했다.

7   humstrums: 오른손으로 바퀴를 돌려가며 다양한 현으로 연주하는 '손돌림 풍금'
     이다.

8   serpents: 저음을 내는 뱀 모양의 옛 목관악기다.

9   rams'-horns: '뿔피리'이다. 당시에는 염소나 숫양의 뿔로 만들어진 악기로서
     거친 소리를 냈다.

10   felo de se: 원래는 'felon of oneself'이다. '의도적으로 자기 자신의 삶을 끝내려
     하거나 또는 불법적이고 악의적인 행동을 하여 그 결과로 인해 죽음을 택하려는
     사람'을 의미한다.

11   Gover'ment staves: 현지 경찰관이 법의 집행을 수행하기 위해서 차고 다니는
     '경찰곤봉'으로 '길고 반짝 거리는 막대기'이다.

12   soughed: 바람이나 파도에 의해서 한숨이나 신음을 내는 것처럼 들리는 소리를
     나타낸다. 이 소리는 '죽으려고 마지막으로 숨을 쉬는 소리', '애처로운 음색으로
     설교하거나 기도하는 소리', '미사일이 윙하고 자나가는 소리', '칼이 윗 하고 스
     치는 소리'이다. 하디가 여기서 이러한 '소리'를 선택한 것은 저녁의 조롱 행렬에
     중요한 의미를 담기 위해서이다.

13   코머스의 패거리(crew of Comus): 하디가 밀턴(Milton)의 1634년 작품 《코머
     스》(Comus)에서 따온 것이다. 원래 코머스는 그리스 신화에서 '축제와 흥청망
     청의 신'으로 '혼란'을 나타낸다. 하디는 다양한 부류의 짐승머리를 하고 소란을
     피우던 난폭한 인간들이 코머스의 지시에 따라 일제히 사라지게 된 것을 비유적
     으로 표현한 것이다.

XL. 가련한 여인

1   gig: '기그'는 덮개가 없고 말 한 필이 끄는 이륜마차의 일종이다. 17세기 파리에
     서 처음 등장한 기그는 말 1필이 끄는 이륜 포장마차 '카브리올레'(cabriolet)에서

유래했다. 기그는 전속력으로 달릴 경우 말이 넘어져 무릎을 꿇게 되면 몸체 아래 있는 십자형 용수철이 빠지면서 마차에 탄 사람을 당겨 미끄러지게 만들기 때문에 무척 위험하다. 기그는 19세기 영국과 미국에서 유행했으며 지금은 마술 쇼에서 볼 수 있다.

2 gig-lamp: 이 램프는 마차의 오른쪽에 달려 있다.

3 이 구절은 〈누가복음〉 15장 7절에 나오는 '하늘에서는 죄인 한 사람이 회개하면 회개할 것이 없는 의인 아흔아홉 사람이 기뻐하는 것보다 더하리라'는 구절을 비유한 표현이다. 하디는 회복의 가능성이 없는 헨처드의 버림받은 상태를 강조하기 위해서 인유한 것이다.

4 이 구절은 〈욥기〉 42장 6절에 나오는 '그러므로 내가 스스로 거두어들이고 티끌과 재 가운데서 회개하나이다'라는 구절을 비유한 표현이다. 하디는 자기정당화를 시도하거나 우주에 대한 어떤 비판을 하지 않고 너무 쉽게 자신을 저주하려는 헨처드의 심경을 나타내기 위해 인유한 것이다.

5 Lucifer: 금성(Venus)이다. 한국에서는 새벽에 보이는 금성을 샛별이라 불렀다. 금성은 밤하늘에서 달 다음으로 밝은 천체이다.

XLI. 아버지와 자식 사이

1 a settle: 등받이가 높고 팔걸이가 있는 나무로 만든 긴 의자이다. 잠깐 잠을 청하기 위해 임시로 개조된 침상으로 쓰인다.

2 이 부분은 수전이 직접 편지를 써서 헨처드에게 엘리자베스-제인의 진정한 태생을 밝혔던 것과 모순된다. 하디는 이러한 모순을 의도적으로 활용해 당시 남성중심사회에서 가부장제도의 잘못된 인식이 드러낸 폐해를 보이고자 한 것으로 이해된다. 또한 모순을 이렇게 해석해야 이 소설의 참된 의미가 살아난다고 볼 수 있다. 이것은 헨처드가 모순을 깨닫고 그 모순을 완화해 보려 노력하지만 글을 읽고 쓸 줄 모르는 의존적인 여인에게 저지른 자신의 행위는 결코 용서받을 수 있는 방법이 없음을 받아들이지 않으면 안 된다는 것을 암시한다.

3 socked: 'sighed'의 영국 남서지방의 방언이다.

4 '킹스암즈'(King's Arms)는 지배계급과 피지배계급이 교차되는 장소이다. 킹스암즈의 안쪽에는 시정을 논하는 지배층에 속하는 사람들이 있고 바깥쪽에는 그것을 구경하는 피지배층에 속하는 서민들이 있는데 이들의 대비를 통해 캐스터브리지의 문제점이 분명하게 부각되고 있는 상징적인 장소이다.

5 weir: 강에서 물고기를 잡는 '어살' 또는 흐르는 강물의 양을 측정하는 '둑'을 말

하는데 여기서는 '어살'을 말한다.

6 recitative: 오페라에서 대사를 말하듯 노래하는 부분으로 '노랫소리'로 의역하였다.

7 Ten-Hatches: 물의 수로를 아래위로 막은 수문을 말하는데 아래에 있는 10개의 수문이다.

8 fugue: 서양음악의 한 악곡 형식이다. 먼저 하나의 성부(聲部)가 으뜸조로 주제를 연주해 나가면 대위법에 따라 다른 성부가 그것을 모방하면서 되풀이하는 방법으로 발전시킨다.

9 winch: 엘(L) 자형의 손잡이이다.

10 이 부분은 믹센 레인(Mixen Lane)의 주민, 쓰리 마리너즈(Three Mariners)에 모인 사람들, 그리고 시의회의 의원들에게도 점차 인기를 잃어가고 있는 헨처드의 현재 모습을 의미한다.

11 괄호 안은 원문에 없으나 독자의 이해를 돕기 위해 역자가 덧붙인 말이다. 하디는 이러한 '불가사의한 초자연적 힘'을 '내재의지'(*immanent will*)라고 불렀다. 이 내재의지는 인간생활에 전혀 무관심하기 때문에 인간의 의지가 선량하건 말건 관계없이 거대한 힘으로 인간의 운명을 좌우하여 자동적으로 비극의 구렁텅이에 빠뜨린다는 것이다. 이 세계는 오직 맹목적이고 저항이 불가능한 운명인 '내재의지'에 의해 지배되고 있으며 여기에서 벗어나고자 헛되이 발버둥치고 있는 인간들의 삶은 가련하고 아이러닉하고 비극적이다. 따라서 인간이 내재의지의 지배를 받는 것이 하나의 불행이며, 여기에서 벗어나고자 애쓰지만 벗어나지 못하는 것이 또 하나의 불행이다. 그러므로 현세의 인간은 이중의 불행에 처한 것이다. 맹목적인 '내재의지'가 인과법칙에 따라 무자비하게 작용하고 있다는 기계적, 숙명적 세계관은 다분히 19세기적 사고의 소산이지만 세계를 그렇게 비극적으로 내려다보는 하디의 문학에는 본질적 깊이가 담겨 있다.

하디의 문학은 내재의지 앞에서 인간의 노력이 아무런 효과도 거둘 수 없음을 보여 주고 있지만, 동시에 이 같은 무자비한 운명에 절망하고 복종하는 것이 아니라 인간의 권위를 주장하는 굳은 신념을 가지고 불타는 투쟁과 반항을 계속하는 고매한 인간상을 보여 주고 있다. 이런 점에서 하디의 문학은 열렬한 '인본주의'(*humanity*) 문학이라고 할 수 있다. 그의 문학이 오늘날 우리에게 강한 호소력이 있는 것도 바로 이 때문이다.

12 원문은 'Somebody'이다. 하디는 인간의 생활을 지배하는 것은 우주의 의지라고 볼 수 있는 '내재의지' 또는 '최고의 힘'(*the Supreme Power*) 또는 '세계를 움직이는 위대한 힘'(*the great power who moves the world*)이라고 하였다. 본문의 '누군

가'는 이런 힘을 사용하는 주체를 지칭한다.

XLII. 씨앗 소매상점

1   자신만의 회색 스타일의 시간: 이 말은 영국 낭만주의 시인 셸리(Percy Bysshe Shelley, 1792~1822)의 시집 《에피사이키디온》(*Epipsychidion*)에 나오는 구절의 일부이다. 이 시는 이상적인 사랑을 노래한 시로서, 하디는 루세타의 인생에 대해 알고 있는 파프레이의 반응은 실용주의였고, '이상적인 사랑'의 진화를 받아들이려는 셸리의 노력과 일치한다고 보았기에 이를 인용한 듯하다.

2   주노(Juno): 그리스 신화에 나오는 주피터(Jupiter)의 아내로 질투가 많은 여신이다.

3   아르고스(Argus): 그리스 신화에 나오는 눈이 100개 달린 거인이다.

4   주피터의 아내 주노(Juno)는 아르고스에게 흰 암소로 변한 주피터의 연인 이오(Io)를 감시하도록 했는데, 주피터의 명령에 따라 머큐리(Mercury)가 아르고스에게 노래를 불러 백 개의 눈 모두를 잠들게 한 뒤 아르고스를 죽인다. 그 후 주노는 아르고스의 눈을 신성한 새, 공작의 꼬리 깃털에 붙이게 된다. 이것은 의기양양한 허영심의 이미지가 되었다. 여기서 하디는 엘리자베스-제인을 이오와 견주는 인물로 그리고 있다.

5   원문은 라틴어 'solicitus timor'이다.

6   원문은 라틴어 'locus standi'이다.

XLIII. 도시의 기둥

1   원문은 프랑스어 'éclat'이다.

2   원문은 라틴어 'Via'이다.

3   원문은 'transfixture'이다.

4   이지(Izzy): 헨처드가 엘리자베스-제인을 부를 때 쓰는 애칭으로 이 소설에서 처음 등장한 호칭이다.

5   knee-naps: 무릎을 보호하기 위해 덧댄 가죽덮개이다.

6   카인(Cain): 아담(Adam)과 이브(Eve)의 맏아들이다. 그는 동생 아벨(Abel)을 죽여 여호와에게 벌을 받았다(〈창세기〉4: 12~13). 하디는 헨처드가 받은 벌을 '카인'의 죄에 비유함으로써 헨처드가 원죄로 인해 그동안 얼마나 힘든 삶을 살아왔고 또 뉘우치고 있는지를 효과적으로 표현하고 있다.

7   schiedam: 향기가 강한 술로 네덜란드 남서부의 도시 스키담이 원산지이다.

8   뉴슨이 헨처드를 방문한 '1, 2년 전 잊을 수 없는 어느 날 아침'(2권 269)과는 시
     간적으로 모순되고 있다. 하디는 뉴슨의 기억이 정확하지 않다는 것을 나타냄으
     로써 그의 행적에 의문이 있음을 의도적으로 내비치고 있다.

XLIV. 내가 죽는 날까지

1   quickset: 영국의 시골마을에서는 지역 간의 경계를 표시하기 위해서 보통 흰 가
     시나무로 울타리를 만든다. 따라서 헨처드는 이 마을, 저 마을을 지나가고 있는
     것을 알 수 있다.

2   캐스터브리지 같은 영국 남부의 소규모 농촌공동체가 몰락해 가는 변화과정은
     20년 후 수전과 엘리자베스-제인이 웨이던-프라이어즈(Weydon-Priors)에 돌
     아왔을 때 이미 세세하게 언급된 바 있다.

3   pixy-ring: 민간전설에서는 요정이 춤추면서 생긴 자취라 여긴다. 여기선 수전
     이 서 있었던 '조그마한 자리'를 말한다. 하디는 주변의 다른 자리와 다르게 이 자
     리에서 처음 그들의 불행이 시작된 것을 나타내고자 인유한 것 같다.

4   캐나다의 숲사람(Canadian Woodsman): 존 로언(John Rowan)의 《캐나다의
     이민자와 운동선수》(The Emigrant and Sportsman in Canada, London, 1876)
     의 '캐나다 삼림에서 나침반이 없이는 최고의 숲사람도 직선으로 가지 못하고 원
     으로 걷게 되면서 그로 하여금 30분에서 2시간이나 걸리게 한다. 그리고 주의력
     이 없는 사람은 하루 종일 100에이커의 숲을 헤매고 다닐 것이다'라는 내용에서
     따왔다. 하디는 이처럼 헨처드의 여정을 나침반이 없는 캐나다의 숲사람의 여정
     에 비유하고 있다.

5   원문은 라틴어 'pari passu'이다.

6   이 글로 미루어 보아 헨처드는 웨이던-프라이어즈(Weydon-Priors)와 멜체스터
     (Melchester) 사이의 어느 한 지점에서 일하고 있음을 알 수 있다.

7   삼손(Samson)에 관한 이야기는 〈사사기〉 16장 17절에 나온다. '삼손이 데릴라
     (Delilah)에게 말하기를, 만일 내가 머리털이 깎인다면, 나의 힘은 없어지고 나
     약한 사람이 되어 다른 어떤 사람과도 같게 될 것이오'라고 비밀을 데릴라에게 털
     어놓으면서 삼손은 자신의 파멸을 초래하게 된다. 하디는 이와 마찬가지로 엘리
     자베스-제인과 관련된 헨처드의 약점이 그를 파멸로 이끈다고 보았다. 즉, 헨처
     드의 약점과 파멸을 삼손의 약점과 파멸에 비유하고 있다.

8   자신의 영혼이 투사된 그림자(the shade from his own soul upthrown): 이 시

구는 영국의 낭만주의 시인 셸리(Shelley)의 장편 시 〈이슬람의 반란〉(*Revolt of Islam*, 1818)의 둘째 줄에서 따왔다. 셸리의 시에서 화자는 이 소설의 화자와 마찬가지로 사람의 행위, 그리고 그 결과에 대한 반작용은 개인의 내적 성향에서 비롯된다는 것을 암시하고 있다. 따라서 헨처드의 이미지는 아래에 인용된 이 시의 2행에서처럼 영혼이 투사된 그림자로 볼 수 있다.

〈이슬람의 반란〉(*Revolt of Islam*)

그 힘이란 무엇인가요? 어떤 미친 궤변가가 자신의 영혼이 투사된 그림자가 하늘을 뒤덮고 땅을 어둡게 하는 것을 서서 지켜보았지요. 그리고 그러한 상태에서 그가 보았고 숭배했던 형상은 자기 자신의 형상이었고,
그와 닮은 모습이 세상의 광대한 거울 속에 비추어진 것이지요. 그것은 순진한 망상이었어요. 하지만 두려움의 독이슬로 길러진 믿음이 그곳에서 자라나기 시작했지요.
그리고 사람들은 그 힘이 자신의 율법을 거부하는 모든 자들에게 영원한 노여움을 내리기 위해 그들의 죽음을 택하였다고 말해요.

What is the Power? Some moon-struck sophist stood
Watching the shade from his own soul upthrown
Fill Heaven and darken Earth, and is such mood
The Form he saw and worshipped was his own,
His likeness in the world's vast mirror shown;
And 't were an innocent dream, but that faith
Nursed by fea's dew of poison, grows thereon,
And that men say, that Power has chosen Death
On all who scorm its laws, to wreak immortal wrath.

9   원문은 'vice'이다. 여기서는 '악덕'이라는 의미가 아니라 기계공작에서 공작물을 끼워 넣고 힘껏 죄는 공구를 말한다. 헨처드가 입을 꼭 다물었다는 의미이다.

XLV. 마이클 헨처드의 유언

1   《로빈슨 크루소》(*Robinson Crusoe*, 1718)는 영국 작가 다니엘 디포(Daniel Defoe)가 발표한 장편소설이자 그 소설의 주인공 이름이기도 하다. 크루소는 배

가 난파당해서 무인도에서 28년간 홀로 살다가 마침내 해적선에 의해 기적적으로 구출되어 고향에 돌아가게 되었다는 이야기이다. 하디는 뉴슨을 크루소에 비유하고 있다.

2 assize-town : '순회재판 도시'로서 캐스터브리지를 말한다. 이 도시는 시민이나 범죄인에 대해 정기적으로 순회재판이 열린 곳이기도 하다.

3 sensational exits : 당시의 '사형집행'은 당국에서 죄인들을 감옥에 가두기 시작하기 전까지는 시민들의 인기 있는 볼거리였다.

4 antipodean : '대척지점'을 의미한다. 여기서는 영국의 죄인을 집단으로 수용하던 호주(Australia)를 지칭한다.

5 songster : '가수'를 의미하지만 '조그마한 새'로 의역했다.

6 원문에 나오는 'extenuate nothing'은 오델로(Othello)의 마지막 대사의 일부이다. '사실 그대로의 숨김없는 나를 전해주시오. 나를 감싸줄 필요도 없고 악의로 짓누르려 하지도 마시오.'〔Speak of me as I am; nothing extenuate, Nor set down aught in malice(Shakespeare, *Othello V.* ii. 340~343).〕 하디는 오델로의 이 대사의 일부를 인용해 잘못이 있으면 마땅히 비난받아야 하고 응당 죗값을 치러야 한다는 헨처드의 입장을 효과적으로 표현했다.

7 셸리의 장편 시 〈이슬람의 반란〉의 제1편 54절에 나오는 시구의 일부이다. 하디는 엘리자베스-제인의 모습을 원로원의 귀부인처럼 묘사하고 있다.

8 헤더(heather) : 진달래과에 속하는 속씨식물로 여기서는 '잡초'로 볼 수 있다.

9 다이애나 멀티마미아(Diana Multimammia)는 가슴이 여럿인 풍요의 여신이다. 그리스 신화의 아르테미스(Artemis)와 동일시되는 신이다. '빛나는 것'이라는 의미가 있다. 원래는 '숲의 여신'이었으나 나중에는 '숲속에 사는 동물의 수호신'으로 보게 되었다. 따라서 임신과 출산을 돕는 신으로 숭배하게 되었다.

10 ship-coal : 영국 북아일랜드 동부지역에 있는 소도시 뉴캐슬(Newcastle)에서 배로 수입해 들여오는 값이 비싸고 품질이 좋은 석탄이다. 이를 미루어 보면 헨처드가 시장으로 한창 잘 나갈 때 한편으로는 가난한 누군가를 도와주고 살았음을 알 수 있다. 그의 인간미를 엿보게 하는 부분이다.

11 가버나움(Capharnaum) : 갈릴리(Galilee) 바다의 북서해안 지역에 있는 팔레스타인의 도시로 군사와 정치활동의 요충지이다. 여기서는 캐스터브리지를 지칭하는 듯하다. '예수에 대한 가버나움'이 '헨처드에 대한 캐스터브리지'와 같다는 점에서 하디는 헨처드를 예수와 유사하다고 보는 듯하다.

토머스 하디의 작품 세계와 《캐스터브리지 시장》

1. 토머스 하디(Thomas Hardy)와 그의 소설

토머스 하디는 1840년 6월 2일 영국 남서부 도싯(Dorset) 주의 도체스터(Dorchester) 부근 하이어 복햄프턴(Higher Bockhampton)이라는 마을에서 출생하였다. 그가 태어난 도싯 지방은 지역적으로 외부와 고립되어 있어 근대화가 늦어졌기 때문에 옛날 시골풍의 전통과 풍습이 그대로 남아 있었다. 이런 환경에서 하디는 일찍부터 문학적 열정을 가지고 있었고, 공식적인 교육을 그다지 많이 받지 못했음에도 불구하고 독학으로 그리스어와 라틴어 공부는 물론 고전과 영문학 작품을 읽으면서 꾸준히 예술적 소양을 쌓아 나갔다. 하디는 소설가로서 뜻하지 않은 대성공을 거두자 본격적으로 소설가의 길을 걸었는데, 이때부터 그의 소설을 '웨섹스 소설'(Wessex Novels)이라고 부르게 된다.

하디 소설의 의의를 크게 네 가지로 정리해 볼 수 있다. 첫 번째로, 하디 소설은 영국 '농촌 소설의 정점'을 이룬다. 그는 농촌 공동체의 풍습과 전통에 뿌리박은 토박이로서 그 엄청난 농촌의 몰락과 붕괴의 과정을 자신의 소설 속에 생생하게 그려 내고자 하였다. 더욱이 테스 (Tess) 와 주드(Jude) 를 비롯한 평민 계층의 남녀 인물이 당당히 소설 속의 주인공으로 등장하는 것은 영국 소설사에서 대단히 의미심장한 변화라고 할 수 있다.

두 번째로, '페미니스트'(Feminist) 적 측면의 접근이다. 실제로 하디의 작품 다수에 여성이 전통적인 사고와 충돌했을 때 어떻게 변모하는가 하는 당대 여성들의 고민이 많이 녹아 있어 여성론적 담론도 특히 주목해야 할 것이다.

세 번째로, '비극적 세계관'을 담고 있다. 하디 소설을 염세주의라고 하는 것과 관련된다. 하디의 작품에서 주인공들이 보여 주는 인간적 의지와 열정, 죽음을 뚫고 되살아나는 인간적 승리가 우리에게 진한 감동을 주고 있다. 주인공들의 힘겨운 추구와 좌절은 염세주의나 비관주의로 보기보다는 고전적인 비극의 차원에서 이해할 수 있고 비극의 현대적 재현 가능성을 모색하는 출발점이 되기도 한다.

마지막으로, '사회적 비판'의 역할이다. 18세기 초 소설이 주요 장르로 떠오르면서 사회비평 (social criticism) 이라는 중요한 역할을 하게 되었다. 하디 소설에도 영국 소설의 전통을 그대로 계승하면서도 주인공들의 도전과 실패를 통해서 당대 사회의 도덕과 질서에 대한 비판적 인식이 고스란히 드러나 있다. 그의 주인공들이 겪는 좌절과 실패의 과정에서 드러나는 당대의 불평등한 교육제도와 인간다운 삶의 실현을 방해하는 폐쇄적이고 억압적인 사회제도 전반에 대한 비판이 이루어진다.

하디는 소설가 못지않게 시인으로도 많은 업적을 남겼다. 하디는 정념의 고갈을 모르는 영원한 문학청년이었고 하디 문학의 주제는 소설에서나 시에서나 마찬가지로 '삶에 대한 사랑'이라고 총칭할 수 있다. 말년의 하디는 로렌스(Lawrence, D. H.), 울프(Woolf, V.) 등의 영국 작가에게 널리 칭송받았으며 왕실에게서 공로 훈장을 받았다.

하디는 60여 년간 작품활동을 했는데 전반 30년은 《캐스터브리지 시장》(The Mayor of Casterbridge)을 비롯해서 14편의 장편소설을 남겼고, 후반 30년은 1천여 편의 주옥같은 시를 남겼다. 하디는 시인으로 시작해 소설가를 거쳐 다시 시인으로 불꽃같은 문학 인생을 살면서 1928년 1월 11일 88세의 나이에 세상을 떠났다.

2. 《캐스터브리지 시장》과 주인공 헨처드

《캐스터브리지 시장》은 1886년 하디가 46세에 출간한 장편소설이다. 하디의 소설에서 최초의 성공적 비극작품으로 평가되는 《캐스터브리지 시장》은 원제인 《독특한 성격의 어떤 남자에 관한 삶과 죽음》(The Life and Death of a Man of Character)이 암시하듯 농업 노동자인 한 남자 주인공 헨처드(Michael Henchard)에 관한 이야기이다. 불우한 환경에 처했던 그는 술에 만취한 상태에서 '아내 팔기'(Wife Sale)라는 비도덕적 행위를 저지른다. 그 죄로 인해 20년간 금주하며 피나는 노력으로 부와 명예를 얻게 되지만 원죄에 대한 의식이 자신의 성격에 표출되어 좌절, 파멸, 죽음의 과정을 겪는다. 건초꾼 헨처드는 일자리를 잃고 인근 마을의 장터에 갔다가 술집 주모의 간계에 빠져 술김에 마누라와 갓 태어난 딸마저 팔아넘긴다. 평소에 남편의 취중 허세에 불만을 품고 있던 아내 수전(Susan)은 최고가로 경매하겠다는 남편 헨처드의 주정을 맞받아쳐 지아비의 뜻이 그러하다면 자신도 매매에 동의한다고 나선다. 뱃사람 뉴슨(Newson)이 현금 5기니에 젊고 예쁜 아낙과 어린 딸을 사게 된다. 수전은 딸과 함께 새 주인을 따라나서면서 만취 상태의 헨처드의 얼굴에다 결혼반지를 내동댕이친다. 명정(酩酊) 상태에서 깨어난 헨처드는 비로소 엄청난 전말을 알게 된다. 즉시 사랑하는 아내와 딸을 되찾기 위해 찾아 나섰으나 그들은 이미 바다 건너 캐나다로 떠난 이후였다.

헨처드는 참회의 마음으로 20여 년 간 술을 끊겠다고 신 앞에서 맹세한다. 그 후 헨처드는 캐스터브리지에 정착하여 사업에 성공하고 시장에까지 선출된다. 그러던 중 헤어진 지 18년 만에 팔려 갔던 모녀가 나타난다. 자신을 산 새 남편이 당연히 법적인 배우자일 거라 생각했던 수전이 이러한 마누라 팔기는 법적으로 무효라는 말을 듣고서는 뉴슨과 같이 살 수 없노라고 선언하고 헨처드와 법적인 혼인 상태로 되돌아가려 했던 것이다. 모녀가 나타난 후 죄책감에 시달리던 헨처드는 수전을 정중하게 대하고 딸 엘리자베스-제인을 정식으로 입적시키기 위해 수전과 다시 결혼한다. 그러나 결코 평온하지 못한 상태에서 아내가 죽고 헨처드는 딸이 자신의 혈육이 아님을 알게 된다. 설상가상으로 사업은 실패하고 잠시 사귀었던 저지섬 여인과의 스캔들이 폭로되어 명예마저 실추된다. 그 후 절망과 비통한 심정에서 벗어나지 못한 헨처드는 처절한 유언을 남기고 비참한 죽음을 맞는다.

3. "아내 팔기"에 나타난 현대적 함의

1) 희한한 기행(奇行)

《캐스터브리지 시장》은 법과 사회상이라는 측면에서 매우 흥미로운 역사적 이야기이다. 작품 속의 시대(1831~1856)에 심심찮게 행해지던 '아내 팔기'(Wife Sale)라는 기행이 작품의 결정적인 요소로 등장하기 때문이다. 하디 자신도 이 사건의 예외성을 의식하여 이 작품의 연재 시작부터 결국 '개연성'(probability)의 측면에서 중요한 것은 사건이 아니라 인물이라고 해명하였다. 소설의 진정한 목표에 대해 하디는 1881년 7월 자신의 메모에서 다음과 같이 언급하고 있다.

> 소설의 진정한 목표는 정신적이든, 육체적이든 희한한 일을 인간이 경험함으로써 즐거움을 만끽하게 되는 것이다. 이러한 즐거움은 소설의 인물들이 실제로 자기 자신과 같다고 믿게 될 정도로 환상에 빠지게 된다면 그만큼 더 완벽한 즐거움이 된다.
>
> —*Life*, 154

하디는 현대 소설가들에게 이야기가 기억에 남고 또 되풀이하고 싶은 매력을 지니기 위해서는 무엇보다도 흥미가 있어야 하는데 그것은 바로 '희한한 일을 인간이 경험함으로써' 얻어진다고 분명히 밝히고 있다. 《캐스터브리지 시장》의 '아내 팔기'라는 사건은 영국 소설뿐만 아니라 한국의 현대 소설에서도 유사한 주제를 발견할 수 있는데 그것은 김유정의 단편 소설 〈가을〉이다. 이 작품에서도 "매매 계약서"(〈가을〉, 175)까지 갖춘 '아내 팔기'라는 '희한한 기행'이 벌어진다.

당시나 지금, 인신매매가 성행했던 적이 있긴 했지만, 동서양 어디든지 법이 이를 공식적으로 인정한 적은 결코 없었다. 그럼에도 '아내 팔기'와 같은 인신매매가 '합법'이라고 믿고 행하는 남편들의 무지한 행위를 작품 속에 담은 이유가 무엇일까? 단순하게 기이(奇異)하고 흥미로운 이야기쯤으로 읽힐 수 없는 이유가 있다.

이 작품의 원제 《독특한 성격의 어떤 남자에 관한 삶과 죽음》(*The Life and Death of a Man of Character*)이 암시하듯 하디의 일차적 관심은 남자 주인공 헨처드(Michael Henchard)에게 독자가 집중하며 읽도록 유도하는 것이다. 하디가 서문에서 "이 이야기는 웨섹스의 생활을 그리는 데 포함된 다른 어떤 이야기보다 더 특별한 한 인간의 행위와 성격에 관한 연구이다"라고 하는 점을 강조하는 데서 이를 알 수 있다.

타고난 이야기꾼 하디는 《캐스터브리지 시장》에서 주인공 헨처드가 저지른 당치 않은 만용으로 인해 비극이 발생하고 파멸에 이르게 되는 과정을 박진감 있게 서술하였다. 한국 소설 김유정의 〈가을〉에서도 주인공 복만의 황당한 행위를 그려 내고 있다. 무엇보다 시공을 달리하는 이 두 소설의 배경이 농촌의 가을이라는 점과 가난에 찌든 농업인이 남편이라는 점, 결혼을 해서 아이까지 있는 자신의 아내를 화폐와 교환한다는 점, 남편의 뜻이 그러하다면 아내 자신도 매매에 동의하여 팔려 가게 된다는 점 등의 공통점이 더욱 기이하고 흥미롭다. 이러한 공통점은 독자로 하여금 '아내 팔기' 사건 자체에 내재하는 어떤 보편성이 동서고금을 관류하는 불변의 가치가 있음을 감지하게 한다. 따라서 "주인공은 왜 이러한 희한한 행위를 저질러야만 했을까? 그 행위 이면에 보편적으로 관류하는 동서양의 현대적 함의는 무엇일까?"라는 문제를 사유하는 것이 이 작품을 이해하는 진정한 지름길이자 독자의 궁금증에 화답하는 옮긴이의 소임이라고 본다.

2) 헨처드의 "아내 팔기"

하디의 《캐스터브리지 시장》은 작가가 "사람의 성격이 운명의 여신"(1권, 199) 이라고 말한 것처럼 헨처드의 반항적이고 저돌적이며 변덕이 심한 성격이 결정적으로 작용하여 그를 파멸의 길로 몰고 가는 과정을 그린 성공적 비극작품으로 볼 수 있다. 이 작품은 주인공 헨처드와 아내 수전(Susan), 변화하는 농촌사회와 자연의 현상이 융합되어 비극의 세계로 인도한다. 즉, "주인공의 성취되지 못한 소망(Un-fulfilled Wish), 우주의 보편적 의지(Immanent Will)와 당대의 인간이 만든 제도가 오히려 비극의 요인"(윤천기, 5)으로 작용한다.

하디는 이 작품에서 수전을 비롯하여 엘리자베스-제인(Elizabeth-Jane), 파프레이(Farfrae), 그리고 루세타(Lucetta) 등의 성격 묘사나 그들의 관계가 발전해 나가는 과정을 서술하면서 그들의 생각이나 행동은 모두 헨처드와의 관계를 통해서만 표출되고 의미가 확인되도록 구성(김보원, 67) 했다. 이렇게 헨처드와 다른 인물과의 관계는 '아내 팔기'라는 단 한 번의 행위만이 부각되고 이외의 모든 것은 그만큼 왜소화되어 나타난다. 주인공 한 사람에게 독자의 관심이 집중되도록 유도한 것은 바로 이 점에 대한 하디의 인식이 유난히 각별했음을 보여 준다.

소설의 첫머리에서 헨처드에 대한 묘사는 주제와 관련해 암시하는 바가 크다. "용모는 준수하였으나 거무스름하고 표정은 굳어" 있는(1권, 19) 헨처드는 억센 기질을 보여 주고 있는데, "말도 없이 그렇게 묵묵히 걸어가고 있는"(1권, 20) 그의 모습은 후에 그의 운명을 예고하기도 한다. 세실(David L. Cecil)은 헨처드의 이러한 걸음걸이를 "이 이야기의 주제가 될 쓸쓸한 방랑자의 이미지"라고 말하였다.

일자리를 잃은 건초 일꾼 헨처드는 웨이던-프라이어즈(Weydon-Priors)의 장터 안으로 들어섰다가 허기를 채우기 위해 '밀죽을 파는 주막'에 이르게 되는데 이곳이 앞으로 헨처드에게 전개될 피할 수 없는 운명의 첫 장소이다.

"아니, 아니에요. 저쪽 천막으로 가요" 하고 옆에 있던 아내가 말했다. "저는 늘 밀죽을 좋아해요. 엘리자베스-제인도 그렇고요. 당신도 그렇잖아요. 피로해진 몸에도 좋아요."

"나는 그런 걸 먹어 본 일이 없어" 하고 남자가 말했다.

하지만, 그는 곧 아내의 말에 따랐다. 그들은 곧장 밀죽 가게로 들어섰다.

— 1권, 25

이 주막 안에서 "선량한 남자들이 악한 아내를 만나서 망가"진다(1 권, 27) 는 이야기가 화제로 돌자, 헨처드는 "나는 사실 바보같이 열여 덟 살에 결혼했다오. 그 때문에 이 모양, 이 꼬락서니가 된 거지요" (1권, 27) 라고 말하면서 대화에 끼어든다. 헨처드는 밀죽에 섞은 럼 주(rum酒)를 마신 후 술이 취한 상태에서 아내를 "누구한테라도 5기 니에 팔겠"(1권, 33) 다는데 이는 단순히 술기운 때문이라기보다는 헨 처드가 평소 가졌던 감정이 술의 힘을 빌려 폭발되었다고 함이 옳다. 5기니라는 돈의 가치는 105실링으로 당시 사건 현장에서 늙은 말 한 필의 값이 "40실링"(1권, 28) 이라는 것을 보면 말 2필의 가격에 해당 하는 돈이다.

헨처드는 자기가 '홑몸'(a free man) 으로서 자유인이라면 좀더 성공 할 수 있을 텐데 아내와 가정에 묶여 형편없는 생활을 하고 있음을 한 탄하고 있었다. 그러던 중 주점 밖에서 말을 경매하는 소리에 술김에 충동적으로 아내를 팔아넘긴 것이다. "내가 다시 홑몸만 된다면 일을 마치기도 전에 몸값이 1천 파운드짜리가 되겠지만,"(1권, 28) 이라는 헨처드의 용납될 수 없는 이기적 행위에 대해 데이비슨은 다음과 같 이 부드럽게 표현하고 있다.

비록 소설의 구성에서 후에 헨처드에게 일어나는 비판적 사건들이 관련 되어 있더라도, 아내를 매매하는 일화는 헨처드가 수난을 겪는 일들에 서 첫 번째 결정적 요인으로 작용하지 않고 있다

— Davidson, 18

아내 수전은 남편의 "내가 지금 원하는 것은 당신을 사 줄 사람뿐" (1권, 30)이라는 계속되는 취중 허세에 불만을 품고 이렇게 말한다.

마이클, 당신이 이 이상 더 주책을 떨기 전에 내 말부터 잘 듣도록 해요. 당신이 저 돈에 손가락 하나라도 까딱하면 저와 이 아기는 저 남자를 따라갈 거예요. 명심하도록 해요. 농담이 아니니.

— 1권, 34

그러나 정말로 현금이 오가며 수전은 자기를 판다는 게 농담이 아니라는 것을 알게 된다. 수전은 남편 헨처드의 술주정을 맞받아 지아비의 뜻이 그러하다면 자신도 매매에 동의한다. "어느 분이라도 좋으니 저를 사 가세요"(1권, 31)하며 뱃사람 뉴슨(Newson)을 따라 나선다. 뉴슨은 현금 5기니에 젊고 예쁜 아낙을 사고 어린 딸까지 데리고 간다. 수전은 "이제 난 당신 것이 아니에요"(1권, 35~36)라며 "반지를 건초 일꾼(헨처드)의 얼굴에 냅다 던졌다"(1권, 35). 이러한 아내 수전의 행위는 의식적이지만, 헨처드의 '아내 팔기'는 "의식적인 의지에 의한 행위가 아니라 술에 취한 상태에서 저지른 행위로서 그는 이를 분명 후회하고 있다"고 스피어는 주장한다(Hilda P. Spear, 50).
명정(酩酊) 상태에서 깨어난 헨처드는 비로소 엄청난 사태의 전말을 알게 된다. 즉시 아내와 딸을 되찾기 위해 나섰으나 그들은 이미 바다 건너 캐나다로 떠난 이후였다. 아내와 딸을 찾아 나선 그의 태도에는 후회와 원망이 뒤섞여 드러난다. 아주 단순한 그녀의 성품이 술에 취한 나의 말을 그대로 믿고 따랐다고 하며 오히려 아내 수전을 원망하기도 한다. 나아가 그녀의 순진한 성격으로 인해 자기가 더 많은 해를 입었다고 한다.

그리고 그는 취중에 자기의 이름을 아무에게도 말하지 않았음을 생각해 내는데 "간밤에 내가 어느 누구한테라도 내 이름을 말했던가, 안했던가?"(1권, 42) 하고 혼자 중얼거리는 것은 그의 내면에 잠재한 무책임의 발로로 보아야 할 것이다. 그의 무책임은 "식사를 마치자 그는 아내와 딸을 찾는 길에 나섰다"(1권, 44)가 금방 "더 이상 찾지 않겠노라"고 말하는(1권, 45) 소극적인 행동에서도 볼 수 있다.

헨처드는 이렇게 감정이 앞서고 충동적이라는 결점이 있었지만 상당한 결단력과 진실성이 있고, 의식 또한 풍부한 사람이었다. 그가 참회의 마음으로 교회를 찾아가 성찬대 위에 고정된 책에 이마를 대고 큰 소리로 맹세하는 것은 자기 행동의 결과로 초래된 잘못이나 비극에 책임을 지고 결코 기피하려 하지 않는 그의 이율배반적 면모이다.

나, 마이클 헨처드는 9월 16일 아침에 여기 이 성스러운 장소에서 하느님 앞에 앞으로 21년 동안, 제 나이와 맞먹는 이 기간 동안 술을 마시지 않을 것임을 서약합니다. 그리고 이를 성서 앞에서 굳게 맹세하나이다. 제가 만약 이 맹세를 깨뜨리는 날에는 귀먹고, 눈멀고 의지할 데 없는 인간이 되게 하여 주시옵소서!

— 1권, 44

헨처드는 "19년 동안 내 맹세를 지키는 중"(1권, 138)이었다. 그러나 용서할 수 없는 부도덕한 행위에 대한 참회의 맹세에도 불구하고 헨처드는 '매매의 법적 효력을 정말로 믿은' 아내에게 그 원인을 돌림으로써 "그의 20년의 금주맹세는 죄악에 항상 뒤따르기 마련인 처벌을 단지 연기시켜 주었을 뿐이다"(King, 109)고 할 수 있다.

> 헨처드가 그녀를 멸시하게 된 근본 원인이었던 그녀의 우직함 때문에, 선원 뉴슨이 그녀의 몸값을 지불하고 배우자로 삼아 그녀에 대해 도덕상 참된 정당한 권리 ─ 비록 그 권리의 정확한 취지나 법적 한계가 모호하긴 했지만 ─ 를 얻었다는 신념을 고수하도록 했던 것이다. 정신이 멀쩡한 유부녀가 그 매매의 효력을 정말로 믿을 수 있었다는 사실은 세상물정에 닳고 닳은 사람에게는 이상해 보일 수밖에 없었다.
>
> ─ 1권, 55

생각이 단순한 여인 수전과 새 남편 뉴슨과의 생활은 원만하지 못했다. 자신을 산 새 남편 뉴슨이 "바다에서 죽었다는 막연한 소식이 전해"지고(1권, 56) 수전은 더 이상 뉴슨을 볼 수가 없었다. 이제 딸의 나이도 열여덟 살이 되었다. 뉴슨이 당연히 법적인 배우자일 것이라고 알고 있던 수전은 아내를 거래하는 것은 법적으로 무효라는 사실을 알게 되자 "자신이 다시 자유로운 여인이 된 지금"(1권, 57) 다시 예전의 법적인 결혼 상태로 되돌아가려 한다. 수전이 "그가 살아만 있다면 마땅히 그에게 돌아가야 한다는 것은 두말할 나위가 없"(1권, 58)는 일이었다. 그녀는 딸 제인과 함께 어쩌면 '술 취해 죽었을지도 모를' 헨처드를 막연하지만 찾아 나선다.

그러나 첫 남편은 술에 취해 죽었을지도 모른다는 생각이 들었다. 다른 한편으로 생각해 보면 그는 부인을 팔아넘긴 이후 깊은 회환과 함께 너무도 신중해져, 새로운 사람이 되어 살아갈지도 모른다는 생각이 스쳐 지나갔다. 왜냐하면 그녀와 함께 살았을 때 그는 일시적 기분에 굴복해 이리저리 흔들렸을 뿐이었지 절대로 상습적인 주정뱅이는 아니었기 때문이다.

여하튼 그가 살아만 있다면 마땅히 그에게 돌아가야 한다는 것은 두말할 나위가 없었다. 어색한 일이긴 하지만 그를 찾는 것은 엘리자베스의 성숙한 삶을 위해서도 필요했다.

— 1권, 58

수전이 헨처드에게로 다시 돌아가려 하는 것은 옛 남편에 대한 수전의 못다 한 애정의 표현이자 자기합리화이고 명분이다. 수전은 헨처드가 출세했으리라고는 상상도 못했다. 다만 남편이 지금 살아만 있어 준다면 하는 바람은 딸의 장래와 가정을 지키려는 수전의 명분과 일치하며 이는 수전 모녀의 다음과 같은 대화에서 잘 나타난다.

"그래, 그래" 하고 그녀는 곧바로 대답했다.
"이제 그를 만났으니 이것으로 난 족해! 내가 바라는 건 그저 — 사라져 버리고 싶은 — 차라리 죽어 버리고 싶은 마음뿐이구나."
"아니, 엄마 뭐라고요?" 하고 엘리자베스는 좀더 가까이 다가서서 어머니의 귀에 속삭였다.
"그분이 우리를 도와주지 않을 것처럼 보여요? 난 그분이 너그러운 사람으로 보여요. 정말 신사다워 보이잖아요? 다이아몬드 단추가 어쩌면 저렇게도 반짝거린담!"

— 1권, 68

전 남편을 찾지 못하게 되면, '차라리 죽어 버리고 싶은 마음뿐'이라는 엄마 수전의 말에 딸은 절대 그럴 리가 없다는 듯이 반문하는 대화는 남편이자 아빠와의 재회를 바라는 모녀의 강한 절규에 가깝다. 수전은 우여곡절 끝에 헨처드와 재회하게 된다. 그러나 그동안의 어려운 삶에 지친 수전은 18년 전에 자기를 경매에 붙여 매정하게도 딸과 함께 팔아 버렸던 헨처드를 다시 만나면서도 "저더러 내일 아침 다시 떠나라고 하신다면, 당신 가까이 다시는 오지 말라 하신다면 기꺼이 떠나겠어요"(1권, 132)라고 하면서 그를 미워하거나 원망하지 않는다. 그럼에도 수전은 '우리 한 번 더 결혼'해서 살자고 말한다.

그런 일이 있은 지금에 와서 그것이 유일한 올바른 길인 듯해요. 이제 전 엘리자베스-제인에게로 돌아가서 그 애에게 우리 친척 헨처드 씨가 친절하게도 우리 모녀더러 이 도시에 머물러 있기를 바라고 계신다고 말해야겠어요.

— 1권, 133~134

그러는 사이 새로운 사람이 된 헨처드는 캐스터브리지에 정착하여 사업에 성공하고 시장에까지 선출된다. 모녀와 만나게 된 후 헨처드는 아내를 팔았다는 과거의 죄책감에 시달린다. 헨처드는 수전을 정중하게 대하고 엘리자베스-제인을 정식으로 입적시키기 위해 수전과 다시 결혼한다. 그러나 결코 평온하지 못한 상태에서 아내 수전이 죽게 되고 입적시킨 딸은 "제 다른 남편의 아이"(1권, 217)라는 수전의 편지를 우연히 보게 된다. 설상가상으로 사업은 실패하고 잠시 사귄 적이 있는 스코틀랜드 여인 루세타와의 스캔들이 폭로되어 명예마저 실추되는 등 많은 정신적 고초를 겪게 된다.

그럼에도 헨처드가 휘틀(Whittle)의 "늙은 모친에게 지난겨울 내내 쓸 땔감과 양식을 주었다는 사실"(1권, 175)과, "멍석이나 발 같은 것도 보내"(2권, 297) 준 것으로 보아 노모에 베푼 배려와 친절 등은 헨처드가 황소 같은 고집스런 행위가 무자비하지만은 않은 일면도 있다. "그의 내면에 흐르는 따뜻한 인간미"(Holloway, 25)가 여전히 남아 있음을 알 수 있다.

헨처드는 아내를 판 일시적인 취중의 오판으로 인하여 결국에는 엄청난 파국으로 치닫게 된다. 할로웨이(Holloway)는 "이러한 그의 파멸은 숙명적 결함을 지닌 강렬한 성격에서 기인하는 것처럼 보인다"(Holloway, 99)고 언급하고 있다. 즉, 자기가 한 일에 대하여 곧 후회하면서도 거기서 헤어 나오지 못하는 나약한 인간의 심성을 반영하고 있는 것이 헨처드의 속성이다. 헨처드는 자신의 의지대로 행동하려고 하였어도 그가 속한 사회는 그의 뜻대로 따라 주지 않았고, 또한 자연 환경도 그에게는 관대하지 못하고 그가 구원의 손길을 원할 때에도 그를 구해 주지 않았다. 다만 "선과 악, 행복과 불행에 있어서 헨처드 자신은 주어진 운명에 그대로 따를 수밖에 없었다"(Johnson, 187).

하디는 헨처드가 남긴 유서를 통해 그의 비극적 운명과 아내 팔기의 연관성을 밝히면서 이는 가부장적 시대 남편의 잘못된 행태에서 비롯된 것임을 우회적으로 비판하고 있다.

〈마이클 헨처드의 유언〉

엘리자베스-제인 파프레이에게는 내 죽음을 알리지 말고 또 나 때문에 슬퍼하지도 말게 하시오.

나를 축성된 곳에 묻지 마시오.

교회지기에 종을 울려 달라고 부탁하지도 마시오.

어느 누구라도 내 시신을 보는 것을 바라지 않는 바이오.

내 장례식에 아무도 내 뒤를 따르지 말도록 하시오.

내 무덤에 꽃을 심지 마시오.

어느 누구도 나를 기억하지 마시오.

이 유언장에 나는 서명하노라.

마이클 헨처드

— 2권, 299~300

'내 죽음을 알리거나, 혹은 나 때문에 슬퍼하지 말게 하라는' "자기소외(self-alienation)와 자기파괴(self-annihilation)를 처절하게 선언한 헨처드의 유언은 오만의 상징과 고립의 절정을"(김보원, 32) 보여 주고 있다. 그러나 그것은 그가 살았던 시대의 많은 사람들이 공통적으로 지니고 있는 운명적 결함의 일부에 불과하다. 헨처드는 전통적인 비극의 주인공들과는 달리 자신의 '유언'마저 살아 있는 자의 목소리로 전하지 못하고, 죽은 자의 문서로 전하는 비극적인 상황에 처하게 된다. '어느 누구도 나를 기억하지 마시오'라는 헨처드의 유언장은 당대 가부장제가 종말을 맞이하는 동시에 새로운 사회질서가 도래하고 있음을 의미한다.

3) 복만의 "아내 팔기"

김유정(1908~1937)의 단편 소설 〈가을〉(1936)에서는 《캐스터브리지 시장》의 경매 형태와 견줄 수 있는 기상천외한 "매매 계약서"(〈가을〉, 175)까지 작성한다. 소설의 주인공인 조복만에게는 아내와 다섯 살 된 아들 영득이가 있다. 소작이지만 한해 농사를 짓더라도 빚조차 갚지 못하는 형편이다. 다만 아내가 꾸어 오는 양식으로 연명할 뿐이다. 그럼에도 불구하고 복만은 아무 대책을 세우지 못한다. 복만은 다른 방도가 없어 소처럼 부려먹던 아내를 소 장수 황거풍에게 마치 소를 팔아넘기듯 일금 오십 원에 팔아넘긴다. 그는 아내를 판돈으로 빚을 갚는다.

매매 계약서

일금 오십 원야라.

우금은 내 안해의 대금으로써 정히 영수합니다.

갑술년 시월 이십일

조 복 만

황거풍 전

여기에 복만이의 지장을 찍어 주니까 어디 한번 읽어 보우 한다.

—〈가을〉, 175

"그거면 고만이유. 만일 내중에 조상이 돈을 해가주와서 물러달라면 어떻거우?"

"어떠한 일이 있드라도 내 안해는 물러달라지 않기로 맹세합니다."

—〈가을〉, 176

"이때 벌써 아내는 인간이면서도 인간이 아니고 가축의 위치로 전락된 집안 재산의 일부일 뿐이다. 팔려가는 아내 또한 팔려가는 소처럼 새 주인에게 고분고분 이끌려 간다. 아내는 완전히 소가 되어 있다"(전신재, 104). 복만은 계약서도 쓰지 못할 정도로 "무지하고 가난하기 때문에 상식에서 전도된 과오를 과오인 줄 모르고 행하는 바보 숙맥"(전신재, 104)이다. 복만의 '아내 팔기'는 법을 알면서 행한 과오(mistake)가 아니라 모르고 행한 과오(error)로서 무지에서 오는 불행의 단초가 된다. 복만의 '아내 팔기'는 빚을 갚기 위한 목적이었지만 헨처드의 경우는 이와 다르다. 평소 아내와 딸이 자기의 야심을 이루는 데 방해가 되고 있다는 내면세계가 술에 의하여 표출되었고, 말을 경매하는 모습이 술 취한 그를 충동하여 사건이 발생한 것이다. 그러나 아내를 한 인간이 아닌 자신이 소유한 자산으로 취급하는 비인간적 행위라는 공통점이 있다. 그리고 이들의 행위가 즉흥적인 것이 아니고 전부터 그들의 마음속에 자리하고 있었다는 점도 같다. 이는

"우리 동리에서 일반이 다 아다싶이 복만이는 뭐 남의 꼬임에 떨어지
거나 할 놈이 아니다"(〈가을〉, 172)라는 대목에서 알 수 있다.

> 그러나 나는 사날전에 놈에게 종용히 드른 말이 있어서 오 안해의 일인
> 가 보다 하고 얼뜬 눈치채었다. 싸리문밖으로 놈을 끌고 나와서 그 귀밑
> 에다 "자네 여편네 어떻게 됐나?"
> "응"
> 놈이 단마디 이렇게만 대답하고는 두레두레한 눈을 굴리며 뭘 잠깐 생
> 각하는 듯 하드니,
> "저 물 건너 사는 소장수에게 팔기로 됐네 재순네(술집)가 소개를 해서
> 지금 주막에 와 있는데 자꾸 기약서를 써야 한다구 그래. 그러나 누구
> 하나 쓸 줄 아는 사람이 있어야지. 그래 자네게 써가주올테니 잠깐 기다
> 리라구 하고 왔어 자넨 학교 좀 다녔으니까 쓸 줄 알겠지?"
>
> —〈가을〉, 173

수전과 영득 엄마는 모두 남편에 의해 거래의 대상으로 전락하여
낯선 남자에게 팔려 가는 피해자이다. 그러나 수전은 사건 발생 시 남
편 헨처드를 말리기도 하고 결혼반지를 빼서 던지기도 하는 데 비해
영득 엄마는 아무 말 없이 순응하는 모습을 보인다.

> 이놈과 그 옆 한구석에 쪼그리고 앉었는 영득 어머니와 부부가 되는 것
> 은 아무리 봐도 좀 덜 맞는 듯싶다 마는 영득 어머니는 어떻게 되든지 간
> 에 그 처분만 기다린단 듯이 잠잤고 아이에게 젖이나 먹일 뿐이다. 나를

쳐다보고 자칫 낯이 붉는 듯하드니 "아재 나려오슈!" 하고는 도루 고개
를 파뭇는다.

―〈가을〉, 174

고갯마루에서 꼬불꼬불 돌아나린 산길을 굽어보고 나는 마음이 저윽이
언짢았다. 한 마을에 같이 살다가 팔려가는 걸 생각하니 도시 남의 일
같지 않다. 게다 바람은 매우 차건만 입때 홋적삼으로 떨고 섰는 그 꼴
이 가엾고 ―
"영득 어머니! 잘 가게유."
"아재 잘기슈."
이 말 한마디만 남길 뿐 그는 앞장을 서서 사랫길을 살랑살랑 달아난다.
마땅히 저 갈 길을 떠나는 듯이 서들며 조곰도 섭섭한 빛이 없다.

―〈가을〉, 176

수전은 딸 제인을 데리고 떠나는 데 비해 영득 엄마는 '조곰도 섭섭
한 빛이 없이'(〈가을〉, 176) 홀로 소 장수를 따라간다. "하루를 살아
도 제 계집이런만, 근 십년이나 소같이 부려먹든 안 해"(〈가을〉,
176)를 "복만이조차 잘 가라는 말 한마디 없는"(〈가을〉, 176) 것은 참
담하다 못해 오히려 "비극이 희화화(戲畫化) 된"(전신재, 105) 냉혈적
인 장면으로 읽힌다. 영득 엄마의 '아재 잘기슈'(〈가을〉, 176)라는 인
사말에 체념의 빛이 역력하고, 이는 당대 가부장제 중심의 사회에 어
쩔 수 없이 순응하는 모습으로 보인다.
　수전이 새로운 남편 뉴슨이 죽은 후 딸과 함께 전남편 헨처드를 찾

옮긴이 해제　341

아 나서는 데 반해 영득 엄마는 닷새 후 나름 호강시켜 주는 황거풍을
버리고 달아난다. 그날 복만도 동네 사람들 몰래 아들을 데리고 소리
없이 마을을 떠난다. "같은 날 가치 없어진 걸 보면 둘이 짜구서 도망
간 게 아니유?"(〈가을〉, 180) 라는 소 장수의 추정대로 복만과 영득 엄
마가 사전에 재회하기로 약속했을 가능성을 암시하며, 소설은 끝난
다. 수전이 딸의 장래와 가정을 세우기 위해 다시 돌아오는 것은 영득
엄마가 아들의 장래와 가정을 세우기 위해 다시 돌아오는 것과 같다.

4) 현대적 함의

토머스 하디가 이 글을 쓴 것은 1886년이고 이 사건의 시대적 배경이
서두에 나타난 것처럼 "19세기가 3분의 1에도 채 이르지 않은 어느 늦
은 여름 저녁"(1권, 19) 이라 하였으니, 헨처드의 아내 팔기는 1830
년쯤의 일이다.

　〈가을〉은 탈고일이 1935년 11월이고 발표일은 1936년 1월이니 헨
처드의 아내 팔기와 복만의 아내 팔기는 약 100년 정도 시차가 있고,
영국과 한국이라는 공간의 차이도 있다. 그럼에도 비슷한 소재가 다
른 두 소설에서 활용되었다는 사실은 주목할 일이다.

　이 두 소설에서 여성의 권리나 인권 따위는 어느 곳에서도 찾을 수
없다. 소설의 내용이 가부장제도하에서 남성우월론자의 논리로 전개
되고 있는 것이다. 헨처드와 복만이라는 두 남자 주인공의 행위는 결
코 아내를 사랑하는 남편의 행위가 아니다. 아내는 말이나 소처럼 남
편이 소유한 재산일 뿐이며 필요에 따라 팔 수도 있는 비인간적인 면

모를 드러낼 뿐이다. 헨처드와 복만은 분명 가장이면서도 가장이기를 포기한 가장이다. 평생 사랑스러워야 하는 부부관계를 '아내 팔기'라는 화폐의 교환으로 해결하려는 심리 속에는 경제적인 동기와 더불어 명백한 '홀몸'(*a free man*)으로 자유를 누리려는 이기심과 무책임만 가득하다.

"아내 팔기"에서 나타나는 가부장제적 권위의식이 작품 전체의 비극적 구조와 연결되면서 주인공 헨처드는 과거의 원죄에 대한 대가를 혹독하게 치르며 죽음을 맞이한다. 구시대의 인물인 헨처드의 비극은 변화하는 시대의 흐름에서 이미 예견되었다. 전통적 사고와 정서, 가부장적 인간관계를 바탕으로 한 구시대는 그의 죽음과 더불어 필연적으로 종말을 고할 수밖에 없다. 그가 비극적으로 몰락하는 과정은 바로 남성적 권위의식과 이를 바탕으로 한 기존의 가부장적 질서가 붕괴되는 과정으로 읽힐 수 있기 때문이다.

헨처드의 아내 팔기는 복만의 아내 팔기와 같은 맥락으로 이해된다. 수전과 영득 엄마가 보여 준 행동과 의식의 옳고 그름을 탓하기 전에 그녀들이 자신을 팔아 버린 파렴치한 옛 남편에게로 다시 돌아가는 것은 가정으로의 회귀이다. 이는 가정을 이끄는 힘의 원천이 결국 아내, 즉 여성의 역할에서 나온다는 사실을 말해 준다. 결국 동서고금을 막론하고 사회적 삶의 기초이며 삶의 근거가 되는 가정은 남편의 공조와 더불어 아내, 즉 여성의 힘에 의해서 이루어진다는 보편적 함의를 어렵지 않게 발견하게 된다. 이럴 때 "아내 팔기"는 가정의 파멸이라는 비극으로만 읽히지 않고 행복한 가정의 복원뿐만 아니라 나아가 건전한 사회질서의 확장을 의미한다.

지은이 · 옮긴이 소개

지은이 | 토머스 하디 (Thomas Hardy, 1840~1928)

토머스 하디는 영국 남서부 도싯주의 도체스터 부근 가난한 마을에서 태어났다. 하디는 석공이었던 부친의 직업을 이어받기 위해 16세까지 고향에서 건축가의 도제 생활을 했지만, 일찍부터 문학적 열정을 가지고 있었기에 독학으로 그리스어와 라틴어를 익히는 것은 물론 고전 작품을 섭렵하면서 꾸준히 예술적 소양을 쌓아 나갔다. 하디는 한때 건축과 문학을 종합해서 예술 비평가가 되고자 했으나 소설 《궁여지책》(1871)과 《푸른 숲 나무 아래》(1872)를 잇달아 출간한 뒤 전업 작가가 되었다.

하디는 60여 년에 이르는 창작활동 기간 전반 30년은 소설에 천착했다. 《한 쌍의 푸른 눈》(1873)과 《속된 무리를 떠나서》(1874)를 잡지에 연재했으며 《에설버타의 손》(1876), 《토박이의 귀향》(1878), 《탑 위의 두 사람》(1882), 《캐스터브리지 시장》(1886), 《숲속의 사람들》(1887), 《가장 사랑하는 여인》(1892) 등을 출간했다. 후반 30년에는 시 창작에 몰두해 1898년 출간된 그의 첫 시집 《웨섹스 시집》을 비롯해서 장편 서사시극 〈제왕들〉 3부작을 발표하는 등 1천여 편의 시를 남겼다. 하디는 영국 왕실에서 공로 대훈장을, 케임브리지대학 등에서 명예 박사 학위를 받았으며, 1928년 1월 11일 88세의 나이에 세상을 떠났다.

옮긴이 | 사공철

국민대학교 영어영문학과를 졸업하고 성균관대학교 대학원에서 영어교육 석사, 영문학 박사 과정을 마쳤으며 미국 University of Bridgeport에서 언어과정을 수료하였다. 우석대학교에서 포스트콜로니얼의 서벌턴을 토머스 하디 작품에 적용한 논문으로 영문학 박사 학위를 받았다. 대구한의대학교, 경희사이버대학교에 출강하였고 현재는 경운대학교 교수로 근무 중이다.

토머스 하디 소설과 시 관련 학술 논문 30여 편을 발표했고, 전문서 《서벌턴的 시각에서 토마스 하디의 소설과 시 다시 읽기》(2013) 등 5권, 번역서는 장편 《또 하나의 사랑》(The House on Hope Street, 2014) 등 6권, 단편 〈제비뽑기〉(The Lottery, 2018) 등 8편, 실용서 《글로벌 비즈니스 영어》 등 70여 권을 출간했다. 방송대 문학상(문화평론 부문), 매일 시니어문학상(논픽션 부문) 등 다수 수상했다.